洋嫁

每个人都有为爱盲目勇敢的时刻，

哪怕跨越重洋，也在所不惜。

汪洋 作品

百花洲文艺出版社
BAIHUAZHOU LITERATURE AND ART PRESS

图书在版编目（CIP）数据

洋嫁 / 汪洋著 . -- 南昌：百花洲文艺出版社，
2015.12
ISBN 978-7-5500-1618-7

Ⅰ.①洋… Ⅱ.①汪… Ⅲ.①长篇小说—中国—当代
Ⅳ.① I247.5

中国版本图书馆 CIP 数据核字（2015）第 309567 号

洋嫁

汪洋　著

出 版 人　姚雪雪		出 品 人　柯利明　林苑中	
特约监制　苏辛　夏莱		责任编辑　王丰林　郑盼盼	
特约策划　夏莱　弓迎春		特约编辑　石雯	
营销统筹　蕊蕊		营销推广　陈晨	
装帧设计　仙境		责任印制　张军伟	

出 版 者　百花洲文艺出版社
社　　址　南昌市红谷滩世贸路 898 号博能中心 20 楼　　　邮编：330038
电　　话　0791-86895108（发行热线）　　　0791-86894790（编辑热线）
网　　址　http://www.bhzwy.com
经　　销　全国新华书店
印　　刷　北京彩虹伟业印刷技术有限公司
开　　本　1/16　　710mm×980mm
印　　张　20.5　　　　　　　　　　字　　数　300 千字
版　　次　2016 年 6 月第 1 版　　　　印　　次　2016 年 6 月第 1 次印刷
定　　价　36.00 元
ISBN 978-7-5500-1618-7

赣版权登字：05-2015-468

一本从女性视角探究情爱的小说

——汪洋《洋嫁》序

周国平

汪洋的《洋嫁》是一本好看的小说。她很会编故事，情节跌宕起伏，常常出人意料却又合乎情理，人物形象和性格皆栩栩如生，鲜明而有特点。她也很会讲故事，叙述从容紧凑，语言流畅活泼，常常还透出一股快人快语的泼辣劲儿。

顾名思义，小说讲的是"洋嫁"的故事，具体地说，是三个在洛杉矶的中国女人试图靠婚姻获取美国绿卡但终于都陷入悲惨境地的故事。围绕着这三个女人和她们周围男人们的遭遇，作者生动地描绘了美国华人世界一个小角落里的生存状态和众生相。

由我的观点看，以获取绿卡为婚姻的目的本身就是一种扭曲，成功了不值得夸耀，失败了似乎也不值得同情。不过，面对这些沦落天涯的处境艰难的女人，你就不忍做这种居高临下的评判了。尤其是本书的主角谢桥，一个依然对人生怀着纯正梦想的大龄女"文青"，在寻求"洋嫁"的过程中，她的终极目的不是绿卡，而仍是爱情，为此不要瓦全，宁愿玉碎，其遭遇真正令人扼腕叹息。我相信，正是在谢桥身上，作者寄托了自己对情爱的感受和思考。这方面的内容超出了"洋嫁"的表层主题，深入到了普遍人性的层面，是从女性视角对性、爱情、婚姻之关系的探究。

其一是性与爱情的关系。小说中有相当篇幅的情色描写，称得上大胆，但作者的态度是诚实的，不掩饰也不矫情。谢桥在美国经历了两个男人。第一个是秦淮，出国前通过婚介所结识，双双坠入爱河，到美国就是来投奔他的。可是，他其实是婚介所的托儿，专凭美貌引诱女人们上当。可是，他真的爱上了谢桥。可是，谢桥在满怀性爱期待之夜发现，他是一个性无能者。秦淮倾诉自己的爱，谢桥在心中狂喊：你拿什么爱我？作者显然认为，没有性，男女之爱就无以成立。第二个是律师萧雨山，为咨询居留事宜而相识，两人因相同的"文青"情结产生好感。然而，决定性的因素是性，是一段撼人心魄的情色之旅，是这个小淫魔兼大情圣如此彻底地打开了谢桥封闭多年的身体。她因此而明白："许许多多的女人，在遇到自己的真命天子之前，都以为自己是性冷淡。"她因此而懂得：自己这个美丽的身体"不单可以看，更可以被人用也用别人"。她因此而得出结论："男女间，爱与不爱，凡是能对人说出口的理由都不是理由。任何世人所能看到的恩爱与争吵也都是表象，只有关上门，俩人裸裎相对，你的身体才告诉你爱不爱。"是不是绝对了一点？但我欣赏作者的偏激，人们常常宣称或默认，女性在爱情中只看重爱不在乎性，对于这种把女性伪浪漫化、实质上是男性中心主义的论调，这是一剂痛快的解药。

其二是爱情与婚姻的关系。萧雨山有妻子，谢桥是一个"小三"。今天普遍的情形是，偷偷出轨，不影响家庭，作者尖锐地讽刺道："对方不知情的出轨是一种仁慈，一种忠贞。"讽刺中似乎包含着真理，因为出轨者力图避免配偶痛苦，这是仁慈，力图避免婚姻破裂，这是忠贞。当然，常常也有瞒不下去的情形。萧雨山则是因为对谢桥动了真情，终于和妻子田小麦闹翻和离婚，并且和谢桥结婚了。过后不久，田小麦发现自己怀孕，然后生下了一个可爱的女儿。在这以后，萧雨山为这个小生命柔肠寸断，心思放在了女儿身上，也因此和田小麦复苏旧情，周旋在两个女人之间。在小说中，田小麦的挟孩子而令孩子的父亲——萧雨山的左支右绌，谢桥的失落，皆写得很精彩，活脱是我们周围经常在上演的故事的缩影。如果说性是男女之爱的必备要素，那么，孩子是婚姻的必备要素。孩子幼小之时，其在婚姻中的力量甚至超过爱情。"田小麦失了婚姻，却仍是正宫娘娘；谢桥转正了，却仍是一个'小三'。"谢桥企图靠造子翻身，但造子不成，明智地退出战争，不要婚姻也不要绿卡，打道回国。

在读这本小说的时候，我觉得像在看一部上好的电视连续剧，吸引人一幕幕往下看。是的，它是很适合于改编成电视剧的，而值得庆贺的是，真的有影视公司把改编权买去了。我的期待是，改编成的电视剧不只是讲故事，而且也能传达出作者的思考。

目 录 ‖ CONTENTS

第一章　跨洋追爱

1

浴室的氤氲还未散尽。

谢桥打量着镜中的自己，湿漉漉的面颊和嘴唇，红艳得有些鬼魅，比脸色更鬼魅的是身上这条用料极为节省的裙子。

前胸还算正经，小 v 领，尺度有限。对于谢桥这种胸前坡度平缓的亚洲女人来说，既然没什么本钱好显摆，非要掏出来昭告天下就叫自曝其短。乾坤在背后，整片肌肤裸露在空气里，只在腰臀处横一条幼细带子牵着——遮掩是为了强调，为了在腰臀间形成一个桃形的凹巢，使人很有欲望也很方便从凹巢入手，往上或往下探寻……裙身紧裹住大腿根儿，随便哪种姿态和幅度的动作，一定会走光——其实，它存在的目的就是为了走光的，或者说，这种衣裙穿上身的目的就是为了走光。所以，第一，它只能存在于卧室；第二，它在身上停留的时间不能超过十分钟，否则，不是它的失败，就是穿它的主人的失败。

谢桥来洛杉矶已经五天了。

这五天里，她大致已看清秦淮的处境，虽不至于穷困潦倒，也基本属于在贫困线上下挣扎。她明白秦淮在大陆时，确实是打肿脸充胖子，甚至可以说，是某种程度的蒙骗，但她不忍心这么想。秦淮仍是那般儒雅，那般体贴，甚而有些小心讨好。笑容是可怜巴巴的，又是故作爽朗的。他对她是真心的，这她也看得出来。阔佬当然是做不成了，这些天她埋首于家务琐事，奋战于柴米油盐之间，被铺天盖地的物质淹没了——不是因为繁盛，而是因为匮乏。在大陆的时候，从未想过物质如此具体，她一直在追求精神领域的东西，存在感啊、自我实现啊，物质不过是维护她追求自我实现的基础，她从来瞧不上眼的。洋嫁美国，也是形而上，爱情，不是纯精神领域的活动吗？没想到一来就一头扎进了物质或者说生活本身，清洁地板、擦拭桌椅、洗衣做饭，如此琐碎而具体，完全来不及进行精神领域的探索和思考。况且，她不是追求爱情吗？既如此，就必须为了精神而忍受物质的琐屑与贫困。

如今，最让她不解也不安的倒不是物质，而是，那么多天了，秦淮一直对她发乎情止乎礼，弄得她心里十分没谱。她已经奔着他来到美国，就将结为夫妻了，别说坐怀不乱，连躺在一张床上都不乱，他这是什么意思呢？谢桥想自己也许算不得性感的女人，男女经验也如她前胸一般贫瘠，但真的会让男人嫌弃到碰都不愿碰吗？如真这般嫌弃，又何苦要巴巴把她办到美国来？

从初潮伊始，谢桥就被母亲一番关于失贞的耻辱与后果的宏论吓破了胆。自此，她便像机警的兔子，左躲右闪，提防着不良男人的侵犯，把自己的身体守护得快成圣女贞德了。如今她突然发现，失贞对女人是一种耻辱，可你的未婚夫对你的身体无动于衷是女人更大的耻辱！

这件情趣内衣，是出国前闺蜜梅素素送给她的。

谢桥从没想过自己需要穿这玩意儿，她一直以为这是某些从事特殊行业的女人的专利。

色女素素嘲笑她，"你呀！就是受孔夫子毒害太深了！老以为爱情是多么纯洁、精神的东西，性是多么卑下多么羞于见人。告诉你，性爱是爱情最核心的组成部分！男女之间连身体的吸引都没有，只能算作友谊！就像同性恋，如没有身体接触，可不就是纯洁的友谊吗？再说呀，美国那花花世界，性就像咱们的吃——食不厌精脍不厌细。人家秦淮什么没见过？什么没经历过？你还跟个农妇似的，仰天八叉大义凛然地往床上一躺，就以为大功告成，甚至一边任由男人劳作一边还惦记着猪喂了没有。错了！女人在床上也是要主动努力的！适者生存，弱者淘汰！"

谢桥想拒绝，可到底是接了过来。整理行装时，她诡秘地把这冶艳的软香塞进了箱子底部，也就是个晴带雨伞的意思。没想到，这么快真就派上了用场！

是的，谢桥今晚决定主动出击，彻底拿下秦淮！嗯，换了这层皮，谢桥不是谢桥了，她是色女、魔女、老谋深算、风情荡漾……

浴室与卧室之间，只有一扇薄薄的门。

谢桥轻轻地把门推开，把手撑在门扉上，摆出一个妖娆冶艳的造型。这是她从好莱坞电影里学来的，有点山寨，但基本的意思有了。果然，正靠在床头看书的秦淮愣住了，弧线优美的嘴唇好看地微张着，两眼放射出不那么道德的光。

谢桥造作地媚笑着，一扭一扭地逼近，抵达床边。

书掉了。秦淮一把搂住谢桥，喘息急促起来，手也不老实，一番揉搓之后，这软香果然如期在十分钟之内被脱掉了。谢桥被撩拨得情难自已。是的，她爱着这个男子。从半年前，从第一眼开始，她就沦陷了。她渴慕着他，渴慕着献身，也渴慕着侵吞。她感觉秦淮也坚挺了。她把手伸出去，想去抚弄那小宝贝儿，甚至想像 A 片女优那样，去舔舐它、亲吻它……

"不要！"秦淮一声断喝，吓得谢桥一颤，手尴尬地滞在半空，不知该伸往何处。秦淮又换了低柔的嗓音，说："不要碰，我自己来。"

秦淮小心翼翼地把谢桥摆放至床上，依旧摆成了一个老实巴交大义凛然的农妇。他也小心翼翼地爬上床来，对着自己的宝贝儿好一番迟疑，仿佛真是一件稀世珍宝，千年文物那种，太珍稀又太易碎，叫人不知如何是好。

良久，他终于庄严地进入了。谢桥感觉到那满胀的抵触，来了，来了！她迅速调动所有的感官和情绪，准备以前所未有的激情和风情，全身心迎候这一场具有划时代意义的云雨之欢。

秦淮挣扎着扑腾了几下，便悄然止歇。

谢桥被压得有些僵，她努力想调整一下姿势，以便能更好地投入战斗，秦淮却一动不动了。

谢桥柔声说出自己的请求，秦淮沉默半晌，才低声说："我……已经……做完了……"

"什么？"她隐约感觉到秦淮是轻微蠕动了几下，但绝不会超过十秒钟。

谢桥的一颗心悠悠地坠落下去，跌下深谷。她是没有什么男女经验，可也不是完全没有经历过男人。虽然过去的性爱感受也不怎么样，那是因为她不喜欢也不愿意配合对方。她总是感觉疼痛，总是不耐烦地催促对方，快点快点！可至少她知道正常男人不会这样匆匆结束的。

怎么会是这样呢？

2

怎么会是这样的呢？

美国，怎么会是这样的？

秦淮，怎么会是这样的？

谢桥从踏上洛杉矶的土地的那一刻起，便一声声反复惊疑地问自己。

阳光、美男、鲜花、香车……本以为洛杉矶该以这种姿态来迎接她。

她推车出关时，已是黄昏，传说中著名的加州阳光已退隐到暮色之后，彻底得仿佛从没来过。洛杉矶以一片昏黄的清凉迎接了谢桥。这份清凉停留在谢桥的生命里，成为她永恒的感觉和记忆。

洛杉矶机场并非北京首都机场那样的巨无霸，那样久贫乍富的气派堂皇。它是矮小、朴素甚至是寒酸的。谢桥和所有第一次去美国的中国人一样，习惯把美国往繁华富丽上想。若说北京是普通版，美国就该是升级豪华版。她未免吃惊，事实正好相反。

谢桥期待着人群中的一声呼唤。

没有。

一声声呼唤，英文中文叠加，叫的都不是她。黄的黑的白的拥抱，也都与她无关。

谢桥快速在人群中打望了一眼，各种肤色的面孔身形，让她眼晕，就像要从一堆横七竖八的筷子里挑出属于自己的那一双。

没看到。

她定了定神，再次眯缝起她扑朔迷离的近视眼，努力辨认，细细搜寻。

还是没有。

谢桥慌了。

脚下这片土地，于谢桥而言，无异于阿姆斯特朗踏上月球，从物理到化学，完全在经验之外。唯一的牵系便是秦淮。秦淮不出现，悬浮于空气中的那根线便断了。谢桥心浮气喘地猛然悟到，天天通电话的那个甜蜜情人，自己不知他住哪里，也不知他在哪里工作。唯一知道的，就是一个电话号码。那一串阿拉伯数字，谢桥整日背诵，早已烂熟于胸，然而，她竟从未拨打过！是的，和大多数中国人一样，尽管理论上知道国际长途在国内也是能拨通的，但从没想过要去拨打。不仅因为贵，也是习惯。就像老农民从没想过要去五星级酒店喝杯咖啡，尽管他肯定付得起那个钱——心理上接受不了，没那个习惯。所以谢桥对于电话的姿态永远都是等待，仿佛是单向机。如今，问题来了，唯一能联系秦淮的电话号码，谢桥不知能否拨通。

谢桥呆立原地，那次第，怎一个慌字了得！

她探长了脖子，四处张望电话机，犹豫着要不要尝试拨打那个烂熟于胸又陌生无比的号码。她不敢。她像初涉人世的婴儿，不敢擅自对这个陌生世界迈出危险一步。

"Honey，对不起，我来晚了。"

谢桥寻声望去，在她肩头斜上方，出现了一张脸，正是记忆中反复浮现的那张脸，俊雅的、斯文的脸。只是神情有些窘迫，有些慌乱。

谢桥大大呼出一口气，不好意思地笑了，为自己的胡思乱想。

秦淮殷勤地接过谢桥的推车，走至停车场，谢桥终于感觉确实是到了美国，好车真是多啊！满目皆是奔驰、宝马。至于有些叫不出名字的，她虽是车盲，也能感觉出其名贵豪华，定在奔驰、宝马这种大众名牌之上。这确实远胜国内。

谢桥乐观起来。阳光没有，鲜花没有，没关系，帅哥是有的，香车，肯定也有。

越过奔驰、宝马、劳斯莱斯……秦淮最终将推车靠在一辆白色的小卡车旁边。谢桥有些错愕地望着这"宝驾"：说是白，应该指它原初的颜色，如今是白衣服没洗净，一团一团黑乎乎脏兮兮的灰，间或有漆面脱落，露出星星点点的黯黑。门把手显然快脱落了，用一根红色的塑料绳绑住，根须朝天竖着。总之，这是一个战场上超龄服役、包扎着伤口的残兵败将。

秦淮准备打开后备厢放行李，状况出现了，钥匙转不动。摇动门扉，坚实地紧闭着。秦淮喉咙里发出一声低低的诅咒。他仰着头，双目微闭，完全靠手的感觉去摸索通道，就似一个密码高手在破解结构繁复的密码箱。如此，四五分钟后，秦淮发出一声轻快的欢呼，阿里巴巴的神奇大门终于缓缓打开。

谢桥始终紧张又担心地紧盯着，后备厢开启的一刹那，本该轻松，她却局促了，猛然意识到自己盯得过于关注，就如盯着一个残疾人空荡荡的腿——这是不礼貌、不厚道的。

谢桥羞愧地冲向副驾驶座，揪住那缠着红头绳的门把手，摇晃数下，门自岿然不动。她吃惊地瞪着门把手，秦淮的声音响起："对不起，这门从外面打不开，等我坐进去后从里面给你打开。"

时差来了，谢桥一阵晕眩。你不该看到他断残的右腿，这是不厚道的，所以你转而把目光投向手臂——手臂也是空的。

汽车喘息一阵子，终于冲出路面，还好，还是能动的。车里的座驾颜色也是暧昧不明，并散发出一种可疑气味，像混杂了各种隔夜饭菜。真没想到，美国，竟然容许这样仪态这样气味的汽车存在。谢桥不得不感慨美国的博大包容。

阳光没有，鲜花没有，香车——臭车有一辆，美男——美男还是美男。起伏有致的侧面轮廓，儒雅感伤的低敛情调。只是这情调，在北京的时候，有强大旺盛的气场垫底，这调调儿是贵族式的苍白优雅，飞扬跋扈，那是暴发户的行径。但放到美国的大背景下，在这散发着可疑气味的狭小车厢里，这调调儿如何就变了味儿，透露出颓唐与落魄，而那，似乎才是底色与本色？

谢桥再一次难堪，为自己如此势利的评判。这不符合她从小所受的教育，不符合她的道德观。后来她才发现很多人的气质甚或面貌，在不同的国家确实会呈现不同的形貌。有的人在美国时自信优越，衣履光鲜，一到国内怎么看怎么一副狼狈相——时差、车马劳顿、衣着不合时令等原因。有的人则正好相反。

暮色中的洛杉矶扁平宽展，像一个安静广袤的大农村。天空的颜色是诡谲丰富的，金黄、橘红、冰蓝、暗紫、深灰……一层层晕染叠加，不能说不美。只是与谢桥的期待不符。谢桥想象的洛杉矶，是美国大片里那种气势汹汹的强悍的美，高楼林立，名车穿梭，俊男美女……好比说你期待一个红地毯上艳光四射的大明星，结果眼前出现了一个头戴蓝头巾，腰系碎花围裙的纯朴农妇。不能说农妇不美，从某些角度说，农妇比明星更具有清纯本色的美，但所得非所期，总是无法对位。

车子七拐八弯，在一条小街上停下。一下车，清冷新鲜的空气涌过来，谢桥寒瑟得直往后躲，虽然往后，仍是无穷的寒瑟。

房子是连在一片的独栋房屋。虽没有独立的花园，房子倒也上有天下有地的，按国内人的理解，基本也算作"联排别墅"。

进门一看，却又不是国内概念中那种"别墅"。倒也是两层楼的，但一层的面积最多也就二三十平方米，相当"迷你"。地毯是有的，也如那辆座驾一般，原初的白布满各种星星点点，早已暧昧不明。一张硕大无朋的方桌盘踞房中央，基本占了一半的面积，靠墙的角落委顿了一套沙发，也是"迷你"的。门口堆了一只大箱子，箱盖翻开着，从箱身到箱盖堆满乱糟糟的衣服杂物，谢桥认出正是秦淮回国时所带的那只箱子。也许从国内返回这间屋子后这箱子就忠实地保持着原初的形态，当他需要什么时就从里面抓，本来一箱子可以装下的东西，因为抓得七零八落，不但不见减少，反而出奇的多，漫出来，溢到了地面上。一只衣袖无力地瘫软在地上，像垂死之人的手臂。简直骇人。

谢桥迅速在脑海中搜寻了一下，在国内住酒店时，秦淮的箱子也是在地上这么摊开来，胡乱堆放。只是酒店客房经过服务员的整理后齐整，单只这一处乱，反而破坏了那份齐整，有种行为艺术的凌乱美。到了这房间，处处乱，就如劫后战场了。

秦淮费力地拖进谢桥的两只大箱子，说："先放这儿吧，以后再说。"奈何横放竖放，怎么也搁不下这两个巨无霸，秦淮只得拖着箱子上楼去。

谢桥踮着脚，小心翼翼地绕过地上那堆杂物，坐到方桌旁。桌面足有两三个平方大小，却平展展没有任何款式，桌面杂七杂八地堆满了书报、半空的药瓶、铅笔、方便面、药用棉……各种匪夷所思的东西。

秦淮"咚咚"地走下楼，用几乎是轻快的声音说："箱子放好了！欢迎来美国，欢迎回家！"

谢桥被这欢快感动了！从机场见到秦淮起，他就是一副心事重重的沉闷样子，没有拥抱没有鲜花，也没有一句欢迎的祝词。几个小时过去了，终于看到他的舒展模样，终于听到温暖的问候。谢桥惊喜地转过头去，正准备热烈回应，谁料转身幅度太大，力道太猛，"咣当"一声，谢桥卧倒在那堆"垂死之人的手臂"之中……

秦淮应声来扶，谢桥讪讪爬起，才发现座椅的腿折断一条，无怪乎失去了平衡。谢桥从没想过自己竟有坐断腿椅的功力，她统共不过九十多斤，一直以为自己身轻如燕呢。谢桥愣怔在当地，脸开始发烧。秦淮一迭声说着"没事没事"，抬起坏掉的椅子走向屋外，干脆利落地扔进了垃圾桶。谢桥一方面为自己一进屋就搞了破坏羞愧，另一方面又隐隐觉得，其实，那本就是它应有的归宿……

秦淮牵了谢桥的手转移到沙发上，沙发倒还结实的，一时没有坍塌的迹象。只是这款式这色泽这舒适度，谢桥都感觉遥远的熟悉。那是在20世纪八九十年代的中国小城，她那由公家配备家具的清寡寡的公务员家中，父亲找木工打制的第一套沙发，没想到在21世纪的美国洛杉矶，她竟然又嗅到那久违的气息。说了些什么，不记得了，无外乎寒暄问候，掠影浮光，谢桥只记得最关键的一句，"这房子，是我的，"停了半晌，秦淮又轻轻补充了一句："我买的。"

这又物质又具体的一句话，胜过蜜语甜言，让谢桥一颗悬浮动荡的心瞬时安稳，然后又轻飘飘冲向云霄，简直欢唱了。在国内的时候，谢桥总脱不掉知识分子那份酸腐矫情，不是不喜欢物质，但总喜欢摆出视金钱为粪土的清高样，钱财之物断不肯摆在嘴边来说的。不承想仅仅十二个小时的飞行，从国内候机到此时端坐在秦淮家中，统共不超过二十个小时的时间，她竟然为这一句纯物质的话感动得心尖尖发颤。她笑了，近乎愉快的，眼前这一切，残破、凌乱、颓败，也都可亲起来。

这是秦淮的，秦淮买的，这意味着，至少在这美国，他们有了稳定的栖居之所，而不至于流落街头。宛若戏剧里的先抑后扬，暗沉的铺垫反衬出此刻的安适美好，谢桥以一个女主人的眼光，柔情地打量起这屋里的一桌一椅，轻轻呼出了一口气。

谢桥静悄悄地睁开了眼睛，周遭是盲人般暗沉的黑。她摸索着掏出手表，指针指向凌晨一点五十。她困极，脑子却令人绝望地走向清醒，这就是传说中的时差了。此时此刻，正是北京时间的下午四点多钟，她正该在演播间化妆备稿粉墨登场，或是与朋友在三里屯的饭店谈笑风生，怎得安眠。

谢桥浅浅翻了个身，身下发出一阵呻吟。说是床，其实并没有床架，只在地上甩了一个床垫，国内叫作"席梦思"。床垫里的弹簧显然纷纷背离它原本的位置，有的地方硬硬地凸起一块，有的地方又塌陷下去，真个是地无三寸平。被子非常厚，是谢桥在国内从未想象过的厚和重，压在身上就如泰山压顶，几乎要喘不过气来。可并不暖和，相反，谢桥感觉一阵阵的瑟冷。洛杉矶是沙漠气候，昼夜温差巨大，尽管没有典型的冬天，夜里的气温却令人发指的低。房子又都是木头建造，和北京的房子比起来，就像纸糊的，轻而薄。被子虽如此之厚，但只是光溜溜一个被芯，并没有被套，就如穿了毛衣走在风里，再厚也挡不了风。被子又太大，远远超出了床垫的范围，无论怎么拖怎么拽，仍是东一块西一片耷拉在床垫外，拖在地上。被子里的棉絮显然也不肯排队归位，凹凸不平，厚薄不均，风从四面八方嗖嗖地灌进来，冻得谢桥血液都快僵了。

谢桥瑟缩着，尽量把被子拢得严密齐整些，试图抵御寒风的袭击。在局促的辗转中，她的胳膊不小心碰到了秦淮，秦淮迷蒙地发出一声低低的诅咒。谢桥吓一跳,秦淮翻个身,竟又自睡去。这么个漂亮齐整的人儿,躺在这样的"床上",盖着这样的被子,居然也能睡得香甜。谢桥想想他在国内开的酒店套房,不由感慨,真是大丈夫,能屈能伸啊。

身边躺着个男人。这景象令谢桥感觉新鲜而古怪。

多少年来,谢桥都是孤枕独眠。她算得上典型的清心寡欲。她的身体基本等同蛮荒的处女地。但是,她也在暗暗地期待着枕边躺着一个男人,仅仅需要男性粗壮的荷尔蒙气息,调剂室内气场的阴柔;仅仅需要暗夜里的一个拥抱,踏实的、温暖的、可依靠的。

在北京的时候,她既兴奋,又紧张。她在期待着什么,又害怕着什么。

她怕秦淮像传说中的美国色狼,如饥似渴霸占她,满足后一脚踢开,再无踪影。虽然他看上去那般儒雅,标准谦谦君子,但是,谁知道呢,白白被占了便宜,始乱终弃,这例子多了。谁不担心遇到个美国骗子?对于花花公子来说,得到即等于放弃。当然,暗地里,她还隐隐有些自卑。她骨子里可不像外表那般风情,性经验少得可怜。她怕自己表现不佳,配合不了秦淮,怕来自于以性开放闻名的花花世界美国的秦淮嫌她土,不开化。

可是,秦淮却始终没有迈出最后一步。他真的像琼瑶小说里的主人公,仅限于牵手、拥抱、亲吻。高尚的柏拉图。他说:"我不是为女人来的,我是为爱来的。女人美国有的是,我犯不着万里迢迢来到中国。我爱你,就要珍惜你,尊重你。在确立关系之前,我不能碰你,这不道德,也不负责任。"

谢桥感动得几乎流下了眼泪!

是啊,她有什么?她没有钱,这显而易见。她有些虚名,可这对于大洋彼岸的秦淮毫无意义。"拿什么奉献给你,我的爱人?"唯有这女性最为原始的本钱——美艳鲜活的身体,性感如蛇妖,清白如处子。

可是,她仅有的这笔最大的财富,秦淮却并无意侵占。这不是爱——最高尚纯洁的爱,是什么?

如今,终于来到了美国。男女间那些事儿,她也还是懂的,却又还不太懂。程序是知道的,也经历过,至于为何非要这样做,意义与乐趣何在,就不太明白了。但作为成年女性，至少她知道，男女共处暗室，而且是即将结婚的男女，有些事情是必须该发生的。

沐浴完毕，她捂着被子躺在床上，心跳过速，忐忑难宁。秦淮钻了进来，亲吻了她，谢桥娇羞着，做好了献身的准备。秦淮似欲进一步行动，关键处却又犹豫了，踌躇半晌，体贴地轻声说道："坐了那么久飞机，你累了，早点睡吧。"

秦淮拧灭了台灯，道声晚安，两个人老夫老妻似的，规规矩矩各自躺下。谢桥来不及细想，困倦铺天盖地袭来，竟一下子睡着了……

虽然什么都没有发生，可是，身边毕竟躺着一个男人。

谢桥的眼睛已逐渐适应了黑暗，街灯透过百叶窗射进来，迷糊可见秦淮清俊的轮廓。谢桥心中涌起一股酸楚的柔情。

这个男人，谢桥不是倾心于他，不是在爱着他吗？

她万里迢迢前来投奔他，决意与他甘苦与共，携手终老，在她心中，早已把他当作了自己的丈夫！

谢桥从背后轻轻地搂住秦淮，把脸静静地贴在他的背上，男性的体味钻进鼻孔，搔得她痒痒的，几乎要落下泪来。

清晨的第一缕阳光透过百叶窗照进来，秦淮翻身而起。此时中国时间正是深夜十二点，谢桥历经了大半个夜晚无眠的折磨，头脑正如火如荼地走向混沌。她渴盼着立即睡死过去，把这几十个小时旅途的劳顿和时差的折磨都藏进睡眠里，可是，另一个自我又审慎地提醒说，不能睡，这是到洛杉矶的第一个清晨，一切的一切都悬而未决，怎么可以心安理得地大睡特睡……她猛一激灵，像战士一般英勇地爬了起来。是的，她必须要表现得像个勤劳贤惠的小媳妇，必须要让秦淮觉得，万里迢迢把她办到美国，是值得的。

秦淮正坐在客厅里那张功能百用的大桌子一角吃着一碗热气腾腾的泡面，清晨的阳光下他美色撩人。看到谢桥下楼，他的脸上蓦地露出欣喜的神色，是那种打心眼儿里涌出的不折不扣的欣喜。似乎从谢桥踏上洛杉矶这块土地到现在，他才真正回过神来。他殷勤又歉意地说，"饿了没？我给你泡面。韩国辛拉面，很好吃的！"

"我来我来！"谢桥慌忙应道，从墙角那一大箱方便面里抓出一包来，加了水泡上。秦淮把书、药瓶、铅笔等杂物往桌子中间一堆，腾出一小块地方，两个人围桌而坐，稀里呼噜吃起了泡面，很有贫贱夫妻结伴儿过日子的温馨安适感。谢桥无端想起张爱玲《倾城之恋》里的一句经典话语："在这兵荒马乱的时代，个人主义者是无处容身的，可是总有地方容得下一对平凡的夫妻。"嗯，时光飞逝，到了21世纪的美国洛杉矶，可否也容得下他们这一对平凡的夫妻？

秦淮穿上外套准备上班。他羞涩地说："不好意思，中午你将就着吃点泡面，晚上我带你出去吃饭。"他冲进厨房，从冰箱里捧出两个又红又大的苹果，近乎讨好地递到谢桥面前，说："看！我专门给你买的，红富士苹果！"苹果这种蠢笨傻大的水果，谢桥在北京从不爱吃的，她喜欢精致可人的水果，樱桃啊、提子呀、杨梅啊……可看到秦淮那郑重又珍惜的神色，她也赶快以如获至宝的姿态接了过来。

秦淮体贴地说："我上班去了，你最好去睡一下，倒倒时差。这些，"他指着客厅里那些横七竖八的箱子，"都别管了，先放着吧，一时收拾不完的。"

秦淮一离家，谢桥便马上以一种英雄主义的豪情，热火朝天地投入到旧貌换新颜的改造中。谢桥一直是典型的生活弱智，严重的保姆依赖者，就连在北京一个人生活的时候，也请了钟点工打扫房间，洗衣做饭。来到美国的第一天，她猛觉自己也有双勤劳的手，也是个可自食其力的劳动者。美国可真是个劳动改造人的好地方。嘀嘀嘀。

谢桥把地上躺着的箱子拖到楼上，把衣服挂好，把客厅里大桌上的杂物分门别类摆放齐整，把堆在沙发上的衣服书籍一一归位……整整忙活了一个上午，可是，效果远不如她想象的那么好。屋子看起来仍是一派脏乱差。这固然和她的能力有关，长期的好逸恶劳使她的劳动能力退化，收拾的结果往往是把物件从A处挪到B处，从桌上搬到沙发上，并未有根本改观。更重要的是，客观条件实在有限。空间太小而杂物太多，怎么摆放都是一个乱。

谢桥瘫倒在沙发上，时差阵阵袭来，几乎要昏厥过去。她实在想昏死过去，有个正当理由与现实暂且隔绝……可是，仅仅喘息片刻，她再次弹跳起来，兀奋地继续投入战斗。她从小储藏柜里翻出一个表面灰尘结了一寸厚的吸尘器，开始吸地。吸尘器又吼又喘，声势浩大，可是，地面的垃圾却几乎纹丝不动。谢桥已充分发挥了她的聪明才智，还是未果。谢桥气愤地甩开吸尘器，决心用手把垃圾捡起来扔到垃圾桶里去。家里没有拖鞋，谢桥光着脚，戴着近视眼镜，蹲在地上耐心细致地捡着垃圾，一个小时后，地面果然清爽干净了许多。谢桥兴奋又气愤地冲那吸尘器踢了一脚：什么高科技！还是这一双手管用！

如此这般，又是几个小时的艰辛劳作，屋子已改观很多，但离谢桥的理想还有相当大的距离。这就不是能力的问题，是这屋子里的物件自身的品质问题。

所有的家具物什，肯定原初就没有什么好模样，如今岁月压榨得让它们缺着胳膊少着腿，遍布沧桑，随便谢桥怎么擦怎么摆，都擦不出颜色了，就似一个皱纹满面的老妪，怎么敷粉搽膏都恢复不了原初少女的成色，垃圾箱才该是它们目前的归宿，或者说，那本就是它们到这个家栖居前的来处。

唯一华美的是衣橱，秦淮的衣着仍是考究的，西服衬衫、T恤长裤，都是名牌。只是显然没经过专业熨烫，有点不够挺括。在北京的时候，秦淮可是连内裤都是要干洗的呀。

更为耀眼的是谢桥从北京带过来的两大箱华服，长长短短的礼服裙，斑斓绚丽，添加在衣橱里，闪烁着刺眼的光芒，怎么看怎么像落难的公主走投无路，误撞进破庙里。

劳作了大半天，谢桥瘫倒在沙发上，心情复杂地打量着自己的辉煌战果——从猪圈变成了狗窝。

这一切，是如何开始的？自己怎么就真的漂洋过海，来到美国了呢？

所有的缘起，皆始于那个电话。数月前，那个老男人许岩的邀约电话。

3

多少该有些矜持和沉吟的，虽矫情，却必要。

男女关系如打拳，你进我退，你退我进。不管多么爱对方，女方切忌向男方猛扑，扑得越猛对方闪得越快，就算天鹅扑向癞蛤蟆，癞蛤蟆都会逃之夭夭。

这道理谢桥是懂的。因此，当接到许岩晚宴的邀约电话，谢桥是准备假意推辞，至少是推搡一番，再勉强应承下来的。她想说：不行啊，已经有约了，那我看看能不能推……但是，她嘴里说出的却是：好啊！好啊，去哪里？

放下电话，谢桥有些惊愕，不明白自己怎么会急成这样。

许岩，不过是众多追求者中的一员而已。

一场酒会认识，往来数月。许岩喜欢倒是喜欢她的，但追求得并不狂热。有点像谈恋爱又有点不像，有一搭没一搭，若即若离的。一个月前，吃完饭喝完酒，酒酣耳热，聊得有些渐入佳境的意思，甚至提到了婚礼。他显得蛮有诚意的，谢桥就有些心动了。年过三十，就如拍卖会上的古董，有价无市的，看起来簇拥者众，不过是表面的繁华，真要出手收藏，那又是另外一回事了。

许岩邀请谢桥去他公寓，作为成年男女，人体晓得这意味着什么。谢桥一时不知该拒绝还是接受，仓促之下，蹦出一句：去我家吧？也就是个权宜之计。许岩有点诧异，但还是兴头头地把车掉头，从北开到西，到了谢桥租住的公寓楼下。如果下车，上楼，办事，谢桥也许就结束了她的剩女生涯。可谢桥看着许岩那张喜气洋洋的脸，也许是情欲高涨，也许是酒精的作用，鼻头四周发红，嘴巴也有点歪，皱纹显得有些沟壑纵横，蓦地一阵心慌，便说：改天吧！为什么？许岩蹙起了眉头。本可以找个合适的理由解释，也许不会那么僵，可谢桥一时之间想不出词来，她本不是一个擅长撒谎的人，只得生硬地回答道：改天吧，改天我约你！

谢桥拉开车门，逃也似的跑了，倒似在逃避一个强奸犯。

不是贞女烈妇，也不仅是腼腆羞涩，实在是，不甘。

许岩，不过是个"最起码"。他有一家电脑公司，在北四环有一套公寓，开一辆欧宝车。外貌嘛，中年男人的惯常样子，五官也说不出个子丑寅卯，个子倒还高，带出去也不算丢人的。

总的说来，这么一个男人，基本条件也都还靠谱。但说满意还是不满意的。首先有个女儿，这都算了，前妻带着，干扰也不大，但年纪太大了些，比谢桥大 16 岁。再说，军旅家庭出身，性子直接暴躁，谢桥比较向往斯文俊雅的男人，都是当年看琼瑶小说给害的，少女时定下的审美标准，要改也难了。

少女时期关于白马王子的幻想……便也罢了。至少希望他能够稍微年轻一些，说话声音稍微小一些，看芭蕾的时候不要打瞌睡，更不要把蔡文姬和文昌鸡混为一谈……

冷寂了。

直到一个月后的今天，谢桥终于接到许岩的电话，声音听上去还相当愉快，似乎二人从未产生过芥蒂，似乎他仅是出远差回来。谢桥欣然应允了，语气还有些娇嗔，有些撒娇的意味。放下电话，她才意识到，她的语气有些太急迫了。是的，连她自己都不敢相信，其实她是在期待这个电话。其实，她害怕这电话不来。其实，在这一个月中，她反复掂量，左右权衡，在身边这些高高矮矮、肥肥瘦瘦的所谓追求者中，竟没有比许岩条件更好，更为靠谱的了！上得台面的男人，倒也不是没有，有个把男人也有上亿身家，甚至个把男人还是身居高位的领导。但是，惭愧得很，这些男人十个里倒有九个半是有妻有子的。也不知怎么了，如今中国的男人，但凡有些脸面的，追求起自己老婆之外的女人来，一个个竟都理直气壮的。好像三妻四妾虽被婚姻法废除，却又在民间暗成气候，成为公开的秘密。谢桥自忖不具备做小三儿的天赋，和道德感没关系，主要是心胸不够博大，容不得分享。所以，单身，这是首要和必要条件。这一来，犹如洞眼般大的筛子，看起来簇拥的男人一堆堆的，一筛就所剩无几了。还有个别男人，主要在文艺界，单身倒是单身，可人家根本就不打算改变单身身份，根本要立志做浪子的。

现实便是如此严苛。

如这电话不来，真不知该如何下台阶，如何收场。主动去电话？岂不太掉了价！正左右为难，电话及时赶到，如此，尊严、面子，总算都保住了。有一些庆幸，更多的，却是不甘与薄怨。因陋就简，委屈下嫁……谁叫她挑过了头，谁叫她已经 32 岁！就在这委委屈屈不甘不愿的情绪中，谢桥换上了一套玫紫色胸衣与底裤，该遮的地方薄如蝉翼，该透的地方，却繁复地缀有瑰丽炫目的玫瑰花瓣——这种衣服，穿上的目的就是让人一把扯下的……

委屈愈发重了，简直有勾引之嫌。是的，她已经32岁了，江湖人称"剩女"。（哪个缺德的发明了这个耻辱的字眼？）剩女？就和剩菜剩饭一样，无论原本的品质如何高，也散发出一股子隔夜陈腐的馊味儿。

为尽早结束"剩女"生涯，高雅清纯的女主播谢桥鬼鬼祟祟地穿上这不正经的暧昧内衣，像个即将接客的妓女或偷情的荡妇——就为了那48岁的看芭蕾舞都打瞌睡的老男人！

到了位于安定门外馆斜街的圣淘沙门口，四五个男保安簇拥上来，黑色套服，雪白手套，开车门的开车门，打阳伞的打阳伞，大有此山是我开此树是我栽的气势，把谢桥这种打出租车来的客人也伺候得女王般尊贵。谢桥的心情略微舒畅了一些。许岩虽称不上是富豪，倒也出手阔绰。在整个北京城，圣淘沙也算是数得出来的高档会所。选择这种地方约会，莫非会正式求婚？谢桥望了一眼光秃秃的右手无名指，莫名感觉沉甸甸的，似乎那亮光闪闪的指环已经套了上来……想起身上那套暧昧内衣，脑中浮出一个词：内有乾坤……身上脸上都不禁燥热起来……

到了包房门口，谢桥并没有端严庄重地径直走进去，而是把门轻轻推开一条缝儿，半侧了身子，探进去笑吟吟一张脸……她经常会做出这种不符合身份和年纪的举动，调皮，孩子气，其实，骨子里她根本就还是一个没长大的孩子，尤其在喜欢自己的年长的男性面前，当然有资格蹦跳着走路，撅着嘴撒娇的，为什么不？

房里的两个人同时站了起来，两个人！除许岩外，还有一个非常年轻的姑娘。谢桥的动作僵住了，半边身子门里，半边身子门外，很生动地诠释着那个成语：进退维谷。

许岩用他惯常的大嗓门响亮地说：来来来，介绍一下，这是徐莹，这就是谢桥谢老师……

谢老师？谢桥疑疑惑惑地进来，坐下，脑子里空空的，表情在轻浮和庄重之间犹疑徘徊，一时定不了位。

许岩很自然地拉住了姑娘的手，谢桥一激灵，表情终于调整为端严，新闻主播的端严。笑也不是笑，只是提笑肌，不笑也像笑，因为提了笑肌。万幸长年累月的职业化训练，很好地抹去了内心一切的波澜，新闻主播的表情怎么看都是正确的。

　　"情况是这样的，谢老师，我们家莹莹呢，正好也是学电视的，谢老师你看是不是能让莹莹到你们节目组实习一下？一分钱报酬不要，就是跟着你跑跑，学习学习。呵呵呵。"

　　许岩的手挪到了姑娘的肩膀上，姑娘的手搁在许岩的腿上，看上去真像一对亲热的父女，可谢桥知道许岩的女儿只有 12 岁。

　　"嗯，你多大呀？ 80 后吧。"谢桥的声音也是新闻主播的平铺板直，不带感情色彩，又似乎满怀感情。怎么理解都可以。只有她自己知道，提到"80后"这个词汇时，她心里怎样地酸痛了一下。对于 70 后的她，80 后一词简直是隐疾和暗伤。

　　"谢老师，我是 1990 年的。"

　　90 后！饶是谢桥如何训练有素，也险些惊呼出声！完全在谢桥的经验之外，想象之外。这意味着，许岩怀里这叫徐莹的姑娘与她谢桥整整隔了两代！十年前，谢桥 22 岁时，这姑娘才不到 10 岁，当时笃定是要叫她阿姨的！

　　谢桥定睛看着这个 90 后的孩子，眉目疏淡，谈不上多么美貌，唯可一提的是她的皮肤。不白，沉甸甸的象牙色，紧致柔腻，连眼睛周围和鼻翼两侧都是干净的，天然的青春做底的均匀干净。

　　谢桥突然怀疑自己的脸很暗。会不会化妆时粉底用深了呢？眼影是否也太重了？

　　谢桥几乎有些仓皇地跳起身来，抓起化妆包冲进洗手间。"砰"的一下关上门，冲到了镜子前。

　　有一瞬间，谢桥几乎不敢睁开眼睛，她害怕镜子里会映出一张她自己不认识的脸。就像宫崎骏童话故事里被巫婆施了魔法的小姑娘，一夜鹤发鸡皮。

　　对容貌的不自信，曾是有的。那是少年时。想美，却不自信。她对自己诸多挑剔，不够玲珑不够纤秀，见到谁都心生羡慕。可当她做了电视台节目主持人后，人人都说她美。她也曾惶惑的，可放眼望去，那些曾被她艳羡的漂亮姑娘们，或胖了，或俗了，或刻板无趣，总之，她们都平庸了，黯淡了，沉到了芸芸众生里，成为了灰暗的模糊暧昧的背景，混混沌沌一片。她谢桥孤星闪耀，竟有了些一览众山小的感觉。慢慢地，谢桥也就相信了自己美，是真的。十几年了，心也不虚了，腰杆也直了，笑容也矜持了，仿佛从不曾有过自卑惶恐，仿佛真的生下来就是个美女。

谢桥不敢相信，是因为门外那容颜庸常的姑娘的映衬，她突然对自己产生了怀疑，这很滑稽。和那么多的明星美人儿同台竞技，她不曾被比下去，不曾感到过自卑，可是，在那个90后的青涩姑娘面前，她突然惊慌起来，就好像一个富翁某天清晨醒来突然发现自己一贫如洗。如何不仓皇？

谢桥缓缓地，近乎悲壮地，凝重地睁开了眼睛，——天可怜见！她一点也不黑，粉底柔和细腻，眼影也不重，妆容细致清雅，几乎是无懈可击的。身材的曲线也依然玲珑纤巧。

谢桥轻轻呼出一口气，是的，这还是她熟悉的那个自己。这个女人，固然也算不得国色天香，但是，不管把她放在何种群体里，比她更美的都不会太多。

唯一不好的是她的表情，软弱的，不快乐的，委屈与哀怜的。她常常看到这个样子的自己——当她午夜上洗手间时，当她做完节目一身疲惫回到家中时，总之，每当她独处时，当她不经意间瞥到镜中的自己时，就是这副模样。这常常让她感觉诧异，似乎生活很不满意似的，但谢桥觉得自己混得还不错啊：从小地方奋斗到北京的电视台，虽不是名主播，也算占据了一席之地；模样在看走眼的情形下，基本还像二十几岁；虽然暂时没有老公，可追求者总是有那么三五个围着转的。镜子真像是穷途末路的酸腐作家，总试图有点什么不同的发现。比如，告诉春风得意的女主播，你骨子里是个怨女？

谢桥揉揉脸，如同川剧里的变脸，好了，熟悉的表情回来了，端严又妩媚的，亲和又有距离的，如果你是一个电视台的女主播，面对公众时，大抵你就是这副神情，必须是这副神情——知性强势的大女人。这是公众对你的期待。

天晓得你的内心可能真没有这么强。

谢桥带着这标准而正确的表情回到座中。

小姑娘面对"谢老师"有点巴结，有点讨好，甚至有点激动。虽然在电视台几百号主持人中，谢桥是没有什么名气的，但毕竟也算是公众人物。在职场上，被称作老师当然光荣，也算是多年的媳妇熬成婆。不够资历，能被称为老师吗？容易吗？可谢桥突然意识到，转换到另一个场境，"老师"不但不占优势，相反，更有些讽刺的意味。

小姑娘恭维说："谢老师真漂亮啊，一点都看不出年纪。"

谢桥是美的，她知道。可她更知道自己花了多少心力在维护这美不要衰败上。简直是丧心病狂啊！一瓶瓶液体黄金，狠心咬牙往脸上倒，面膜、眼膜齐上阵，护肤程序繁复冗长到男人见之晕倒的地步，再是春心勃发的男人，等到她护肤程序完成，也该阳痿了。可她数年如一日，坚决依程序一丝不苟、保质保量地完成，落掉一个细节就会有犯罪感。一分耕耘一分收获啊！这皮肤确实"保养"得很好，可在90后姑娘那鲜嫩得要滴出水来的肌肤的映衬下，谢桥明白自己皮肤再好，也是损失了汁液和水分的，就像情人节街头那昂贵的"蓝色妖姬"，一放数月，似乎永不颓败，可毕竟是得益于化学药水的浸泡，不是真新鲜。

身上这套衣服，她也觉得穿错了。太紧身，裙子太短。当然，身材没有什么问题，腰很细，腿很长，没有赘肉。这么说吧，不管和哪个年纪的女人相比，这身材都是经得起推敲的。但是，她突然意识到，自己越来越热衷于紧身的衣服了，好似在炫耀，其实是内虚，怕别人会怀疑她身材走了样。所以她再没有勇气穿宽松的衣服，而是用曲线毕露的紧身衣裙告诉大家，看吧看吧，我身材一点都没有变。

人所热衷于炫耀的，往往正是自己所匮乏或者说害怕自己匮乏的。

客观来说，眼下的谢桥，依然是一朵怒放得明艳的鲜花，而90后的这个姑娘，最多只能算一棵葱茏的小草。

但是，这鲜花已开到荼蘼，不会更美了，前景只能是衰败。天可怜见的，为了维护住这明艳，她使出了浑身解数，一刻也不敢松懈，但衰败仍是必然的，也许一年、两年，也许就在明天……

而那棵小草，仅算一棵小草吧，现在当然不起眼，却似乎有无限长的光阴徐徐铺陈，在这岁月的流转中，谁晓得她能否出落为一朵耀眼的鲜花。——如今的年月，美的标准是那么多元，就算她仍只是一棵小草，可青春本身就是美的。

是的，青春。这个姑娘，青春才刚刚开始，而谢桥的青春，已临近尾声。

姑娘起身去洗手间了。谢桥用故作轻快的声音打趣说："行啊，你，找个90后女朋友。"

"嗨，我也晓得不大靠谱。给我养老送终估计难。想想看，20年之后，我都六七十了，人家才不到40岁，还不一脚把我给蹬了？"

"还20年呢！你太乐观了吧？如果你们能撑到两年，就算你狠！"谢桥有些刻薄，但，难道不是吗？

许岩愣了愣，说："那可不一定，没准儿我们真能成就一段可歌可泣的爱情故事呢！"那一刻，他的表情居然认真纯情得犹如处男。

爱情，许岩提到爱情！如果不是内心的情绪实在转换不过来，谢桥几乎要笑场。

"你知道吧，北京话里，男人叫孙，女人叫果儿，是，我四十八了，北京话叫苍孙，老男人。可王朔说过一句话，好孙能带三代果儿。男人是不怕老的。"

是，谢桥暗想，自己就是那第二代，洗手间那果儿就是第三代。而许岩这苍孙，已经越过第二代，直接把魔爪伸向了第三代。苍孙也有嫩果儿扑，果儿老了呢？该去找什么孙？

现实是严酷的，谢桥知道，但真没想到会严酷到此种程度。

颓败，谢桥不得不承认这种颓败与恐慌感。

谢桥被青春击败了吗？不仅仅是。如果这姑娘仅仅是一个年轻姑娘，就像在台里实习的那些个蹿上跳下的年轻女孩子，谢桥并没有那么严重的危机感。这姑娘的威胁在于，她坐在谢桥曾经的追求者怀里。而这个追求者，谢桥还以为今晚会向她求婚，虽不一定答应，但她还是暗暗做了准备，紧身裙里有乾坤……

不，也不仅是忌妒。是的，许岩，他仅仅是一个最起码，是托底。人面上看来还可以，细节处处漏洞百出。每个未婚的女性，都会为自己预留一个"托底的"，就是说，她必须得有一两个看得过去的、但自己并不满意的追求者，他们忠心耿耿，无怨无悔。她的情感尽可以流浪四方，如有了理想归宿，当然，这份情感就会转化为高尚纯洁的友谊，如遭受挫败，每一次回过头去，他都在那里，不离不弃。许岩就是这样一个"托底的"，俗称"备胎"。谢桥之前一直不甘心与他走入恋爱，是因为自我感觉还良好着，还自恋着，还多少有些奇货可居的意思，直到发现市场真的没有自己想象的那么大，而随着光阴的流逝，自己在婚姻市场里的价值更在日益贬值，才委委屈屈决定把自己交给那个托底的。没想到，人家才是奇货可居，人家早已准备同第三代果儿演绎可歌可泣的爱情故事了!

谢桥不是伤心许岩的背离，两个人并没有发生过什么，连心里也没有发生过，所有关于爱情的情绪：激情、战栗、思念、期待……都没有过。有遗憾，但不伤心。她的惊恐在于，她蓦然发现，这些90后的孩子，这些曾经可以叫谢桥"阿姨"的姑娘，已经成长起来，在婚姻的市场上，公然和谢桥们一起抢男人了! 抢的还不是同龄男孩子，而是老男人。这些青春饱满的姑娘一个个投身于大叔的怀抱，想省却十年二十年的辛苦打拼，直接享受大叔的奋斗成果。当然，也许只是需要大叔的关怀和照顾，喜欢大叔身上那年轻男孩子所没有的成熟稳靠。这是谢桥们的市场，但被这些年轻姑娘毫不客气地挤占了。这叫什么? 釜底抽薪?

从圣淘沙出来，谢桥有些个恍惚。

初春的风吹过来，吹在她裸露的大腿和胳膊上，她打着寒战，该死的，实在穿得太少了点。

4

"你这种状况，在中国是没有什么市场了。是，你漂亮，你有气质，你还有点才情。可中国男人的审美眼光就那么俗，死盯着一个年轻！年过三十就是掉了价，就像商品过了期。过期不被淘汰，也该打折了。"

谢桥的一颗心忽悠悠地上下打着转儿，不甘不忿！从小地方奋斗到北京，她过五关斩六将，消灭了多少竞争对手，让多少漂亮姑娘败下阵来，才坐到今天新闻主播这个位置，这容易吗？在家乡，她令多少人羡慕忌妒恨。她也一直把自己当作成功人士看待的！怎么就成了过期商品？怎么就该打折了？

可是，可是……现实为何如此困窘！

谢桥沉闷半天，说："非结婚不可吗？单身怎么了？逍遥自在。"

"拜托，大姐，不要死扛了好不好？你已经32岁了！现在叫'剩女'，到了40岁还嫁不出去就该叫'齐天大圣（剩）'了！就算你自己不急，家里不急，社会都替你急。40岁，还剩着，你又不幸还有几分姿色，男的女的都得躲着你，防着你。男的怕瓜田李下说不清楚，怕被你黏上就不撒手，女的更怕你穷凶极恶扑上来抢她老公。知道北京把40岁的剩女叫什么吗？'社会公害'……"

谢桥蔫了。

素素见状倒"扑哧"一笑，柳暗花明地说："但是，你漂亮、有气质、有才情，怎么会没有市场？你的市场不在国内，在 —海——外！在——美——国！"

谢桥吃了一惊。"美国？我英语都不会，和老外语言都不通的！"

"谁叫你找老外了？是美籍华人。美国的中国男人普遍素质高，修养好，博士一把一把地抓，都是精英！不像国内，不是穷酸知识分子，就是暴发户。"

"连国内的土暴发户都嫌弃我，海外精英能看上？"谢桥悻悻的，带着过期商品的颓丧。

"这你就不懂了，越是精英，越能欣赏高层次的美，不像低俗男人，只会盯着个年轻！再说，在美国，中国年轻美女极其匮乏。"

梅素素详细分析了年轻美女匮乏的原因。大部分去美国的中国人都是通过留学的渠道。男人是精英不假，女人正好相反，能通过这考那考的女才子中，几个是有姿色的？通过工作渠道过去的女人大都在社会上几经沉浮，年纪也都一大把了。富二代的女孩子通过关系到美国读书的倒有些年轻漂亮的，可人家只盯着富二代的同龄男孩子，要帅的、年轻的，会一起玩儿、一起享受人生的，35 岁以上的中年大叔根本不在考虑之列。至于说 ABC（美国出生的中国人），那是黄皮白心，长着一张中国脸，可对中国完全没概念，从不在中国人圈子里混。就算父母逼着要找中国血统的，那也是找 ABC，不会找半截子从中国来的土著。所以说，美国的中年单身男性条件好，市场却非常小。有点姿色又有点素质的女人简直就是宝。

如是，梅素素提供了惜缘国际婚姻介绍所所长田二麦的名片。田二麦从洛杉矶打来电话几番交涉，终于铸就圣淘沙的相亲局面。

那个春日的午后，谢桥走到圣淘沙门口，感觉有些腿软。对于这半约会半相亲的形式，隐隐生出反感和抵触，甚至感觉荒唐。在她的概念中，只有没人追的丑女才需要介绍相亲那一套，自己如何也沦落到如斯地步。

见迈克那天，谢桥在穿衣镜前流连了两个钟头。

凭她对美国海市蜃楼般的虚拟理解，美籍华人可能看惯了西式性感的洋妞或伪洋妞，或许会喜欢古典的中国女人。因此，她穿了一件绣花黑旗袍。旗袍太中国化了，中国得几近媚俗。好在这旗袍的质地是整块的小羊皮，皮质的时尚酷帅中和了旗袍的柔媚中庸，有些讽刺意味的是，这中式的旗袍竟然是地道的法国品牌，中货洋做，短袖短裙，大幅度露出胳膊和长腿，及膝的黑色长靴，极薄的小羊皮，靴身刺有繁密的花形图案，增添了层次的丰富。外套是一件秋香绿的中式短袄，袖口和下摆绣有繁丽的玫瑰色花朵。

她是这样设想的：外套的鲜亮有先声夺人的效果，把眼球吸引住；落座之后，除去外套，黑色旗袍低调含蓄，却绝不中庸；尤其是裸露的胳膊，在隆冬的北京，周遭一片包裹得严严实实的人群中，这白亮的胳膊既青春又性感；谈至中途，她会起身去洗手间，不出意外的话，他的视线会随着她的身影移动，然后，他会看见一个曼妙的背影，腰臀被旗袍勾勒得起伏有致，她会款摆腰肢，却并不是为了张扬，仅是走动的需要，性感却无辜。

如此，这美由表及里，由静到动，层层推进，不由人不心动的。谢桥的美，很大程度上源于她对打扮的小机灵，小情调，小天赋。当代哪里还有天生丽质，美女都是包装出来的。

谢桥选择的地点仍是圣淘沙。一来这里的暖气充足到矫枉过正，穿长袖毛衣会热得冒汗，毛衣里穿秋衣的就是土鳖。她似乎不经意地露出胳膊，满目的严实灰暗中，大胆又俏皮，却恰恰相宜。若是去寒酸的小餐馆，暖气哆哆嗦嗦的，胳膊露出来，不把人冻死，看着也突兀死。二来，这里的消费贵到令人发指，菜单上的价格通常令人触目惊心，随便一杯饮料都要卖到一百多。谢桥选择这里，多少带了点考察迈克实力的心态。她算不得势利的女人，并不仅以金钱为择偶考量，更不像那些没见过世面的女人，逮着冤大头宰一刀是一刀。但是，她也不想千山万水嫁个美国穷人。说是愁嫁，是嫁不着条件好的男人，要想嫁个穷人，北京倒也有得是，犯不着费那么大周章。

迈克这人，是她从 HH 二麦提供的数十个候选人中挑出来的。美籍台湾人，40岁，硕士，洛杉矶电脑工程师，身高一米七八。条件似乎靠谱。从照片上来看，相貌也算端正。但是，照片未必靠得住，听说很多男人都拿20年前的照片来蒙女孩子，她害怕进去看见一个秃顶肥胖的糟老头子，那番羞辱，岂一个悔字了得！

终于进去了。

谢桥忐忑地穿过大厅，走向靠里的卡座间，心里竟有些悲凉和悲壮。

一个穿米白夹克的男人从座位上站起来，微笑着伸出手："谢桥小姐？"

天啊！这就是迈克？任谢桥万般联想，也想不到迈克竟然是这样一副模样！

不，他不是迈克，太不迈克了。谢桥猛然想起他的中文名字，一个很古典风雅的名字——秦淮。不折不扣，他是秦淮！

照片果然是骗人的，信不得。照片上的秦淮长得不错，是的。可见到秦淮本人，谢桥才明白什么叫不上相。照片拍出了他的轮廓，可哪里拍得出来他的斯文俊雅、他的洒脱气度。而且，他那般年轻，看上去最多三十出头，怎么会有40岁？国内的同龄人简直和他是两辈人。太吓人了，莫非是千年老妖？不会老的？

圣淘沙典雅婉约的装饰风格，谢桥以为和自己的皮质旗袍相得益彰。错了！

这环境帮了秦淮的忙，简直像为他度身定做，与他的气质水乳交融、丝丝入扣。

他是中国男人，可他又不是。他属于唐诗宋词，属于遥远的古中国，属于梦幻和想象。总之，不属于21世纪的大陆，不属于周遭谢桥触目所及的那些粗鄙鲁莽的男人！

谢桥坐了下来，有些晕眩。好在播音员的职业素养再次帮了她的忙，令她不至像个花痴般失态。

"醒也无聊，醉也无聊，梦也何曾到谢桥。谢桥，多美好的名字。美好女子的归宿，男人心向往的地方。"秦淮含笑，轻声解读着谢桥的名字。

"啊，你也喜欢纳兰性德？"谢桥惊喜莫名。她的名字正取自于纳兰性德的名篇《采桑子》：

> 谁翻乐府凄凉曲？风也萧萧，雨也萧萧。瘦尽灯花又一宵。
>
> 不知何事萦怀抱，醒也无聊，醉也无聊，梦也何曾到谢桥。

纳兰性德，风流尽占却抑郁寡欢，浊世佳公子。一个喜欢纳兰性德的男人，纵有些矫情，总也错不到哪儿去。

点菜时，谢桥手下留情，专点便宜的，秦淮又加了一两个比较像样的，够面子，又不铺张。

续水、布菜，秦淮一一为谢桥服务着。周到，但不谄媚，举手投足恰到好处。

谢桥一下子想起了琼瑶小说的男主人公。她不知道美籍华人是否都这样，也不知道台湾人是否都这样，总之，秦淮就是琼瑶小说的现实真人版，是谢桥少女时期白马王子的真人版。她一直憧憬着古典俊雅的中国男人，却没想到，古典的中国男人原来流落在海外！

两人轻声细语，聊着文学、电视、社会新闻……一切高雅的、形而上的话题。完全不去涉及收入、房子、物价这些世俗的蝇营狗苟的民生问题。谢桥很怕某些人描述的相亲场面——有没有房子，存款多少，孩子怎么处理……就像两个精明的商人在讨价还价。物质倒不是不可谈，32岁的谢桥不至于如此幼稚。

但太过赤裸裸，未免难堪。当然，谢桥的小心眼里还藏了一层，征婚时已写明条件，在洛杉矶有独立住房，有车，年收入10万美金，还用谈吗？呵呵。

前所未有的谈话氛围，完全在谢桥的经验之外，却又在她的期待当中。秦淮有一种特殊的气场，他的不标准的台湾普通话，极低的磁性的嗓音，半古典的遣词造句，举手投足的绅士风范……这些，都迥异于谢桥所见过的成功或者不成功，英俊或者不够英俊，年轻或者不很年轻的大陆男人。不，不是这些，是一种气息。是大陆之外的一种气息，来自于大洋彼岸，更准确地说，来自于台湾。

谢桥从少年时期便按照港台小说的形象在塑造自己，可是，台湾和香港只存在于她的想象中，白马王子也只存在于她的想象中。她从没有去过台湾，也没有近距离接触过台湾的男人或女人。

很多女人过了青春期，便失了梦幻。在现世人生里，上班下班，结婚生子，按部就班过一个庸常女人的日子。谈不上幸福，但也有细碎的温暖和快乐。谢桥不肯活在这样的人生里，但又不能活在小说中。她在现实和小说中左支右绌，跌跌撞撞。她把人生用来折腾，从小城市折腾到了北京，北京当然比故乡好，可是，她仍然感觉到，自己身上的某些东西与周遭的氛围是格格不入的。

现在，秦淮出现了，有血有肉地坐在她面前，她才发现，她的梦想并没有被消磨光。他的外貌、气场、举手投足，完全在她的经验之外，可是，一切是那样安妥、自然、顺理成章。此情此景，虽从未发生过，却早已存在于她的想象，融入了她的血液。梦想变成了现实，她一点不惊慌失措，一点不。她从容淡定，像极了她想象中的自己。是的，在这陌生的气场和陌生的美籍台湾男人面前，她身上那种与周遭格格不入的东西消失了！她变得比任何时候都更像她自己——理想中的自己。

一切终于对了，就该是这样。

欧式风格的咖啡馆，风雅俊逸的男人。用最低的音量交谈，用词考究，引经据典。小口啜饮，闭上嘴咀嚼。为她续水布菜的洁净稳定的手……

她表现怎么样呢？她应对得体极了。她优雅高贵得如同真正的淑女，好像生下来就住在两层楼的豪宅里，穿着蕾丝裙子和红皮鞋，周遭老妈子伺候着。

她低声谈笑，妩媚生动，举咖啡的动作娴熟优雅，手腕上的镯子在觥筹进退中释放出雅淡悠然的光。一点都不显得矫情和做作，一点不。似乎她原本就该是这样的做派，这样的表情和动作。这才是真正的她！而那个在台里经常把衣袖挽到手肘，风风火火跑进跑出的女人、那个动不动拉着嗓门对着灯光摄像一通吆喝的女人、那个和小店贩主讲价讲得口干舌燥的女人、那个面对许岩之流无趣男人一言不发，只顾把大闸蟹吃得满桌乱跑的女人……嗯嗯嗯，那都不是真正的她，不是自己理想中的她。那只是一个壳，面对粗陋直白的现实，不得不伪装的壳。真正的她，被藏在极深极深的内里，根本没有机会更无必要展示。想想看，那些无聊无趣的大陆男人，如何欣赏？如何懂得？便纵有千种风情，更与何人说？

可是，一切终于对了，她幸福又心酸地想。是的是的，她的才情与风情，终于有了尽情展露的机会。她终于做成了理想中的自己。喏，对面的这个男人，他都是懂得并欣赏的。

该到去洗手间的时候，或者说，该是展现身材的时候了。谢桥正欲起身，秦淮却先一步起身：对不起，我洗一下手。

秦淮脱掉外套，露出了藏青色的紧身 T 恤，老天，短袖！在北京，大冬天里穿短袖的女人，甚或说穿吊带的女孩，不算鲜见，但是，大冬天穿短袖的男人，以谢桥的孤陋寡闻，委实没见过。

大冬天的，短袖 T 恤！不但需要身材，更需要身体。多旺的火头，才敢露出那两条胳膊？仅有身体不够，更需要身材！再棒的身体，这勾勒得凸是凸，凹是凹，毫无遮掩处的 T 恤，得有多强的自信才敢上身！

秦淮起身离座，看起来斯文俊雅的秦淮脱掉外衣后却并不单薄，胸肌和胳膊都肌肉饱满，腰部结实纤细，小腹平坦。

谢桥望着秦淮的背影，转出些花花绿绿的念头——不算十分道德的。

餐毕，账单上来，一共是 2320 元。秦淮数出 25 张百元人民币轻轻放在托盘上，用十分谦恭的语调温言细语地对服务生说："不用找了，谢谢！谢谢！"

服务生有些惊愕，似乎一时没有反应过来发生了什么。谢桥也有些诧异。

当然，国内没有付小费的习惯，但让她诧异的并不止于此，而是秦淮付小费时那谦卑恭俭的神态和语调——不像是付小费，倒像是对方帮了多大个忙，自己占了多大个便宜，一迭声的"谢谢、谢谢"。如果是国内的有些暴发户，一时兴起，甩出的小费恐还不止一百两百，却断不会是这样的神态和语气，多半是大爷一般，神气活现地把钱往托盘上一拍，朗声喝道："拿去吧！别找了！"等的是服务生的打躬作揖，千恩万谢。

离座时，本就以服务周到殷勤见长的圣淘沙，服务生更倍加小心和热情，眼睛闪亮着，嘴都咧歪了。谢桥看出来了，除工作的要求之外，更包含了一份发自内心的真诚——那是因获得小费的欢欣，更是对自己劳动被获得尊重的感激。

秦淮招了一辆车送谢桥回家。拉开后座之后，秦淮主动坐到前座，避免了同坐后位的尴尬。一切都很熨帖。结账时，表里跳出 22 元，秦淮掏出一张五十的递给司机，仍是那样谦恭的一迭声地说："不用找了，谢谢！谢谢！"

真像个不知人间疾苦的公子哥儿啊！太不懂节约了！谢桥想，有些不满，却更多窃喜。毕竟，没有女人会嫌弃男人太大方太有钱，就像男人永远不会嫌弃女人太漂亮一样。也有嫌弃的，如果这男人除了钱或是那女人除了漂亮一无所有，但那嫌弃的也是有钱和漂亮之外的一无所有，而不是嫌弃有钱和漂亮本身。

一切都过于完美了！

换一个人，没准儿会认为这是一个阴谋。任何过于完美的人和事，都有阴谋的可能。

幸运的是，谢桥是一个乐观主义者，或者说，理想主义者。她相信并期待奇迹。一个姑娘，长得不坏，又有些灵气。十八九岁就当上电视台节目主持人，别的同学还在大学苦读，为前途未来焦头烂额，她已经是小城明星、"大众情人"，每天收到观众阿谀奉承的来信一沓一沓的，被形容得堪比西施、貂蝉。她参加的所有与形象有关的考试，没有一次失过手，她不算很漂亮，可也难遇到比她更漂亮的，所到之处一路绿灯。小地方待厌了，就到了大北京，很顺利地，又当上了节目主持人，依然风风光光的。

这么一个姑娘，你让她怎么办呢？她怎么会不相信奇迹？怎么会不相信只要机遇到来，她就有本事一把抓住？

目前当然遇到一点麻烦，她不小心翻过了三，她准备用来托底的忠实粉丝被90后釜底抽薪。有点挫败，但不严重。一直以来，追求她的男性如过江之鲫，追求手段之极端和狂热也很有些可歌可泣的，下跪的，写血书的，从故乡追到北京的，甚至有发疯的，自杀身亡的……太吓人了，不说也罢。

总之，她单身，但并不是因为找不到，而是自己太挑。挑是因为太自信，不肯因陋就简。隐隐的，她总觉得自己的真命天子总会来到，会把她一把提起，超越凡俗，奔向另一片灿烂光明的新天地。

这不，来了！

5

谢桥在爱情上取得如此惊人的成就，立时轰动电视台，轰动了所有亲友。

美籍台湾人、博士、电脑工程师……这些标签已足够炫目。当然，也有人不屑，或许是个老头呢？或许是个丑八怪呢？或许对谢桥并无诚意呢？

当秦淮再度来中国，谢桥领着他里里外外转一圈，众人只剩目瞪口呆的份儿了。

正如当初对谢桥的震撼，秦淮的出场，宛如戏剧或传说，太好了，有点不真实。站在一堆散发着滞涩的大陆气息的中国男人里，他确如天外来客，气压群雄。当然，如果是风流倜傥的花花公子型，轻佻孟浪、左顾右盼，那也没什么稀罕。除非自虐狂，没人愿意找个花花公子做老公。他是好看的，但更是低调内敛，甚至谦卑的。是国家领导人视察农户家时的谦卑，是明星走访孤儿院时的谦卑，那是有强大的内在底蕴作支撑，反显出悲悯和宽容。

对谢桥，他小心殷勤，呵护备至，这更迥异于大男子主义作风盛行的大陆男人。是哦，现如今，大陆男人哪还知浪漫，哪还懂风情。他们普遍大大咧咧，粗鲁直白，羞于言爱，以对女人体贴为耻。在台湾长大又接受美国教育的秦淮，把中国传统的儒雅和西方的绅士风度完美地结合了。

秦淮请谢桥的一帮同事好友吃饭。从为谢桥开车门，挂外套，到拉椅子，倒水布菜，一一到位，并兼顾诸位女友。女友们悄悄耳语惊呼，天哪！秦淮为谢桥剥了五只虾！更感人肺腑的是，席至半酣，包房门开了，一大束暗红发紫的玫瑰花被花店小姐捧进，脆生生地说："谢桥小姐，这是秦淮先生为您预订的鲜花！"

乖乖，忍受习惯了大陆男人们大爷脾气的大陆女人哪里见过这调调儿！众女目瞪口呆。

不服，行吗？

谢桥其人其行，历来毁誉参半。长相有人说漂亮，有人道不然；打扮有人觉生动时尚，有人说既不富贵又不端庄。包括她从小城市奋斗到北京，有人说她积极进取，勇于拼搏；有人说她瞎折腾，不守妇道……可是，只有遭逢秦淮这件事，所有人态度惊人的一致，高度赞许了她的幸运和眼光。

就连小舒都挂了一脸近乎谄媚的笑，好声好气地对她说："小谢，可不可以请秦淮帮我在美国也介绍一个？条件嘛，和秦淮差不多就行了。"见谢桥面露惊诧，又自嘲地补充道："当然，我知道像秦淮这样优秀的不多，差一点也行，嗯，别差太远。一个类型的就好了呀。"小舒笑了，笑得甜蜜诱人，谢桥真有点惊着了。小舒的笑是闻名的，杀伤力极强，据说众多官员大款都在小舒的笑容面前败下阵来。但这副笑脸谢桥可从未享用过。要知小舒素来与她不合调，都是主持人，都是翻了三张的剩女，小舒瞧不上谢桥酸溜溜的女文青调调儿，冷嘲热讽不绝于耳，谢桥也不大喜欢小舒抽烟喝酒的粗豪作风，漂亮是漂亮，太凶悍泼辣，俗，不高贵。可是，如今，连小舒都折服了，把崇拜的羡慕的甚至讨好的目光投向了谢桥，承认了谢桥的正确与成功，有什么比让对手折腰更有成就？

谢桥有点飘了。这滋味，不比站在体育场主持节目赢得万人掌声，不比站在领奖台上接受荣誉来得差，相反，对一个女人来说，在爱情和婚姻上的成就往往更大于在事业上的成就。

是的，同样一个人，从不同的方向解读可以得出完全相反的结论。

从前，谢桥感情之路多舛，众人都在分析她失败的原因。太理想化，不够现实啊；太文艺，酸溜溜惹人倒牙啊；不擅家务，抓不住男人的胃就抓不住男人的心啊；男女之事不开窍，不会撒娇发嗲，不够放得开，一脸大义凛然的刘胡兰状令男人没有兴趣（或性趣）啊……分析来分析去基本是个性情古怪刁钻的老巫婆，剩下了活该。

　　现在呢，众人又开始分析她为何取得如此惊人的成就。坚持理想主义，高尚执着啊；文艺气质超凡脱俗，卓尔不群啊；不会家务，秦淮说了，女人的手是用来看书打扮，不是用来洗碗做饭的；抓不住男人的胃就抓不住男人的心，你以为女厨师都可以有个好归宿；外表时尚，内心保守，那不正是古人所赞颂的莲花的高贵品格——出淤泥而不染，可远观而不可亵玩焉……这正是几千年来男人的梦想和期待，天使和仙女都是纯洁封闭的，没有下流可耻的性欲，连诞下伟大耶稣的圣母玛丽亚也只能圣灵怀孕，不可以与男人交合，不可以有欲望和高潮……

　　谢桥从小争强好胜，不甘平庸，处处想出风头，想出人头地，现实却总是不凑趣，令她难堪。不承想到末了，她最大的成就是邂逅秦淮，并让秦淮爱上她。所有已婚女友恨嫁太早，对着老公数落"人家秦淮怎么怎么样"；所有未婚女友视她为偶像，众星捧月般簇拥着她，谦虚讨教吸引成功男士的秘方；三八妇女节，电视台还做了一期专题节目，探讨女人如何猎取男人欢心，获得家庭幸福。她作为成功典范，侃侃而谈，一二三四五，你看，我就是这样成功的……甚至有出版社找到她，希望她出一本爱情教科书，引导广大剩女如何成功把自己推销出去，可惜她自忖文笔有限，肚里货料更加有限，不得已谢绝了。

　　总之，谢桥有意无意地成为了爱情的导师。只要和人谈到相关话题，总是高屋建瓴，一副诲人不倦的样子。关键是，听众都甘愿接受教育，口服心服，她好为人师的脾性也就得以发扬光大了。

　　忌妒，嗯，成就到这份儿上，忌妒已经没有意义了，乞丐会忌妒一个收入比他多的乞丐，但绝不会忌妒一个富翁。差了太多的量级。

　　幸福和成功都来得猛烈了些。有时深夜梦回，谢桥自己都感动得要落泪。

既感动于上苍如此厚爱，把秦淮这样完美的男人赐给她，又感动于自己居然也能配得上，接得住。换个不自重，不自爱，又不学习进步的女人，行吗？想想看，前些日子险些鱼翅卖个粉丝价，把自己葬送到许岩那俗夫手里。唔唔，此节按过不表，哪个英雄都有走麦城的经历。现在，以谢桥成功者的思维，许岩是她主动放弃的鸡肋，而并不是被90后的小破孩儿挖了墙脚。

北京，她曾以为会是归宿，没想到只是驿站，幸福在鲜花繁盛的彼岸。

谢桥是费了好大力气来到北京的，没想到放弃起来竟然全无心肝。这座城市，谢桥曾是痴恋的，躺在故乡的床上，一次次在梦里踏上这片土地。真来了，用倾力狂奔的姿态，北京也接纳了她——野心勃勃又常在暗夜哭泣的异乡女子，给了她实现光荣和梦想的舞台。

精神层面、文化层面、物质层面、生活层面，层层叠叠，她真切感受到北京丝丝缕缕的好。

说弃就弃了，也没什么可惜。谁不对现实厌烦，谁不在渴望摆脱身边一切的羁绊和束缚，憧憬着流浪，向往着精神意义上的远方。只是，绝大多数人没有能力，幻想只是幻想，只能终生困守一隅，在一条庸常的日复一日的生活轨道上茫然地辗转，无谓地消耗着生命。也许只有在旅游时——去哪里不重要了，重要的是不熟悉，在无序、混乱、扭曲里释放身体里暗藏的尖叫。

现实总是不完美的。北京亦如是。人太多，空气不清新，堵车日益严重，房价贵到天良丧尽。主持人岗位的朝不保夕感，一拨又一拨的年轻孩子随时窥视着，准备取代你的位置。25岁就恐惧衰老，永远感觉不到年轻。躺在床上，你眼睁睁看着时光在耳边呼啸而过，在这每一分每一秒光阴的流转中，你的价值和地位都在贬值、丧失。复杂的人际关系、主持人间的钩心斗角、想巴结领导往往领导又不给你机会巴结，想谄媚大款为栏目拉些赞助可又做不来伏小卖乖。还有要人命的收视率排行……

数落北京的不是，谢桥有些亏心。可是，顾不得了。彼岸的诱惑太大，宛如半夜在海面唱歌的女妖那摄人心魂的勾引，没有人可以抗拒这召唤。

别无选择。

谢桥在众人艳羡的目光和谄媚的恭贺中辞了职，风风光光离开了她奋斗10年才到达的地方。

飞机轰鸣，滑行，脱离轨道，缓缓上升……

谢桥眯着眼看着北京首都机场渐渐从眼前变小，模糊，消失，心中暗暗道着：永别了，北京，永别了，中国……这座她奋斗10年才到达的城市，这个生她养她30多年的国家，倏忽永别了，她该有万千感慨的，可是，没有。她的心被另一种情绪塞满了，容不下其他——唔，永别。

工作辞了，房子退了。乱七八糟的物件送给了闺蜜，如果有条件，谁不希望自己是慷慨的呢！送行酒喝了十顿八顿，奉迎话、谄媚语灌了满头满耳，这就永别了——挥挥衣袖，不带走一片云彩！好多中国人去美国时都是这么干的。有人甚至把钱都分了，兄弟三万爹妈五万的，散得干干净净，反正美国用不着人民币。待踏上美国的土地，才幡然醒悟：原来美国也是需要用钱的！原来美国并不是满街躺着美元，等你去捡。不，谢桥没那么蠢。她的账户里躺着30万人民币，好端端毫发无损。随身携带的小包里还有一万美金，尽管到了美国后根本用不着什么钱——一切有秦淮呢！可本着社会主义国家女人一贯当家做主的姿态，她还是用美元武装了自己，腰杆挺得更直——相较于怀揣两百美金就到美国打天下的主儿，她真算是有钱人呢。

12个小时的国际飞行，可以容她慢慢地想想美国，想想秦淮。

美国，对谢桥来说有些过于遥远。这不怪她。她只是一个出生于小城市的姑娘。

"农村奔城市，小城市奔中大城市，中大城市奔北京上海，北京上海奔向海外"。几十年来，中国人就是这样，为了追求理想中的幸福生活，前赴后继奔向自己心中的圣地，就如圣徒奋不顾身奔向麦加。不管在哪个地域、哪个阶层，他们都有一个共同的特点——不甘现状，自命不凡，敢折腾也有本事折腾。他们都属于各个族群里的"精英"。

谢桥当然也是个自命不凡的人，她一心一意要脱离故乡，从装扮到口音到举止做派，没人可以看出她来自一个偏远的小城。她把自己辉煌的未来寄托于北京，要在这里实现她的光荣和梦想。这可怜的姑娘，她流浪或者奋斗的野心也就到北京为止了，至于美国，她真的没有想过。美国于她，遥如星辰，明亮是明亮，可是和自己有什么关系呢？

嗯嗯，现在想想，美国于她，意味着什么呢？

20世纪80年代中期，一部《庐山恋》风靡大江南北，谢桥和那些正从童年奔向少年的女孩子一样，惊羡于女主人公数十套瑰丽奇谲的华服。天仙啊！第一次，她知道了一个名词叫"华侨"，这仙女一般的人物侨居的那个国度，叫"美国"。

在那座小城，比谢桥本事更大或者说野心更大的人，大都成绩优良，就读于国内名校，是小城之翘楚，是谢桥这种旁门左道样样精通，主业功课却稀松平常的孩子所羡慕崇拜的对象。他们狂热议论着美国，天堂般的国度，他们抨击国内，处处是泥泞污秽，美国的月亮也比中国圆啊！他们苦攻托福，砖头般厚的英语词典整本地背，他们雄心勃勃往美国奔，宁做美国三等公民，不做中国一等公民……

美国大片、可口可乐、麦当劳、星巴克、哈根达斯……美国的文化产品和物质产品已经熏染到中国的各个角落，买衣服或者食品，导购神神秘秘加上一句"这是美国进口的"，立马身价百倍。

零零碎碎，大概就这些了。

可是，秦淮来了，突然把一个切实可感的美国带到了谢桥眼前。

谢桥想起上次在首都机场，与秦淮分别的情境。

为配合秦淮的广博无边的大爱，谢桥觉得自己应该为别离表现得伤感一些，可她担心自己哭不出来，她已经很多年没有当众流过眼泪了。然而，当秦淮转身进入海关时，谢桥的眼泪汩汩流下，难以自持。秦淮转身看见谢桥奔涌的眼泪，愣住了，他的身体犹疑地呆立原地，像一尊造型不到位的尴尬的雕塑。

海关犹如天堑，生生把相爱的一对人儿分隔两处。

那一刻，谢桥想起了电影里、小说中，一切生离死别的场面。她从未遭遇过，她渴望遭遇，她更承受不住这遭遇，她奇怪自己身体里会分泌那么多的液体，从眼睛里流出，弄花了她精心修饰过的眼睛和面颊。

"谢桥，你放心，我会很快接你去美国，我们在一起，永不分离。"秦淮红着眼圈，郑重承诺。

这对男女的缠绵和痴情引得周围人频频回首驻足，毕竟，在这冷漠坚硬的大都市，每个人都顶着一张漠然的无所谓的面孔，爱情，是这面庞上纷纷坠落的杨花，零落成泥碾作尘。

可是，这世上哪里有女文青，哪里就有爱情。

秦淮走进海关，谢桥仍呆立原地。她很伤心，眼泪把她的脸洗刷成彩色的大熊猫，但她的心被幸福充溢，她笃定：爱情，已经到来。这个男人，将牵着她的手，穿过这狭长的海关，把她带到美国，带到开满繁盛鲜花的天堂。

成年后的人生，处处是破损、残败、凋零，甚至荆棘泥泞、满布凶险。如今，生活的情态前所未有地呈现出清明、饱满、丰盈的气象。北京是驿站，彼岸开满繁盛的鲜花。是的，生活的底色已然色彩饱满，而爱情是华美的亮点，锦缎上冶艳的花。

爱情与美国连在一起，夜夜在电话里甜蜜地召唤。这根细细的黑线，连通了现实与天堂。秦淮磁性温柔的嗓音有如神启，有如天使的召唤。

欠欠的，还缺一个休止符。

她提着播音员矜持冷静的笑肌，款款步入洗手间。面对镜子，这张绷得严实紧密的脸猛然爆开了，是村野里的大傻丫头那种缺心少肺的憨笑，是菜市场卖肉的猛然中了 500 万大奖那种小人得志的狂笑，眉头鼻子挤成一团，嘴咧得露出了牙床，多么嚣张，多么鄙陋，可是，多么痛快，多么彻底啊！她对着这张笑得乱七八糟毫无章法的脸，问：开心吗？开心开心开心！为什么呀？因为美国是世界上最好最棒的国家！因为秦淮是世上最优秀最出色的男人！

她泼了一点水在脸上，国际航班的水，休止符终于画上了，齐了。

第二章　美梦全然破灭

1

谢桥坐在功能百用的大方桌前，面对满目晃丽的阳光，愣怔着。

来美十日，这是她第一次摆脱了时差的缠绕，八小时的充足睡眠令她头脑水洗过般清醒，而不似往日那些天，脑子里总做梦般混沌。

是的，这是美国。

洋嫁梦终于落了地，有了真切感。这个梦自识得秦淮伊始便抽丝结网，不舍昼夜，编织成一个洁白、丰盈、饱满的茧。谢桥躺在茧里，宛如婴儿蜷伏于母亲的子宫里，四肢百骸舒展绵软。30年的劳苦、恐惧、担忧全部消解无踪。她安眠、嬉戏、驰骋，随心所欲翻筋斗，夜里拥着自己也似拥着爱情，甜蜜而安心。

如今，加州著名的阳光映照进室内，谢桥嗅到了从纱窗外透进的满含氧分子的空气，汹涌的清冽。可是，冥冥中仿佛有一根手指伸过来，悄无声息地在那气场充沛的茧面上戳了一个洞。这洞不大，但，固若金汤的局面被破坏了，完整饱满的气场被搅动了。气流微小而迅捷，润物细无声。

明天，就将和秦淮去公证结婚。这意味着，谢桥马上就可拿到绿卡，如果她愿意，几年后还可成为这个令全世界仰慕的国家的公民。传说中很多人为了一张绿卡也是什么事都干得出来，十年艰辛路，甚或假结婚，而谢桥才来到美国十来天，绿卡已在向她招手。

这个国家，这个城市，四处令她惊异、失望，可是，最核心的一点：这个男人，美国公民、单身、有住房、要娶她，是靠得住的。

是的，一切没有想象中那么好，但也没那么坏！生活原本不是完美的。不管如何，美国，我来了！谢桥深呼吸，给了自己一个鼓励的微笑。

她站起身，开始整理家务，希望能把房间收拾得像样一点，毕竟也算是新房了。她承认自己在生活上是低能的，打扫房间的成果又是如此不显著，她每天东搬西挪，房间并没有显得特别整齐，稍加懈怠，屋里立即恢复原状，乱作一团。

做饭更是。看清了秦淮的真实处境，谢桥可不敢去餐馆造孽。舍我其谁地承担起做饭的重任，却每每状况百出。从头顶的橱柜上取酱油，盖子没拧紧，又用力过猛，一下子喷出来洒了满头满脸。有一餐本拟做三菜一汤，炒第二道菜时油飞溅起来，落到眼睛、手和脸颊上，眼睛还险些失明，三菜一汤也变作两菜无汤。什么切菜破了手，擦地磕了腿之类的险情时时发生，她的手上永远有五六条新伤旧痕，此消彼长。

她承认，家庭妇女实在比一个节目主持人难做许多。可是，既然她选择"洋嫁"这种方式进入洛杉矶这片土地，做家庭妇女就是必然的命运。有什么好抱怨的呢？那么多国内的医生、律师、银行家、作家一来到美国就一头扎进餐馆，洗堆积如山的油腻腻的盘子；给有钱人家当保姆，趴在地上给孩子当马骑；去医院伺候临终病人，看着一个又一个自己刚伺候完的人在自己眼前咽气……还不要说因付不起房租居无定所地漂泊，没有身份为躲避移民局的搜查而耗子一样东躲西藏……怎么说呢？如果说这些际遇宛如遭逢了癌症，那么，家庭妇女的琐碎劳顿就是一场感冒。长年累月的感冒固然不是一件愉快的事，它拖得人对生活丧失了所有的激情，包括死的激情，但毕竟不会死。

谢桥胡思乱想着，却一点没妨碍她跑进跑出，洗这儿擦那儿。看，家务活儿就这点好，基本不太需要智商，而且越干越熟练，最后完全不用动脑筋，手脚也会老马识途。客厅和卧室都基本满意了，在此客观条件下。谢桥决心清理一下储藏室。太乱了，衣服、书报杂志、扫帚、剃须刀、沐浴液……每次要什么都得爬进去狗翻垃圾桶一般翻检半天。

谢桥一边消灭着这个卫生死角，一边继续她的胡思乱想。性，嗯，当然，还是有问题的。

那个"兵刃相见"的夜晚，秦淮坐在床沿边，沉默良久，终于羞愧地开了口："我这里，受过伤……"

果然，在关键部位的经络连接部，有着极深的一个口子。

秦淮举起了自己的右手，灯光下这手指纤长优美，有着艺术家的敏感和神经质，适宜于在钢琴键盘上飞舞，也适宜于握着画笔在画布上涂抹。谢桥一直醉心于这双手。此刻，秦淮把手握紧，紧得发颤，颓丧地又恨恨地说："都怨这只手，都是这只手，把什么都毁了……"

"1985年，刚从台湾到美国读大学，学费要命的贵，生活成本要命的高，我们这种没有家底的华人留学生，被老美称作是'新难民'。都说大陆的留学生穷，其实，我们这种台湾的小户人家也是一样，也是举了债送我出来的。真是穷啊，经常半夜被饿醒。一双袜子不破十个洞不会扔。

"莉莉是我的女朋友，从台湾一起过来的。她很美，也很活泼。你可以想象，一个很美很活泼的女孩子到了美国会怎么样。不到两个月，她就不是我的了。我很理解，也很心灰意冷，绝了交女朋友这条心。你也许觉得我形貌不错，也还有那么一点点才华，可有什么用？从台湾到大陆，我们这些华人留学生奔着高尚的精神追求来到美国，结果都堕入世俗，被生活压得喘不过气来。在自己的国土所坚守的一切：道德、理想、人格、尊严……为了生存，动物一样苟活着，什么都可以舍弃，什么都干得出来。谁看得上我？这些女孩子，青春是她们谋生的手段，恋爱、婚姻是她们的学业和职业，她们宁可追随一个年过五十形貌猥琐鄙俗的餐馆小老板，也不会看得上我——历来被女人追逐，被视为白马王子的我。

"我不再对女人动心，心如止水。说实在的，心如止水并没有想象中那么难。当你看到女人就如看到吸血的蝗虫或是低贱的蚂蚁，你不会想到要去爱上她，你只想躲避，像避开一切让你恶心的肮脏玩意儿。但是，控制心很容易，控制身体却很难。二十几岁的年纪，身体是它自己的，有它自己独立的思想和主张，它会背叛你的心灵和意志，它熬煎你，在每一个睡不着的夜晚。"

"好在有这手。"秦淮再次把手举起来，眉头微蹙，嘴角上翘着，近乎微笑，不知是自赏还是自嘲。

"我用这只手糟蹋、蹂躏、爱抚、安慰我这不听话的东西，筋疲力尽的狂喷后，世界都安宁了，我会堕入死亡一般甜美沉稳的睡眠。这叫什么？万事不求人。哪里需要什么女人，我自给自足，无比强大。

"渐渐的，这只手幻化成我，这东西，是那不知廉耻的女人。我握着她，是为了折磨她，毁灭她。我越残暴，她越欢喜，真是荡妇啊！我用力再用力，所有的爱、仇恨、情欲、纠结……我用尽全身力气，有一天，等我从冰凉的快意中醒来，感觉到陌生尖锐的疼痛，发现这里，撕了一条大口子。

"医生说，这里无法做手术，唯一的办法是等待时间的自然愈合，这期间，你要像对待初生婴儿似的，任何动作都得轻点儿。

"可是，夜来了，手又痒了，控制不住要去糟蹋'她'，情欲混杂了疼痛，更刺激了，更解恨了！于是，旧伤未平，新伤又起，反复拉扯、愈合、再撕开……我终于用两年的时间，彻底摧毁了它。

"那一年，大概是30岁那年吧，碰到一个女人，她真心想和我结婚的。她的手碰到我这玩意儿，那么撕心裂肺的疼痛，还没进入就软了，我才知道我废了。

"从此就绝缘了，绝了女人，也绝了自己，不再有欲望，如果有，也就是睡着的时候，它自己静悄悄地流出来，谁也不打扰。"

屋里死一样沉寂。

谢桥像听着一个离奇的故事，心中满是酸楚和柔情，为了主人公的悲惨遭际。良久，她才想起此事与自己也有很大关联。她哽咽着说："那……你是什么意思呢？既然你……不需要女人，你何苦要招惹我？"

她想说，你何苦要给我爱情的幻觉，何苦要允诺我幸福的未来，把我从温暖的故土招惹来，撇到这荒秃秃的异国他乡，进不能进，退不能退，你这不是害人吗？她说不出口，眼泪急涌出来，封住了她的眼睛和嘴巴。

"小桥，你不明白吗？我爱你！"

爱？谢桥恍惚了，几乎要像那些粗鄙市侩的女人，冲着她窝囊无能的男人狂喊：你凭什么爱我？你拿什么爱我？

她当然喊不出口，当她极度委屈、愤怒、失望的时候，她只能无助地把眼低垂，看向半空一块虚无的地方，因替对方羞耻而不敢抬起眼来。她以为这已经是对对方极大的轻蔑和羞辱了，其实她这种姿态总让对方误认为她在理解、妥协，甚而很好欺负。所以不但不自觉收敛，还会得寸进尺。最后的结果，也往往是谢桥在稀里糊涂里被缴了械。

"桥桥，你是我见过的最美好的女孩儿。你和那些世俗功利的女人不一样的，你纯洁、高贵，像一朵不受污染的莲花。"

谢桥啼笑皆非。纯洁？因为她无辜的娃娃脸？因为她少女一般发育未完成的胸？谢桥不认为自己是纯洁的，其实她 11 岁就来了初潮，12 岁为被评上班上四大美女之一并暗自窃喜，15 岁单恋上哥哥的同学——一个 24 岁的大男人，迫不及待要长大……她完全有可能不那么纯洁，甚至有希望成长为一个风月老手的！可形势就是这样，认识她的每一个男人都不允许她开窍，都执着地把她往纯情的路线上推，连她把头发卷一卷都觉得太风尘，连有人对她说一个带点颜色的字眼或段子都大惊失色，连本情色小说都怕看坏了她，她终于被活生生逼成了这样，三十大几了，没经历过一段特别完整像样的感情，男女之事似懂非懂。就像她那 11 岁就开始发育的胸，到现在还是半生不熟的，维持着少女的蓓蕾模样，仿佛还等着某种亲吻和抚摸，才会日渐丰润饱满。

可是，怎么着？就因为这样，嗯，她看起来很纯洁，她就该从此走上修女或尼姑的道路，背着个婚姻的名，彻底灭了人欲，老处女般纯洁致死？

"我知道，今天的表现让你失望了。可是，你知道吗，这是我十几年以来第一次进入女人的身体。可以进入，不管时间有多长或多短，这本身是一个奇迹，具有重大的里程碑式的意义。其实，从看到你的第一次起，我就有了反应，真的，十几年以来它就像是死了，可是因为你，它复活了，它有了反应！你要知道，我曾经很强。只要我们磨合一段时间，我会让你享受到销魂蚀骨的滋味，你相信我。我们结婚，我们共同创造幸福的生活和未来，好吗？"

谢桥有些被说动了。尽管"她纯洁"和"看到她就有反应"之间有着逻辑的矛盾，可是，"纯洁"总是好吧？"有反应"，在这种情势下，也总是好吧？她经过悠长的半年积累起来的情感和依恋，怎忍心短短五天就灰飞烟灭啊！从中国到美国，一万多千米的行程，仅需12个小时的飞行，从理论上很容易实现。可是，像她这样辞了工作，退了房子，像奔天堂一样欢天喜地义无反顾地奔了过来，把一堆亲友的艳羡忌妒抛在太平洋那端，如何还回得去？如何还有脸回去？谢桥小时候下象棋，此时终于明白，什么叫过河卒子了，只能往前冲。

好在他是美国公民，这是不假的。他爱着她，要和她结婚，也是不假的，还有这房子，也是不假的。如果放弃最高标准，和那些被男人骗财骗色，黑了身份，穷无立锥之地的女人相比，也算是幸运了。

还能怎么办呢？

白天两人都谈笑自如，相敬如宾，每逢晚上便尴尬。继续相敬如宾也不是，亲热，两人都把不准结果，不敢造次。后来终于又做了一回，像实验室里的高科技实验一样。也许他真的多坚持了几秒钟，谢桥的荷尔蒙被激发出来，在小腹乱窜，眼看要飘起来了，他又撤了，把谢桥一个人甩在半空，上也上不去，下也下不来。

谢桥害怕了。她宁可没有这撩拨，她清心寡欲地过日子，就如她从前许许多多一个人的日子一样。这样的半截子可真叫人难受。难受可不是形容词，一点不抽象，除却当时那种隔靴搔痒，痒之更痒的莫名难受外，还有后果，那就是下体真正的红肿、瘙痒。如此短暂又柔和的摩擦怎么会红肿呢？她想不通，不过，好处是她不再有欲念，有要求。

是的，相较于生存本身，性，是多么奢侈的东西，多么不值一提的东西。

中国古话说"饱暖思淫欲",可见淫欲这东西也不是谁都思得起的,那也得有温饱的本钱。再说谢桥这种性爱弱智,高潮于她而言,本就是躲藏在云端的一颗星辰。理论上知道它的存在,可从没看到过,从没得到过它,惦记起来也很不具象,自然也就没有具体的渴求。如果你没有吸食过海洛因,尽管瘾君子们拼了性命也求这一口,你完全没体验过,想破了头也懂不了是何种滋味,会去惦记它吗?

所以,秦淮没有看错,他找到谢桥,算是找对了。

谢桥从一堆杂志里扯出一件夹克,浅咖啡色,看得出没穿过几回。谢桥暗讽秦淮真是没落贵族风范,屋里都寒酸成这样了,还有这么一件名牌夹克埋没在杂货堆里,不见天日。她扯着衣服一抖,"哗啦啦",一沓照片掉了下来。谢桥拾起一看,竟是秦淮在不同的背景下和不同女子的合影,相片上秦淮与每个女人都亲热异常,俨然热恋中的情侣。

谢桥的脑子"轰"的一下,这算个什么名堂?她甩了夹克,捧起那叠照片,数钞票一般唰唰翻过。有十几个不同的女人,年龄都在年轻和半年轻之间,精心化过妆,打扮是时尚杂志的山寨版,一看都是那种生活在大都市的,有些学历,有些姿色,收入颇丰,不肯安分守己的野心勃勃的女人。她们可能会喜欢在咖啡馆看书,喜欢优雅地吃西餐,姿态比美国人更加规范,谢桥敢打赌,虽然都生活在中国,其中一大半肯定都有英文名,并用英文名相互称呼。

然后,她看到了除秦淮外另一张熟悉的面孔,那就是她自己!谢桥再熟悉不过了,这张照片是两人在圣淘沙吃饭时,秦淮拿了相机请服务生拍的。后来秦淮四处折腾着要洗照片,谢桥笑他老土,现在谁还洗照片啊,都是数码照片存在电脑里。秦淮却说印出的照片和数码照片质感不一样,就像读书,纸质书本身是有品质、有气息、有灵魂的,而不只是网上一个一个黑体字的组合。再说,放在电脑里哪有印出来那般方便?能够躺在床上将眠未眠时看吗?能够堵车时从怀里掏出来看吗?在坐飞机时,开一个冗长沉闷的会议时,或是参加一个无聊虚华的聚会时……总之,每一个时间的短暂间歇间,他都需要看到谢桥,需要时时刻刻看到她、抚摸她、感受她、陪伴她……

谢桥当时还很是感动了一阵子，为他大陆久已不见的古典情怀，为他对自己的惦记和挂牵。如今，她看到自己的照片掺杂在各色女子当中，相差无几的pose，幸福得近乎花痴的笑容。是的是的，她不过是这些俗艳女子中的一员。秦淮永远是那一副温情脉脉、儒雅体贴的模样，和每一个女子都配，放之四海而皆准。就像一只LV的手袋，拎在任何一个女人手上都适合。谢桥翻转照片，每一张后面都用黑色签字标注着：上海，××，2005 年；成都，××，2004 年；重庆，××，2005 年；看到自己那张，赫然标注着：北京，谢桥，2006 年。还都编有序号，谢桥是第 76 号。

　　看看秦淮的猎艳铁蹄，已横扫大半个中国。大致数得上来的大中城市都掳获了那么一两个巴望着遭遇海外白马王子，巴望着通过洋嫁而一跃飞天的傻姑娘。而自己，就是这花痴群中最为杰出最为卓越的一员，已经破釜沉舟漂洋过海奔到了这里！哈哈！谢桥几乎要纵声大笑了！

　　她搞不懂的是，秦淮如此煞费苦心，像正当红的明星那般满世界乱飞，满世界作秀，到底图个什么呢？图财？他也未曾从自己手里骗得过一分钱，恰恰相反，在北京他打肿脸充胖子糟蹋的也好，挥霍的也罢，可都是真金白银啊。图色？但愿他还有骗色的能力和资本。

　　那么，到底是为什么？国际航班飞来飞去，可不是闹着玩儿的。国内的一些小白领顶羡慕着国际飞行，恨不能北京到上海也倒个时差。谢桥这些天被时差搅扰得恨不能 24 小时躺在床上，却又 24 小时睡不着，夜夜大睁着眼醒着，醒着也像在做梦，简直把床睡出了深仇大恨。秦淮这老光棍忍受着时差的非人折磨，就为了把这些女人的照片像打扑克一样，捏在手中玩来弄去，以柏拉图的意淫弥补自己生理上的亏空？世上真有这样花大价钱大代价来损人不利己，或者说，就算损人一百也自损两百的人吗？

　　饶是谢桥如何伶俐，也想不通秦淮如此辛劳所为何来。问题是，眼下自己该怎么办？

　　像一个遭遇背叛坚信真理在自己手中的正义的悍妻一样，等秦淮回来，把照片摔到他脸上，要他给个说法，一哭二闹三上吊……可秦淮和她谢桥是什么关系呢？婚姻？尚在未来时；情人？有过两次性关系，但完全不能算成功；朋友？电话里贴心入肺，灵犀相通，见面才知全是空中画大饼，大饼后究竟隐藏了多少丑陋肮脏的现实，简直没有勇气去探求。所以，什么关系都不是，她闹得着吗？

回中国去？回到北京，重新求到电视台门下，忏悔自己的浅薄与无知，苦苦哀求被重新收编，任辞职时那份骄傲与狂妄以数万倍的侮辱与伤害回报到自己身上，任本就瞧不起她的领导和同事把轻蔑的口水啐到她脸上，呵斥道：滚，早没你的位置了！然后，满世界的亲者痛仇者快呀。清高一生的父母深感有辱门风，从此永远抬不起他们本该高傲的头。羡慕忌妒恨的终于如愿了，敲着锣打着鼓庆贺呢，还有抛弃她或被她抛弃的前男友，一个个等着瞧她的好看呢……哦哦哦，不不不，壮士一去兮不复还，做不成壮士，烈士也行啊！

装聋作哑，明天闭着眼睛与秦淮去结婚？像那些为了留在美国什么都干得出来的女人那样，假结婚也好，出卖灵魂与身体也罢，混一张绿卡再说？那还是她谢桥吗？想想他混迹于那么多女人当中，居心何在暂不追究，看看他们那搂搂抱抱的亲热样儿！纵然秦淮是不行，若真是太监也还罢了，恐也没了男人的那份儿醍醐心，偏又还有那么一两分钟的能耐，纵然不成功，想想他的手在各色女人身上游走，就让人起鸡皮疙瘩。再让谢桥与他躺在一张床上，这让谢桥情何以堪？

急迫中，谢桥想找个什么人倾诉、商量、拿拿主意，像她惯常所做那样。可她猛然醒悟，这是美国，这是洛杉矶。可怜她生在边远小城，家里祖上又都是老实巴交的本分农民，前三代后三代查遍了，竟没有一人出过国门，更遑论定居美国。朋友中拐弯抹角的亲戚倒是听说有在美国的，但既无名字，更无地址电话，纵想冒着被当作乞丐驱逐的危险硬闯上门去，也无门可寻。是的是的，谢桥搜肠刮肚翻寻半天，发现偌大一个美国，她竟找不出半个沾亲带故，哪怕仅打个电话问候的人。更别说诉苦、投奔、依靠……

哪怕是独自跑出门去，找家温暖的咖啡馆，喝点东西，理理思路，或痛哭一场……不，谢桥才想起，自己到了洛杉矶十几天了，还从未独立出过门。且不说身份问题，仅交通工具一项就难倒了她。洛杉矶不比北京，不比中国的任何一座大中小城市，哪怕县城，叫辆出租车总是有的。洛杉矶由于私家车过于发达，公交系统形同虚设，出租车满大街看不到一辆，如果想叫车，可以，提前两小时打电话预约，价格嘛，贵得你恨不能走着去，或者干脆瘫痪永不用惦记出门。当然，如果真能走着去倒也好办了，这洛杉矶跟一张漫无边际的大饼似的，扁平平的，大得令饕餮者绝望。买份报纸都要开半小时车，基本去任何一个地方步行都无法到达。还不要小瞧那辆臭烘烘的破车，每天谢桥都眼巴巴盼着那辆破车又喘又咳地回来，盼着它能载自己出门放放风。每当此时谢桥便想起曾经养的那条小狗，每天晚饭后便自己叼了套脖子的绳索奔到谢桥跟前，眼巴巴盼着谢桥带它出门撒欢儿。谢桥的脸也像狗那般愚蠢忠实，眼里流露出哀怜渴求的光：伟大的主子，求你带我出去放放风吧，我从早到晚闷在这屋子里，快憋疯了……哦，不，区别在于，小狗的放风是每天定时的，而谢桥，来了十几天了，一共出过两次门，一次吃了一顿伟大的特价午餐，一次是去一家"九毛九"商店（档次与北京的秀水街相仿的杂货店）买拖鞋。秦淮坚持习惯了光脚，只买回了一双归谢桥独自享用，搞得谢桥每当穿起这双九毛九的拖鞋就心虚地想起自己吃独食，脚指头就痉挛起来，局促在鞋里忸怩不安。本想提出买个被套，除却美观和卫生考虑，主要是挡风御寒。她实在受不了半夜洛杉矶那沁人骨髓的风寒，没有被套的被子，再厚也没用，风呼呼从薄如纸壳的墙壁里吹进，就如骁勇的骑兵进入毫无防范的部落，那叫一个落花流水，透心儿凉啊。但看到秦淮那副肉痛的样子，只得强行咽了回去。

也就这两次，哪能天天出门闲逛呢？别说买东西花钱，汽油也贵着呢！是的，这十几天，谢桥已经体会到什么叫软骨病，肌无力。她甚至连走出家到门口附近逛逛的勇气都没有。有一次硬着头皮出来了，荒凉的大街上空无一人。不但没人，除了房子，什么都没有，只有一辆辆豪华的、中产的、赤贫的车面无表情地从身边唰唰开过。谢桥走在这街上，莫名感觉胆战心惊，不由怀念起热腾腾闹哄哄的北京。谁说人多不好了？走在人群里，各行其是，多么踏实多么温暖啊。而这空旷的洛杉矶大街，泛着死一般的沉寂，实在瘆得慌。间或冒出一个人来，还吓一大跳，总觉对方不三不四、不怀好意。估计对方也做如是想，各自都尽量避开，逃之夭夭。后来秦淮为她私自外出急出一身冷汗，拿出当地中文报纸《世界日报》，头版头条称，临近年关，洛杉矶当街抢劫案频频发生，主要对象是单身行走身体瘦弱的华人女性……单身行走，华人女性，身体瘦弱，谢桥打量着自己不足一百斤的身躯（在中国时它叫"苗条"，到了被转基因食品催得肥肉满身堆的美国，当然只配叫"瘦弱"），吓得魂飞魄散，唯恐自己连美国的毛都没摸着，就枉送了性命，这种死实在轻若鸿毛。从此连在门口转转的念头也打消了。完全以最模范的囚徒精神把自己坚强地围在这号称两层楼的"囚室"里，誓将牢底坐穿。谢桥曾暗嘲，吃醋的丈夫最安全的做法便是从中国弄回一个媳妇，不怕她风骚也不怕她不守妇道，只要她既不会开车又不会英文，放在家里绝对安全。腿相当于聋子的耳朵，只具备观赏价值，一步门都出不了，绝无外遇之风险，纵算偶然有水管工或安装电视的上门，语言也无法沟通，绝对无法产生任何的瓜葛苟且。

既无任何转弯抹角的亲戚朋友可商量投靠，又连出门的资格都没有，谢桥呆坐在沙发上，如一个无计可施的傻子。真的，自从踏上洛杉矶这片土地，她的智商就开始直线下降，连同智商一块下降的，还有她的自尊、自信，如今只剩下自怨自艾、自怜自伤……

福至心灵般，她猛然想起一个沙哑困顿的嗓音，"我是惜缘国际婚姻介绍所所长田二麦。"这声音很土，还有些沙哑，完全不符合谢桥对于美籍华人的想象。但当他说电话号码时，频道转换到了英文，谢桥一阵的手忙脚乱。中国式的英文教学本就不能用于口语交流，十几年的光阴流转更把肚里有限的几个单词都稀释得踪影全无。谢桥记录号码的笔微微有些发颤，害怕露了怯。天可怜见的，几个阿拉伯数字的发音她还记得，有点凝涩，也都记录了下来，而田二麦在说完号码之后，立即转换回带广东腔的中文，真是善解人意！

谢桥轻轻吁出一口气，想，果真是美籍华人，说到数字时中文就不够表达了，非得用英文。虽然用英文报电话号码时那发音古怪得可疑，正是这可疑的发音让谢桥记住了那嗓音，也记住了那个用英文报出的电话号码。她因为要让英文在脑中急速转换成中文，再变成阿拉伯数字记下来，多调动了几个脑细胞全力对付，没想到，这多用掉的几个脑细胞不但让她在当时顺利地记下了这几个转了又转的阿拉伯数字，竟在半年之后，在空寂荒漠的大洛杉矶，在这一筹莫展的关键时分，自动跳到了她的脑海中，宛若刻上去那般清晰！一同清晰的还有那一句："今后如果有缘到了洛杉矶，不管什么事尽管打电话给我，记住，我叫田二麦！"

田二麦！这就是谢桥在洛杉矶唯一的"熟人"！尽管二人从未谋面，她只知道他是男性，华人。至于他是高是矮，是胖是瘦，是黑是白，甚而是流氓无赖还是江湖老大，都一概不知。可是，她有他的名字和电话号码，还通过几次电话，这就够了！啥叫救命稻草？这就是！快溺毙的人碰到任何一根稻草也要死抓不放的。

谢桥掏出手机，手指老马识途地按下几个阿拉伯数字，连她自己都不相信这是第一遍，且从没想过会拨打的电话号码。这就是存在于人类基因里的连自己也无意识的自救本能吗？

拨号在一阵凝滞迟缓的喘息中，沉重地通了。国内的通讯声音总是轻巧迅捷，像蹦蹦跳跳的十五六岁的少女，不知为何，美国的电话线声音总显得像个过分严肃老成的中老年男性。谢桥听着电话里凝重的一声声"嘟——"心跳加速，手可怕地颤抖着，脑子里转着乱七八糟的念头：号码是错的？没有田二麦其人？一切都是骗人的……谢桥快撑不下去了。

"Hello！"还是那怪腔怪调的英文。

"是……请问是田先生吗？"

"我是田二麦，你哪位呀？"还是那沙哑的嗓音，带着港台味儿的中不中西不西的普通话，听在谢桥耳里，是那样要命的熟悉亲切，宛如在绝境里终于找到久别重逢的亲人！

一股热浪冲进谢桥的眼眶，她刚说出："我是谢桥……"就险些哽咽过去。

"……谢……桥？"对方果然很茫然。

慢着慢着。你已经在一瞬间把人家从陌生人过渡到熟人再升华成亲人，人家可跟不上你的节奏，人家对你可仍停留在最原初的阶段——通过几次电话素未谋面的陌生人，甚至连名字都忘了。真要对着人家像找着亲人似的一鼻子哭出来，那人就丢大了。谢桥连忙深呼吸，调匀了气息，把激情的眼泪憋了回去，尽量以正常的声音说："我是北京来的，你介绍秦淮给我认识……"

谢桥开始杂乱无章地诉说自田二麦介绍了这桩跨国婚姻以来所发生的种种，她说得庞杂混乱而激情澎湃，田二麦几乎插不上嘴，只间歇发出一句："哦，这样子的……"

他不会管这事，他和秦淮是一伙的！甚至，这本身就是他设的一场骗局！谢桥一边想，一边仍然歇不住嘴，哇啦哇啦直讲到了发现照片。

终于静默了。

然后，田二麦说："你住哪里，我来接你。"

2

这就是传说中的田二麦了。

四五十岁年纪，形容枯槁，是那种长期混迹于底层熬煎出来的枯槁。人T恤，外套一件满是口袋的背心短裤，露出两条麻秆腿，脚下居然穿了一双人字拖鞋。从上到下，从里到外透出一股子底层劳动人民的气息。真的，以他为轴心，方圆一米的范围内，这气息清晰可闻。与秦淮那辆小破车的气味属于同宗。

他松松垮垮地站在谢桥面前，肩膀下沉，一条腿撑着身体，另一条腿尽量往前送，站成个斜长的"稍息"。这副姿态他可能自以为叫玩世不恭或者潇洒，但别人大概只能理解为形容不整，吊儿郎当。他眼睛斜曳着，怪了，他哪部分看起来都是斜的，眼神里透着一股子老移民对新移民的同情、轻蔑、怜悯……哦，严格说来谢桥还不算是移民，不过是临时寄居者。

他上上下下打量了谢桥一番，谢桥有些怯了。在颓败的心境下，她随便套了一条黑色连身裙，长发披散在肩上，没来得及化妆，仅扑了一点粉。她懊恼地咬着嘴唇，像《飘》里的郝思嘉一样，希望嘴唇看起来能红润一些。自己看起来恐怕也同样的不上台面吧。是的，作为公众人物，她一直很在意自己的容貌，哪里会以这样不修边幅的邋遢形象出现在世人面前。况且还是一个美国男人，况且还希望得到对方的帮助！男人是用眼睛做判断的动物，哪个男人愿意面对一个颓败憔悴的怨妇型女人呢！

田二麦开口了：

"把你的裙子脱掉！"

"什么？"

"你这身装扮一看就是从大陆来的！把你的裙子脱掉，换条牛仔裤！这是美国！你看看满大街有谁穿裙子？高跟鞋也不能穿了，怎么走路啊？去买双球鞋。还有头发，披散着不卫生的，找根橡皮筋扎起来！要做个美国人，这是第一步！"田二麦的口气透着毋庸置疑的权威。

谢桥虚心接受着对方的服装指导，有些讪讪。自成年以来，她的装扮还没有遭遇过如此严厉的批评和全面的否定，她以为会是因为随意，不想是因为精致。美国女人都不穿高跟鞋也不穿裙子的吗？很久之后，当谢桥搞清楚田二麦主业是一家中式快餐店的小老板，才明白过来，田二麦是按快餐馆服务生的标准来要求谢桥的。在他的世界里所见的女人，不管是服务生，还是顾客，都穿着球鞋牛仔裤，他从来没有机会见到穿裙子和高跟鞋的女人。

"走，我请你吃个午饭，边吃边聊！"田二麦用的是说一不二的陈述句，也不等谢桥作答，便转身自顾自朝车走去。

谢桥没有权利选择接受还是拒绝，只能跟着他一路走到车前。车是一辆八成新的丰田，银灰色。与秦淮那辆破车不可同日而语。谢桥暗想，看来田二麦的日子过得比秦淮阔绰很多啊。其实依田二麦的外形，和秦淮那辆车倒是天造地设的一对。罪过罪过，怎做如是想？大不敬的。此刻田二麦可是自己的救星呢，哪怕是稻草级的。

洛杉矶是地震多发带，房屋大多不超过两三层，木头结构，轻薄飘忽得可疑，仿佛一拳便可把屋里室外连通。当然，如果地震当真来临，房子垮下来也砸不死人的。街道亦狭窄，弯弯曲曲，高低不平，你可以理解为何洛杉矶的司机，只要见到一个人走路，车子大老远地就必须停下来，毕恭毕敬请大爷您先过——这满大街哪里寻得见一个人呀？植物太繁郁了，满树的紫色粉色的花，谢桥都叫不上名字。不知为何，看在谢桥眼里竟都是一股子寥落凄凉意。

洛杉矶由很多个小城市组成，所谓城，按中国的行政划分，最多算个区吧。这些年全美国的中国移民都往洛杉矶跑，占领了好几个城市，尤其是谢桥居住的阿罕布拉（Alhambra），白皮肤大鼻子的老外据说只有两条出路，一是立着走出去，另觅归宿；另一条是横着抬出去——气死了。

车子进入阿罕布拉的主街道Vally，算是热闹繁华的所在了。房屋仍旧低矮，很多个一圈一圈围在一起的小广场，里面有中餐馆、小商场、中国超市……闪着霓虹灯的各色招牌花花绿绿的，是繁体汉字，谢桥一时疑心自己跑进了香港或广州的小弄堂——但是20世纪的，乡土、矮小、逼仄。

两人在一家湖南餐馆落座。统共几十平方米大小，摆了八九张桌子，已稠密得人过来过去都不得不侧着身子。墙壁上贴满了红红绿绿的纸条，用一年级水准的毛笔字横七竖八地写着"剁椒鱼头"、"萝卜干炒腊肉"……倒是一目了然，谢桥依稀记得国内有些村镇的小馆子就是这么干的。莫要小瞧了这餐馆的档次，后来谢桥才知道，尽管在洛杉矶的中餐馆里不能算顶级奢华，也属于中等偏上水准，企业家、律师、医生这些有身份的人，也得选择到这里用餐。在狭小的空间里侧身坐着，伸长着脖子研究墙上的菜单，对每一盘形貌相似的菜肴露出赞赏的微笑，同样享受得很。当然，会有场面更阔大一些，装修更豪华一些的餐馆，那一般是广东人开的海鲜酒楼，档次与国内相比，等同于一个经济欠发达地区的县级"大酒店"。

谢桥一直在用礼貌和修养克制自己的惊异，初到美国定是会惊异的，这她有思想准备，却万没料到是这么个惊异法。怎么说呢？介于一百多年来中国一以贯之的崇洋思想，媚外心态，尤其是美国，月亮不都比中国的要圆吗？她一直以为自己初到美国会是刘姥姥进大观园般的探头探脑，这也钦羡，那也赞叹啊，却万没料到是去县城采风般光景：出了大北京，一切都土了，颓了，等同于开玩笑了。

服务生递过特价午餐的菜单，谢桥看到每份套餐 $6.99 的字样，不由轻声念叨："六块九毛九啊……"

"唉！别这样小气！"田二麦又用上他老移民那居高临下的语气，"出来吃就想开点，别嫌贵，嫌贵回家买菜自己做好了。出来吃就别想那么多！今天我请你！"

谢桥红了脸。她当然不好意思辩解，其实是想说怎么那么便宜啊。既然对方如此自信、大度，一副要请她打一顿牙祭的姿态——这个大陆刚来的难民眼看饿坏了，一副营养不良的样子。真相真对不起他。

菜上来后，谢桥嚼在嘴中，味同嚼蜡。固然因为餐馆炒菜的，大多是硕士、博士的，满脑子惦记着比较文学、空间物理，除却牢骚满腹，炒菜自然是二把刀，水准相当业余。另一方面，谢桥的心和胃自踏上洛杉矶这块土地开始，就紧缩成了一团，就像一团风干的野菊花，不得遇热水的浸泡，怎么也无法舒展。

她真的没有胃口。

谢桥端起大麦茶，心事重重地喝一口，仓皇与愁苦望而知之。说是难民倒也不为过。

"没想到，秦淮真的把你办过来了。"或许他是想说，没想到你这傻丫头竟然真的来了？

"秦淮的情况，你了解吗？我只希望知道真相，哪怕……是丑陋的，残酷的。我想，我有权利知道自己的处境，就像一个患了绝症的人，他有权利知道真相，好安排后事。田先生，你是我在美国认识的第一个，也是唯一的一个人。我希望你帮我。"谢桥直望着田二麦的眼睛，诚恳地请求道。

田二麦有点不安。谢桥不是他这个世界里的人，他一时拿不准该如何对付她。

"嗯，你想知道什么呢？"

"秦淮他究竟是做什么的？那些照片，是怎么回事？"

"秦淮是我们婚介所的金字招牌啊。只要有他，财源是滚滚不断的。"

"你这是什么意思？"谢桥感觉一股寒意从腹内升起。

"你要知道，一个婚介所总要有几个拿得上台面的人物，就好像一个演艺公司总得有几个明星撑场面，秦淮就是我们的明星。秦淮在这里，我们就有了吸引力，有了信任度，有了市场，大陆的女孩子们才肯把几万块的介绍费爽快地付给我们。"

"你是说，秦淮是你们婚介所的托儿？"

"也不能这样说。开始，他也只是想到大陆找个老婆，这边的女人，很现实，哄不到手的。后来发现对他感兴趣的女人特别多，特别肯花钱，就……反正对大家都有好处嘛。"田二麦的姿态很实事求是。

"你们……是在合伙儿骗婚？"

"怎么能说是骗呢？我们所提供的秦淮的一切资料都是真实的，绝对没有欺骗。只不过对秦淮感兴趣的女人太多了，大陆那边的合作伙伴就提出，可以作为一项长期的生意合作。每次秦淮回一趟大陆跑一圈总要见十几二十个女孩子，住酒店，吃饭，这些开销都是大陆的婚介所出的，反正他们已经收取了高额的报名费。秦淮给他们带来多少生意啊！这种事你也别说是骗，周瑜打黄盖，一个愿打，一个愿挨的事儿。再说，秦淮很守规矩的，柳下惠呀！从来不在那方面占女孩子便宜的。"这倒是真的！可也不过是被动清白。

"你是说，秦淮还从相亲里赚取费用？"谢桥虚弱地发问，轻飘飘的，有一种很不真实的空洞空虚感。当初她交了15000元介绍费，没想到转个弯儿都到了秦淮手里。怪不得，怪不得他出手那般豪阔，原来背后有人埋单，可怜的女孩，可怜的自己，不过都是羊毛出在羊身上。

"也不多，跑一趟能拿个几千美金吧，也不够花，现在美国的物价涨得很凶的。黑心的是大陆合伙人，肉都吃尽了，我和秦淮也就喝点汤。"

"一个电脑工程师，至于干这种勾当吗？听说，美国的电脑工程师收入很高的？"

"电脑工程师？哦，是的，从前他是的。可是，'9·11'之后，美国的经济持续衰退，失业率越来越高，尤其电脑行业。秦淮从2004年就失业了，他也努力想重新进入这一行，但是，这行业变化很快的，一脱节就再也跟不上形势，失业半年基本就等于从这个行业撤退了。秦淮还是很有才的，但你知道，秦淮不是一个很会算计，很善于推销自己的人。这种人在美国吃不开的。"

哦，仅仅会在婚姻的市场上推销自己。谢桥自嘲地想。或许也没有，他并没有推销自己，仅是凭借先天的资本，无为而治。

"那么，除了给你们做婚托儿，秦淮，他在这里就没有一份正式的工作吗？"

"也不能说完全没有，他在给南希当助理。你别误会，南希70多岁了，不过还很有些能力，政界商界都吃得开，经常作为贵宾出席各种大场合。你知道，她们这样有身份的女人身边总要带一个助理的，开开车呀，提提包什么的。当然不能是我这种形象的，那不活活丢人吗！"田二麦很有自知之明地自嘲了一下，用几乎是羡慕的口吻说："秦淮这小子皮囊长得好啊！多轻巧的活儿，又体面又风光。在美国，几乎没有轻巧挣钱的活儿！只是这活儿是按小时计费的，收入不是那么很稳定了，一个月总有那么千八百的。"

明白了，明白了，说到底，秦淮是用各种方式靠色相挣着女人的钱！虽然他的色相只中看不中用。怪不得车子再破房子再烂，一套一套行头还是相当体面的，这属于投资，属于固定资产啊！

田二麦的电话响了，他接通，旁若无人地说："在谈事呢！你别来了。什么？来唱你的新歌？就在附近？好吧好吧，快点啊！"

他收了电话，面对谢桥继续说："其实我正纳闷呢，秦淮为什么要把你办过来呀？这不是活活断了自己生路吗？你是说，他准备和你结婚？那摆明了相亲这活儿肯定干不成了，单身证明没有了，真的成骗婚了，是要负法律责任的！美国可是个法治国家。而且，南希的助理这活儿可能也要黄了吧？南希虽说和秦淮不会怎么样，但总愿意他是单身的，这心理和男人一样。突然冒出个老婆来，肯定接受不了。想当这助理的人多着呢，多轻巧的活儿。他非要和你结婚，你说这是为什么呀？"

谢桥在田二麦的目光审视下低下了头。是啊，自己这副德行，怎么看也不会是榨得出多少油水的富婆，还养得起秦淮这么个老白脸。从认识秦淮到现在，他也没花过自己一分钱，那15000元都不够他在自己身上打肿脸充胖子挥霍的。

纵算放长线钓大鱼，自己这条鱼可也是条瘦鱼啊。何苦要千辛万苦把自己办过来，自断了所有财路？

良久，谢桥说："如果……我不结婚，还有什么办法留在美国？"

"你不结婚？为什么呀？"田二麦更加吓了一跳。"我是说结婚对秦淮毫无好处，但对你是有好处的呀！一结婚你就可以拿到绿卡，有社会安全号码，可以合理合法打工。多少人奋斗十几年还拿不到一张绿卡，耗尽了时间、金钱、精力，你这多轻巧啊！秦淮有房子，你还不用花钱去租，你为什么不结婚？"

谢桥觉得自己遭受了巨大的欺骗。这么一个贫穷、性无能、靠那些不光彩的勾当骗些散碎银子的老无赖，把自己骗到这么个喊天天不应喊地地不灵的荒芜之地，实在可恨至极。可被田二麦这套基于生存考虑的哲学一分析，事情完全颠了个个儿。经他这么一说，结婚一事，对秦淮是完全的有害无利，而自己则捡了好大一个便宜。秦淮完全是在做牺牲，而自己白得一张绿卡，什么代价都不用付，甚至连身体的代价都不必付，还在委屈什么？不甘什么？

谢桥寻思半天，说："我是为爱情嫁到美国，不是为了留在美国而随便找个婚姻混张绿卡。"

"爱情……婚姻……"田二麦傻了，这些字眼儿对他来说太抽象了。他把这句仿佛绕口令似的话寻思半天，终于醒悟过来，"这不是一样吗？"

"这有本质区别。"

"有什么区别呀？你不是因为要和秦淮结婚才来美国的吗？"

"可秦淮，不是我想象中那个样子，他骗了我。"

"他骗你什么了？"

谢桥语塞，他真的没骗什么。要说骗色，是自己穿了情色内衣骗了他，也没骗成功，也永远都无希望成功。这也是她百思不得其解的地方。完全看不出秦淮的居心，看不出他能从中获取任何好处？一个不花钱的保姆？那自己恐怕是天下最无能最蠢笨最不称职的保姆了，谢桥都替他不值。

谢桥继续固执地说："我留下来，还有别的渠道吗？"

"你……"田二麦气坏了，没想到有这么犟的人。这些刚从大陆来的人就是这样，一个个以为自己清高、自尊、了不起，什么理想、爱情、自尊、个性，满口高尚的字眼儿。看她这模样儿，穿着高跟鞋小裙子，睁着一双不知人间疾苦的大眼睛，等着当享福的少奶奶，做梦吧！等在美国待上几个月，就晓得厉害了。生存，生存才是第一位的！柴米油盐、房租汽油，这里没有一分钱是白来的，是好挣的，都是汗水泪水泡出来的。等被生活折磨得差不多了，就该清醒了。

两人都感觉是鸡同鸭讲，各自住了嘴，气氛一时陷入尴尬。

"威廉！威廉！"伴随脆生生的大嗓门，一个苗壮的白色身影炮弹般冲了进来，着实把整个餐馆的人都吓了一跳。谢桥暗自好笑，都说美国人注重修养礼仪，今天倒遇得两个大嗓门。只见白色炮弹直冲过来，到桌边一屁股坐下，谢桥才明白原来她口中的"威廉"就是田二麦呀。看看二麦同学那副尊荣，实在难以和威廉这个与戴安娜王妃爱子威廉王子同名的洋里洋气的名字扯上什么关联。

"威廉，我写了一首新诗，特别特别棒，肯定会火的！我就是来念给你听的！还新写一首歌，也超级好听。我唱给你听，然后就走！"来者持续着进来的亢奋劲头，自顾自叽里呱啦，用北京话来说，"跟嗑了药似的"。

莫非这是一个著名的诗人和词曲作家？谢桥吃了一惊。早就听说美国藏龙卧虎的，果然啊！和田二麦这种人吃个饭都能遭遇艺术家。

她带着敬仰之情悄眼望去，来者装束大体倒和田二麦的标准接近：白T恤、白牛仔裤、白球鞋。这一身白穿出来需要巨大的勇气和实力。如果年龄超过二十岁，且不具备芭蕾舞演员那样修长挺拔的身形和清冷脱俗的气质，这样穿简直是和自己过不去，它会无情暴露和夸张你身上任何一点瑕疵：赘肉、衰老、庸俗。但来者显然绝不是炫耀式穿法，也不是自曝其丑式穿法，准确地说，她肯定是随意抓了一件套在身上，完全没有考虑任何效果，因而把这一身白穿得没有存在感。T恤原本大概是宽松式，套在她身上愣成了紧身衣，尤其在腰腹，大无畏地箍出一个超级大泳圈，如果是孕妇，也该是即将临盆那种。紧身牛仔裤倒显得空荡松垮，很难想象，如此丰硕的腰腹下会连着如此干瘪的臀部和腿。

腰腹是美国的，臀和腿来自索马里，它们奇妙组合在一起，好像用两只筷子撑起一个鼓胀的汤圆。脸是无人问津的弃儿，它的主人很长时间没有关注过它的肤色与细节，不要说女人那些冗长烦琐的护理，洗脸大概也是匆匆抹一把，忙起来甚至可能不洗。一头短发乱糟糟的，显然也遭遇主人粗暴的漫不经心的对待。总之，这个女人显然已完全放弃了对自己外表的要求，谢桥怀疑她已经很长时间没有照过镜子，所以年龄看起来非常回测，看脸和身材，似乎六十了，看装扮和表情，又似乎30岁不到。

"端木亭亭，你看你，一来就疯疯癫癫说个不停。给你介绍一下吧，这是谢桥。"田二麦语气有些不耐烦，又有点纵容和无奈。

端木亭亭瞥了谢桥一眼，继续着她自己的话题，仿佛一辆车上了轨道，却忘了安装刹车，不运行完程序怎么也停不下来。

"我先给你们朗诵我的新诗吧！"端木亭亭"忽"的一下子站起来，站在桌子旁的空地上。谢桥吓了一跳。说表演就表演，果真是艺术家范儿啊。这让谢桥对她的年龄更加产生了怀疑，或许还不到30岁呢，还在轻狂无畏也不怕人笑话的年纪。

端木亭亭开始了绘声绘色的表演，"纯纯的爱"、"晶莹的泪水"这样的字眼儿不断钻进谢桥的耳朵里。她恍然回到十六七岁，那时女生们都流行用这种调调儿写也许是生平第一封情书。

"怎么样？我准备把它投到国内的《诗刊》杂志！"

田二麦是一脸司空见惯的漠然。谢桥犹豫着，不知是否该为她的勇气和自信喝彩，不待她做出确切反应，端木亭亭却又开始了下一个回合，"我给你们唱唱我的新歌吧！"

歌词的意思大抵与诗歌相仿，那曲调，怎么说呢？谢桥觉得自己回到了幼儿园甚至牙牙学语的阶段，就是语言尚在蒙昧不清时那种自以为认真却谁也听不懂的瞎哼哼。

"怎么样？我发现我最近特有灵感，特有状态，真的，这就叫有如神助吧！"这成语倒用得是地方。

"不错不错，你坐下来歇会儿吧！"二麦好容易招呼脸蛋读得红彤彤的端木亭亭坐下。他指指谢桥说："谢桥是刚从大陆来的，你多帮助她啊！"

"没问题，有什么事尽管找我！"端木亭亭一副黑社会老大的豪爽侠义劲儿，仿佛整个洛杉矶没有她摆不平的事儿。谢桥一时不知端木亭亭其人水深水浅，面上摆了个谦卑拘谨的微笑。这种微笑不管面对谁总是正确的。

"结婚了没有？有身份了没有？"端木亭亭的提问一针见血。

谢桥惶然地摇摇头。在她的经验里，还没有如此近距离地接触过这类人物，有些不知如何是好。

"好办，赶快找个美国公民结婚，有了身份，工作的事包在我身上！"

谢桥的工作一下子有了着落，还没来得及表达感激或者婉拒，端木亭亭又转向了："告诉你啊，这找男人学问可大了，你啊，一看还嫩着呢，对男人经验不够。没关系，我教你！"

"是啊是啊，端木可是开放呢，和××风格可是一个路数的。要搁在国内，也是美女作家！"田二麦也帮腔道。

田二麦说出了一个国内著名美女作家的名字，她写了一本因情色描写惊世骇俗而遭到封杀从而成名的小说，成为"下半身写作"代言人。

谢桥真的惊异了！她没见过那位女作家，也不知是否真的美艳风骚，但面前的端木亭亭从上到下从里到外真看不出和"性感"、"风骚"有什么关系。莫非人一到了美国审美观真会产生这么大差异吗？

"男人你懂不懂？男人不但要中看，关键是要看床上功夫的！这男人和男人之间差别大了，我一眼就能看出谁行谁不行……"

额的娘啊！果真大胆豪放！谢桥吃不消了。她还从未和人探讨情色到如此深入的地步，况且还是初次见面的陌生人，况且旁边还坐着异性……她不好意思打断，未免显得自己太没见过世面，却又无法安坐，只好借喝茶盖脸，嗓子无端感觉涩痒，想咳嗽的感觉。

田二麦感觉到了，阻挠端木亭亭说："好了好了，你把人吓着了。"

"你们这些大陆来的女人呢，就是太保守太不开化了！这有什么好害羞的呀？男人就是该拿给女人享用的！等我有钱了，我要找十个 20 岁的小伙子在我面前，随我挑！看上谁的老公了，我就给她 100 万，把老公借给我用一晚上。杨振宁怎么了？我 82 岁也要找一个 28 岁的！"

谢桥听她讲得过了头，反而忘了不好意思这回事。或许人都有"求异"的心态，要那份莫测的感觉。要不为何那么多人对一个"芙蓉姐姐"感兴趣。那女人虽说委实要啥没啥，但至少在尽力搔首弄姿，尽力摆弄女人的媚态，尽管是令人作呕的。这端木亭亭，丝毫看不出有搔首弄姿的迹象啊，她朴实极了，纯粹的素面朝天，就算脸上有点儿别的东西，肯定也不会是脂粉，最多是没擦净的菜汤残羹，完全是一副标准的肩能挑手能提的劳动妇女形象。呵，姐姐，如果你现在有本事能找到 28 岁的，就赶快拿下吧！真不用等到 82 岁的！

为了显得自己不是那么保守得到家，谢桥提了个问题："喜欢男人……这没错的。不过，你在见男人的时候是不是会换身衣服呢？娇媚一点的？性感一点的？……"她脑子里开始幻化，这端木亭亭就跟《画皮》里的妖精媚娘似的，一到夜晚把美女的皮一披，立马变身为千娇百媚，迷死人不偿命的小美人儿，男人见之纷纷口念"祸水祸水"，然后奋不顾身扑通扑通跳进来，谁拉他跟谁急……

"我才不像你们呢，靠什么打扮化妆。我从来都是清水洗把脸，什么都不擦。我的化妆品就是男人。女人要靠男人美容，床上没有男人，擦什么也没用。告诉你啊，男人那玩意儿，高蛋白，最有营养。对男人，我有气场的，只要我看上的男人，没一个能逃脱的……"

原来是传说中会使巫术的巫女？

"告诉你，女人吸引男人可不是靠外貌的，这里面学问大了，一看你就对男人没经验。单是我的声音就能把男人迷住，像按摩一样，能给男人治病，从外到里，哪里都能抚慰到……"端木亭亭喃喃着，近乎梦呓。

真的呢！谢桥猛然醒悟端木亭亭的声音果然圆润清甜，又软又糯，还带有一丝丝童音。她有些发现为何总对端木亭亭的年龄有疑惑的原因了，她的声音果真就像十七八岁的少女，而且是小公主型如梦似幻的少女，与她的外貌、言论各行其是，仿佛分属三个不相干的人，哪儿跟哪儿都不搭。

　　端木亭亭的电话丁零咣啷响了，她从迷醉中醒来，接通电话："曹先生？吃什么？龙利鱼？豆腐？好的好的，我去买好马上到你家。"她收了电话，用一个得意的母亲那种固有的貌似抱怨实则炫耀的口吻说："我这人就是这样，太热心帮忙了，人缘太好，朋友们天天四处找我，简直离不了我。我真忙不过来！我要走了！"

　　她"忽"的一下站起身，想起什么，对谢桥说："留个电话吧！有什么事找我，绝对没问题！"

　　谢桥忙不迭掏出电话。这边人大概都这样，一言九鼎，不允许人有选择或者拒绝的权利。当然，谢桥打心眼儿里也不想拒绝。

　　白色炮弹再次呼啸而去，神龙见首不见尾。

　　"这个端木亭亭！"田二麦晃着他毛糟糟的脑袋，不晓得是赞赏还是无奈。

　　"嗯，端木亭亭，她是一个诗人、词曲作家吗？"

　　"也算是吧。她也是我们洛杉矶××作家协会的呢。不过呢，主业是，刚才那样，给人买菜做饭打扫房间，偶尔，也帮人带小孩。当然，她喜欢把这份工作看成是给朋友帮忙。这样，大家都比较好接受些。"

　　谢桥明白了，这就像有些女人凭借身体的资本从一个又一个男人身上挣钱，自己谓之为谈恋爱。

　　现在，谢桥手机上有了两个人的名字：田二麦、端木亭亭。这对于谢桥是重大收获。她保留了对田二麦的亲切感，觉得端木亭亭也很有意思。来美国那么长时间，她终于有了两个"朋友"，虽然这两人都有些超出她的日常经验之外。有句粗话说，"当兵三年，老母猪看成貂蝉"。在这荒芜的美洲大陆，人的审美会变化，会宽容。只要是个活物，只要他搭理你，见之都像亲人。再说，这两个人都有共同优点：热心、豪爽、乐于管杂事，而且，不断给人带来意外，带来莫测。就像小孩初尝辣椒，虽一时还不能判断该喜欢还是不喜欢，但至少是新鲜的刺激。相形之下，国内的人都太正常了，正常得面貌、思想都高度相似，分不出张三李四。

现在，救命的稻草有两根了。谢桥看着手机上新添的这两个名字，心里莫名感觉踏实了不少。

3

秦淮丢失了他最后一份工作。

南希，这个 75 岁的台湾老太太，用非常美国化的耸肩表达了她的遗憾："对不起，亲爱的，我不想聘用一个有家累的男人。时间上不能保证，我希望随叫随到。"

秦淮马上起誓他时间上的保证，哪怕是午夜三点，只要她召唤，一定第一时间出现。

南希还是摇头，"这不好，你午夜带着她的气息过来，好像我在和一个年轻女人争宠。"

或许她是想说，和一个大陆来的低贱女人争抢男人对她是莫大耻辱？她在吃醋？虽然他们之间什么实质都没有发生，但萦绕在他们之间那一层薄薄的暧昧是有的：当她穿晚礼服时，把露出一大片松弛白腻肌肤的后背转向秦淮，撒娇地命令他把拉链拉上去时；当她要秦淮把一根细若蚕丝的钻石项链在颈项间扣上拉环，把刚嚼过薄荷糖的芬芳又夹杂些许老人味儿的呼吸喷到他面颊耳畔时；当她因为鞋跟太高，不得不在行动时拉着秦淮的手，那保养得当的小手在他掌心暗暗使力时；当跳舞时因薄醉的缘故，她有时身体贴得过分紧，原本很结实饱满如今有些松垮但依然很鼓胀的胸部和同样鼓胀的腹部在他身上似有似无摩挲时……嗯，暧昧是有的。

几十年的权力、财富、美貌和名气滋养，熏陶出南希不俗的品位，穿衣、礼仪、社交无不上品。她最得意的，是对情色的把控。注意，是"情色"而不是"色情"。男女之间的缘起，美国婚姻专家称为是"性化学作用"。性化学使一对男女之间产生性张力，张力越大，两具肉体越渴望走近。此际的性感是弥散的，广博的，其可开垦的疆域无限阔大，每一寸肌肤，手、足、头发，甚至每一个眼神、动作、表情……两个人不管身处聚会场所、影剧院、餐馆……

不管穿越多少人和物叠加的障碍，两个人可清晰感知对方的存在和诱惑。而一旦具体有了性行为，性感的疆域便无限缩小，小到非常局部和具体。性有了，性张力消失了。

她鄙薄又遗憾如今的年轻人用行动代替了感觉。她也有过年少荒唐时，刚有性化学，马上有了性行为，性张力立马消失了。就好像冲进快餐店迅速吃了垃圾食品，肚子饱了，却无任何滋味和可供日后回忆的感觉。

历经几十年情色风雨的沐浴，南希终于懂得要像品味需要费三个小时的法国大餐那样耐心地一个细节也不放过地品味情色，要让性张力无限扩大。看得上眼的男人越来越少了，虽然她老了，眼光却更为挑剔。秦淮是男色极品，从她第一眼看见他时便可断定。他们终于有了紧密的合作关系，是合作关系，不是男女关系。南希不急的，好不容易出现性张力（至少在她这里），她才不肯鲁莽而蠢笨地用性行为把它分解葬送掉。她老了，胃口更加清淡了。像她这样一个70多岁的女人，性行为本身又能带来多少肉体的快乐呢？她需要的是感觉，是无时无刻不弥漫在两个人之间的由性张力导致的性感，这是最美的。她占有着这个男人，虽然不是世俗的意义上。他们之间可以永远不发生性行为，让性张力带来的性感持续到她临终那一刻。但也不无这种可能——当性张力膨胀到忍无可忍的那一刻，石破天惊！南希也许会从70岁退回到17岁的初夜。

两年多了，南希又期待又忍耐。享受着由期待和忍耐带来的美妙和快乐。秦淮也很君子的，或许他也懂得性张力的哲学？哦，两个人之间从不说与情色沾边的话题。猜测与莫测最有趣味。

本可以一直这样下去。

可是，游戏规则突然被打破了，他要结婚，要成为另一个女人的丈夫！她没有权利干涉的。她有丈夫，她比他大了30岁，他们之间什么都没发生。也许，什么性化学、性张力，一切都只是她的臆想。一旦不好玩了，她可以申请退场。她有自尊的。有些遗憾，甚至说，非常遗憾，可是，她不得不辞退他，因为，从他说出"结婚"开始，性张力已经无可挽回地消失了。

秦淮看着南希卷曲的假睫毛和鲜红的唇，一袭小黑裙裹住她已经发福但还有腰有胸的身段。这个女人，在家里也是一丝不苟的。在 75 岁的年纪，她完全称得上光彩夺目。她靠在阳台的栏杆上，身后是绵延的群山和万家灯火，她的眼神冷酷而温润，还有一丝伤感。如果他开口说"我不结婚了"，情形会怎样？

秦淮沉吟良久，终于开口了，他说："对不起，你自己保重。我走了。"

秦淮步履迟缓地朝门边走去，这是一个失业男人颓丧沉重的步伐。

"等一等！"南希从身后追到门边。

秦淮"忽"地转身，眼里放射出希冀的光芒。

南希把一个巨大的咖啡色购物袋塞在他手中，说："给你的新婚夫人，祝你们幸福。"

秦淮很想把袋子狠狠砸在地上，反正他再不用谄媚了！看到袋子上 LV 的字样，他犹豫了。这包包很贵的。

他拎着包，告别了这座半山上的豪宅，告别了这富有、高雅的贵妇人和她的性张力，上了他的破车。

家里一大堆账单等着他，房屋贷款、水电费……他已经快一文不名了。今天本想预支这个月的薪水，不想却鸡飞蛋打。

怎么会沦落到这一步呢？在台湾的时候，他一直是学校知名的白马王子，功课好，体育也好，还弹得一手好吉他，不知迷死了多少女孩子。

为什么要出国呢？在上世纪 70 年代的台湾人眼里，美国是天堂，一等公民漂洋过海啊！台湾太小了，没有发展空间。一个班上有出息的学生首选是到美国留学，没出息的考到英国、澳大利亚，再没出息的，留在当地。

自从他踏上洛杉矶的土地，他的背运就开始了。他发现自己的优势到了美国百无一用。这个讲求实用功利至上的社会，不需要你会唱歌，不需要你会打篮球，不需要你会写诗，至于英文，五岁的美国小孩发音也比你地道。这里只需要你会像牲口一样工作。他放弃了自己喜爱的文学艺术，选择了枯燥乏味但最为热门的电脑专业。然后被从台湾一起过来的初恋女友莉莉抛弃，弄伤自己，私处落下无可挽回的隐疾。毕业后找了一家著名的电脑公司，做了一个可有可无的小职员。

如此一步一步蜗牛般爬行，勤勤恳恳爬了十几年，终于上升为部门主管，年薪也升到10万。虽说交完税后只剩六万多，好歹也说得过去了。因为身体的隐疾，也因为对女人的憎恶，他过着清教徒般寡欲的日子，只求平安无事。

流言是从哪一天开始的？他发现公司人对他眼神暧昧、神色嫌恶，原本对他热情高涨的年轻姑娘躲着他，年轻小伙子也躲着他，他开会发言时，有人暗自窃笑。终于有一天，他听到所有人在谣传他独居十几年的原因——他是一个同性恋！而且是性变态。他和那些男人所干的龌龊的、污浊的、淫秽的、羞于见人的种种细节被描绘得栩栩如生。他打听到这些流言的出处，是他的好朋友，一同从台湾来到美国留学的大学同学刘波。刘波找不到工作，他介绍刘波进这家公司，他是主管，刘波是职员。就是刘波，不遗余力、处心积虑地编造了他的同性恋、性变态故事。什么美国人不关心别人的隐私，有人的地方都一样，天下乌鸦一般黑。

在办公室的咖啡间里，他把刘波揍得鼻青脸肿。他承认自己过火了，他控制不住自己，他打掉了刘波的牙齿，被警察带进警察局，断送了自己的前程。

再找工作，重新从零做起。一个近四十岁的男人从零做起难啊！没有了进取心，混一天是一天，"9·11"后，美国经济持续衰退，电脑行业不景气，他理所当然地被清退了。

再也就找不到工作了。

人垮起来怎么那么快呢？土崩瓦解般。他完全丧失了工作的能力和热情，变成一个懒汉。要不整天昏睡，饭也不吃。要不彻夜失眠，在深夜骑着自行车在街上闲逛。他快完了。

他像一种奇怪的水果，内瓤腐败溃烂，表皮却依然完好光鲜。比绝大多数好水果外表都更为齐整光鲜。这居然成了他吃饭的资本。那些不体面的营生，想起来也是丢人啊。父母把他送到美国来时，寄予了多大的希望啊，毕竟他也是个电脑硕士呢。怎么吃起了软饭？就差卖身了——他无身可卖。如能卖，是不是也卖了？

如今，他终于自断了财路。为了谢桥。

为何会对这个女人着迷呢？

这个女人，无疑是漂亮的，也时尚，但吸引他的不是这个。是她身上那份时尚掩饰不住的纯朴真实吗？她的眼里始终闪烁着那种梦想般纯净的光芒。靠洋嫁途径意图实现美国梦的女人，秦淮是鄙弃的，虽然他挣着她们的钱。她们把功利世俗赤裸裸摆在脸上，"你年薪多少？家里房子多大？是美国公民吗？护照看一下好不好……"当获得满意的答复，便会软磨硬泡赖在他酒店房间不走，意欲把生米赶快煮成熟饭。奈何他没那本事，只好扮柳下惠，也正因如此，还没有惹下太大乱子。

　　而谢桥，她也是来相亲，却似乎忘了自己是干什么的。她闭口不谈现实俗世，不谈如何去美国，她聊文学，聊音乐，聊电视，聊得神采飞扬，两眼发光。她是喜欢他的，他看得出来，喜欢什么？至少不是美国护照、高薪、住房……她信赖他，全心全意，毫不怀疑。他说什么她都信，从没想过需要去考证，搞得他真的不好意思再去对她说谎。那些女人，心眼儿上十七八个窟窿，始终保持着怀疑和警惕。但是，当她在酒店房间与他单独面对时，她的脊梁却又保持着僵直和紧张，鼻头都冒汗了，让他生出淡淡的怜悯，这孩子，她不习惯和男人近距离接触，她害怕男人的侵犯，她还单纯。直到他善解人意地坐到另一张沙发上，她才松弛下来，笑容也自然了，然后自己又不好意思了，讪讪的。说什么"我不是不相信你啊，嗯嗯嗯……"。

　　她如此深情而投入，用巨大的忘我的热情，活生生把他拽入了恋爱。说起来，恋爱这事，他也没怎么经历过。莉莉，前尘往事了，之后真的谈不上有一场像样的恋爱。他的人生如此匮乏。他恋爱了，尽管他知道自己爱不起，仍然无可遏制地跌入恋爱。很多方面，他没有说实话，他没有办法，他不舍得失去她。用南希的理论，他们之间有性化学，并已产生了巨大的性张力。正因为性行为的不允许，性张力愈加膨胀。这份张力已强大到无以复加，于是她放弃一切，真的奔着他到美国来了！

　　直到她到达洛杉矶那天，他才清醒过来，这美丽的肥皂泡即将破灭了。他惊惶地看着自己破败的小屋，屋里的家具都是他一手一脚从街上捡回来的，为了争那个破床垫，险些和一个墨西哥人大打出手。破车是田二麦淘汰的，一千块卖给了他。这小货车原来是田二麦用来买快餐店的菜的，车里永远弥漫着生鱼的腥味儿、葱姜味儿、各种食物混杂的怪味儿，坐在车里就像走进了童年时台湾那个满脚泥泞的农贸市场。他的日子就过成了这样，一切都在凑合，他也无所谓了，混吃等死。可怎能拖着谢桥和他过这种日子？

他胆战心惊地接回了谢桥。对他的现状，谢桥无疑有惊异，但她什么也没说。没有指责也没有抱怨。她在尽心尽力打理这个小家。他看出来了，尽管她并不习惯，她在勉强自己接受现实，她在尽力适应。秦淮每天一大早就跑出去，其实他没有那么忙，只是不忍心面对这孩子那单纯善良的眼睛。

他能为她做什么呢？唯有和她结婚，给她一张绿卡，圆她的美国梦。在这里，有人出八万美金想和他假结婚，他不干的，他不想整包这样被卖掉。他所能有的，也就只是这个美国公民的单身身份了。如今，他愿意无偿地奉献给谢桥，他是个废人，从身体到心灵，他没有能力爱，这是他唯一可以奉献的。

他知道这意味着什么。大陆那档子营生肯定是干不了了，明目张胆骗婚是要吃官司的。他以为南希还会收留他，没想到这老女人居然也蹬了他。她那点心思，哼，谁不知道。是的，和谢桥结婚，意味着，他被断绝了一切的经济收入，如果这是一种牺牲，大概会是他这一生中所能做的唯一一件可称之为"高尚"的事了。

秦淮眼里有淡淡的湿润。

他拐到一家卖二手名牌的店，这只全新的LV包包，商场里肯定卖到两千多美金，刁滑的店主只肯出一千元。他把钱塞进口袋。好歹半个月的房贷有了着落。

回到家后，谢桥呆坐在沙发上，饭也没做。秦淮有些心虚，他暗想真不该把包包折价卖了，女孩子结婚，总归该有件像样的礼物的。他暗自寻思，明天一定去把包赎回来。或者给谢桥买一件礼物。

"桥桥，累了吧？我去做饭啊！"他近乎讨好地说。

谢桥古怪而陌生地看了他一眼，眼神里仿佛射出无数支冰冷的利箭，"嗖嗖"刺入秦淮的心脏。他的心痉挛、疼痛起来。

"怎么了，桥桥？"他在谢桥身边坐下，揽住她的肩。

"你的事，我都知道了。"谢桥木然地说。

秦淮这才发现茶几上那一叠横七竖八的照片，他和一个又一个女人搂搂抱抱，虽不说不堪入目，却也十分不雅。

秦淮手足无措起来。

"可以告诉我你为什么要把我办到美国来吗？你骗我，和骗这些女人一样。你需要钱，你骗点钱，我也不怪你了，你为什么要打着爱情的幌子，把我骗到这个人生地不熟的地方，让我这样……"谢桥说不下去了，嗓子哽咽住了。

"桥桥，对不起，我知道，你对我很失望。是你告诉我，你喜欢美国。我不能给你富足安逸的生活，但至少，我可以给你一张美国绿卡，几年后就可以转成美国公民，你可以在这里打工、读书，做任何喜欢的事，你的世界会更广阔。"

你以为我来美国是为了一张绿卡吗？谢桥心里冷笑，却说不出这么刻薄的话。她想了想，说："我想问的是，和我结婚，你能得到什么？你不是断了所有财路了吗？我也不会有钱给你。我就是不明白，这样做对你有什么好处？"

有什么好处？秦淮被问住了。是的，她把他看成骗子，骗子一切的行为都为了损人利己。她没想到世上有这么一种骗子，他所做的一切，仅是为了牺牲和奉献！是的，就因为你穷，无能，别人认为你连牺牲和奉献的资格都不配有！

他哀哀地看着她，一语不发。

谢桥回望着他，秦淮眼里的悲哀愈发浓重，她猛然醒悟，莫非，他真的，是爱着她？

他爱着她的什么？

第三章　生活所迫的浪儿

1

　　秦淮，他只是一个被美国、被生活毁了的可怜人。到美国后优越感的节节丧失，日子日渐走向灰暗颓败，没有指望，也没有前景……

　　谢桥此刻，不再恨他，也不再怪他。毕竟他爱着自己，毕竟他对自己没有歹意。他只是在勉强做一件自己力所不能及的事，就好像一个三岁的孩子妄图举起千斤顶，一个盲人希望驾驶摩托车，这样不免会伤了自己和周边的人，却并非本意。

　　结婚当然是不能够的。谢桥不会以如此神圣的婚姻作抵押换回一张绿卡，她是为了爱情来到美国。这也是为秦淮好，不和他结婚也是给他留一条生路，虽说不支持他继续那种不体面的营生，可那毕竟是他自己的事。

　　美国，谢桥还想继续留下来观望一段。既然来了，不妨当作一个体验的过程。对于能否再找到白马王子，谢桥已经不再那么天真地抱有幻想，随缘罢了。至少说，这对于人生的丰富是有意义的。

　　谢桥没看错，田二麦和端木亭亭按国内的眼光看来有点"二"，但都热心、豪爽，是可以救命的。

　　端木亭亭当即答应让谢桥搬来与她合租，田二麦请熟悉的律师帮她解决了身份的问题。

　　谢桥在信封里留了一千美金，告别了秦淮的小屋。她知道秦淮已经捉襟见肘，这点钱虽说于事无补，也算是一份心意吧。阴差阳错的，他让谢桥来到美国，也算一种缘分，谢桥还是希望他过得好的。

　　谢桥坐上田二麦的"丰田"，来到端木亭亭的寓所。

　　端木亭亭的家是一圈公寓房里的一套，只有两间房，面积是比秦淮的房子更加小一些，不过因为是女人的房子，相对说整洁一些。端木亭亭主动让谢桥住卧室，她住客厅。谢桥很不安，这样做似乎有"侵占"之嫌。端木说："你这种娇生惯养的小姐，客厅哪能住，别烦了，进去吧！"

　　谢桥本想问端木亭亭住客厅会不会影响她与男朋友的约会？从她的描述想来她的私人生活该是香艳缤纷的。可到底没好意思问。她还没太弄懂美国这边的交往规则——宁可过浅不可过深。

　　房租上，谢桥自然分摊大半，一千的房租她出了六百五。

　　端木大喜，她肩上的担子一下子减轻好多。那看小孩的工是否可以辞了？女主人太挑剔，眼睛直盯在你身上。孩子会走路了，满世界跟着他疯跑，总不免磕了绊了；他会自己吃饭了，一顿饭耗去一个小时，衣服上上下下都得重新换一遍。这钱真不是好赚的。

　　田二麦以老美国的主人翁责任感，豪爽地一甩头，"走，我带你们去体验一下真正的美国生活！"

　　真正的美国生活？是哦，来美国十几天了，成天像耗子一般缩在屋子里，美国就意味着屋里的那一亩三分地，还不是什么好地，委实不比一个农民眼界宽多少。

　　两个女人挤进了田二麦颇为体面的丰田车，期待一番新奇体验。

　　车子开到街上，在路边一个小吃店模样的店前停下。田二麦神神秘秘地让两个女人等一会儿，独自下车，趿拉着两片拖鞋快活地跑开了。

　　几分钟后，田二麦两手高高举起，像高举炸药包往碉堡冲来的勇士，一路呼啸着进到车内，"来，拿去吃！"

一包油乎乎的东西塞进了二人手里。

田二麦得意地说："这就是美国人的典型早餐，甜甜圈！我现在每天早上一杯咖啡，一个甜甜圈，这就是美国生活，老美们都是这样干的！"

谢桥取出来，就是一个油炸面包圈，裹了些糖浆之类。这玩意儿她上中学时爱吃，如今大陆把它归为垃圾食品之列，倒是好久没消受过了。

这就是田二麦眼中"典型的美国早餐"？

田二麦兴致勃勃地说："下面，我带你们去富人区，见识一下真正的花园洋房。"

秦淮和端木亭亭所住的阿罕布拉，是工薪阶层的主要居所，房价较低廉，学区也不太好，多是大陆来的新移民。临近的圣摩瑞诺才是富人区。

车子驶出阿罕布拉，渐渐地，街边植物愈加茂密起来，不是更热闹，而是更清幽了。进入圣摩瑞诺的住宅区后，可以看到房子明显漂亮起来，每一栋都色彩不同风格各异，花园都很大，奇花异卉都是谢桥叫不出名目的。田二麦介绍说，这里的房子每一栋至少在 200 万美元以上。

车子上山后，完全不见任何商业痕迹，或者说人间烟火气，清幽静谧之感愈加浓郁，甚至有点阴森森的。田二麦神色紧张，大气都不敢出，端木刚一开口，他立马竖起手指头，做出嘘声的姿态。

田二麦用耳语式的音调谨慎地嘱咐道："在这里千万不要乱说乱动，更不要随便下车走动，有人会来盘查你的！搞不好，警察会来把你抓走的！"

至于吗？这里又不是中南海，又不是军事重地，房子再贵也是民居。这路也不是私人专属的，是开放的，就是让人走的。如果我规规矩矩在路上走，并无任何窥探或抢劫民宅的企图，人家为何要来盘查我？

这个田二麦，真是小题大做！谢桥瞥了田二麦一眼，见田二麦的大 T 恤外套着的橘红色羽绒背心，蹭着一块一块的油斑，脚上趿拉着的两片拖鞋，突然有些明白了。

可以想象田二麦这么一副行头，再加浑身蒸腾的中餐馆的菜味儿、油烟味儿，怎么看都是一个长期在底层挣扎的瘪三。这瘪三模样的人走在这富人区的小道上，因为好奇，更因为心虚——那种穷人见到富人本能的心虚，无端地像做了亏心事，胳膊腿儿都失去了协调性，眼睛、脖子也各扭各的方向，一看就是一只混进狗窝里的耗子，明显不是一伙儿的，当然会引起怀疑了。你一只耗子跑狗窝里干吗来了？你当然没资格住在这里，也不大可能攀得上做哪条狗的亲戚朋友。你探头探脑，鬼鬼祟祟，是想打个洞啊，还是偷把米呀？危害不大但你影响环境，惹人恶心！

谢桥又瞥了田二麦一眼，突然明白：或许他曾经下车走过，被盘查过，也许还被警察抓过驱逐过！所以他那番提醒完全是经验之谈、切肤之痛！

谢桥脑中幻化出田二麦趿拉着拖鞋，迈着他惯常的自以为潇洒，别人看起来吊儿郎当、不三不四的步子，嚅瑟地走在这不沾人间烟火气的幽谧小道上，左顾右盼。他不过想看点西洋景以供回去给土包子们显摆的，不想有人冒出来，好一通的盘查审讯驱逐……忍不住哈哈大笑了起来。

"哎呀，笑什么嘛！叫你不要发出声音的，我们走，我们赶快走！"田二麦吓得汗毛都立起来了，赶快掉头逃离这是非之地。

越是急，越是乱，到山下后，转来转去，田二麦怎么也找不到回去的路了。

田二麦把车停靠在路边，想等个人过来问路。也是赶着点儿了，过来一个是白皮肤的，过去一个是黑皮肤的，就是见不到一个貌似同胞的黄皮肤。

如此苦巴巴等了半个小时，眼见暮色降临，啥颜色的都不容易出现了。一个大个子白人老头儿过来了。

"H……Hello！"田二麦终于壮士般英勇地开口了。

"Hi！"老头儿停下来，和颜悦色瞧向车内。

田二麦结结巴巴表达了问路的愿望，老头儿叽里咕噜好一番解释，可田二麦眨巴着他的老鼠眼，一脸的不明白。端木亭亭也伸长了脖子努力竖着耳朵帮助田二麦听，收效也不大，谢桥则是一听见英文耳朵和心灵就自动全关闭了。

老头儿可有事做了。他连比带画，身体一会儿趋前，一会儿倒后，大脑袋无助地摇晃着："No, no……"最后逼急了，居然蹦出了几个中文单词，手语加中文终于让田二麦搞明白了，连声说："Thank you！"

老头儿额上挂着汗珠，脸上挂着欣慰的微笑，很有成就感的样子。

更有成就感的是田二麦。他把车窗摇上，一边踩着油门，一边自我点评说："不错啊，好歹这美国丢不着我了，找不着问路啊。没白混这么些年，英文还是有点用的。"

就你这英文？为了听懂他和让他听懂，都快没把那美国老头儿给累死。谢桥想起半年前和田二麦第一次通话，报电话号码用的是英文，谢桥还以为他美国待久了，中文不够用，电话号码不用英文就报不出来。现在才明白，这几个阿拉伯数字大约已占了他肚里英文库存量的半壁江山了。

回到公寓，已是暮色初上。

谢桥回到自己房间，几件衣服一挂，也就收拾停当。这间屋子大小不过十几平方米，简陋程度更甚于秦淮的寓所，但谢桥还是有一种安适感，好歹是自己付了房租的。

然而，接下来该怎么办？

拒绝与秦淮结婚，也就拒绝了绿卡。谢桥想起在国内时大家相互打趣："我们好歹也是有身份……证的人！"意即没有身份，身份证可是全中国13亿人口都有的。

然而，来到美国，谢桥立马变成没有身份，也没有身份证的人。有个合法身份留下来，这就愁死个人。

田二麦说他有个堂妹夫是律师，可以帮助谢桥办身份。可任他吹得如何天花乱坠，他那妹夫如何了不得，谢桥都不敢再抱多大指望了。她明白田二麦只是一个小人物，一个长期混迹于美国底层，且永无希望出头的小人物。在新移民面前，摆出老移民的姿态，以盲人摸象的自信大胆解读着他一窍不通的美国，把自己微末的能量夸张到无限。

他无疑是热心人。在人人自顾不暇的美国，有几个乐于管闲事的好人？说是救命稻草，一点不假。谢桥打定主意一辈子感激田二麦的。但是，对于田二麦口中的大律师萧雨山，她实在不敢估计得过于乐观。

2

这家海鲜酒楼比普通的中餐馆面积大出很多，深红色的地毯，有着一块一块形色可疑的污渍，柱子上雕龙画凤的，门厅正对着一块大匾，也是大红的底，用金色镶成一个圆头圆脑的"囍"字，大约是不时举办婚宴，懒得撤来换去，索性任由它摆在那儿，变成一道固定的风景。确实，这里到处搞得红红绿绿的，在谢桥眼里，就像是国内县城里迎娶新娘时图便宜去的那些价廉物美，只图堆头大不求质量高的饭馆。

田二麦说，这属于洛杉矶的中餐馆中一个巴掌数得过来的"高档酒楼"了。田二麦自作主张定在这里，是因为有他堂妹夫垫底，自己借机打回牙祭。

三个人等了将近一个小时，一壶免费茶续了又续，传说中的萧雨山还是没到。服务生续水时嫌弃地翻着白眼儿，疑心这三个人就是来这儿喝壶免费茶，开个眼界就走的。谢桥有些坐不住了，那个萧雨山要么就是摆谱，要么就是没能耐，甚至，谢桥怀疑到底有没有萧雨山其人？看田二麦"能"得那样儿，他配有一个做大律师的妹夫？

"真的，我家小麦可是我们家的女秀才呢！在美国念的大学，长得那叫一个漂亮！现在一家全在老美的国际大公司做高级白领，可了不得了。当时追她的男生可多了，选了萧雨山算他小子福气！"田二麦急赤白脸地辩白道，说着说着自己开始没底了："倒是说他们俩最近有点矛盾，小麦在旧金山，萧雨山一个人在洛杉矶，但……夫妻间谁家不闹点矛盾啊！他不至于这么不给我面子，不至于不至于！"

田二麦抓起手机起身给萧雨山打电话，谢桥斜瞪了他一眼，心里已不再抱有希望，她想，或许是该做好回国的准备了。

服务生过来，忍无可忍地提醒道："请问几位要开始点餐了吗？你们已经坐了一个多小时了！"他厌烦甚至仇恨死了这种人，白坐不点餐，就算点了餐肯定也付不了多少小费，可恶！要知在美国做服务生就全指着那点小费呢！

"点！我们自己点自己吃，今天我请二位！"谢桥下决心地抓起菜谱翻看起来。

"就快来了，就快来了！别急嘛，路上堵着车呢……"田二麦抓耳挠腮的，忽然，狂喜地喊着"哎，来了，雨山，雨山这里……"。田二麦大呼小叫着，跌跌撞撞地迎了过去。

一个穿西服打领带的中年男人一路向田二麦嘟哝着什么，从他蹙着眉的不耐烦神色判断，该是在抱怨田二麦给他找麻烦。

到桌边后，男人大咧咧一屁股坐下，外套一脱，揪着脖子上的领带用力往下一扯，然后，像终于从脖套的束缚下解脱出来的小狗那样，半靠在椅子上，舒服得直喘气儿。一切的一切，都在说明：他拗不过田二麦的面子和死磨硬缠，但他也没把田二麦和他的狐朋狗友当回事。

田二麦献宝似的介绍大家，萧雨山倒是站起来了，但身上每一根线条都像他脖子上那条领带一样歪着、垮着、散着，整个儿是一摊行迹模糊的东西。打招呼的声音低得如同蚊子叫，不是因为修养好，仿佛是：这是一台老式电脑，电池已经耗得红灯直闪，此刻不得不处于低耗节能状态。

除了田二麦一个人的大声聒噪，席间显得相当沉闷。端木亭亭倒很想发表言论，但田二麦早就给她打好了招呼，不许她随便说话，他怕端木亭亭天一句地一句的言论影响了萧雨山对谢桥的印象，用"人以群分"的概念轻易把谢桥也划入"二百五"甚或"半花痴"行列。所以每当端木亭亭开口，他忙以眼神制止，搞得端木每每吐出半句话又不得不艰难地把下半句咽回肚里去。

好在萧雨山根本无心看他们在搞什么鬼，他整个人都在神游太虚。他哪里像个律师，扒了那身西装皮，换条满是洞洞的牛仔裤，倒是像个神思恍惚漫不经心的中年落魄艺术家。想不出这样一个人如何站在法庭上帮人打官司！

这家菜总算做得有了点卖相，盘子边还点缀些既不中看也不中吃的花呀鸟啊啥的，至少不像是谁都能在家里几铲子糊弄出来的。谢桥还是没有胃口。自从她来到洛杉矶后，整个胃口就给封锁住了。让她吃惊的是，端木亭亭吃得也相当矜持。她以为端木亭亭的苗壮是食物催出来的，看来并非如此。后来她才发现端木亭亭在外面吃饭时，只要别人请客都吃得很少。但有一次 AA 制，她一下子吃了个底儿朝天。没想到表面看起来大咧咧、二乎乎的端木也有着那微妙纤细的自尊或者自卑。她神经也没那么强大。

田二麦一再陈述谢桥的困境，萧雨山只是说尽力帮忙，但很难很难。洛杉矶不知有多少人黑着。田二麦又开始列举谢桥的种种有的没有的美德，谢桥臊得不行了，只得离席跑到门口去透风，再听他夸下去，谢桥就该被他描绘成温良恭俭让的妇女模范了。

这顿剃头挑子一头热的聚餐总算结束了。萧雨山招手示意埋单，服务生小跑过来指着谢桥说："这位小姐已经买过了，小费也付过了。"萧雨山有些惊愕。他以为田二麦这种穷亲戚只会来给他添麻烦，占他便宜，这个小女人倒有点出人意料。直到此时，他才认真瞧了谢桥一眼，这一眼，倒让他更加愣住了。

谢桥站起身来，举起茶杯说："田二麦、端木亭亭、萧律师，我在这里以茶代酒谢谢各位，欢迎大家到北京来找我，定尽地主之谊。"

田二麦和端木亭亭都十分诧异地看着她，一时不明白这话是什么意思。

萧雨山从口袋里摸出一张名片，说："谢小姐，留个电话吧，方便联系。"

谢桥伸手接过，萧雨山却直往她眼睛里找，他目光有些发亮，好像身体里仅存的那点电全闪烁进了眼睛里。

谢桥淡然地垂下眼帘，想，也许，这场荒唐的美国梦该结束了。

3

庭院深深深几许。

端木亭亭的现代车深一脚浅一脚，穿大街过小巷，拐得七荤八素的，终于在一个破旧的大杂院停下。

"到了！"端木亭亭豪情万丈地指着一栋年久失修的二层小楼说，这就是她以前谋过职的职业介绍所。用她的话说，到美国后的第一桶金就是从这里掘的。她拍着胸脯保证谢桥可以在这里找到理想工作。虽然谢桥因端木的现状而对她口中的所谓"理想工作"感觉大为质疑，但端木信誓旦旦，说，谢桥有文化长得又漂亮，肯定市场比她大，机会比她多。前景会有的，搞不好寻到有实力的公司还可办理工作签证呢。

职业介绍所需要从楼外面的一个楼梯上去。楼梯很窄很小，颤巍巍的，水泥面的楼梯已裂开了口子，泛着黄褐色污水，铁质的楼梯扶手锈迹斑斑，一副备受风雨侵蚀、摧残的衰败模样，走在上面依稀可听到它的呻吟喘息声。谢桥怀疑它只具备形式功能，真要靠上去，准保稀里哗啦垮塌在地。

俩人小心翼翼穿过这天堑，进入一个黑乎乎的楼道，大白天的这里也像是晚上。

一股浓厚的烟味儿弥漫在楼道里，呛得谢桥几乎咳嗽。她很奇怪，传说中加州的法律不是严禁在公共场所吸烟的吗？看来这里真的是特区哎！

端木亭亭熟门熟路地领着谢桥穿越重重障碍，"哗啦"推开一扇门。谢桥晕头涨脑地跟着一脚踏进去，老天，那么小的屋子里挤了那么多人！主要是穿着背心短裤、趿着拖鞋的男人，零星点缀了几个与端木亭亭格局相仿的面容憔悴的女人。运气好的抢占了一个位置坐着，体弱气衰的靠着墙边椅子边蹲着，自忖身强体健的就站着，最小幅度地晃悠着。这满目乌泱乌泱的情景，和国内春运时的火车站有得一比。谢桥恍然明白为何洛杉矶的大街上人烟荒芜，原来都挤到这儿来了！

俩人一进门，所有的眼光齐刷刷射了过来。节目主持人的工作就是站在舞台上让人看的，多年的职业生涯训练得她脸皮极厚，免疫力极强，对各种目光的注视都失去了敏感。可今天的目光却犹如针刺，扎得她头皮发麻。

谢桥穿了一条自以为中庸普通的深紫色及膝裙，黑色紧身小外套和黑短靴。脸上化了点淡妆。这也是主持人的职业习惯使然，一出门见人就觉得要登台，一个细节也不愿马虎。她没有听从田二麦的忠告：穿牛仔裤、运动鞋，头发扎起来。难道自己真还找不到一份穿裙子的工作吗？

此刻，谢桥终于明白田二麦的忠告不无道理。那些男人的目光简直长到了她身上，在每一个裸露处，脸、脖颈、小腿……贪婪地生吞活剥，恨不能看到眼睛里永远别拔出来。谢桥从未遭遇过这样的目光。在国内她去过农村，去过工厂甚至监狱，但所有人——那些农民、工人、囚犯见她的眼光都是乖顺的、怯生生的。因为她是节目主持人，他们看她跟看云端的仙女似的，哪敢造次。而今天，她不过也跟他们一样，是来找工作求饭碗的，是同类，所以他们的目光就肆无忌惮起来，一个个都像能透视的 X 光机。女人的目光是嫌恶的、忌妒的、不友好的。谢桥听到一个虎背熊腰的中年女人对她的同伴撇着嘴恶狠狠地说："是来做按摩小姐的！"

谢桥急步朝屋子中间的那张大书桌走去。书桌后面坐了一个短头发的看上去精明能干的女人。女人取出两张表，"啪"一下拍在桌上，颐指气使地说："先登记！姓名、地址，要真实的材料，到这里不用写假的。"

端木亭亭讨好地凑上去，甜甜地叫道："许姐，规矩我知道的，以前我就来过的。我是端木亭亭啊，你还记得吗？"

被称为"许姐"的女人不耐烦地挥挥手，像赶着一群嗡嗡乱叫的苍蝇："得了得了，我这里天天来这么多人，怎么记得住谁是谁。填好表，去一边等着吧！"

端木亭亭吃了瘪，也不以为意，几下子帮谢桥填好了表，交了上去。

谢桥长出一口气，终于可以逃离这虎狼之地了。她以为填好表就万事大吉，有工作了介绍所会电话通知去面试的。端木却说必须就在这屋子里等着！一有工作马上就得搞定。怪不得这屋子里那么多人，都是在等工作的。

俩人挤到墙角，想尽量离那些虎狼远一些。正巧一个男人起身，端木立马抢占过去，两个人挤在一张小椅子上。谢桥无端想起亲密无间这个词，有时不是形容感情，而是物理空间所限。

那个"许姐"确实很忙，不断接电话。接到一个电话，便扬起脖子大喊一声："炒锅！谁能做？"

立即有个肥头圆脑的男人跳起身来，踊跃着挤上前，"我——我！我以前干过两家餐馆的大厨！"

许姐打量了一眼，递过一张纸条，上面是地址和电话。男人一张脸笑得稀烂地走了。端木说他这是去面试的,如果成功,第一个月的薪水就属于介绍所的。

许姐不断地接电话,不断地吆喝:"装修!有懂刷墙的吗?"

"外州的,有愿意去的吗?"

"保姆!照顾80岁老太太,瘫痪的。有经验吗……"

每个职位都有人欢天喜地领了条子出去。不断有人离去,又不断地有新人推门进来,这小小介绍所的生意倒确实兴旺得很。

谢桥听了半天,没听出有适合自己干的,不觉气闷,便和端木跑到屋子外面那颤巍巍的楼梯上透气。

一个貌似国内居委会主任角色的中年女人悄没声息地靠过来,用调解夫妻矛盾的马列主义老大姐公事公办的腔调对谢桥说:"小姐,做不做中式按摩?一个月挣三千还不累的。"

"我不会呀。"谢桥赶忙摇头。

"居委会主任"释然一笑,从兜里掏出一支笔,握在左手手心。咦,按摩还需要用笔的?谢桥心里纳闷。

女人左手握着笔的下部,右手握着笔身上下滑动,一边做,一边循循善诱道:"这样会吧?我们不给客人做别的。"

谢桥一头雾水,端木倒是笑得前仰后合,冲着谢桥一番耳语,谢桥终于反应过来,原来这笔代表的是男人的那玩意儿。她吃惊的不是这事本身,而是那女人把这种动作居然做得那样庄重、严肃,仿佛在响应政府号召,示范如何清除卫生死角。

俩人为躲避"居委会主任",走到了楼梯之下。开阔的空地上,夕阳的余晖给所有景物涂抹了一层橘黄色,一树一树红的、紫的花,开得艳丽招摇。也还是一个美丽的世界。谢桥深深呼吸了几口清新的空气,竭力想清空肺里那份污浊。

一个穿牛仔裤、红 T 恤的年轻女孩子也闲逛过来,冲着谢桥友善地微笑。估计也是来找工作的。谢桥也笑笑,同是天涯沦落人嘛。

女孩子猛一看年轻,仔细一打量大概也三四十岁了,眉眼倒挺清秀的,就是面色憔悴,显然休息不好。

"没找到合适的工作呢?"女孩搭讪道。

"嗯。"谢桥笑笑,"你也是?"

"我倒是有工作的,不过最近想换一份。这工作老是上夜班,休息不好。"

怪不得面色憔悴呢!上夜班?工厂女工?谢桥猜测。还不及细问,女孩自己揭开答案:"我在黄玫瑰夜总会做小姐的。"

"黄玫瑰呀!很有名的!听说那些没老婆的中国男人都往那儿跑。帅哥多吧?"端木大为感兴趣。

这就是传说中的"鸡"?谢桥没来由地一阵羞愧,也不知为谁。她清清喉咙,故作轻快地说:"我知道的,你属于那种卖艺不卖身的,对吧?"

"没有没有,我卖身!我卖身!"女孩很认真地辩解道,仿佛导购小姐在告诉你,我这里什么都有卖的。你想买都有。"单陪酒一百,如果去旅馆,就两百。如果去我车里,就三百。"

"车里?"谢桥蒙了。

女孩看了谢桥一眼,慢吞吞地说:"不是所有男人都舍得旅馆费用的,有时就在我车里,套子、卫生纸都有。很方便。不过,现在我累了,不想干了,准备换一份工作。"

这是谢桥第一次和传说中的"鸡"如此近距离地平等地对话。望着这个似乎有从良倾向的"鸡",她一时不知该说什么。鼓励她弃暗投明,浪女回头金不换?似乎身份不大对,那是当主持人时干的事儿。

女孩子说:"最近有一份很好的工作,在一家很高档的会所,客人全部是老美,就是端端水送送咖啡,月薪六千块,正在招服务生。"

"月薪六千块?哪有这么好的工作,我去行吗?"端木来了兴趣。

"你恐怕不行,需要身材的。"女孩转向谢桥,"你肯定够条件的!要不,我们俩一起去?只有一个条件,上班时间全上空。你放心,客人只能眼睛看,严禁动手动脚的。而且,绝对不出台。"

"上空?"

"就是不穿上衣了!有什么了不起,我才不脱给人家看!"端木受了歧视,气哼哼的。

谢桥彻底明白田二麦的忠告是何缘由。到这种地方，每个人都是来低贱出卖自己的。有体力的卖体力，有手艺的卖手艺，你彰显你的女性本钱，怪不得黄玫瑰的小姐把你视为同类，其实，她的T恤仔裤远比你这一身裙装清纯多了。还有那个"居委会主任"，大家都认为，你穿成这个样子，就是来干这个的。

暮色降临，介绍所关门了。没有找到工作的人失望地走出介绍所，步履沉重地慢慢散去。明亮的月光下，他们头发蓬乱，眼神呆滞，满面麻木的愁苦。

他们都是怎么来的？来之前都是干什么的？他们在国内人眼里都是有本事，能折腾，值得羡慕的。他们在国内都有着体面的职业和身份，和自己一样，他们来了，在这繁花似锦的国家，像真正的老鼠一样，东躲西藏，见到移民局就抱头鼠窜。这是为什么呢？为什么一定要离乡背井流落到这异国他乡，过着没有身份、没有尊严、暗无天日的生活？

田二麦听到端木亭亭带谢桥去找工作的事情，把端木亭亭好一通训斥！

谢桥和端木亭亭蜷在客厅那张兼做睡床的沙发上，一声不吭。田二麦自己说得口干舌燥，跑到厨房倒水喝。

自从谢桥搬过来后，他就着了魔似的，天天光想往这儿跑。今天来时竟破天荒买了一枝玫瑰花！花是下午去超市买菜时顺道买的，一块钱一枝。田二麦捏着这有生以来的第一朵玫瑰花，还是不敢相信，自己——一向求真务实一分钱掰成两瓣花的田二麦居然也干出了这等浪漫的事！他一直以为送花是秦淮那种吃女人饭的中白脸儿才配有的专利，可自己一转念，竟也跨入了这个行列！这有点激动人心。更为激动人心的是，接下来还不知在自己身上会发生多么离奇浪漫的事！一切的一切，都是因为那个女人的出现——谢桥。她本是另一个世界的女人，但是，上天把这穿裙子、高跟鞋的女人派到他身边，激发了田二麦的想象力。

玫瑰花被谢桥顺手插在进门的茶杯里。这并没有影响田二麦的激情。他已经获知谢桥走麦城的经历。这女人那么娇，他真有点心疼。不过，美人不落难，英雄何以有机会大显身手？

田二麦慢悠悠喝完水，踱到了沙发前面，搬张椅子坐下，说："谢桥，其实，你的身份和工作都很好解决。真不用费那么大劲。"

谢桥翻起眼睛白了他一眼，对于田二麦一贯的"放卫星"，她早已见怪不惊。

"真的，桥桥，"这称呼让谢桥一阵阵地起鸡皮疙瘩，田二麦却把椅子往前挪了挪，更加推心置腹地说："你看，其实，我也是美国公民。"

什么意思？谢桥横他一眼，对着越靠越近的田二麦不客气地说："坐好坐好，有话好好说！"很怪，谢桥自认知书达理的，可在田二麦面前就无法克制自己的刁蛮，总要发飙，哪怕在他想要帮自己的时候。

"是这样，"田二麦赶快往后坐了坐，身子仍竭力往前探着，语气竟然有点期期艾艾的，"我也是美国公民，正宗单身，我还有一家餐馆，这你知道的。我是说，嗯，如果你和我结婚……你马上就有绿卡了，我们一起做餐馆，你当老板娘，钱都归你管，你看……好不好？"

谢桥有些傻住了，她从来没想过田二麦这种人竟然也有志向和她结婚！而且还是以恩赐的姿态。在国内的时候，别说求婚，连坐一块儿吃顿饭都没有可能。

谢桥一时想不出刻薄的话来反驳。端木亭亭倒跳起来发飙了："田二麦！做梦吧你！也不撒泡尿照照自己，配吗？谢桥会嫁给你？癞蛤蟆想吃天鹅肉！"端木亭亭声音颤抖，带着哭腔，谢桥觉得她也太义愤填膺了。

"端木亭亭，你可别这么说，我田二麦怎么了？我是美国公民，我有餐馆有房子，我不比别人差！我会对谢桥好！一辈子只对她好，谢桥跟着我会幸福的！"

"行了，"谢桥倦怠地说，"都别争了！过几天，我就回国。"

两人停止了争执，转过头惊愕地望着她。

4

是该回去了。

谢桥收拾着屋子，也在收拾自己残缺破损的心情。

她不会赖在美国的，像条癞皮狗，死乞白赖地黑下来，在这异国他乡，暗无天日地混着日子。她为什么要这样？她有什么见不得人的，要像耗子那样躲起来，佝偻着身子过活？就算这里是真的天堂，她也不想去挤占不属于自己的位置。她想起出国前看的一部电影《少女小渔》，里面有一句台词，"不是自己的国家穷，谁跑到这里来受洋罪啊！"这句话放在21世纪的当下中国，还有意义吗？看看北京，那般泱泱大国的繁华气派，岂是这矮巴巴的洛杉矶能比？自己身上穿的、戴的，哪样不比这里众多的华裔女人强？来到洛杉矶后，谢桥才清晰地感受到，中国在强大！

挫败的是情感，是自己受辱的自尊。谢桥打算在剩余的日子里，再四处去走走看看，做一个真正的旅游者。等签证时间到了就回国。

"嘟——"一段陌生的声音响起，谢桥没予理会，自顾自沉浸在自伤自怜和自我开解的安慰当中。响声持续，不依不饶，谢桥才猛然悟到是自己的手机。这手机是秦淮留给她的唯一纪念了，但似乎还从未有人给她打过。会是谁呢？田二麦？端木亭亭？她揿下了"yes"键。

"请问是谢桥小姐吗？"一个陌生的男性声音，轻柔低缓，尾音处有低回，不是秦淮也不是田二麦，谁呀？

"我是谢桥，请问你是哪位？"谢桥犯了嘀咕，一个荒唐的念头跳出来：莫不是移民局获知信息，这里有一个"黑"人？要来清理遣送？没问题，铺盖都不用卷，直接走人！

"前几天我们刚见过面，你忘了吗？我是萧雨山萧律师。"

哦，是他！那个冷漠傲慢的人！谢桥确实已从脑海中删除了对他的记忆，或者说，本就没记忆。

"关于为你转换身份的事，我想到了一个切实可行的方案，我们见面谈一下。"用的是一锤定音的陈述句而不是商量的疑问句，语气低柔却又那般笃定，似乎他赏赐个什么，你就得忙不迭接住，还得口呼"谢主隆恩，万岁万岁万万岁"。凭什么那么自信？这个狂妄自大的人！

"嗯，谢谢，我想，也许不需要了。我，已经准备回国了。"谢桥慢条斯理地说，心中对这根也许是真正救命的稻草放弃了。

对方停顿了一下，显然是诧异、不解，大概从来没有想到一个急需办身份的人竟会拒绝一个大律师的邀约。他大概以为对方该是感激涕零的呢！

"但是……"他也慢吞吞地说，"我已经往你家方向过来了，田二麦给了我地址。你不会把客人拒之门外吧？这不符合中国人的待客之道。给你30分钟做准备，我在门口等你，不见不散。"

电话挂断了。谢桥惊愕地盯着听筒，一时反应不过来。这人霸道到这种份儿上，反而让人不知该如何去反驳、去拒绝，或者说，他完全不给你反驳或拒绝的机会。他决定了，你只能接受。

见还是不见？谢桥分裂成两个自己，一个自己在抵抗，一个自己在顺从或者说迎合。前者出于自尊心，后者出于好奇心，两个自我征战着。结果是，她换了衣服，这代表顺从的自己，但她没穿那些精致靓丽的小裙子，只随便套了条宽松的黑色休闲裤，这表示抵抗。谢桥见重要人物永远是要穿裙子的，休闲裤代表她很不在乎。

化妆吗？谢桥照照镜子。对于30岁的女人，不化妆等同于没洗脸。她犹豫了。她不想让萧雨山看到一个憔悴失色的女人，好像没有他的帮助就到了世界末日！但她更不愿为他浓妆艳抹，精心描绘，好像他多重要似的！那天打扮得拉上台就可以主持节目了，人家可也没正经瞧上你一眼，想想自己都臊得慌。

这番的幽幽怨怨，患得患失，谢桥突然意识到，这种情绪怎么搞得跟情人赌气似的？"没良心的，你不来就不来罢了！何苦又来？我自生自灭好了……"谢桥险些被自己逗乐了。

一看表，半小时过去了，是乖乖准点出门，还是摆几分钟淑女的矜持？还没决定好，电话再次响了，"谢小姐，我在门口恭候。"

"好的，我马上出来。"谢桥非常庆幸电话帮她做了选择，而不需再一番的患得患失。其实她无意间又顺从了他的"决定"，这点她已来不及去细想。

阳光下，静静泊着一辆黑色的奔驰600，一个身穿灰色西服的男人斜倚在车边，见谢桥出来，大踏步迎上来，笑得阳光灿烂。

谢桥吃了一惊。这还是那个被抽了筋扒了皮的惫懒男人吗？脸上线条全收紧了，是律师该有的那张正直、真诚、智慧的脸。身体也不再是那一摊无形无状的东西，精气神撑起来了，个子也无端高出一大截。

车子从阿罕布拉进入帕萨迪纳之后，红红绿绿的中国乡土味儿逐渐消退了，街道繁华起来，咖啡馆、商场、写字楼鳞次栉比，商业气息浓郁起来。建筑虽也不甚高大，但都设计精巧，装修华美大气，是欧洲童话里的城堡。白色和乳白色是这个城市的主色调，地上飘落有金黄的梧桐叶，车子碾过去，可以感觉"沙沙"的脆裂声。路上行人多了，肤色与服饰色彩都丰富起来，不像阿罕布拉，你见到的外国人并不比在三里屯多。行人无论美丑，衣着是考究的，面孔上挂着矜持的、教养良好的微笑。如果说阿罕布拉是广漠幽凉、冷清寂寥的，帕萨迪纳则有了微温，虽然这温也是有节制的，不似北京煮开的水般热气腾腾。行人的步履，也向前走着，但并不匆忙。

这有点谢桥想象中美国的意思了。

车子在一栋欧美风格的大厦前停下。谢桥跟着萧雨山走进大楼。前台那个满头扎着小辫子的黑人胖姑娘对着萧雨山笑得花枝乱颤的，瞟向谢桥的眼光却布满疑惑。谢桥突然意识到自己这身装扮去田二麦的快餐店肯定是适合的，进到这样气派豪华势利眼儿的大楼，就有些朴实得过了头。她唇角浮起一抹嘲讽的微笑：给萧雨山大律师丢人了。

萧雨山的律师楼占了九楼大半层楼面，地毯绵软松厚，一切装置都如他身上那套阿玛尼西服，昂贵、规范、气派，放之四海而皆准，没有任何个性或风格可言。这是一间成功的、专业水准值得信赖的国际化律师楼的标准面孔。埋首工作的人群面色也都是严谨的、肃穆的，眼神透着专业人士特有的专注、冷峻。谢桥没发现第二张亚裔面孔。

进到萧雨山的办公室，谢桥坐在靠墙的沙发上，这身衣服与办公室的氛围如此不搭调，无论怎样的坐姿都显得不三不四。谢桥索性坐得舒服点，暗笑这下轮到自己无形无状了。萧雨山习惯地坐到宽大的老板桌后的椅子上，想了想，又绕出来坐到谢桥旁边的沙发上。这样减少了公事公办的意味。

"谢小姐,关于为你转身份之事,我是这样想的。你可以到中国人办的语言学校,上不上学关系不大,主要可以保留一个学生身份,一年之后或许会有别的转机。"

"谢谢。不过,我觉得或许不必费那么大工夫了,或许,回国更适合我。"

"为什么呢?"萧雨山正欲解说,本就开敞的门响起"笃笃"的敲门声,一个穿着咖啡色套裙的白皮肤女人抱着文件夹进来,两人好一通地"叽里咕噜",谢桥一句没听懂,估计是在谈论工作。签完字,女人走了。萧雨山扭了一下脖子,说:"我们继续吧。"

"铃——"电话又响了,萧雨山跑到电话跟前,又是一番详尽的前世今生的解答。声调和语速始终保持着冷静、坚定、不疾不徐。

如此,一下午,萧雨山都在一刻不停地讲话。电话、来人……只见他嘴皮子飞快翻动,谢桥看着都眼晕。没错,律师确实是靠嘴皮子吃饭的。

终于有了喘息之机,萧雨山愣神望着谢桥,突然下决心地说:"不管了,走,我们到咖啡厅去说。我看我离开一会儿天也塌不下来。"

洛杉矶基本没有冬天和夏天,一年四季都适合坐到户外,享受著名的加州阳光。两个人坐在一个露天的咖啡厅里,阳光徐徐地映照下来,人和景物都涂抹上一层幸福的金色。

萧雨山的面色掠过一丝倦怠,绷紧的线条有少许懈息。谢桥想起他在办公室里那神采飞扬、语调铿锵的模样,那完全是上紧了发条全速运转的电动娃娃。她突然有些明白初次见面时萧雨山为何会是那副低效节能的松垮垮模样,他委实是在保存实力,为了在工作时能能量饱满地全速冲锋。这就像节目主持人在重大活动前都尽量不化妆、不打扮、不说话,这也是在储存实力,为了集中在舞台上全力绽放。谢桥为自己起初对萧雨山的抵触而有悔意,或许他并不是对她有意轻视,而是一种职业精神使然。

萧雨山喝了一大杯咖啡,又啃了两片面包,总算缓过劲来。他不好意思地一笑,说:"对不起,见笑了,中午忙到现在还没吃午饭呢。嗯,好了,这下总算清净了。"这都下午四点过了。

"谢小姐，可以告诉我你为什么不愿意留在美国吗？"

说什么？破碎的爱情梦？对洛杉矶这凉津津的大农村，乡下小媳妇似的红红绿绿的中国区感到失望？还是对闯荡陌生新天地的畏惧、忐忑、退缩……

"留下来，并不是一件容易的事，况且，我也不知道自己留下来有什么意义。"谢桥眯缝着眼睛，望着未可知的前方。

"谢小姐，关于你的去留，我想，我并没有资格发表什么意见。也不会劝你留下来。我只是想，无论如何，你跨过太平洋来到了美国，这不是一件容易的事，美国大使馆的签证是很难拿到的。毕竟美国至今还是世界第一强国。既然来了，你何不仔仔细细观察一下，这美国究竟是怎么一回事？哪怕当作一种游历、体验的过程，我想这对于你的人生来说，也该是一段有意思的经历。我想你会喜欢丰富、有趣、有变幻、有层次的人生，你说呢？"

游历？体验？萧雨山的话突然跳出了日常生活的层面，进入到生命这样抽象的、纯精神的领域。她突然意识到她对美国、对洛杉矶几乎还一无所知。洛杉矶不但有阿罕布拉，还有帕萨迪纳和好莱坞，不但有秦淮、田二麦、端木亭亭，还有萧雨山这样的人。只是，游历、体验，那是需要资本的，自己有吗？

谢桥端起咖啡杯，喝了一口，身子有些微微冒汗了，仿佛来洛杉矶后，这是第一天享受到著名的加州阳光，第一次感觉到阳光的热度。以前，她总是冻僵的、蜷缩的。

"美国的好，不是摆在表面的，洛杉矶的好，也不是一眼可以看到底的。久了，你就会明白。谢小姐，不要入宝山却空手而归哦！"

谢桥心动了。像她这样上世纪 70 年代出生的孩子，谁不羡慕万水千山都走遍的三毛，谁没在年少时做过浪迹天涯的梦。是的，脚下是美国的土地。她第一次清晰地感受到，这是地球上与中国最远的距离。儿时在大山里，她不是梦想着有一天用自己这双小脚，把万水千山走遍吗？如今，她来了，虽然是这样荒唐的一场梦境，毕竟是真实的。眼下，她正走在一条黑暗狭小的甬道里，可隐隐约约的，她看到甬道深处一抹温暖的亮色。虽说并不是明晃晃的光亮，而是暧昧的、混沌的、模糊的，可毕竟，有了希望。

理想主义的豪迈情怀被激发了。

谢桥把咖啡一口喝尽，下决心地说："请问转学生身份需要多少费用？"

"一年三千美金。"

"那……律师费……是多少？"谢桥猛然想起田二麦说的萧雨山的律师费一小时是四百美金。乖乖，要是今天算律师费，简直要破产了。

"全部办完，三千美金。"

"就这么干了！"谢桥一拍桌子，豪情万丈地笑了。

这貌似妩媚优雅的小淑女猛然冒出这种很江湖的举动，让萧雨山感到陌生又新鲜。萧雨山也笑了，大咧着嘴，完全不矜持不官方。这一笑，原本脸上紧绷的线条全裂开了，五官都挪移了位置，不像个精明强悍的律师，也不像个桀骜不驯的落魄艺术家，倒像个纯真明净的大男孩。

5

教练把谢桥带到考点，像带着孩子高考的家长一样，忧心忡忡地叮嘱道："别紧张，听清楚口令。"遇到这么笨的学生，教练都快哭了。虽说考不上他还可继续挣钱，可这对于他的专业素质是个极大讽刺。

谢桥望着那阳光普照的考车点，头皮一阵阵发麻。她这已经是四进宫了。万没想到，一个考车已经成为她通往美国生活的拦路虎，她折腾了一个月，还在原地打转转。

在国内，开车是时髦，是一种身份地位的象征。好不容易脱贫致富了，赶紧买辆车显摆显摆，要的是那份凌驾于坐公交、挤地铁，甚或操正步的"普通老百姓"之上的心理优越感；抑或做公司的，买辆好车充门面，提升自身企业形象。总之国内开车更多是开给别人看的，至于说有多少必要性，其实不是都有必要。在国内，如果不开车，你也活得自由得很，照样方便得很。遍地的公交出租都是你的腿。

而到了洛杉矶，你的车真正是你的腿，不开车你寸步难行。谢桥既然决定交钱保留身份，留在这美国"游历、体验"，当务之急就得考车。

教练是一个广东来的中年男人，从居住环境他判断出谢桥属于穷人，很是瞧不起她。他在谢桥面前完全是个叛逆的"老愤青"。

所有的机械操作，都需要一定天赋的，开车也不例外。并不是每一个人都能掌握好开车技巧的。谢桥用血肉之躯证明了开车绝非"熟能生巧"。每一次摸着方向盘，她都像平生第一次接触。加之洛杉矶的交规与国内不同，谢桥不懂，他也不讲，一出状况，立马骂上头，"笨呢、傻呀，"一天要听十几回。一小时45元美金的学费，他常常停了车买些洋快餐、土快餐来车上吃，满车弥漫着炸鸡块、洋芋丝的味儿，嘴里嚼着食物，发出含混不清的指令，谢桥替他不好意思，替他解释说："真辛苦啊，三点钟才吃午饭。"一句好话递过去，他也翻脸，眼一瞪："辛什么苦啊！有幻期（饭吃）最幸胡（福）了！没幻期才辛苦啦——"

谢桥以为他脾气就那么糙呢，有一次去圣莫瑞诺接了一个学员，教练神色大变，那叫一个低声下气，脸都笑开花了。末了，无比敬仰地对谢桥说："住在这里，多有钱啊！"虽然有钱人学车并不会多付钱，他还是坚持着嫌贫爱富的职业操守，一颗红心，两种态度。

无论如何，学车的过程还算是顺利，尤其是在居民住宅区练车时，看着满墙满树红的紫的粉的花，艳得那般招摇，阳光也明媚得不像样，活像会撒娇的孩子，直往你身上扑。那一刻，几乎是愉快的。而谢桥在教练"笨啊笨啊"的训斥声中也逐渐成长起来，毕竟人人需要开车，洛杉矶对于驾驶技术不是那么苛刻的。

状况出在考车前一天，教练突然用广东英文说了一大堆口令，这是明天考车前考官需要问的，无非就是看你是否知道车上的零件是干什么用的。关键问题出在英文上，谢桥全没听懂，吓出一身冷汗。教练急了，劈头盖脸一通臭骂："这么简单的英文也听不懂？连七八十岁老太太都能懂的！你还来美国混什么……"

谢桥彻底自卑了。

如果你了解谢桥这么一个人，她 18 岁上电视，19 岁就采访省长并受到省长高度赞誉，20 岁和陈道明、宋祖英同台演出，她参加过无数次全国的、全省的主持人选拔或考试，没有一次失过手。站在美人堆里，她不输容貌，站在才女堆里，她不输才华。大多数人都觉得，她最大的毛病就在于太神采飞扬，太自负。哪怕她生着病都不遭人同情，只恨不能上前踩她一脚。

因为她一贯自负，一贯骄傲，如此你便了解了她的自卑是何等深刻。

她不是没有弱点，她弱点太多了，她自己比谁都清楚。从某一个角度看，她全是优点，从另一个角度看，则全是缺点。她痛恨着自己的弱点，比任何人都更加无法忍受。这些年以来，她慌慌张张地把弱点隐藏了起来，像猫拉了屎，偷偷地用土、用沙掩埋起来一样。她张扬别人一眼便看得见的优点，炫耀到人恨得牙痒痒的地步，她小心地规避着任何会暴露弱点，任何失败的可能。

如果你知道她多么的无法忍受失败，多么的无法正视自己的弱点，你大概就会明白她的自卑多么深刻而博大了。是的，对她来说，自卑像癌症病毒一样，基因里带来，阴险地潜藏在她骨子里，悠远而深邃，悄无声息地咬啮着她貌似健康的躯体。一旦发作，后果相当严重，无地自容，甚至会失去继续活下去的勇气。她改正不了，她只有逃避。她要这一袭皇帝的新衣。可是，来到美国后，一切的优点都失去了价值，一切的缺点都暴露无遗。那潜藏在骨子里的自卑被彻底地挖掘出来，晾晒开，就像初潮的少女，那血淋淋的内裤被挂在风中供世人观赏。

美国是英文世界，英语是最基本的技能。这一点，在国内扬扬自得的谢桥竟然没有想到，总幻想一被扔到美国这片国土上，一张嘴就能自动冒出洋文。就像小时候幻想那只神奇的铅笔，一握在手就能自动在试卷上填上标准答案一样。

到洛杉矶之后才晓得，她的英文程度就跟那韦小宝（《鹿鼎记》主人公）似的，自己的名字嘛，一个"小"字是认得的，"宝"字跟"小"字连在一起也还猜得出，单独放一边儿就不认识了。谢桥就沦落到韦小宝的地步。几个英文单词她仔细地用本子抄下，要回去死背。教练在每讲一个单词时，中间加了八句十句的广东普通话式冷嘲热讽。

谢桥被这个长期混迹于底层的教练歧视了贫穷，这也罢了，贫穷不算可耻，可是，她居然被这半文盲嘲笑了不懂英文！这个和田二麦一样，关于开车的几个专业单词估计就占了肚里一半英文库存量的大老粗教练，他用那几个洋泾浜的英文单词大肆嘲笑了谢桥的一穷二白。

谢桥回到家后，拿着英文词典苦练着那几个单词的发音。如果听不懂考官这几句话，考试就无法进行。其实是没有问题的。别说这几个单词，就算是一本书，这几个小时苦攻下来也该背得了。然而，要命，从基因里带来，潜藏在骨子里的自卑发作了，这病菌带来的疑神疑鬼让谢桥一晚上都在念念有词，就像传说中那个傻子，妈妈告诫他："打酱油不要打醋哦！"他就一路念叨，"打酱油不要打醋，打酱油不要打醋……"到了店门口，一跤跌倒，爬起来后四顾茫然，"咦，我到底是要打酱油还是打醋？"

入夜，追随谢桥多年的失眠症发作了。失眠是自卑这病毒发作时的症候之一。谢桥辗转至两三点钟还未能入眠，想吃安定，却又不敢，说明书上明明写着"服药后严禁驾车"。虽然对谢桥这资深失眠症患者而言，服药后根本不会有任何影响，她可照常上电视，照常主持上万观众的大晚会，但是，在这异国他乡，她怕了，她怕被人查出她服过药开车，怕被美国警察抓起来。

但是，不睡又如何考得过呢？愁死个人了。谢桥在床上烙了一万张饼后，终于想到起来泡个澡。泡澡可以舒缓紧张的神经，是物理性安眠药。这是谢桥的经验。

谢桥轻悄悄地爬起来，跑到浴室去放水，刚放了两分钟，端木亭亭的声音在身后响起："关掉！关掉！邻居听见要报警的！"

谢桥转过身，望着大惊失色的端木，傻了！

"这深更半夜的，放水声哗哗的，那么大声，这房子又不隔音，邻居会报警说你打扰四邻休息！美国的邻居很喜欢管闲事，很喜欢打电话报警的。"

谢桥手忙脚乱关了水，赶紧乖乖滚回床上去睡她那睡不着的觉。这一吓，睡眠犹如三千嫔妃的皇帝，哪里还等得到他的宠幸。

没吸毒、没赌博、没淫乱，好端端在自己家里泡个澡都会招来警察？谢桥有些想不通。但这个国家的法律、规矩，一切的一切，她都是不懂的。端木亭亭之流也不懂的。不懂就不敢造次，不敢招惹，就活得缩头缩脑，谨小慎微，小声小气，多一事不如少一事。在老美面前尽量把自己收缩到隐形，在自己的人群中，相互惊恐地传递着一鳞半爪的信息："美国不可以这样……美国不可以那样……"以期共同在这国家里安全地混完日子，不要被搞到监狱里去。

谢桥的考车经历，说来惨淡。失眠一经造访，就再难驱赶。次次通宵分秒未睡便赶去考试。

第一次公路上突然出现障碍，教练从没讲过这样的状况该如何处理，谢桥还是乖乖按着四十迈的速度挺进，考官立即让她把车开回考点。哦，你应该减速，小心绕过……对不起，回去吧。

第二次考官是个态度和蔼的墨西哥女人，因为漂亮所以宽容。两个人考前的一番交流很是亲热，又拍肩、又美国式纵声大笑，谢桥打心眼儿里感激自己的好运。一切都很顺利，只剩最后一个关口了。不知是失眠让大脑缺氧，还是被胜利冲昏了头脑，谢桥居然把"左转"（turn left）听成了"换线"（change line）。她辜负了漂亮考官的信任，墨西哥女人脸黑下来了："哦，亲爱的，我很希望你通过，但是没有办法……"

第三次，谢桥化了妆穿了带荷叶边的小衬衫，牛仔裤都是绣了花的，以期遇到个男考官。她准备谄媚地又可怜兮兮地对他笑，像那种有几分姿色又走投无路的小女人一样。没办法，人格魅力这种冠冕堂皇的字眼儿就先不要考虑了，有时女人这原始的本钱还是得用它一用的。在车上排队的时候，谢桥一直眼巴巴盯着为数极少的几个男考官，尤其一个貌似华裔的，如果是自己的同胞，那就太妙了！直接用母语交流，肯定开车技艺都会增长几分。她用比期待情人更加殷切的眼光死盯着华裔男性考官。遗憾那考官始终没有转过身来，否则这个秃着顶挺着肚子形貌猥琐的男人会遭遇他这一生中从未遭遇过的漂亮女人深情而专注的目光。

完了，华裔男性考官跳上前面一辆车，走了。一个苗壮的墨西哥女人走了过来。谢桥失望地盯着那辆车绝尘而去，一时竟没注意这浓妆艳抹的墨西哥女人叽里咕噜在说些什么。待她回过神来。只听得最后一句："Are you sure?"她下意识答了个"Yes!"墨西哥女人咬牙切齿地说："Ok，ok，go！"谢桥看着她怒气冲天的样子，才意识到刚才不知在她问了什么的情况下，自己答"Yes"估计是不妥的。本想问一问，但她一紧张，肚里的英文怎么也拼不成句了，只好把注意力转到考车上了。女性魅力施展不成，打铁只有靠本身硬了。

哀兵必胜，一路顺风顺水，口令听得清清楚楚，理解得明白无误，技艺发挥得超常好，连泊车的间距都分毫不差。如期把车开回考点，谢桥终于长长舒出一口气，然后，她听到墨西哥女人嘴里吐出几个单词："你没有通过！"

什么？谢桥疑心耳朵出毛病了！考得这么好，一点错误没犯，没通过？这不是开玩笑吧？女人恶狠狠地点着单子说：你踩刹车太猛，搞得我头一点一点的，共扣了十二分，再加上过十字路口时，你犹豫了几分之一秒，正好扣掉十六分（洛杉矶考车扣掉十六分正好通不过），就这样完蛋了。

教练看着谢桥，恨铁不成钢地说："你呀你！打扮这么漂亮干什么！墨西哥女人会忌妒的！看看她们的水桶腰，满脸褶，到这里，不管是开好车，还是打扮漂亮都是自己找死！"

谢桥愕然地摸着自己的脸，这时几个男考官走过来，眉开眼笑地冲着谢桥打响指："So beautiful！"

三次不过，谢桥的笔试成绩已经作废。还得重新跑去体检、考试，全部再来一遍。教练都同情了，实心实意说："其悉（实）你真的开得不错啊！我再给你预约时间。"

"不必了！让我歇会儿！"

回家后，谢桥晚饭也没吃，一个人跑到门口去转悠。

这阿罕布拉空荡荡的大街上，这苍茫的天地中，只有她——一个单薄瘦弱的华裔女人在摇摇晃晃走着，像个喝醉酒的人。浓重的悲哀笼罩了她。

多少年了，她何曾这样狼狈，何曾这样无助？这么些年，她勤勤恳恳，自我修炼，早已从芸芸众生中脱颖而出。美貌、智慧、才情、机遇……命运的宠儿，一切都是你的，除了爱情，你什么都不缺。可是，来到美国，你的努力和成就全完蛋了！完完全全被打回了原形！在这个陌生的国家，你事业和爱情都不会有任何发展，你连最基本的生活技能都不懂，都学不会。你还不如田二麦、端木亭亭呢！田二麦还能问个路，端木亭亭还能考上个驾照。

谢桥悲愤地对自己喊，像你这样的一个人，你不懂英文，连基本的生活技能都不懂，连车都考不过，你不但是聋子、哑巴、瞎子，你还是瘫痪，自己连门都出不了！你没有做好任何的准备，你根本就没有资格来到美国！没有资格！

第四章　他乡遇知音

1

　　端木亭亭瘸着腿一拐一拐地回来了。

　　"怎么了？"谢桥大惊，赶快扶着端木亭亭坐在沙发上。端木亭亭撩开裤腿，腿又红又粗，膝盖四周擦掉了好大一块皮，渗出点点血斑。

　　"怎么搞的呀？"谢桥想去找点酒精棉花什么的，可家里什么都没有。想出去买药，一来谢桥不会开车无法出门，二来也不知哪里有这些玩意儿卖。据说美国的药店所有药都需要有处方的，中国人一般不愿上医院，怕花时间，更怕花钱，有点小病小痛只好死扛。哪个中国人回国不带几大包板蓝根、银翘片，任你再是住着豪宅，满嘴蹦着洋文，也得依赖这些被美国人视为"中国巫术"的中成药熬过伤风感冒的艰难时光。

　　"没事，帮我绞个热毛巾敷一下就好了。"端木亭亭像搬别人的物件似的，艰难地把腿搁到了沙发上，谢桥赶紧绞了毛巾递过来。

　　"唉，今天活该倒霉！又摔跤又被吃豆腐！"端木亭亭气愤不已。

　　诚然，做钟点工只是端木亭亭帮朋友们的忙，端木亭亭的主业是在一家中餐馆做服务生。

今天是周五，人特别多，正是挣小费的大好时光。偌大一个餐馆只有两个服务生，端木亭亭把装有七八个盘子的大托盘高举在肩部，一直保持着奔跑的姿态。美国人工贵，哪个餐馆都雇不起太多员工，通常老板得兼任大厨，老板娘得充当收银员。

也是跑得太急了，地上洒了水没看见，端木亭亭踩滑了，一跤跌出去，手里托盘里的菜尽数泼在旁边一位客人身上。

客人跳起来，大声嚷嚷着要求索赔。端木亭亭忍住剧痛，艰难地从地上爬起来，忙不迭给客人赔礼道歉，好话说尽，又做了记录，送了客人两个小菜，总算摆平此事。

下班之后，老板要求端木亭亭留下。完了，免不得一番训斥，肯定还要扣工资的，该不会被炒鱿鱼吧？端木亭亭正满肚子想着说辞呢，年届六十，瘦小得犹如发育不良的索马里儿童的香港老板突然凑近过来，温柔地询问道："伤得怎么样啊？要不要上医院？我看看。"

"没事没事。"端木亭亭正受宠若惊呢，老板的"咸猪手"已经探了上来，在端木亭亭大腿根部来回游走。

"你干吗呀？"端木亭亭往后退，老板却更紧地靠上来，上下其手，嘴里直哼哼，"我看看，我看看嘛，嗯，我喜欢肥肥的……"

"滚开！"端木亭亭猛一用力，把身轻如燕的香港老板推了个趔趄。老板顿时翻脸了："摸都不让摸啊！你以为你是老几？就你这模样，我摸你是看得起你！你多久没被男人摸过了，都锈了吧……"

端木亭亭被戳到痛处，气得当场解下围裙就要辞职。老板不住狞笑："可以呀！赶快滚啊！你这个月的工资正好扣下来给客人做赔偿！"

"怎么会有这种事？"谢桥大瞪着眼睛，险些说出光天化日、朗朗乾坤……这美国就没有王法了吗？

端木亭亭用毛巾捂着越来越粗的腿，失神地说："有什么办法？工作丢了，这个月又白干了。这是他妈人过的日子吗？"

"岂有此理，岂有此理？你在餐馆摔跤老板也有责任，他对你是性骚扰，还要扣工资，你可以告他的呀！还应该让他赔偿医疗费呢！"

端木亭亭呆呆地望着前方，半晌，才低声说："其实……我也没有身份，也是黑着的。如果去告他，我自己的黑身份也会暴露的，可能会被移民局遣返回国。"

谢桥傻了。她万没想到端木亭亭居然也是黑身份。她不已经是老美国了吗？谢桥倒已经通过萧雨山办理了学生身份，至少这一年，她是安全的。

"你怎么不像我这样，好歹转个学生身份呢？"谢桥不解。

端木亭亭苦笑，"你以为谁都像你，一下子就能拿出三千块来打水漂。从我来到美国后，这么多年，累死累活的，我账上从来就没有存到过两千块钱！"

谢桥无言了。她和端木亭亭虽同处一个屋檐下，但交流一直停留在最基本的生活层面，从未烛照过彼此的内心。对方的一切，前世今生，都缄口不问不言。她不晓得端木亭亭的过往现状，也无意弄明白。在这天涯，谁也背不起别人的伤。

但她不甘心，美国号称法制健全，怎么允许发生这样不公的事？她一筹莫展，只得打电话向田二麦求助，除了这个二分兮的男人，她们还能依靠谁？

第二天一早，田二麦就开着车兴冲冲地来了。

门一开，门口就现出田二麦那张喜气洋洋的脸，不像是要去找人理论，反倒像是要参加喜宴。当然，对于他来说，有谢桥的召唤，去哪里干什么都是喜庆事。

田二麦把手背在身后，故作神秘地说："我给你带了礼物，猜猜看！是什么？"

谢桥木着脸望着他，他变戏法一般"噌"一下举到鼻子前，又是一朵过期打折的玫瑰花。

真没创意！谢桥不理他，背转身往里走。田二麦仍然心情很好地把花插在茶杯里，很为自己感动，觉得自己已经深刻理解了浪漫。

俩人搀扶着端木亭亭下楼上了车。田二麦又弄出一盒巧克力："夏威夷巧克力哦！很好吃的！"

端木亭亭没有心情吃，谢桥也觉心里堵得慌，推脱着："不想吃，我正在减肥呢。"

田二麦一拍脑门，"哎呀，你在减肥呀，我在报纸上看到有一种减肥药叫清必瘦，听说很灵的，我去帮你订购怎么样？"

"什么？"谢桥恼火了，"我不过就重了几磅而已，你觉得我已经胖到需要吃减肥药的地步了吗？"

"不是你自己说要减肥的嘛，我不过是帮你想办法啊！我不嫌你胖的，真的！"田二麦诅咒发誓的，谢桥倒快被他气乐了。真有这种榆木疙瘩，不懂得女人说要减肥，是需要你告诉她，你其实正好合适，增一分则肥，减一分则瘦。他倒好，居然建议你去吃减肥药！

到了餐馆，端木亭亭有些胆怯，田二麦对于这种地方是不怕的，吆五喝六地进去了。

香港老板人矮志气大，气焰相当嚣张。他睥睨着几人说："工资？我没有告她已经是仁慈的了！烫伤客人我是要赔偿的！"

"老板，你不要忘了美国是法治国家，你的员工摔伤了你是要赔的！另外你还性骚扰她，要是告你吃官司，你就只有破产的份儿了！"田二麦这话说得倒相当有礼有节。

"呵！我们雇的人多了，不多发钱就告性骚扰，谁信啊！她们这些大陆来的女孩子，平时就是劈开腿给人白玩儿的。像她这样的，"他指着伤兵般的端木亭亭，"白玩儿都没人要！我是可怜她！救济她！告我？信不信我告诉移民局揭露她的黑身份，让她立马卷铺盖回大陆！"

"你！"谢桥气得一句话也说不出来，她还从来没有见过一个男人可以说出那等无耻龌龊的话来。污水虽不是冲她泼来的，她仍感觉全身都脏了。

"你他妈说这话是个男人吗？你找死啊！"田二麦气得要去揍人。

"你要干什么？我报警了！"香港老板边往后退边掏出手机。

两行泪从端木亭亭眼里流出。她扯扯田二麦的袖子说："算了，我们走吧。警察来了我会被驱逐出境的。"

几人垂头丧气地进车，回家。窝囊得肺都要炸开了。

端木亭亭的腿肿得透亮了，可她坚决不肯去医院，怕花钱，情状甚惨。

"妈的！老子去找人把这小子打一顿！要不，找黑道摆平他！"田二麦在谢桥面前丢了丑，很是冒火。必须放点"卫星"来求得心理安慰。

"打人犯法的！黑道，你认识黑道的人吗？别瞎说了！"谢桥很烦躁。她知道田二麦的力量是无法摆平此事了。隐隐的，她想起一个人，这个人或许会有办法。但是，自从给她办了身份后，两人就再也没联系过。当然了，他的世界多大，他的天地多广。他为谢桥展示了另一种生活的可能，但并无意引领。当然，这个冷漠陌生的世界，谁的温暖能够传递给谁。

相濡以沫，不如相忘于江湖。

田二麦在屋里转来转去，猛然一拍脑门："哎呀！我怎么忘了萧雨山这小子！他是律师啊！肯定有办法的。我来打电话。"

田二麦掏出手机，"雨山，端木亭亭被老板欺负了，我和谢桥都在这儿呢，你在哪儿？什么？和客户谈事回头再说？喂喂……"

电话挂断了，田二麦吃惊地瞪着手机，嘀咕着："挂了？不会吧！这小子，太不仗义了！"

谢桥淡然一笑，笑自己刚才心中升腾起的微弱的希望。还指望这美国的人都是活雷锋？不，也不仅如此，难道还指望着别的？

暮色降临了，一天又快结束了。谢桥到厨房去熬粥，她的厨艺实在乏善可陈，有时想想这洛杉矶没有什么像样的中餐馆，自己也做不出什么好吃的，一辈子都靠乱七八糟的垃圾食品充饥，光是这一点已足够让人绝望。

"叮咚——"门铃响了，厨房就在门旁边，谢桥小跑着打开门，望着来人，傻了。

田二麦欢喜地嚷嚷起来，"嘿，你这小子，我说呢，你一声不吭就自己过来了！"

萧雨山走进屋来，田二麦叽里呱啦讲述了事情始末。萧雨山走到端木亭亭旁边，查看了她的"象腿"，说："还是要赶快去看医生。虽然看起来应该不会有太大问题，但还是要小心些，可不要留下什么终身遗憾。"

"医疗费很贵的，哪里看得起……"端木亭亭失神地喃喃，欲哭无泪。

"不用怕！"萧雨山微笑着，胸有成竹地说："我有把握让他付你的医疗费并且退回你的工资！"话是冲着端木亭亭说的，眼睛却盯着一旁的谢桥。

"呵，你这小子，莫非你真认识黑道的？"田二麦欢喜地嚷嚷。

"黑道嘛，当然是不认识的，美国是法治国家，还是不要和黑道有什么牵连。"萧雨山笑得救世主般的慈祥，这一屋子的善男信女都在等着他拯救呢。

"赶快说吧！有什么办法呀？"谢桥果然绷不住了，走到他跟前，语气带有请求，还有一丝娇嗔。

效果达到了，萧雨山开始解谜团，"端木亭亭打黑工被发现了确实会被遣返的，但是雇主用黑工也要罚款20万美金。你们觉得端木亭亭的老板是愿意付医疗费和工资呢？还是愿意付20万罚款呢？"

"哎呀！我开餐馆这么些年，还不知道有这么个规定呢！险些被那香港瘦猴给唬住了！"田二麦脱险般长出一口气，谢桥欢喜地摇摇端木亭亭，两人都露出喜不自禁的神色。

"在美国生活一定要了解哪些法律是保护自己的，哪些法律不利于自己，这样才能在这国家生活得更好。"萧雨山不忘律师职责，适时对众人进行着普法教育。"好了，事情解决了，我请大家出去吃个饭庆贺一下吧？"

"嗯，还是我请吧。大家都这么帮我……"端木亭亭很难为情地说。

"得了，就让雨山请！人家大律师，这点饭钱算什么！我说让他请就让他请！"田二麦兴高采烈，他这大律师的妹夫极少这样给他面子，他又意外，又自豪，脸上都泛着光。

"我去换件衣服。"谢桥赶快冲进屋子，把柜子里的衣服抓出来摆了一床。紧身豹纹裤子，太狂野；黑色礼服裙，太沉闷；旗袍，过于文雅；格子衬衫灰色背带裤，太严肃……最后，她换了一套酒红色短款小礼服裙，勾勒出线条的紧身褶皱，胳膊与脖颈是同色薄纱，妩媚、娇俏而不失雅致，对于中年成功男性来说，这种形象一般不会出错的。她又迅速对着镜子抹了睫毛膏和口红，面颊和眼睛都水汪汪的。

"女人怎么那么麻烦，吃个饭还要换件衣服！大晚上的谁看嘛！"谢桥走出卧室，正听田二麦在抱怨。

萧雨山的眼睛明显亮了一下，在谢桥身上停留了几秒钟，又淡淡地斜移开，笑着说："二麦，你不懂得，女人爱打扮是最大的优点。女人都不漂亮了，世界还有什么意思。"

几人上了萧雨山的奔驰600。端木亭亭从没坐过这么高档的车，兴奋地东拍西摸的，嘴里不断发出"啧啧"声，"这车老好了！贵死人吧？"

萧雨山淡淡地说："不贵，比大陆便宜差不多一半儿。"

"是吗？要不要五万？"田二麦坐在前座，用手敲着仪表盘问。

"得了吧，田二麦，你上网看看好了，五万就够买个车屁股吧！"端木亭亭见多识广的样子，抢白着田二麦。

"我才不要上网看奔驰。车不就是个车嘛！那么贵干吗？就我的丰田最好！省油省钱。"田二麦把他心爱的小货车半卖半送地处理给秦淮后，终于下狠心买了那辆丰田，宝贝得不行，天天都担心被偷。端木亭亭打趣他："你呀，最好是每晚睡觉时牵根绳子，一头拴在手上，一头系在车上。半夜睡觉时不时拉拉。"

说说笑笑到了帕萨迪纳主街上一家西餐馆。木制的大门，灯光幽暗，铺有整洁桌布的桌子，桌面上有莹莹的烛光。洛杉矶的西餐馆还是蛮有情调的。这种地方只适合款待绅士淑女，气氛逼得大家都造作得很，不得不举止文雅、低声说话。这对田二麦和端木亭亭简直是一种折磨。萧雨山话很少，一副心神不宁的样子，刀叉被碰掉了好几次，倒似比田二麦还乱，还手足无措。谢桥又过于活泼生动了些，止不住地和端木亭亭、田二麦逗趣说话，不停地笑，不停地切了牛排往嘴里送。仿佛一分钟的停歇都是令人不安的。

不说的那个人不是因为心思不在桌上，恰巧相反；说的那个人心思也不在话本身，全在话外。不管静的动的，这四个人的局都只是一个空壳，一个表象，真正要表达、要沟通、要交融的全在这局外，氤氲在空气里，看不见摸不着，却紧张得一触即发。

晚餐结束后，四个人走在明媚的月光下，萧雨山向田二麦讨要了一根烟。在美国，吸烟被视为不文明的行为，尤其是自诩为上流阶层的华裔精英，一定要矫枉过正地坚决以吸烟为耻，以别于粗蛮的大陆同胞。何况在公共场所，何况在这熙来攘往的大街上。

萧雨山把烟点燃，悠缓地吸了一大口，望着明媚的月亮，无端地、惆怅地长叹了一口气。这一声轻叹像一根纤细的手指，轻轻拨动在谢桥的心坎上。不知怎么的，她产生了一种荒谬的感觉，似乎这声轻叹与自己有什么关系似的。

2

屋子空得吓人。

萧雨山回到家中，扭亮了楼上楼下所有的灯，仍是一股子的寂寞凄凉意。心里仍是空。

必须得干点什么。

他拨通电话，尽量好声好气地说："小麦，你把工作辞了，搬到洛杉矶来好不好？嘿嘿，想你了……"

"你不是能吗？放着好好的安稳日子不过，非要一个人跑到洛杉矶创什么业！还想拖着我下水？你破产了我们都喝西北风去？"小麦仍是牙尖嘴利的。

"哎，你说话能不能积点德？我这刚创业，你满口破产破产的，你不知道这是开公司最忌讳的吗？"

"你一个书呆子，做得了什么生意？家里让我把钱都转走，我没忍心，你倒好，卷走了家里所有的钱，拿去打水漂。死没良心的，你他妈的是个男人吗……"小麦火大了。

"哎，你一个女人家，好歹也算个知识分子，说话能不能别那么难听？一开口就露出你是开小餐馆出身的，恶俗不堪！我告诉你，你老撇下我一个人在这儿过光棍日子，洛杉矶女人多得很，出什么事你可别怪我！"

"随便你！"

"啪嗒！"电话挂断了。

萧雨山愕然地盯着电话，本想好意劝说，怎么又变成这样？莫非他和小麦之间真的已不能好好说话了？瞧她那刁蛮泼辣劲儿！这个田小麦，美国博士，白领丽人，平时小套裙高跟鞋，眼睛顶在头上，一副人上人的高雅模样，见到国内同胞总时不时冒出几句英文，好像中文词汇都不足以表达，可一着急，小餐馆出身的粗鄙恶俗全冒出来了，什么脏话、粗话都骂得出来，尤其面对自己老公，那个不管不顾，完全就是一个唐人街中餐馆的油腻腻的小泼妇！

好日子也是有过的。当年的小麦，一头直发披肩，身材娇小玲珑，走在上世纪 90 年代的美国大学校园里，多招人啊！老外眼中，这份娇小，这细眉细眼小嘴巴的，就是典型的中国美女。所有的华裔男生，不管来自台湾、香港，还是大陆，都把小麦当作了暗恋和臆想的对象。有多少男生，包括萧雨山自己，靠想象着小麦的娇俏度过了一个又一个难捱的长夜。

那是什么样倒霉的日子哦！上世纪 90 年代的美国大学校园，华裔本来就少，十个有九个是男的。就那么几个雌性，基本没有雌性特征。戴着厚厚的啤酒瓶底，衣服从头统到脚，没三围没曲线，头发比男生还要短，简直可以拍拍肩膀直接称之为"兄弟"！就这，人家也看不起华裔男生，白皮肤吃香很多，毕竟土生土长有根基，还可以办身份。实在次之，也要选台湾的、香港的，毕竟人家比大陆早开放好几十年。他们这些大陆来的、又土又穷的留学生，完全闹起了"女人荒"，比起农村里的老光棍，监狱里的囚犯更显不如。

"当兵三年，老母猪看成貂蝉。"何况小麦这种，虽然按中国传统标准还够不上是大美女，但在这"女人荒"的大学校园，那是比貂蝉还让人垂涎啊！男生们都掉了魂，每天犯着贱往跟前凑，一个个的硕士博士，让他们给小麦舔脚丫子都愿意干。萧雨山也想往前凑来着，但自忖实力太弱，只好站在外围，流着哈喇子旁观。

那个春日的下午，萧雨山坐在麦当劳外面的小桌子旁，一边啃着汉堡，一边看着对面街上竖立的大广告牌。金发碧眼的美女伸着两条光溜溜的大腿，大胸脯有85%的面积露在外面，毛茸茸的大眼睛仿佛在向他抛着媚眼。萧雨山猛然感到一身燥热。堂堂一个美国博士，国内听起来多么风光，岂知混得还不如农村一个老光棍儿！只能对着广告牌上的女人流口水！萧雨山狠狠咬了一口汉堡，满怀悲愤。

一个长发披肩，T恤短裙的女孩子从广告牌下款款走来，娇小的身躯如一块磁铁，萧雨山的眼睛立即从广告牌上的美女转移到这现实的尤物身上，用农村老光棍儿的痴迷和憨傻眼巴巴看着这尤物一点点靠近，走到了跟前，萧雨山才从晕眩中醒来，发现她竟是田小麦！

田小麦坐下来，说了什么，萧雨山全想不起来了。满脑子只是她的笑，裸露的胳膊和大腿。萧雨山简直不敢接腔，全心全意控制着自己的身体，千万不要露出迹象，丢人丢到这美国大街上。萧雨山逼迫自己去想一些高尚的人和事，嗯嗯，孔夫子言，非礼莫言，非礼莫视……完了完了，萧雨山绝望地发现自己在沉沦，在这清纯娇俏的女同学面前，他满脑子转着不道德的想法。

田小麦提议去她的小公寓，她有些重东西搬不动，要萧雨山帮忙。萧雨山震惊极了，每天想帮田小麦搬东西的男生要排长龙的，她怎么会把这个机会给自己？萧雨山万分愿意去的，可他真的走不动了。他吓得浑身发抖，不是怕她，是怕自己。他怕自己苦苦支撑的道德底线到了小公寓便会崩溃，他怕自己会变成一个大淫魔。

为了维护自己的形象，更为了保护田小麦的清白，萧雨山很想找借口拒绝的，可他哪里找得出。他的腿已经先于他的思想，紧赶慢赶地跟着田小麦穿过大街，走过小巷，进了田小麦的公寓。

坐在公寓里，萧雨山暗暗掐着自己的大腿，拼命不去看田小麦身上那些不该看的地方，因为他的眼睛一直自作主张在看。直到田小麦弯下身找东西，过短的T恤耸上去，露出腰间一段白白的皮肤，萧雨山终于崩溃，恶狼一般扑过去……淫魔，下流胚！他暗暗骂自己。哦，顾不得了。色胆包天啊！他深刻理解了强奸犯，为何坐监狱，送了命，啥都舍得。别说什么道德底线，这一刻，就是拿枪抵在脑门上，妈的，也让老子干完再说！

萧雨山干得龙腾虎跃，地动山摇的，怎么也没个够。世界消失了，天地没有了，只有这个女人，这个柔软、娇小、紧致的女体。他抱在怀里，压在身下，疼不够，爱不够……

那天，是怎么样结束，是怎么样回到自己的宿舍，萧雨山怎么也想不起来了。就像患了阿兹海默症，那一段时间，被从生命的记忆里抽空，全然成为空白。

待萧雨山从置身梦魇的失真感里复苏，意识渐渐清醒，灵魂重新回归体内，他才恍然，自己干了一件多么荒唐、多么可怕的事。强奸！天哪！他借着去帮同学抬东西的契机，强奸了自己的同学田小麦！所有男生的女神田小麦！

暮色涌进来，黑暗无声地吞噬了萧雨山简陋的屋子。萧雨山没有开灯。他怕，他怕看见自己，看见一个荒淫无耻的强奸犯，被自己邪恶的情欲慑住了心魂，干出了令自己都不齿的卑鄙行径。这是他吗？从小到大的模范生萧雨山？他一直是父母和老师的骄傲，同学们崇拜的偶像，也是女同学们倾慕的对象。几乎所有长得漂亮的、学习好的，总之自认自己还有些实力的女生都打过他的主意，通过各种方式暗示或者明示。那个年头，姑娘家无端去一个男同学家，总是不好意思，于是，有两个喜欢他的姑娘总是结伴而行，这样就显得名正言顺。一个姑娘是全班最漂亮的，另一个，却是一个膀大腰圆的胖姑娘，这两个姑娘总是找出各种理由去他家，腻着不走。这两个姑娘一起出现，确乎有喜剧效果。任何人看来，胖姑娘都是陪衬人，无端用自己的粗壮衬托了别人的娇柔。胖姑娘却也不以为意，仿佛每多去一次，也是多增添一份机会——各花入各眼，才子的口味，很难说哦！父母也在暗自商量，谁更适合做自己媳妇。母亲喜欢那个最漂亮的，父亲却嫌她浅薄，中意另一个学习好，有知性范儿的。总之，所有女同学，都似后宫的嫔妃，只要他愿意，无不手到擒来。

但是，他一个也看不上。他很明确自己的目标，他要去美国！是的，曾经，他是多么清高、清白的少年，走在校园里，所到之处，同学们，尤其是女同学们分站两侧，宛如夹道欢迎。他捧着书本，从人群中傲然走过，面无表情，目不斜视，任众人窃窃私语，任那些欣赏的、倾慕的、垂涎的目光在身后落一地。

谁想，到了朝思暮想的美国，高洁无辜的清白才子竟然会堕落成丧心病狂的强奸犯！他，萧雨山，怎么会堕落至如斯境地！是的，田小麦一定会去告发自己，自己会被警察带走，投放进美国的大狱。位于洛杉矶市中心的监狱，萧雨山在车上途经过，那是一栋乳白色的建筑，看上去雅洁气派，唯一的不同，是窗户都特别小，窄窄的一条，连只猫都难以通过。据说，这是为了防止犯人逃跑或自杀。天哪！萧雨山埋首苦读，通过了无穷无尽的考试，抵制了各种各样的娱乐和诱惑，漂洋过海来到美国，只为实现美国梦，一飞冲天，光宗耀祖，谁想，却被一时的情欲慑住魂魄，竟然住进了美国的监狱！天哪！强奸！多么令人不齿的字眼。据说连在监狱里都是最低级、最受人瞧不起的罪行。他甚至宁可自己是杀了人。

家乡的父老将会作何反应？一生好强、爽利干练的母亲会因为他而永远垂下高傲的头颅，本就生性懦弱的父亲会更加苦闷抑郁，搞不好一命呜呼。而那些在托福面前败下阵来，含恨留在大陆不能出来的同学，这下子可都称了心了！……

整整一个晚上，萧雨山都呆坐床头，左思右想，又痛又悔，简直恨不能一头在墙上撞死。不知不觉间，暮色消退，曙色来临。这灰白色的曙光并未给萧雨山带来希望，相反，让他堕入了更深的绝望。是的，属于他的最后一个自由的夜晚结束了。明天，他就该到监狱里去反省自己了。

"笃笃笃"，门被敲响了。这轻轻的敲门声撞击在萧雨山心上，让他惊跳起来。来了！他知道躲不过，果然来了！萧雨山迅速到浴室里用凉水抹了一把脸。镜子里，他看到一张一夜未眠的脸：头发蓬乱，胡子拉碴，脸色铁青，果然不像一个好人！他绝望地把水抹在头发上，试图捋顺，希望自己出现在警察面前的形象能够稍微体面一点点——丢人丢到了美国，当真是给中国人丢脸！

敲门声再度响起，萧雨山脑中莫名浮现出一句话：丧钟为谁敲响？他苦笑一下，走到门边，强作镇静地打开了房门。

门外果真站着田小麦！与萧雨山的狼狈落魄正好相反，田小麦穿了一件葱绿的短袖上衣，白色长裤，脸上抹了腮红和口红，就像一朵清新娇艳的喇叭花。萧雨山往田小麦身后探探，没人，萧雨山愣愣地望着田小麦，心想，怎么，警察没有跟来吗？

"看什么？走啊！"田小麦娇嗔地发话了。

"去……去哪里？"萧雨山舌头打结了。他想问，是去警察局吗？这算自首吗？

"今天是周日！你不该去你女朋友家，拜见一下你未来的岳父岳母吗？快点！老妈把汤都煲上了。哥哥姐姐也都回来了！就等着你这呆子。"

女朋友……岳父……岳母？这些词汇，出现在萧雨山一夜未睡的大脑里，和强奸、警察、监狱……搅成一团，萧雨山更加迷糊了，大张着嘴，反应不过来。

"走了，书呆子！"田小麦大方地挽住了萧雨山的胳膊，姿态那样熟练、自然，完全不像是第一次这样做。萧雨山像被绑架一般，迷迷糊糊地被田小麦拖出屋外，拖上了她的丰田车。

"拿着！"一杯滚热的咖啡递到萧雨山手里，萧雨山迷迷瞪瞪地喝了两口，清晨的阳光透过车窗映照进来，照在田小麦明媚的脸上，田小麦喜气洋洋，满脸放光。萧雨山突然清醒过来，天哪！田小麦没有去告发他！他们不是要去警察局，不是要他去坐大牢，而是去探访田小麦的父母——他未来的岳父岳母！女朋友？萧雨山转过头，愣愣地望着田小麦，这个小巧娇媚的女人，她居然就这样成了自己的女朋友！

事后萧雨山回想起来，莫非是田小麦早就看上了他？莫不是田小麦蓄意诱奸了自己？可是，她为什么要诱奸自己呢？虽说在中国时他是天之骄子，可是，到了美国，连他自己都没瞧得上自己。二等残疾，黑不溜秋，沉默寡言，来自大陆的西北农村，在这大美国房无一间，地无一垄，连工作身份都不知能否搞得定，简直就是一穷二白的反面典型。若说全学校的宠儿，全体男生的梦中情人田小麦诱奸他，他会被捶扁的。总之，不管是谁诱奸谁，对他萧雨山而言，都等同于中了"乐透"大奖（美国博彩大奖，奖金高达几百上千万美金）。他省却了追求，省却了脑汁绞尽患得患失，省却了献殷勤、遭拒绝……种种过程，一步登了天。萧雨山自己想起来都心虚，不踏实。当他牵着田小麦的手，走在校园时，总是东张西望，慌里慌张，唯恐遭到羡慕忌妒恨的男生暗算。说真的，他自己都忌妒自己。你这臭小子，独占花魁，凭什么呀你！

田小麦不但在学校是花魁，在家里也是公主。她是家里最小的孩子，哥哥姐姐都比她大很多，她一面世就是天生的玩具和宝贝儿，那么聪明，那么漂亮，哥哥姐姐喜欢得连忌妒都忘了。父母自不必说，哥哥姐姐要不来的糖果玩具，她小嘴巴一动，父母就像中了魔法，乖乖缴械投降。

14岁跟随父母到了美国后，虽说一家子都一头扎进了餐馆出不来，她仍然是公主。再苦再累也少不了她吃的、穿的。她学习那么好，英文说得那么溜，一口标准的美式口音，喜得她老爸逢人便骄傲地炫耀："我家小麦，在家里骂人都用英文的，好听着呢！和电视里的老美一样！我们都听不懂的。"

田小麦是这个贫贱家庭里的希望和奇迹。田小麦的学习是天大的事。只要她在家里学习，全家人都跟做贼似的，走路轻手轻脚，连咳嗽都不敢大声。小麦妈若想看个电视，小麦爸会跳起来，"死婆娘！作死啊！吵着小麦了！"小麦爸想抽根烟解个闷儿，小麦妈也会劈头夺下扔到垃圾桶，"烟雾腾腾的，你要熏死我们小麦呀？"哥哥姐姐被规训得只得到屋外空地去大吵大闹，大打出手。

田小麦就这样被全家人捧在手心里。瞧她出息的，读了大学读硕士，读了硕士又读博士，没办法呀，谁敢相信这一大家子的炒锅大厨洗碗工，会供出这么个文曲星！

田小麦的家虽然摆不上台面，可在这美国有一个家，有那么多三亲四戚，这温暖的大家庭氛围已让独在异乡为异客的萧雨山足够温暖，足够羡慕了。他这西北的农村苦孩子一路奔着美国来了，来了才知道没亲没戚，孤苦伶仃是啥滋味。小麦妈亲手熬的一碗汤都熏得他眼睛起雾。

结婚后，俩人各进了一家律师事务所。田小麦没有看错萧雨山，别看他读书时蔫头蔫脑的，一毕业就显出优势了，一路顺风顺水，薪水一路飙升，月薪从5000升到了两万。不管对于哪个国家哪个城市，这薪水都不算低，小麦自己每月也能挣7000美金。

俩人很快首付买了房子，银行里的存款持续增长，小日子过得相当殷实。哪个同学不羡慕？唯一让萧雨山不满的是，田小麦一直不肯生孩子。他始终有农村人的观念：多子多福，不孝有三无后为大。田小麦却想多轻松几年。在美国带个孩子多累呀！玩够了再说。

俩人起了大矛盾，因为萧雨山不满意当下的状况，想要辞职出来自己创业。田小麦觉得这样的日子如此安稳熨帖，何苦要去烧包，瞎折腾。"9·11"之后，美国经济越来越不景气，自己创业，谈何容易？何况萧雨山那书呆子，怎懂得商海的阴险狡诈，水深水浅？把身家性命丢在水里，呛死了怎么办？

萧雨山雄心勃勃，不甘寄人篱下，非要自己蹦跶出个名堂，还准备移师洛杉矶，那里地广人稀，土地富庶，发展机会更多。田小麦当然不肯去。三四十岁的人了，好容易在这旧金山创下一片基业，岂能说扔就扔！这份工作虽说薪水不算高，可她爱这国际大公司的氛围，不管貌美貌丑，人人有范儿，素质高。公司就她一个中国人，虽说人发胖了，眉眼都找不着了，可老外们仍然"中国美女、中国美女"地叫着她，听着心里也舒畅，她不要去洛杉矶，那里中国人云集，搞得像个大陆农村。她是一个美国博士，不是家庭妇女，不能嫁鸡随鸡嫁狗随狗的！

萧雨山执意辞了职，连当月薪水都没拿到。俩人在屋里闹得天翻地覆，田小麦气得把他的衣服全都用剪刀剪成布条条，用来扎拖把都嫌碎了。

一家子人听说田小麦要去洛杉矶，哪里舍得。老母亲呼天抢地的，倒像洛杉矶是蛮荒之地。她每周都要给女儿做粉蒸排骨，煲靓汤的，到了洛杉矶怎么吃得着哦！姐姐出主意说，把两人共同账户上的钱全部转走，他没有钱就创不成什么狗屁业了。就算这世上人心都喂了狗，田小麦也坚信姐姐是爱自己的。

田小麦心动了，跑到银行，转来转去却下不去手。

就这么犹豫了两天，当她终于狠心咬牙跑到银行，却发现所有的钱都被萧雨山转走带到了洛杉矶，一点钱都没给她留下！

田小麦气疯了，电话里痛骂萧雨山，他却有理："我是拿去创业，不是拿去糟蹋。公司也是我们夫妻的共同财产，也有你的一份儿，你急什么呀？"

矛盾结下了。田小麦无论如何不能原谅萧雨山这种釜底抽薪的做法，坚决不肯去洛杉矶。萧雨山拿了钱，去帕萨迪纳租了高档写字楼，气气派派开了业。

萧雨山偶尔回一趟旧金山，俩人不是吵就是闹，田小麦小餐馆出身的粗鄙蛮俗展露无遗，一骂就能骂上几个小时，萧雨山看到她那张牙舞爪的样儿，听到她咆哮尖厉的声音就头痛。他在想那个娇小清秀的田小麦上哪儿去了？怎么变成这个肉滚滚的矮胖中年妇女，而且还是个叛逆的老愤青，丈夫说的话，她全反着来，萧雨山说就喜欢她那一头飘逸的长发，她竟"咔嚓"一剪刀，剪了！短得萧雨山几乎想和她兄弟相称。

萧雨山赚了钱后，也没把钱交给田小麦，而是在洛杉矶买房买车，按他的说法，做生意需要撑门面，越寒酸越做不起来。再说，这些也都是夫妻共同财产。田小麦更恨了！恨自己当初一时心软，没有当机立断把钱转走，落得如此被动局面。

就这么一年多了，俩人僵持着，谁也不服输，矛盾竟似越来越深了。

不要对一个男人凶，当你对他凶的时候，他会想起另一个女人的温柔。

萧雨山颓然瘫在沙发上。

他感觉到了危险。

他心慌慌地给田小麦打电话，是想抵御内心的某种柔软。可田小麦这刁蛮婆娘，竟硬生生把他往不归路上推。

作为律师，他太晓得女人的凶险。每天手上进进出出，多少桩离婚案。人在异国他乡，远离故土亲人，男女需要抱着团儿取暖，然而，失去了旧有的环境约束，生存压力又是如此之大，人性中贪婪的、丑恶的、肮脏的、见不得人的欲念也都被极度张扬。道德、品格是太奢侈的东西。当生存遭受威胁时，人本能的动物性就冒出来保护自己，讲不了那么多脸面的。假结婚，假离婚，上法庭，打官司，大打出手，颜面失尽，和爱情无关，仅是利益，仅是生存。

这么些年，他冷眼看着这一幕幕人间悲喜剧在身边上演，比任何小说、戏剧更为夸张、荒诞、精彩。他看到自己的内心一点点变冷、变硬。想上世纪80年代的大陆，文学多么鼎盛，他萧雨山也是文学青年一个，投过稿，发表过小说，听过鲁迅文学院的写作课，大学选了英国文学专业，坚信文学对社会的拯救。到美国的第一份职业也是报社编辑。很快，他便意识到文学的无能、渺小、卑微。他义无反顾地转向，改学了法学专业。

律师这份职业，在美国是很不错的，体面，有地位，收入相当可观。当律师这么多年，他最大的损失就是文学情怀的渐行渐远，就是失去了对爱情、对人与人关系的信任。

他萧雨山不是不需要女人的。他热爱美女，他情欲旺盛。可是，他更爱自己，更爱自己的事业。作为一个事业有成的中年男性，懂得如何保护自己是人生的必修课。是的，在洛杉矶，有钱的男人比漂亮女人面临更大风险，更容易上当受骗，更需要保护自己。女人成天哭哭啼啼地叫嚷着，世间没有一个好男人，好像全世界男人都在打她主意，都想骗她。可说到底，她能被骗什么呢？骗色？男女之事，本是你情我愿，相互取悦，谈得上谁得便宜，谁骗谁？而有钱男人呢？你被骗的是你的房子、车子、存款，甚至事业和人生。从中国来美国的女人都不简单，尤其是自诩为有几分姿色的女人，一个一个眼睛贼亮，紧盯着你的钱包，算计着你的财产，稍不小心，身家性命都得送了进去。

萧雨山紧护着自己，像烈女守护贞操。铁内裤穿上了，再加一把锁，让那些贪婪功利的女人无懈可击。

哦，不，仍然有了缝隙。

那天被田二麦死拉硬拽去管那档子闲事，他很不情愿的。他越来越讨厌田小麦这些永远扎在餐馆的油腻亲戚。不是因为他们穷，在美国做体力劳动收入也和一个小白领差不多，也能买上房买上车，而是因为他们身上那股子混迹于底层的庸俗、浅薄、市侩劲，尤其这个田二麦，总是拖着他，拉虎皮做大旗的。

那个小女人，他也没仔细看，似乎有些姿色，也精心打扮过。没什么比漂亮又有求于你的女人更可怕的了。她们会黏着你，就像蚂蟥附身，扯也扯不掉，甩也甩不脱。萧雨山没心思惹这份麻烦。

直到晚餐结束，她埋了单，又宣布了回国的打算，他有些意外，才稍微正视了她一眼。这一眼，他看到了这小女人眼里那一抹受辱的倔强和愠怒。洛杉矶这儿的女人，大多是清高不起的，自尊像手帕一样，弄脏了，在身上擦一擦，揣进兜里。她还嫩，不懂洛杉矶生活的艰辛，还在玩文艺女青年那一套。

可是，他有点被什么所触动，哪怕是装，清高也比赤裸裸的厚颜无耻要好。

他想留下这小女人，不见得要做什么。给她一个留在美国的机会，也为洛杉矶的市容市貌添点色彩。洛杉矶的年轻漂亮女人太少了。

当他打电话给她，告诉她办身份的事，满心以为她会高兴得蹦起来。他想看着这小女人高兴，这样他弥补了初次见面的不敬，也就两清了。岂料她仍是冷冷淡淡，拒绝了他的好意。这就有点儿过了！玩自尊玩清高，可以，不能过，过了就底儿掉，是和自己过不去！萧雨山恼了，他想说："那就随便吧。"岂料说出口的话是，"我已经在去你家的路上，半小时后见。"他临时取消了与一个客户的约见，问了田二麦地址，火速掉转车头，去了谢桥家。

素面朝天，一身休闲便装的谢桥比起第一次见面姿色败了很多。简直有点不像同一个人。化妆和时装是对男性视觉的一大贡献。天生丽质不存在了，女人至少要学会在脸上画画，画出的那张脸委实比原来的那张光鲜亮丽很多。萧雨山很失望，卸了妆的谢桥不是个大美女了，眉眼都寡淡了，嘴巴愈发小得毫无存在感，肤色也暗哑的。失去高跟鞋的支撑，也不那么高挑挺拔了，人猛一下子矮下去，颓下去了，就像一个灰巴巴的邻家小女孩儿。萧雨山在肚里暗暗挑剔着。当然，女人搞成这个样子来见你，表示她也不在乎你怎么样看她。萧雨山暗暗舒出一口气，灰巴巴的谢桥让他感觉安全。一个道德感还不曾完全沦丧的男人在帮漂亮女人时，无端有紧张感，不做贼也心虚的，不但怕别人怀疑有何居心，有时候，自己都不大信得过自己的。分明又干不了什么，白白担了风险，受了委屈，真是何苦来着。而帮一个面目平淡的女人，则心安理得很多，看，你既不香艳更不性感，摆明了我啥居心也不会有，完全是学雷锋做好事。

警惕一消除，人就放松很多。萧雨山和谢桥坐在帕萨迪纳的咖啡馆街上，坦然得近乎愉快，什么意外都不会发生了。萧雨山完全像个语重心长的哥哥，说着美国的这好那好，劝这个任性的不懂事的小丫头，留下来看看。

当谢桥像个江湖女侠，豪爽地一拍桌子："就这么干了！"他笑了，很有成就感地笑了。他真不知道自己那么高兴干什么。真的，他又不想干什么。

他确实不想干什么。

身份的事办好后，也就一拍两散了。闲事再往下管，就难脱身了。那么多中国女人在美国读了硕士博士，号称精通双语，一个一个又都女战士似的，英勇无畏地往上爬，机会裂个缝就练了缩骨功往里钻，尚且也都在生存线上挣扎，累死累活处心积虑也就够一口温饱，也没几个混出点名堂来的。那些住豪宅开名车的，出头露脸的，也都依傍了身后那个男人。

一个大陆来的女人，没有根基，不懂英语，没有亲友，年纪也不小了，看样子又不像是一个精明强悍的女人，还老有点女文青的羞涩和清高，她在这现实世俗的大洛杉矶，这无钱寸步难行的冷酷仙境怎么往下混？萧雨山都替她愁。他拉不动这么沉重的一个包袱，硬拉恐怕自己先给拉下了水。他也无意做她背后的男人。他的一切，都是小麦和他一起奋斗过来，一起创下的。不说对小麦多么深的爱情，至少小麦在他一穷二白时跟了他，不图他别的什么，是完全值得信任的。他不愿便宜了外边那些指望着依傍一个男人一飞冲天的女人。

就这样，各行其是。有时萧雨山会想起那一张脸，那一双眼睛，有点心疼，有点遗憾，有点模糊的念想和惆怅。世间之事便是如此，你不会拥有所有的美好，错过的就错过了，错过的总是比得到的多。

田二麦又咋咋呼呼来了电话，说端木亭亭受伤云云。萧雨山不耐烦地挂掉了。挂掉了却又心慌慌的，三桩事做砸了两桩，不待下班便鬼使神差往谢桥家跑，一边开车一边犹豫，直想往后退。待门开了，那张脸浮在眼前，心又立马定了，觉得自己过来的决定完全英明正确。他甚至感激田二麦。你无法主动去掌控命运时，被动地让命运拖着走也是好的。出了什么乱子，不好怪自己，还可以把责任推给命运。

这有悖于一个律师的职业操守和行为准则。没有法子，谢桥这女人不是多么美，就是有些女文青的调调儿，遭遇这女人，他内心里早已灭亡的那个文艺男青年又被激活了。原来男文青的他只是在蛰伏，在冬眠，如今他复苏了，他蠢蠢欲动。这真不能怪萧雨山，面对谢桥时，他不是那个冷静客观，理性睿智的大律师，而是数年前在大陆苦读世界名著，奋笔疾书的男文青。男文青都是缺乏理性，不计后果，不负责任，任由激情拖着走的，这一点办法都没有。

当谢桥从卧室里走出，神奇的她又变身回光彩照人的大美人儿。他心有点乱了，他直觉到，谢桥是为他换装，为他打扮的。

四个人的局，功夫全在诗外。

萧雨山不说话，一眼也没有看她，谢桥一直在说话，句句没有对着他。可是，抛开眼前这看得见摸得着的局，在那半空，那不存在的透明的无所指的地方，那纯精神的领域，男文青萧雨山和女文青谢桥却一直在交融、在碰撞、在犹疑、在呢喃缠绵。一餐饭下来，那说话的不说话的，都累得虚脱。

除了这长长的一声叹息，他还能说什么？命运把他驱赶到了这当口。他想躲，有点来不及了。

不行！他必须得自救。

萧雨山连夜订了第二天回旧金山的机票。

3

田小麦在事务所里忙进忙出，欢快得像只小燕子。虽然这燕子按照中国人的标准来说委实壮实了一些。小西服箍得腰腹一节一节的，但相比于身边那些肥硕的白种女人，你会明白，夸她苗条真不算浮夸。到了美国，你才知道中国无胖子。中国人的胖，总是有一定比例，而美国人的胖，那是毫无章法的，一大堆莫名其妙的肉异军突起在一个匪夷所思的地方。你会感觉那不是他自己长的，是有人开玩笑，用面团捏了给安上去的，否则那么细的腿上怎么会出现硕大得如同一个超级大南瓜的屁股，好端端一个胸脯下，肚子怎么会冒得比临产的孕妇还要高。看到了这些，你就会明白小麦在事务所里有多么得宠，每天"美女美女"地被人追着叫，自我"错觉"不好都不行。

电话响了，萧雨山的声音传来："麦，我回来了。"

"咦，今天又不是周末，你回来干吗？"

"麦，想你了！赶快请了假回家！"

田小麦心动了一下。可想起姐姐的叮嘱，男人都是贱东西，不能惯，越惯越出毛病。姐姐御夫有术，把姐夫管得叫他往东不敢走西，这是她从几十年的婚姻生活中总结出的颠扑不破的真理。是啊，萧雨山这狗东西的，一走两个月不回家，回来了也不事先打个招呼，凭什么他想不回就不回，他回了，自己就得请了假跑回家陪他？没那么贱！

"你回就回吧，家里等着，把饭做了，我下班回来。"

田小麦挂了电话，心里有一丝报复的爽意。就是要这样冷冷他，治治他！萧雨山这人，北方大男子主义思想很严重，家务活儿一样不沾手。刚结婚那会儿，在娘家连油瓶子倒了都不扶的田小麦苦练厨艺伺候萧雨山，勤快得连她自己都感动了。自己喜欢的男人宠就宠一下，姐姐却不干了，觉得自己的宝贝妹妹对男人好过头了！她常指责数落萧雨山，"凭什么你当老爷呀？你博士有什么了不起？你那点薪水扣了税和我们有什么不一样？"

萧雨山呢，也很厌烦田小麦一家的市侩俗气，一家人坐在一起，叽里咕噜讲着广东话，话题永远离不开餐馆。每次一去田小麦家，姐夫进厨房做菜去了，哥哥在客厅陪着爸爸妈妈聊天，只有萧雨山，远远坐在摇椅上捧本书，一副浊世翩翩公子，出淤泥而不染的样子。田小麦指责萧雨山嫌弃家里人，就算爸妈没文化，说一句话都不行吗？萧雨山却说田小麦一家人老在他面前摆出老移民的姿态，开口闭口你们大陆人如何如何，难道早到了几天美国，你们他妈的就都不是大陆人了吗？

一来二去，萧雨山与家里人梁子越结越深。萧雨山到了洛杉矶后，好几次田小麦想辞了工作过去找他，都被家里人严令制止了。

田小麦是一个心高的姑娘，自小便发誓要摆脱中餐馆那庸俗油腻的生活，更不要像妈妈那样，做一个围着锅台转的家庭妇女。妈妈到了美国几十年，就只有眼前头顶那巴掌大块天，肚里的英文不超过三句，除了做饭，便是打开电视机看那咿咿呀呀的戏曲中文台，在美国过着中国农村妇女的生活。但她又是一个求真务实的姑娘，她也不奢望大富大贵，大风大浪。豪门深似海，那是她这种小户人家的姑娘没法想象和应对的。

当初她看上萧雨山，不为别的，就看他朴实本分，勤学上进，不像那些花花公子型的男生，成天追蜂扑蝶的，也不像一些事业狂型的男人，成天只琢磨着出人头地，咬牙切齿的，不成功便成仁。都说她下嫁了，她倒觉得萧雨山挺符合自己的要求，他并不像表面看上去那么闷，很会营造二人世界的小情小调，也很听话，任由田小麦怎么任性怎么发脾气，他都宠着哄着让着。生活也越来越接近自己的理想，两个人都是美国主流社会知识精英，满嘴蹦着洋文，各有一份体面的职业，过着中产富足安逸不担风险的生活，将来再生个孩子，齐了！

谁知道这家伙也是个不安分的呢，好端端的日子不过，又去瞎折腾！她既害怕他下海被呛死，几年的奋斗果实全部打水漂，人到中年又去过动荡不安的生活。好端端的她成天都担心着，一夜醒来，什么都没了：房子、车子、工作、地位……她又被赶回中餐馆做灰姑娘……她也害怕他会太成功，成功的男人天地太大，有太多的事情太多的应酬，有太多的女人惦记，那男人就不是她的了。她不要守着一堆钱，一堆空洞的头衔过守活寡的日子，她要的是一个实实在在的老公，每天厮守着，看得见摸得着。

说来说去，田小麦就是要的一份安全感。移民骨子里都有一种难民心态，寄居在别人的国家里，不管自己过的是一份什么样的生活，都像是建在沙滩上，都是海市蜃楼，只恐一夜醒来，一无所有……

萧雨山非要破坏这安定团结的大好局面，她恨死了！家里的存款已被这没良心的家伙转了个精光，还不知他接下来要折腾出些什么鬼来！

萧雨山躺在沙发上闷声翻着一本杂志，心头很恼火。这小麦！越来越不懂什么叫温柔，连起码的尊重都没有了，甚至连好好说一句话都不会，开口就是吵架。他大老远地赶回来，就把他晾在这儿。要知道，他今天回来可不那么简单，他是在泥潭边打转，眼看就要失足滑落，等着她拯救！他急于向自己证明，他们夫妻关系是稳固的。

田小麦回来了，萧雨山欣喜地冲过去，讨好地接过皮包，"回来了？等死我了。"

田小麦奇怪地抬头横了他一眼，没好气地说："饭做了没有？"

"做什么饭！吃我吧。"萧雨山一把抱起田小麦，往卧室走。

"干吗？你这坏人！放下我！我上一天班，一身汗，还没洗澡呢……"田小麦在萧雨山肩上又拍又打的。

萧雨山不管不顾地把颇有分量的田小麦抱成了个娇小玲珑，一把扔在床上，解开了衣扣……

"哎呀，家里没套了，去买了套再……"田小麦惊呼。

宝贝儿，来不及了。

田小麦坐在床边，一副被强暴的凌乱模样。这萧雨山，愈发粗野、霸道、蛮横！简直没把老婆当个人！就是他的泄欲对象！

萧雨山坐在沙发上，也一脸沮丧。他夸张了那十二分的激情，似乎欲望高涨，可是，他惊恐地发现其实他对身下的这具身体毫无感觉。他色厉内荏，虚张声势，满脑子想着另一张脸，另一双眼睛……田小麦还没有进入情绪呢，他就已一泻千里，疲软撤退。

田小麦被撩拨得上不着天，下不着地，愈发委屈了。她气哼哼地拿起电话，拨到姐姐手机上，带着哭腔说："萧雨山他欺负我……"

几十分钟后，姐姐田小穗和哥哥田大麦火急火燎地赶到了。一进门，田大麦就劈头给了萧雨山一个耳光："你敢欺负我妹妹！老子和厨房的墨西哥人都打过架，怕你……"

田小穗救火般扑过去，心肝宝贝儿地抱着田小麦，心疼得嗓子都变调了："欺负你哪儿了？啊？快给姐姐说，姐姐给你做主！"

田小麦不答话，说也说不出口，只好低了头，抽抽搭搭地哭。小穗看见田小麦脖子上有几道红痕，哪里晓得是亲热留下的吻痕，以为被萧雨山这狗东西揍了呢！一家人的公主宝贝儿啊！那还了得！

萧雨山正想给田大麦解释呢，田小穗悲呼一声，扑到萧雨山身上，又捶又打，又哭又叫："敢打小麦，老娘和你拼了……"

三个人扭打成一团，萧雨山双拳难敌四手，况且还是长期从事体力劳动的劳动人民的四手。别说田大麦，就是田小穗，一般男人都不一定打得过她。萧雨山结结实实挨了好几下，眼镜都被打飞了。萧雨山气急败坏之下，随手摸到一个家伙，也不知是什么，顺手扔过去。

"啪嗒！""啊——"伴随着玻璃器皿的碎裂声和田大麦的惨叫声，只见一只花瓶粉身碎骨躺在地上，田大麦捂住额头，鲜血从指缝中流下来。

世界静穆了一分钟。田小穗反应过来，"你还敢行凶！老娘让你坐监狱！"她掏出手机，迅速拨打了"911"。

几分钟，警车鸣着警笛呼啸而来，几个荷枪实弹的警察冲进屋，"不许动！"

美国警察可都是有枪的，也有权真开枪的！所有人都木立着，一动不敢动。

警察一指萧雨山："是他吗？"

田小穗点点头，一副锃亮的手铐"咔嗒"扣上了萧雨山的手腕。警察说："你在室内行凶，必须和我们去警察局录口供。跟我们走。"

田小麦本就想撒个娇，在姐姐怀里寻求点安慰，岂知酿成了这个局面。也怪她平时在家人面前总是把萧雨山骂得禽兽不如，搞得姐姐哥哥都对他有了不共戴天之仇恨，一点火就燃起来了。看到萧雨山真要被警察带走，她急了。作为律师，她很清楚萧雨山这一走意味着什么，他会蹲监狱的。

"对不起，他不是有意的，我们是一家人，这只是误会……"田小麦走上前去，动用她中国女人谄媚又可怜巴巴的笑容，向警察求着情。

警察狐疑地看看萧雨山，问田大麦说："是这样吗？他是有意打你的吗？"

田大麦恨恨地盯着萧雨山，田小麦忙给他使眼色，满脸乞求，田大麦终于摇摇头。

警察非常不高兴，说："你们这些中国人，一天到晚惹是生非。"他指着萧雨山说："你，跟我回警察局录口供。另外，今晚你不能回这房间住了，必须到外面住宿。"

"为什么？这是我的家！"

"你有暴力倾向，这是为了保护其他人的安全！"

萧雨山做了这么多年律师，平生第一次被当作歹徒，戴上了手铐，还要被逐出自己家门。

被警察押解着走到门口，他回过头来，心平气和地说："田小麦，我要和你离婚。"

4

谢桥驾着二手的"本田"，慌慌张张往影院开。历经五次路考，她终于拿到了驾照。可她始终没有学会沉稳从容，每次握着方向盘，都像是第一次。每一次上路，她脑子里习惯性地东飞西飞，一路惊恐万状。尤其上高速，谢桥简直是抱着必死的决心，硬着头皮往前冲，待到了目的地，才感觉魂飞魄散：妈呀！刚才这一路我是怎么开过来的？

这个约会，本是错过了的。一大早她就陪端木亭亭去找老板讨工资和医疗赔偿。老板听说用黑工要赔偿20万美金，果然不敢造次，乖乖掏了钱。但端木亭亭还是丢了这份工。

两人破天荒在餐馆吃了午饭，一为庆贺，二为压惊。一顿十几块钱的特价午餐吃下来，谢桥回屋才发现，自己竟然弄丢了手机。谢桥懊恼万分，又是一笔钱！又是一通麻烦！端木亭亭要回去找，谢桥说不必了，在国内丢了手机是不消找的。端木亭亭一个人折回去找，谢桥独自在家心烦意乱。临近四点，端木亭亭回来了，谢桥在心里念叨着：肯定没找到！肯定没找到！这是她面对失望时自我开解的法宝。端木亭亭嘻嘻亮出手腕儿，手机乖乖在她手里躺着呢！

失而复得总是让人无比惊喜。谢桥喜滋滋接过来，想这美国不管怎么说，人的素质还是高很多，在国内丢了手机基本不用找的，找也找不着。打开手机，这才发现有好几个未接电话，再一看，竟然是他！

怎么就是他呢！这么些天没一个电话，手机丢了，电话倒来了！急急拨回去，说是请她到著名的迪斯尼音乐厅看演出——芭蕾舞《天鹅湖》。

谢桥跑了一天，虽累得筋酥骨软的，但还是爽快应约了。饭也顾不得吃了，沐浴，化妆，更衣。谢桥在美国过的是这样一种日子：住着狗窝，吃着猪食，一分钱都要捏出汗，身上的华服却一套赛过一套。她在美国从没有逛过商场，逛不起也没心情，但是，她从国内带过来的这些衣服，每次出门必引得人惊叹。尤其是美国女人，性喜夸张，不管认不认识，大街上拽着你大呼小叫：我喜欢你的裙子，我喜欢你的裤子，我喜欢你的鞋……哦，谢桥穿什么戴什么她们都喜欢。谢桥慢慢也就自信了，原来全世界的审美都那么回事，原来什么地方的美女也都不那么多。原来中国的时尚也走在世界前沿。

谢桥穿了深紫色连身长裙，腰以下缀有细密的同色手工小珠子，裙身极有垂感，肩上两条宽宽的带子，圆润的胳膊整个露在外面。洛杉矶就这点好，没有真正的冬天，你如果愿意，一年四季都可以露胳膊，穿凉鞋。一条粉紫色披肩，既御寒又配色。手上握了 LV 的咖啡色小礼服包。

谢桥袅袅地走过来，白的、棕的、黄的各种眼光纷纷在她脸上、身上驻足、跌落。每一个细节都经得起打量，她把这熙来攘往的音乐厅门口走成了红地毯。

那人在那里了。黑色紧身短袖 T 恤，米白色修身休闲裤，手上搭了一件夹克。这是第一次见他脱掉了西服革履，休闲打扮的他看起来年轻、随意、时尚。

"嗨！"他扬起手打招呼，笑容生动明亮。

这算是约会吗？谢桥一颗心猛然悬起。还未来得及答话，他的一句话让她一颗心又悠悠沉回谷底，"田二麦在里面。"

"哦？"

"嗯，正好他来找我，就一起……"

"哦！"

俩人并肩往里走，谢桥尽量用嫌弃的眼光打量他。他不高，最多一米七二，谢桥穿了高跟鞋几乎与他一样高。而且瘦，浑身没二两肉的。侧面轮廓倒是起伏有致，可淹没在暗黑的肤色里。并不能算典型意义上的帅哥！何苦那么转！没诚意。是的，他巴巴打那么多电话约了看演出，算是约会吗？如果算约会，叫上田二麦是什么意思？算了，看演出就是看演出本身，没别的。

田二麦已在笑逐颜开地候着了。谢天谢地，他没有献上那朵莺头莺脑的玫瑰花，否则谢桥可能会控制不住把花砸他脸上，拂袖而去。谢桥选择了居中的位置，左边坐着萧雨山，右边坐着田二麦。这三人行的局面，很久以后，谢桥回忆起来，不禁感慨。这是否预示着，她和萧雨山之间，从来没有，永远也不会有真正的二人世界，永远有第三者，是男是女，是大人是小孩，这不重要，重要的是，永远三人行，永远有外人插在中间。

演出一开始，谢桥眼皮子就开始打架。她一早就起来，奔波一天，晚饭也没吃，又累又饿，再加上某种失落，再也绷不住了。在剧场里睡去，太不淑女了，丢中国人的脸，她懂得的。可她还是合上眼皮，无可遏制地混沌过去。

突然，她感觉左手胳膊被轻轻碰了碰，有人在她耳边喁喁低语。她一激灵，睁开眼睛，是萧雨山在给她讲解剧情。"哦，哦。"她胡乱应着，醒了。天啦，平生第一次在美国音乐厅看演出，怎么居然睡过去了？那些老美不会以为她连芭蕾都看不懂吧？不过，说真的，早知三人行，她根本不会来，不如在家睡觉呢。

谢桥尴尬地正了正身子，把胳膊端放在扶手上，勉力做出正襟危坐的样子。萧雨山也正巧想把胳膊往扶手上搁。胳膊与胳膊邂逅了。

萧雨山不是有意的。他的胳膊由于长期锻炼的缘故，并不像想象中那么瘦。恰恰相反，他胳膊鼓出了一大块肌肉，把短袖T恤的袖口撑得满满的，就是这多鼓出的一块肌肉碰到了谢桥的光胳膊。这完全是无辜，是意外，就像两个挺着大肚子的超级大胖子，本不想拥抱，可脑袋尚隔了一米的距离，肚子就无辜地自顾自碰到了一起。

这意外让两人都轻轻颤抖了一下，两条胳膊都惊惶地撤了回去。半晌，谢桥的胳膊不小心又放了回去，缓缓的，那一条胳膊也慢慢探了回来，那无辜邂逅的一幕再次上演了。夜色里，谢桥的胳膊润滑清凉，它感受到另一条胳膊肌肉的力量、皮肤的温热、筋络的凸起、血液的流动。她奇怪胳膊竟然是这么有感知的东西，所有的神经全都集中到了那不到一寸的皮肤之间。这仍是一次意外邂逅吗？

谢桥侧脸看看萧雨山，他专注地死盯着舞台，一脸的无辜与正直，还有一些腼腆。然而，那胳膊自有生命，有它自己的呼吸、表情、意志。那凸起的肌肉闷声不响地摩挲着谢桥裸露的胳膊，轻柔却坚定。不，这不是意外，不是无辜，这有点蓄意，有点老谋深算。这是一个闷骚的家伙！

谢桥不动声色地抽回了胳膊。另一条胳膊仍悬在那儿，若无其事，虚位以待。不到两分钟，谢桥的胳膊无可遏制地再次探了过去，仿佛有它自己的主张和意志，完全不受谢桥控制。仿佛那里有巨大的磁场，拽着这条胳膊往邪路上奔。那条胳膊迅速蛇一样游过来。

天地不存在了。这巨大的影院，一个挨一个密密挤挤的人群，那看着演出傻乐的不晓得自己惹人厌的第三者，这些都是背景，现实俗世。世界隔开了，只剩这一对男女，不，只剩这两条裸露的胳膊，一条微凉，一条温热，一条肌肉凸起，一条圆润柔腻。在这方寸之间，两条胳膊戴着镣铐跳着双人舞，皮肤与皮肤的渴望和吸引，血肉与血肉的抚摸与缠绵，在交融，在倾诉，在诱惑，在抗拒……

动作的幅度其实很小，小到周围的人包括田二麦都未曾察觉。就算看见，也不过理解为偶然的正常的碰触。看，剧场座位那么窄呢。然而，就是这么有限而节制的抵触与摩擦，却翻卷起惊涛骇浪，几乎要将谢桥淹没了。她从不知胳膊竟然有那么强烈丰富的感知和表达，她也从不知自己竟然那么渴望这不太道德的亲近。可她的心里却只是欢喜，欢喜，涨得满满的。她血液里沉睡多年的某种物质被这胳膊的缠绵"呼啦"点燃了。

虽然旁边有第三者，这第三者的存在提醒她，她与萧雨山之间不会是纯粹的，不会是简单的，不会是甜蜜安然的。他们中间隔着这个那个，隔着重重障碍，那不是她的能力可以解决的，但她沦陷了，她已经无可抵御地沦陷了。

她踏上了不归路。

第五章　跟着爱情去逃亡

1

逃亡啊。

跟着爱情去逃亡。

驱车一路狂奔去往圣地亚哥，谢桥脑子里闪过一句话：丧心病狂去恋爱。

到旅馆后，萧雨山让谢桥先去房间等着。在美国，一男一女住旅馆，爱怎么折腾怎么折腾，没有人管的。萧雨山不敢两个人出双入对上去，是承受不住自己道德感的压力。就像他把这次恋爱之旅安排在圣地亚哥，离开固有环境的束缚，总会放松一些。

萧雨山从浴室出来，下身多此一举地套着长裤。手上举着一件 T 恤，似乎在犹豫要穿还是不穿。

"别动！"谢桥惊呼。裸着上身的萧雨山完全不像穿上衣服时那般单薄文弱，胸肌和胳膊都结实饱满，却又不是健身房里超强度练出的蠢笨的一块一块的疙瘩肉，那是天赋，亦是长期体育锻炼的结果。水一般灵动的肌肉随身体的运动呈现不同的弧度，腰肢纤细柔韧，臀部紧致上翘，这是一头矫健灵动、线条优美的豹子。

在谢桥所处的电视台，不乏清秀俊美的男性，可这些男人一到30岁，不知为何纷纷发起福来，清秀的五官被拥挤的肥肉糟蹋得变形走样，眼睛鼻子全没了，腰身成为全身最粗的地方。一次与旧日同事同学见面，谢桥惊呼：男人一到三十就没法看了！帅哥个个变肥仔！这句话让谢桥在一秒钟之内得罪了在场的所有男性，几乎成为"人民的公敌"。

而40岁之后的男人，就更不用说了。粗壮的腰身势不可当，有些人很瘦的一张脸，细弱的四肢和贫瘠的胸肌，却依然晃着个大肚子，就像困难时期的孕妇，"内有乾坤"。45岁之后，该松的松，该懈的懈，肚子仍傲然挺立，原本的轻灵和朝气全没了，整个人变得滞重迟缓起来。还不仅是体重和体态的问题，45岁之后的男人周身笼罩着一种浑浊气，不胖也重了，站在哪里坐在哪里都觉得占地方，碍事。

可眼前这个半裸的男人，他已经快40岁了，却仍然腰是腰，胸是胸，毫不含糊。男人与女人一样，不仅是胖或瘦的问题，男人也需要有胸，需要腰臀的比例，需要那条凹进去又凸出来的弧线。

这完全在谢桥的经验之外。在这之前，她从不认为男性有美的。她的注意力完全在自己身上，她只在乎自己留给对方的印象是否完美，只在乎被欣赏、被关注、被喜爱，第一次她忘了自恋，而把欣赏和审美的目光投向了对方。

原来，男色也诱人。

萧雨山笑了，律师脸上那股子正直坦荡没有了，他笑得淫荡又邪气。他不是律师，此时此际，他是小淫魔，他是大情圣。

他把手中的衣服往空中一扔，缓缓靠过来，非常耐心地慢慢剥除谢桥的衣服，用唇和手指一点一点抚摸每一个裸露的部分。他的唇柔软湿润，手指间带了火，指尖掠过，每一寸肌肤都燃烧起来，然后清凉下去，一半是海水一半是火焰。在唇指的游移间，谢桥非常细节地感知到自己的肩、脖颈、胳膊、胸，这每一处轮廓的存在。她的身体竟然有这么丰美富饶可供开垦的空间，肌肤被一点点耕耘，一寸寸唤醒，敏感地颤抖着，每一个毛孔都舒展了，张开来，渴望火焰，也渴望春雨……

怎么会有男人在床上如此好看？谢桥最怕男人在床上的样子，那种一本正经、道貌岸然的男人，上床的样子想都不敢想，就连秦淮这样俊逸潇洒的帅哥，也像一头发情的蠢笨的公牛，她不敢看那歪扭的面颊，泛白的眼眸，龇牙咧嘴吭哧吭哧。她从来不敢睁开眼睛，只怕一看就会笑场。谢桥想起一本香港小说里描写的一个妓女，平日里姿色平平的一个女子，在床上却天赋异秉，脱了比穿着好看，躺着比站着好看。原来，世间也有这般天赋异秉的男子。

这种男人或女人，即便做着妓女的事，也是一脸处女的表情。面色依然那般清白无辜，甚至忧郁动人，汗濡湿的头发搭一缕在额上，五官俊美得不像样，如童话里的小王子。她不舍得不看他，他的眼眸、弧度优美的嘴唇、挺直的鼻梁，每一个眼波的流转，每一声低吟浅叹，都令她着迷。他是婉约的，他是强硬的，他在她的身体上演奏，他把每一个动作做成了舞蹈，他把这爱做成了诗。

世界静止了。

天地间，只有这一间屋，一张床，一男一女，用最原始的方法交欢，取悦，碰撞。他们是亚当和夏娃，身体和身体的交缠，灵魂与灵魂的融合。

当一切静止，暮色从窗外涌进，现实的、俗世的喧闹刺破屋内的幽静，谢桥从魂灵出窍里慢慢醒来。

当她睁开眼睛，一切都变了。不但男女关系变了，整个天地全都变了。世界在谢桥面前彻底翻了个个儿。

2

谢桥理解的男女关系里，第一次有了性的介入，性的存在。当她发现男女关系竟然依靠了性的联结，她脑子里固有的爱情、婚姻、男女关系，一切的模式，完全被颠覆。一根弦几乎被崩断。

从前她认为有身体参与的爱情是肮脏的，丑陋的，现在她认为，有身体参与的爱情才是真正纯洁美好的男女情爱。没有身体的参与，那爱情才是可疑的，也许是误会或者功利的。

性，谢桥从理论上当然是懂的，也实践过，却是知其然，不知其所以然的。她的身体，当然是美的，所有的目光都这样告诉她。但它从来只具备观赏价值，穿上衣服后冠冕堂皇地被观赏，就算火爆一些，也在尺度内。失去了衣服的包裹之后，这具身体便瑟缩了、害羞了、萎靡了，自己和看到的人都不懂得欣赏和珍惜。更不懂得这身体它不单可以看，更可以用的，被人用也用别人。

从小说里、影视中，有人把性描绘得欲死欲仙，谢桥从不信的。看到A片，只觉得是物理意义的碰撞。女人夸张的大呼小叫，让她直欲笑场，她无法想象自己会发出那样古怪的声音。事实上，她冷静得像块铁板，也如铁板般僵硬生冷。性，就是女人对男人无可奈何的奉献，除了疼痛和厌恶，她感觉不到欢愉。

爱情，当然她是信的，但她理解的爱情只停留在精神层面。包括对萧雨山。来圣地亚哥之前，她也只是喜欢他的气度、他的内涵、他的谈吐、他的眼神与表情……这些看得见、摸得着、说得出口的东西。此时，她爱他的不只是这些，她迷恋他的身体、气息和床上的样子。

男女间，爱与不爱，凡是能对人说出口的理由都不是理由。任何世人所能看到的恩爱与争吵也都是表象，只有关上门，俩人裸体相对，你的身体才告诉你爱不爱。如此一来，许多不被理解的相爱与分手，都有了最合理的去处。

这之前，谢桥没有觉得萧雨山是漂亮的。放在人堆里，他矮、黑，完全不起眼，拎个帅哥就盖过他，芸芸众生都淹没他。凑近一些，觉得他五官轮廓还不错，仅此而已。当他进了屋，关上门，脱掉衣服，去掉眼镜，那光芒就绽放开来。人间天上，没有比他更为俊美的男人。

变魔术一般，谢桥看着他，穿上衣服光芒便减淡几分，走出门去，便恢复成那个平淡无奇的中年男人。他只能存在于狭小空间，只能在最细节与微观处，散发迷人光彩。这多么好，他的光芒只属于她的，只有她能看到，这才是为她度身定造，天衣无缝的情人。

这个外人看来寻常不过的一个男子，回到二人世界，谢桥便迫不及待把他的眼镜摘掉，把他的头发弄乱，把他的纽扣解开，他便变身为那风情俊美的大情圣。谢桥迷上了这个魔术。她想，如果他出门也是这样的性感逼人，人人都看得到，那该多么缺乏变化，缺少张力，多么的无趣乏味呀。人的性感也是有能量守恒的，在外部消耗多了，关上门就少了。

那几天，谢桥像个探秘家，醉心于对他每一处细节的探索与发现。趴在身上看他的眼睛：眼白清亮，水波流转，嵌在黑皮肤里，不是这样仅隔了三厘米的距离完全不会发现。她惊呼："你的眼睛好媚呀……""媚？男人的眼睛怎么会媚？"他狠狠地瞪起眼，做凶恶状。"你的牙齿好整齐，颗颗莹白如玉……"他赶快把嘴闭得紧紧的，任是你严刑拷打也休想撬开这铁嘴钢牙。他捧着一本书看，静如处子，侧面的线条呈现一条弧度夸张、极度优美的弧线，鼻唇连接处透出隐隐稚气，她越看越心喜欢，说："你这样子好乖哟……""乖？"他把书一扔，"这辈子从小到大就没有乖过！"

一个对自己外貌从没有加以过关注的男人，长到了40岁，突然被年轻自己好几岁的女人大力赞美了色相，萧雨山哀叹："我好好一个律师，生生被你说成了一个玩意儿！"

是的，他就是玩意儿，却又不真的仅是玩意儿。若仅是玩意儿，像那些唇红齿白，腹内一包草只会发嗲撒娇的年轻帅哥，那可就无趣得紧，让人隔夜饭都要吐出来。他这玩意儿是有强大的内在底蕴做支撑，有广博的学识才华和几十年的修为衬托着，这玩意儿才有存在感，分量感，怎么妖娆都有根基，怎么飘都拽得回来。

他当然不乖的，一看他额头上脑袋里几条深深浅浅的疤就知道，这是一个从小在农村里打架生事，一打就要拼命的野孩子，当然不是俯首帖耳、言听计从的乖孩子。他身体里藏着一头狂野自我、桀骜不驯的豹子呢。这头豹子时不时探出头来，伤了他身边亲近的人。伤了却不自知，更无悔意，这仅是豹子的本性，不大懂得责任和珍惜。

三天时间，谢桥的旧世界几乎被全盘颠覆，对男人的看法和认识，对男女关系的理解，对爱情、婚姻的打量……旧有的思想观念被撕成一条一条的，搅成乱糟糟一团。如推开了阿里巴巴那扇神奇的大门，一个全新的，超出谢桥人生经验之外的，陌生却又丰富迷人的世界徐徐洞开。

这完全是谢桥情爱历程上的"遵义会议"。

谢桥从未到过圣地亚哥，这里有著名的海洋世界、森林公园……但她一点没有心思出去玩。

二人世界，她总算明白了这个词的含义。相爱的男女，不需要任何外部的热闹与繁华，两个人构筑的世界，已足够丰美、销魂、活色生香。

谢桥贪恋着他，用眼睛、用手、用嘴唇、用身体。用所有能调动的手段亲近他，享用他。她不再像一个大义凛然的刘胡兰，也不再像一个老实巴交的农妇，她柔软、湿润，是一个真正风情万种的女人。她不是在奉献，她在吞噬他、侵占他、享受他。用女人的霸道和柔情，紧紧包裹他。她的禁锢沉睡了30年的身体，蛇一样复苏了。

身体的功能上，她或许是异数。一个过早发育，长得有不道德嫌疑的女孩子，十一二岁开始便不断遭受父母老师的威胁和恐吓，晓得自己的身体是宝，要像最吝啬的守财奴那样，紧紧护住自己的身体，决不允许任何男性碰触、亵玩、占了便宜。否则失了贞，便是奇耻大辱，万劫不复。她算不得是一个循规蹈矩的孩子，偏偏这件事听了他们的。当然，也或许是她没碰对人。

刚开始是出于保守，出于封建道德观，后来就不是了。她的身体变成古董瓷器，只能看不能碰的。她如何折磨了她的第一任男友，眼睁睁看了几年，不能碰，到订了婚，道义上允许碰了，依然碰不得。撕裂与疼痛，把洞房搞得像屠宰场，货真价实的哭声与喊声，把喜滋滋的准丈夫搞得像一个狼狈的未遂的强奸犯。她也愧疚，尽心竭力配合过，当一天和尚总要撞一天钟，这是起码的职业操守。却免不去羞耻和疼痛，碰一次病一次，一趟一趟去医院，每天晚上疯狂绝望地洗。她实心实意钦佩过每天上岗的妓女，那是什么样天赋异秉的身体！抛却道德观，就物理含义而言，干一天她就会没命。

也就分了。摆得上台面的理由都不是理由。她对这个男人，是有愧的。众人羡他艳福不浅，岂知他一直活生生在遭洋罪，受折磨。

长久以来的单身，会否与身体有关？恐怕有些的。其实她是自卑的。她怀疑自己的身体有残缺。她不敢与男人上床，就像舞盲不敢上舞场，她怀疑自己天生性冷淡，甚至怀疑自己的性取向，她怀揣这个惊天的秘密，隐忍瑟缩地过活。她作为一个女人的功能和价值已在穿上衣服时全部展现光了，剩下的就只有残破和耻辱了。所以她只好越来越注重外在的繁花似锦，以掩饰内在的空洞、寡淡、索然无味。

你性冷淡？萧雨山打死都不相信的。这个女人，用大陆的一本书名来说，叫作《碰到你哪儿都敏感》。不管他摸到哪儿，触到哪儿，都是一阵兴奋的战栗。不是迎合，是身体自然的难以自制的反应，萧雨山长到这年纪，分得清什么是真实。

谢桥比萧雨山更加惊异。她从前也敏感的，却是因为恶心。她厌恶对她身体的触碰，包括同性的手，什么美容院洗脚城，别的女人享受得很，她却不是痒就是疼，笑称自己祖上三代都是农民，享不来当太太小姐的福。异性，那就不要说了，碰到哪里都是鸡皮疙瘩。她怀疑自己的身体是特殊材料做成的，跟别的女人构造不一样。

可这双手，这不是一双修长优美的艺术家的手，也不像理性冷静的律师的手，也许是早年从事农活儿留下的后遗症，肤色黑，皮质糙，指甲光秃秃的，你甚至可以嘲笑这像一双老农民的手，但只要这双手一探上谢桥的身体，就如钢琴家探上琴键，所掠之处，遍起惊雷。

原来男女之事并不一定要在晚上，也不一定非要在床上，脱得光溜溜的像两条大白鲨鱼，才开始按部就班，一二三四五，那是军队操练。

欢爱是艺术，是即兴的、因地制宜、有创意和想象力的，需要有变化、有节奏、有韵律，抑扬顿挫，疏密有致，有留白，有高潮……

床上、沙发上、地毯上，任何一个地方，清晨、午后、黄昏，任何一个时候，穿着抹胸、短裙、高跟鞋，任何一种服饰，只要有激情，随时随地可以踏入情色之旅。越是即兴，越是没有准备，越是条件逼仄，越是姿态紧张，越是刺激兴奋。

有时在饭店就餐或喝咖啡时，萧雨山在谢桥裸露的肩膀上用舌头轻轻舔吮，谢桥起身去洗手间，萧雨山在侧身相让的瞬间，伸出手暗暗在谢桥大腿上捏一把，这些小情小调也会带给身体战栗的愉悦。任何成功的艺术都是不老实的，包括做爱。正人君子，一板一眼，委实乏味得紧。

谢桥想起一则笑话，一个女人嫁给了一个50岁的老光棍儿。新婚之夜，新娘子一瘸一拐，奔出门外大哭：他说要把积蓄了50年的最宝贵的东西给我，我一直以为是钱……

谢桥无休无止地癫狂，左不过也是把前30年的积蓄都给了他罢了。

在这三天时间里，谢桥尽情颠覆着自己的身体，也颠覆了一切关于男女、关于身体、关于性的观念，她重新认识了自己的身体，看到捆绑在身上的枷锁一点点崩溃，肩、胳膊、后背……都以原貌存在着，却已被赋予了新的含义，就如蛹化蝶，那一份蜕变与新生。

最后的那天晚上，两人喝了很多红酒，好一番浓醉。

半夜里，她蒙眬睁开眼，看到萧雨山正在翻看手机。这几天他的手机从未响起，安静得如同哑巴。

他跳起来，奔到窗边，望着暗沉沉的夜空发呆。

月光从窗外照进来，只穿了一条内裤的他在月光的清辉笼罩下，像一尊赤裸的雕塑。宽肩、细腰、翘臀，背部的弧线无懈可击。真是一幅绝美的裸男背影图。谢桥色心大起，悄悄起身，偷偷潜伏到他身后，伸出手臂环抱住他的腰，把脸贴在他后背上。没有反应，对方一动不动，真似一尊雕塑。

谢桥绕到正面，仰看他的脸，他面无表情，冷冷的，扮酷呢！可是，这副神情如此令人心动。

月光点染了他的眼眸，漆黑如星，眼神清冷又柔媚，眉毛过于浓郁了些，给他俊美的面颊平添了几分英气，鼻子和他的脸有些不成比例，过于高大了，近乎欧美人的轮廓，嘴唇的线条清晰柔和。怎么会有这样的一张脸呢？俊美如此，却又绝对男性，像睥睨孤独的豹子，又像清冷倨傲的小狼。他的身体里有一头小野兽潜伏着，呼之欲出。

仍在薄醉中的谢桥像欣赏世界名画一般，痴迷地望着这月光中的美男。他如此适合赤裸，如此适合这月光，一切都给他加分了。他是忧郁的，又是性感的；他是柔美的，又是冷酷的；他是无辜的，又是淫邪的。他像表面平静的海洋，内里蕴藏着重重叠叠的谜。这个男人，她是不大懂的。但是，她迷上他了！

撼人心魄的情爱之旅才刚刚开始。这仅是序曲。蜿蜒跌宕，气势磅礴的乐章还在后面，在那漫长得似乎无穷无尽的余生里。

她要做的只是，爱他！爱他！

她心中满涨的甜蜜与柔情，涌泉般溢出来，缠绕着这个月光中赤裸的男子。她在想这甜蜜与柔情是无穷尽的。如果她知道他刚接到的那通信息意味着什么，她就会明白，这三天的序曲才是他们情爱之旅的正乐章，那两心的相许，两情的相悦，才是了无牵绊、极致纯粹的。就在此时，就在她疯狂倾慕于他的当下，就在她把自己的心像他此时的身体一般，赤裸裸地毫无保留交付出去的刹那，一个无可更改的变化已经发生。其实它早就存在了，只是直到此刻才对他们产生了意义。它横亘在他们中间，搅碎了一切的甜蜜与安然。精神意义上的二人世界再也不复存在。

月光如此清冷，像上苍的目光，怀抱知晓一切的悲悯，冷冷打量着这一对深陷情欲苦海，却被自以为的幸福涨得发晕的痴男怨女。

人间自是有情痴，此事不关风和月。

3

萧雨山在机场匆匆作别谢桥，决绝地返身离去。

谢桥痴痴地望着他的背影，那么渴望他回过头来看她一眼。然而，没有。他一次也没有回头，甚至没有任何要回头的意思。他大踏步没入人群，坚定得仿佛从不曾想过身后有一双柔肠百结紧盯着他的眼睛。这个狠心绝情的男人！谢桥一腔柔情落空，多少有些失落。当然，这失落里更多包含了娇嗔与撒娇的意味，并没有多么严重，男人哄一哄就好的。

不承想，这飘然远去的背影竟成为他留给谢桥的最为经典的形象。不管两个人有多么亲密，他永远保持了蓄势待发的姿态，随时随地准备抽身而走，决绝的，没有任何商量的余地，也没有缠绵与留恋。许久以后，谢桥回想这一幕，恍然明白，其实，那一刻，她已经失去他了。

谢桥闷闷不乐地独自回到洛杉矶的家中。

本来说好五天的旅程，他称有急事，匆匆赶赴外地。五光十色的情爱之旅就这样草草收场了。

谢桥满心不悦，等着他打电话来给自己解释。前面说了，她的娇嗔是撒娇，需要男人哄一哄的。

到了晚上，仍没有一点音讯。谢桥想发信息，又心有不甘，不愿显得自己那么主动，那么贱。到了午夜三点，她睡不着，想来想去，发了一个空白的信息。这一字未着的信息里包含了几层意思，我想你了；这是午夜三点，我还没睡着；你到现在没有一点音讯，我怨着你……

但凡是个男人，看到这午夜三点发来的无字信息，恐怕都会动容吧？会反省自己，哦，她午夜三点都没睡着呢，惦记着自己呢，真是该死哦……会积极地打来电话，千般安抚万般解释。自己会怎么样呢？娇嗔里多了一份委屈，自然会难哄一些了，可到底会原谅他的，只要他的理由还说得过去。男人嘛，总归要忙事业的。

第二天，谢桥死死盯住电话，须臾不敢离身。电话坏了？谢桥借了端木亭亭的电话，偷偷给自己手机拨了好几次，铃声如期响起，尖厉得刺耳。然而，当她停止拨打后，又是死一般沉寂。

第三天，谢桥终于绷不住了。再也顾不得面子和矜持，决心给他打个电话，是死是活，她得问个清楚。电话拨过去，是一串叽里咕噜的英语，说的是，"你所拨打的用户已关机。"

谢桥傻掉了。

千想万想，也没有想到是这个局面。她笃定地以为他准在电话线的那一边，只要她肯屈尊伸出手指头，就能连通。没想到，是这样冰冷的一扇门，把她"砰"一下关在门外！

她蓦然想起前几天他的手机也是这样寂静无声，她还奇怪怎么就没有一个电话骚扰过他们。现在明白，其实他也是关了机。他用关机屏蔽了一切干扰，隔断了与外界一切的联系，营造了世外桃源般封闭安然的二人世界。对于他不想关心的人和事，他就用这样决绝的态度来打发，现在，他又用这一招来对付她。

手机一关，他就蒸发了。

谢桥不敢相信，前几天还好得恨不能把对方生吞活剥，你吃了我，我吞了你，恨不能时时刻刻融为一体。转瞬间，沧海已变桑田。原来，所谓爱情，都是自己的一厢情愿、自作多情。对于他来说，只是一场艳遇，春梦了无痕。

谢桥过电影一样，细细反省了自己的言行，哪一招哪一式惹得他恼了，不快了？她真的不清楚。他如此倾慕于她，她的容貌、气质、一举手一投足，恰恰与他少年时所憧憬的梦中情人丝丝入扣。她不属于现实俗世，她来自《诗经》，来自宋词，来自红楼，融合了世间男子对女人的一切向往。对她的身体，他也万般迷恋，称它胜过处女的紧致与美好。他的疯狂和战栗，炽烈的眼眸，呢喃的吃语，这一切，都是假的，都是演戏吗？若是，他不该去当律师，他应该当演员，他会胜过梁朝伟，胜过周润发，胜过世间所有的影帝！

谢桥不相信的。不信这么快他就厌倦了自己。就算他是一个登徒子，一个采花大盗，一个不负责任的花花公子，也不至于这么快就厌倦了自己吧。三天，谢桥的身体才刚刚被他打开，事实上，她还并没有到达真正意义上的高潮。毕竟她封闭了30年，她对自己的身体不熟悉，并不能灵活自如地找到自己的兴奋点，并有效地加以撞击和释放。她只是迷恋他的面孔、他的身体、他的气息，她只是愿意和他接近，沉迷于他的每一次亲吻，每一个抚摸，愿意侵占他更被他侵占。她的身体在慢慢开放，就像一朵过于紧闭的花，她被雨露浸润，徐徐展开了花瓣，可是，并没有怒放，并没有开到荼蘼。她不急，她在耐心等待，她相信在不远的将来，也许就在明天，就在下一次，她就能在他的带领下，让身体和情感冲到顶峰。

可是，就在她高潮即将来临的这一刻，他决绝地、毫无征兆地抽身走了！把她撂在这情与欲的半空，上不去也下不来。你那澎湃的一腔热血，就只能在比死更加痛苦的煎熬里自己退潮，自己冷却。

三天，对于她仅是开端，对于他，就已经厌倦，可以结束了吗？男人真的可以如此驾轻就熟地掌控自己的身体和情感，像操控车辆一般，随时开，随时关吗？

谢桥不相信。一直以来多少男人在垂涎她的身体，只是她不愿给。如今她把自己像祭品一样虔诚地奉送出去，人家用了三天，就不要了！她真的这么乏味吗？

谢桥像天下所有被男人抛弃又不愿相信的傻瓜女人一样，抛却了所有的尊严和脸面，一遍一遍，疯狂拨打萧雨山的手机，结果永远是那单调的女声，哦，对不起，你拨打的用户没有开机。

谢桥终于相信萧雨山真的不愿再理自己了。这个男人，几天前的如胶似漆，仿如自己身体的一部分，其实，自己对他一无所知。他有老婆，她知道，是田二麦的堂妹。他说两人已经分居一年多了，他已经提出离婚，她也就信了他的。她总是对人这般轻信，前有秦淮，后有萧雨山。她总是一厢情愿拿文学形象去美化这些出现在她身边的男子，岂知现实与文学正好背道而驰。

是的。在国内，在小地方，男女关系多少还有个说法。如今，在这陌生的美国洛杉矶，当一个男人不理你的时候，你当如何？不要说亲戚，连朋友都找不到几个可以咨询的。

情急之下，谢桥想到了苏棉。

苏棉是谢桥目前最为信赖和看重的朋友。她和谢桥同龄，大学毕业后到洛杉矶攻读硕士，现在一家通讯公司做事。和谢桥在一次聚会上认识。

苏棉是正宗河南人，但在每种场合均声称自己本该属于杏花春雨的江南。

苏棉望而知之是书香门第熏陶出的高雅淑女。三围都很节制，胸腰臀的界限都含混模糊，虽然纤细，但看不出明显的曲线。五官亦隐忍，鼻子嘴巴都不占地方，两只眼睛也清高，一东一西的，谁也不理谁。唯一张扬的是肌肤，晶莹剔透，色泽胜雪。一张脸极有底气地素淡着，一点点化妆也无，谢桥想想自己，要在脸上涂抹多少东西才有勇气出门啊。

她的表情也是淡然的，绝不大声说笑，稍微声高一点脸上便会泛起羞涩的红晕。在她面前你老会感觉自己欠教养。你不自觉地也压低了嗓门，举手投足也极大地压缩了幅度。不知怎么的，她这样说这样做就是文雅，你这样一做就矫情到了家。

总之，她整个人就像作家老年之后写的一篇含蓄、隐忍的文章。不惊艳，却干净、脱俗。谢桥第一眼就喜欢上了她。她觉得这才是她心目中的美国留学生。有一种清高傲然的知性美。

她有点冷，但没关系，谢桥对于她喜欢的女朋友总是很热。一来二去，俩人还是成为朋友。谢桥一向依仗女朋友的情谊，不管追求的男人有多少，女朋友是无可替代、不可或缺的。

谢桥找到苏棉，装作若无其事的样子，问她，如果一个女人被男友抛弃了，能不能去他公司找他？苏棉说，千万不能的。美国法律规定，每个人都有追求幸福的权利，也就是说，如果他觉得和你在一起不幸福了，你就只能别无选择地离开他，没有任何理由可讲。她有一个女友被美国男友抛弃了，上演国内一哭二闹三上吊那一套，以为能让对方迫于道德压力，回心转意，岂知对方去法院申请了"禁止令"，因为他已经不喜欢你，你就不得再去骚扰他。在离他一百米之内的距离就必须自动离开，否则会被视为骚扰而被抓起来。女友不信的，两个人好了这么些年，说分就分，连找他的权利都没有了？她依然冲去他公司找他，结果愣是被警察抓起来坐了一个礼拜的监狱。

谢桥闻之苦笑。她没有那么难缠的，她想找到萧雨山，不过像巩俐演的电影《秋菊打官司》一样，仅仅想要个说法。只要亲耳听他说出，我已经不喜欢你，或者是，我从没喜欢过你，她也就死心了。可是，她不是秋菊，美国也不是中国，她讨不了这个说法。若是因为纠缠一个男人被美国警察抓起来住监狱，那真是国内同事们的一大新闻。心高气傲的谢桥一到美国就变花痴，追男人追到了监狱。哟，原来那些清纯都是装的呢。

就这样结束了？一夜情，三夜情，于他而言，不过又是情色途中一道浅淡的风景，艳遇史上又一个征服的品种。一切都结束了。可是，在这三天里，她如何开放得如此彻底，如何让对方进入她那么深？她把自己投放进去，就如古代的铸剑者，自己踊身跳进了火炉，用鲜血去喂养这罕世的宝剑，她如何回得去从前？

第六章　继续爱吧

1

　　端木亭亭要搬家了。

　　丢了工作以后，端木亭亭陷入了经济危机。美国这两年经济危机日益严重，餐馆东家倒西家关，端木亭亭找了这么些天，只找到了一个洗碗的工作。开始她不愿干的，洗碗是餐馆里最脏最累挣钱最少的活儿，在餐馆当服务生一个月连小费能挣两三千元，而洗碗只能挣一千多块，一天下来手都泡囊了。一般只有刚到美国没有任何打工经验的人才会干。可端木亭亭又等了一两个星期，还是没别的活儿，只好咬牙把这洗碗的工作接下来了。

　　收入骤减，端木亭亭没法在这里住了，她必须要找一个更便宜的住所。年近四十的端木亭亭是东北一家企业的小学老师，整个企业倒闭，她也下了岗，是花了20万人民币托人以"政治庇护"的缘由办到美国来的。现在每个月还要还钱。她在国内结过婚，有一个十岁的儿子在东北外婆家带着呢，每月都要寄钱回老家养儿子。经济压力非常大。这里每月三四百的房租吃不消了，她准备去住大通铺，六个人一个房间，每天十块钱租一个床位。她找了一个上夜班的女人，俩人合租一个床位睡觉，每天只要五块钱。更好的是，这个大通铺靠近餐馆聚集的商业区,不需要开车去上班,现在美国的汽油天天涨价,卖掉汽车,节省了相关的保险费用和汽油费用,是很大的一笔开销。

谢桥舍不得端木亭亭走,她对美国生活一无所知,很多都要靠端木亭亭指点,虽然没有更深入的精神交流,俩人一起也是个伴儿。况且每月增加的几百元房租也让她有些吃不消。但是,能说什么呢? 也只好让她走了。

除了一箱子衣服,端木亭亭也没什么好搬走的。谢桥送端木亭亭到了她的新居所。这根本不是个旅馆,而是私人居所改造的。地上铺了地毯,但已是人为的黑,孙悟空的火眼金睛都看不出原初的颜色。每个房间都挤得满满当当,比学生宿舍更加热闹。间间房门都大大敞开着,人到了这份儿上,便毫无隐私可言。隐私好比情趣内衣,为增添做爱情趣时,穿穿也无妨,取个乐子,可情形紧迫时,穿这劳什子干甚? 多此一举,反正要脱掉的,到底是个多余的东西。

对面一个屋全是男人,个个短裤小背心,见来了女人,都探着头直勾勾看过来,看过来后眼睛就都长在了俩人身上,再也移不动了。谢桥打望了一眼,发现端木亭亭算是这里最年轻的女人了,那些歪着倒着在铺上的女人,大都四五十往上。她们的衣着和男人们一样,也都相当凉快,节省衣料,裸露的效果并不是为了炫耀性感,正好相反。在这里,女人的性别特征和羞耻心也是情趣内衣,完全是个多余的东西。

这种男女混杂的局面让谢桥有些担心。端木亭亭虽谈不上多么有姿色,毕竟年轻,从那些男人直勾勾的眼神可以看出来。谢桥在国内监狱采访时,在那些十年没有嗅到过女人味儿的重刑犯身上看到过这种眼神。端木亭亭却轻松:"这种地方最安全了! 白天晚上随时挤满了人,就算想强奸,有条件吗? 又不是演 A 片。"

谢桥看看这些被迫成为柳下惠再世的男人。早听田二麦说这些成为黑户的男人最可怜了,女人怎么说总有个奔头,混上一两年找个说得过去的美国公民嫁了,也就脱离了苦海。女人只要肯放下身段,总是有人要的。而男人,就算你貌似潘安,也极难有美国女公民来搭救你,很多男人在这里一住七八年,连个女人影子都捞不着,就在这自己圈就的牢房里蜷缩着直到离开——离开美国,或者，离开人世。

在国内的时候，人们对能够漂洋过海到达美国的男人都又羡又妒，一想到美国就是花园洋房、香车美女，会想到有这样一帮过得比大陆民工尤为不足的中国男人吗？民工一年到头好歹有个与老婆团聚的日子，走在自己的国土上，也不会担心有移民局清查你的黑身份而把你遣送到外国去。

这么多的中国人奔着天堂而来，结果一直住在地狱。

两人去一家中餐馆吃顿饭，算是惜别。两人都没有心思下筷子，都有些失神。谢桥比端木亭亭更为恍惚，手像患了帕金森综合征般不听使唤，不断碰翻筷子碟子，最后，竟把桌上的一罐辣椒油泼翻在地。看着暗红的辣椒油在地上流淌，就像电影镜头里女人在浴室里割腕后，那一地的暗红蜿蜒……

端木亭亭突然把筷子一摔，哽咽地说："妈的！怎么都混到了这地步！我儿子在学校里到处夸耀妈妈在美国如何如何，大家都以为我成天过得像美国大片似的，灯红酒绿，醉生梦死的，谁想到我过的是这种猪狗不如的生活！"

"为什么……不回国呢？"谢桥真的不解。如果她是端木亭亭，早就卷铺盖回家了。干吗在别人的国土上受这闲气？

"回国……又能干什么？我这样的年纪，又没什么专业，找不到什么好工作，干体力活儿还是在美国挣得多些。我在这边再苦，每月寄个几百美金回国，还是能让我儿子过得像个贵族。他吃穿可都没比别人差的。"提起儿子，端木换了满脸柔情，"我在这边熬着，总想着有一天找个男人嫁了，有了身份，再把儿子接过来，什么苦都值了。"

难道女人到了美国，唯一的康庄大道就是嫁人吗？在这生存至上的美国，婚姻已成为一种手段，一份职业，一种生活。爱情，爱情被挤占到何等不堪的位置！自己呢？说是不曾对那人有过痴心妄想吗？哦，也是有的，但若只是这功利的想法倒好，也不会有这满腹的怨屈痛楚！

"你想嫁个什么样的男人？"

"美国公民，愿意娶我。现在我这个样子，还能有什么条件？"端木亭亭看着自己苗壮的腰身，苦笑，"当年在东北我也是一枝花呢，又会唱会跳的，不知多少男人打主意。当初敢离婚来美国，也是因为自信呢，找个男人还不容易？结果真没那么容易，这里的男人猴精着，占完便宜就跑，谁愿意拖一个包袱。这美国的倒霉日子过的，天天打苦工，熬成了这个样子！"端木亭亭翻出手机上的一张照片给谢桥看，照片上的女人双手合十做祈祷状，鹅蛋脸，挺秀的鼻梁，眉宇间有隐隐的忧郁和傲气，比谢桥的五官更有实力。谁敢说这不是一个标准的古典大美人儿？

"这就是你出国前的照片？"谢桥震惊坏了。几年时间，美国能把一个如此清纯靓丽的女人摧残成这般模样？真真是"毁"人不倦啊！

"是啊，来美国几年没买过一件衣服，没用过一样化妆品，头发都自己胡乱剪，还不就成了这样子。说实话，我都好久没在镜子里看过自己了。男人嘛，其实有一个我看着倒挺合适的，只是，唉……"

"谁呀？"谢桥机械地问。

"你认识的，田二麦。他心眼儿不坏，又是美国公民，还有家餐馆，一直没结过婚，对我来说，很合适了。从前他对我也还有点意思的，最近……"端木亭亭满脸怨尤。

谢桥有些心虚，不知端木亭亭可否察觉田二麦追求她之事，却原来，各人有各人的眼泪，你恋着他，他恋着她，每个人都为情所困，都在惦着自己得不到，不属于自己的。

谢桥满心苦涩，起身去洗手间。这家餐馆不大，洗手间还是不小的。谢桥进去之后，左看右看总觉得哪里不对，墙上似乎多出些什么东西。又想不明白，她的脑子似乎锈住了，转得特别慢。一个男人迫不及待地冲进来，解开裤扣就准备掏出家伙，猛然看见一个长头发穿裙子的站在屋内，他愣了，手悬空停在私处，寻思自己是否具备被性骚扰的实力，半晌，终于决定发出女人被强暴时的惊恐尖叫声……

谢桥冲出男洗手间，甩了足够多的小费在桌上拉着端木亭亭狼狈逃窜。

谢桥把自己紧紧锁在屋里，生怕自己出去再惹出什么乱子。不但丢人格，更恐丢国格。每一个到美国的中国人多少都该为自己有意无意所代表的中国形象负责。

她在屋里茫然地转来转去，一颗心空空荡荡，也不知去了哪里。心脏紧缩成一团，不是具体的疼，而是一会儿跳得过猛过激，一会儿又跳得衰弱微颤，她不得不紧紧捂住胸口，以防那心脏跳得过猛蹦出胸腔，或是过于衰弱而停止工作。她胡乱找些药往嘴里送，拧药盖儿的手一直在可怕地颤抖着，像风中一片枯黄的落叶，即将飘零。她奇怪地把手举到眼前，晃几晃，似乎不认识这是自己的手，它怎么会像患了帕金森综合征的老年人那样控制不住地乱抖呢？

谢桥吃了安定躺在床上。

"好伤心啊。"一个女人的声音响起。她吓了一跳，左右四顾，鬼影子也没有一个。

她惶恐地继续闭紧了眼睛。"好伤心啊！"女人的声音又响起来了。真见鬼了？她惊悚地用被子捂住头，仍挡不住那幽幽的，似人似鬼的轻叹："好伤心呢……"她猛然发现，原来这声音竟是从自己的嘴里无意识地发出的！

"好伤心呢！"这一次，她歪着头，清楚地又说了一遍。奇怪，随着这声有意识的叹息，她胸中那堵得乱七八糟的疼痛竟似减轻了一分，于是，她大声地说了出来："好伤心哪，好伤心哪，好伤心哪……"

一遍比一遍大声，一遍比一遍铿锵，连说了几百上千遍，疼痛从她心底里尽数喷涌，流了她满脸。

2

"叮咚——"

似太古洪荒传来的声音，遥远、空旷、雄浑。这声音和死亡般暗沉的睡眠拉扯着，吃了六颗安定的谢桥止不住地要继续跌入睡眠的黑洞，那声音却不屈不挠地，非要把她拖出来。如此拉扯僵持了几分钟，谢桥终于手脚并用，昏昏沉沉地从洞里爬出来了。

谢桥穿着睡衣，摇摇晃晃地穿过客厅，拉开房门，一个黑黝黝的人影儿奄奄一息地靠在门边的墙根儿上，头发蓬乱着，全身似患了软骨病般的瘫软无力。他绝望地把两只手朝谢桥伸过来，就似即将溺毙之人对拯救者伸出的那双求助求生的手。谢桥别无选择地把这手接过来，拉进屋里，这才发现，短短几天，他整个人竟似完全脱了形！

仍是看电影时穿的那件黑T恤，当时胳膊胸脯都撑得满当当的，鼓胀的肌肉呼之欲出，可如今竟成了袍子，挂在衣架子上直晃荡，头发朝天立着，一张枯槁的脸透出挖煤工人的色泽，神情更是沮丧颓败。谢桥以为这些天自己在地狱，岂知他更像刚从阎王殿里爬出来！怎么了？出车祸了？患绝症了？谢桥慌乱想着，60颗安定都挡不住她彻底醒了！

设想过无数种见这负心郎的情形，娇嗔怒骂？数落抱怨？扑进他怀里委屈痛哭？还是干脆扮酷抱臂不理？万没想到是这样一种情形，他比你憔悴十分，他比你痛苦万倍，你患的是感冒，他得的是癌症晚期，你这病固然也是病，可还说得出口吗？他比你更需要肩膀，更需要同情和安慰。

谢桥把他让到沙发上，倒了一杯水，别无选择地忘却了自己的痛苦，承担起知心小妹的角色。嗯，别急，有话慢慢讲，到底怎么回事？

"谢桥，家里出事了！"他孤苦地抱住头，半晌，终于开口了。

出什么事了？谢桥脑子里急速运转，公司破产了？兄弟患绝症了？父母去世了？……

"田小麦，田小麦出事了……"

田小麦？田小麦是谁？哦，他的妻子，病了？出车祸了……她脑子里灵光一闪，不知怎么地脱口而出："她怀孕了？"

话出口，她沮丧万分，觉得自己怎么跟小报记者似的，热心于不着调的八卦，口无遮拦。什么话嘛，怎么可能！

萧雨山愣了半晌，凝重地点点头。

谢桥完全不敢相信自己脱口而出的八卦猜测竟然被证实回答正确。她多么渴望自己答错了。

可难道这竟是真的？

怎么会呢？不是早已经分居了吗？不是刚提出离婚吗？她的嘴唇困难地翕动着，一个字也发不出来。

萧雨山絮絮地解释说，完全是一次偶然，一次意外，怎么就那么巧呢？结婚那么多年了都没有怀孕，这怎么可能呢？还以为她是讹自己的，可竟是真的！就在自己刚刚决定和她离婚，刚刚决定追求谢桥的时候！

"谢桥，你可以相信我吗？你可以原谅我吗？如果你不能原谅我，我就再也没脸见你了！可我那么那么爱你！"他抬起头来，神情那么无辜，那么诚恳。一个"爱"字把谢桥的心都搅碎了。这样的一张脸，这样的一副神情，这样哀怜的语气，谢桥觉得，此刻就算是他杀了人，她恐怕都只有选择原谅他，包庇他。

谢桥伸出手去，抱住他，就像抱住自己受尽委屈的孩子。

她怜着他。女人对男人动了怜，那可就不好办了。母性是女人身体里蕴藏的一种自己都不大清楚的巨大能量，来源于动物本能。若是倾注给自己的孩子，那就对了，怎么铺张都没有关系的。对自己孩子的溺爱哪怕过分点，也像是肉烂在了锅里，总是捞得出来的。可女人没把母性用于自己的孩子，却去怜了男人，那就糟了，她不可避免地会变得愚蠢，会把这份怜变成无节制无原则的纵容和溺爱，就会让自己陷入万劫不复。

他枕着谢桥的腿喃喃低语，委屈不尽。谢桥抚弄着他柔软的头发和鼻梁的弧线，心里就涌起这一阵一阵的怜，就像小时候看着在自己膝盖上酣睡的小猫，五岁的孩子，几个小时一动不敢动，直到腿压得全部发麻，便憋得几近失禁。原来她骨子里有这个性情呢，她还真没发现。她一直以为自己属于母性和姐性都极欠缺的人。她没有孩子，也从来没有做过姐姐，她一直都是需要人呵护、溺爱、娇宠的。何曾想过会去怜了别人！况且还是一个大男人。男人往往这样，你去怜了他，他就不怜你了。

她不明白自己为何偏偏就对萧雨山动了怜。他不是弱小，他是一头豹子。他比自己大好几岁，又是法学博士，又是大律师，又有妻，现在还将有子，而自己，一个在美国几近穷得无立锥之地的小女子，偏偏不知天高地厚地要去怜了他！

俩人的关系从此便如此定了型。他要来就来，他想走就走，不用打招呼，更没有商量和挽留的余地。神龙见首不见尾。她的所有委屈、伤感、疼痛从来没有得到过哪怕是一句口头的安慰，她只能无穷无尽地去怜了他，心疼他，把自己的感冒揣在怀里，去照顾他的绝症。

谢桥这些天的丧魂落魄，悲苦绝望，一句都说不出来，竟仿佛这一切都不曾存在。她抚摸着他鬓角一缕卷曲的头发，良久，轻声说："那……该怎么办呢？"

"给我点时间，等孩子生下来，大一点，我就离婚，娶你。"亲爱的萧雨山叹息着，如是说。这似乎是一个最理想的答案了，还能怎么样？

孩子，此际，只是一组细胞，像核桃那么大，在那个和他们俩不相干的女人体内。谢桥和萧雨山都没有真实感。它是一个事件，当然，但若你不去想着它，它几乎也就等于不存在。它怎么能来干扰他们这刚刚发生的石破天惊的爱情？具有里程碑意义的不可复制不可替代的爱情？

我们继续爱吧！我们把那未成形的生命忽略不计。看，这个男人，他在我的怀里，我们如此紧密，我们合二为一。他不是我的，还会是谁的呢？

谢桥像一只鸵鸟，面对无法接受的现实，只好把脑袋藏在沙子里，便以为进入了世外"逃"源——逃避的逃。

很久以后，谢桥回想，她和萧雨山的这一场恋爱实在险之又险。如果田小麦早三天发现自己的月经没准时到来，或者他们的情爱之旅推迟三天，一切自都不同了。萧雨山不会，谢桥也不会明明获知小麦怀孕了，还会开启那一场空前绝后的情爱之旅，还会把这一场明知会纠结到崩溃的苦恋拉开帷幕。

偏偏这么巧，当他们去到圣地亚哥的时候，田小麦感觉到身体的异样，她不信的。也就是那一次而已，他突然袭击，套子正好用完了，做得基本还不算成功，后来和哥姐大打出手，召来了警察，他还喊出了"离婚"！怎么会怀上了呢？

还就真的怀上了。

田小麦不是很想要孩子的。在美国，人工昂贵，又信奉人人平等，请保姆难于上青天。女人生完孩子的命运基本就是回家当家庭妇女。田小麦舍不得她的职业生涯。她打电话给萧雨山商量，要还是不要，谁想打死了电话他竟然都关机！打电话去公司，说老板出差了，去了哪里也都不知道。她当然不知道此情此际萧雨山正陷落于另一个女人的温柔乡，正在上天入地地折腾。但她本能地感觉到了危机。他喊出"离婚"，莫非是真的？

当年田小麦和萧雨山结婚，所有人包括萧雨山自己都觉得她下嫁了。她也有恃无恐，每当俩人发生口角，她就会喊出"离婚"！这两个字犹如上方宝剑，只要说出口，萧雨山的一万个理由都立即作废，他的气焰立马熄灭，低声下气，赔礼道歉。最近这两三年，田小麦再喊出"离婚"，效果就一次比一次不灵，萧雨山只会抱着手臂不住冷笑，一副"爱谁谁"的姿态。田小麦回身一检点，才发现自己作为女人的优势在逐步减退，而萧雨山事业做起来了，人竟也似比二十几岁那个愣小子潇洒了几分。俩人的地位正在逐步转化。不说萧雨山得分已高于田小麦，至少也算是势均力敌。田小麦有些怯了，虽不会认输，"离婚"俩字却也不敢再轻易喊出口。谁料他竟喊出了"离婚"！虽是第一次，却有种决然。萧雨山这人是头蔫豹子，一旦决定了什么，几头牛都难以拉回来。莫非自己喊了一辈子"离婚"都是狼来了，萧雨山第一次出口就是真的？田小麦心慌了。若是十几年前，不在乎的，谁怕谁呀！可如今自己都快四十了，折腾什么呀，萧雨山虽不无可恨之处，但不嫖不赌，又能挣钱，总的来说还是一个不错的老公。她决定留住这个孩子，保住这婚姻。

有的生命是爱情的结晶，有的生命经过周密的计划和安排，有的生命在来临之前便有无数双眼睛在期待，可有的生命，它仅诞生于偶然和意外，诞生于人脑中千回百转的一刹那。

如果去圣地亚哥之前获知这生命的存在，不管它是怎么来的，它存在，这事实无可更改。这场恋爱绝不会发生。那么，大家的情形会怎么样呢？

萧雨山和田小麦的婚姻会因为这个孩子而稳固，那些口角和矛盾会因为孩子而化解。他们之间虽谈不上刻骨铭心的爱情，至少可以做一对过日子的夫妻。一家三口，也是平平淡淡的圆满。

谢桥呢？她或许会碰到一个男人，符合做丈夫的条件，就嫁给他，在这美

洋嫁

国过着一份中产或者富足的生活。像她这样的女人，只要她愿意嫁，总是有男人愿意娶的。

那么，一切虽平淡却圆满。不似如今，开弓没有回头箭，明知是错，却回不了头，没有谁有意作恶，却落得人人皆输。

很久以后，谢桥反复问自己，可否后悔当初，后悔与他的相识，后悔那丧心病狂的情爱之旅？一万遍问自己，她一万遍回答，不悔。

萧雨山说自己是一个循规蹈矩的坏孩子，他骨子里有着叛逆、自毁的基因，是一头桀骜不驯的豹子，然而，现实俗世里，他却把握住了一切的机会，上大学、出国、转行学法律、娶妻、自主创业……步步为营，成为人人仰慕的成功者。

而谢桥说自己是一个离经叛道的乖孩子。受严苛的家教所限，自来便希望自己成为人人眼中的模范，不管是外貌，还是品格。然而，造化弄人，偏巧时时处处走错了节拍，弄跑了调。辞职、爽婚、没孩子、漂洋过海跑到美国遭遇一场莫名其妙的婚约，如今，不尴不尬地悬在半空，进退维谷……

一方面竭力把自己往常规的队伍里靠，一方面竭尽所能地想发疯。一个循规蹈矩的坏孩子，一个离经叛道的乖孩子，碰在了一起，能不发生点儿惊世骇俗、不合常规的故事吗？看这情场千古事，有几桩爱情是四平八稳、合乎常规的？

在谢桥的字典里，感情没有对与错，只有美与丑。这份感情，她不认为是对的，但是美的。

那么，我们爱吧！

3

这个孩子，和谢桥的联结之紧密，超过了世上一切的生命与生命的联系。甚至超过了母亲与孩子。孩子在母体里成长，再没有比这更紧密的联系了。然而，也总还有疏忽。孩子待在肚里，不痛不痒，当准母亲在干着一些自己感兴趣的事时，她或许会短时间地忽略这个孩子。然而，这个孩子，他（她）长在了谢桥心里，就像一根刺长在了肉里。不管你愿意重视还是忽略他（她），他（她）

都会刺伤你，在任何一个不期然的时刻，让你肉体的死去活来的疼痛提醒你他（她）的存在。

这个未成形的生命跟随他的母亲田小麦移师洛杉矶。原本自由随性的萧雨山再没有自由了，每晚必得回家，因为"小麦需要人照顾"。

表面看，萧雨山比任何一个时候都更像一个好丈夫，甚至比新婚的时候更好。他是贪玩的人，和狐朋狗友喝酒聊天的兴致每每大于和妻子厮守。有时喝到深更半夜在外面就地睡了的情形也是有的。可如今，他每天晚上准保回家，不是田小麦逼催，而是肚里的那个生命，他（她）勾引得萧雨山不能不丧魂落魄地往家跑。

为了胎儿的营养，他竟破天荒放下大男人的架子，洗手做羹汤。看着萧雨山一手举着菜谱一手煲汤的样子，田小麦简直怀疑这个丈夫被调了包。她感动得忘掉了自己原本也会做饭的，每天必须等着萧雨山回来做饭，否则就饿着。饿着，比什么都让萧雨山心疼。

除了更加沉默寡言，他几乎挑不出什么毛病。床上，当然，俩人没有那事了。怀孕的女人没有性欲，做爱既痛苦又危险，怕伤及宝宝，连姐姐都佩服气血旺盛的萧雨山竟然能忍得住，这可不是一般男人能做得到的。

他似乎有点什么不对，田小麦的直觉告诉自己，但真的挑不出来。早知怀孕这样安适，她早就当妈妈了，为什么不？

这个转了性的模范丈夫，已被分裂成两个人，走出家门，他就和丈夫、父亲的角色无关，他是小淫魔，他是大情圣。

谢桥的生命里只有一件事，等待。

清晨、中午，任何一个他抽得出时间的时段。门铃"叮咚"响起，谢桥飞跑去开门，便会见他吊儿郎当地歪着身子靠在墙根。他的头发总蓬乱着，如果穿着衬衫，领带一定是扯松了掉下来，衬衫解开两三个纽扣，隐隐露出胸前的那条沟。有些男人的乳沟也像时间一样，挤挤总是有的。

在公司，他西服革履神采飞扬，是精力充沛能言善辩的大律师，在家里，他是朴实安分照顾妻儿的好男人，在谢桥这里，他只是一个落魄、松懈、掉垮垮的男文青，在身不由己地高速旋转之后，精疲力竭地奔赴过来，寻求安慰和休憩。

他总是无助地对谢桥伸出手，仿佛已被耗尽了最后一丝力气。被谢桥拖进屋后，仍气息奄奄地歪在沙发上，看着谢桥给他煮咖啡。

几分钟后，元神回来了，他的手和唇都开始不安分了，开始对谢桥的身体进行深一步探寻。如果谢桥碰巧穿了抹胸上衣和短裙，那简直方便至极，抹胸拉下一角，或是短裙往上一翻，即时即兴，如果有人敲门，一分钟之内就会恢复原状，仿如什么都没有发生。

可怎么能没有发生呢？只要他的手指搭上自己的身体，谢桥浑身的毛孔便会像花朵一样绽开，全身心迎候这春风和雨露。他看起来如此的倦乏，似乎已被耗光了能量，但是，只要碰到谢桥的身体，他便会在瞬间里被充足了电，进攻、侵占，强硬如独角兽，无穷无尽。

没有夜晚。他们把每一个清晨或午后浸润成夜。妖娆的、冶艳的爱的踪迹洒满这简陋小屋的每一个角落。谢桥惊异于自己的湿润，仿佛是水做的，只要他一触碰，便拧开了水龙头。湿得她自己都害羞，惊异。

她那么饕餮，当他还在她身体里时，她一边享受他，一边已在流着泪怀念他。他还没有拔出，她已在期待下一次。他刚一走，她又可耻地湿润了。怎么也没个够。有时他每天都来，还是不够。她贪恋他，像胖子贪恋着美食，像瘾君子贪恋着毒品。

身体在反复的磨合中，已渐渐天衣无缝地和谐，高潮不再是传说，不再是神话，它就在不远的前方，招招手，便会如期而至。如果你不曾经历过完美极致的性爱，千万不要说性原本就是平淡的，不要说关于高潮的描述都是骗人。许许多多的女人，在遇到自己的真命天子之前，都以为自己是性冷淡。

谢桥的前半生性爱有多么匮乏，身体有多么亏欠，此情此际，便有多么极致的弥补和丰饶。他总能满足她，不管看起来多么疲乏，他的身体里有头矫健灵敏的豹子。

谢桥遗憾自己的前半生，白白拥有了这么年轻漂亮的身体，却枉费了，青山绿水枉自多。她看过美国的一个性调查，一个七八十岁的老妪在性专家的指点下，终于知道自己原来有阴蒂，有G点，有高潮，幸福又绝望地哭了！她浪费了整整一生！而谢桥，虽也属"大器晚成"，但毕竟没有晚到七老八十身体松弛变形才悔之莫及。她依然年轻、柔软、紧致，而他亦如是。这两具年轻漂亮能量充沛的肉体融合在一起，相互取悦，相互慰藉，这已是上苍最大的抚慰与恩赐，已是奇迹。

有时他们会在一起读诗，一起听音乐，每一分每一秒都会变得美妙。偶尔奢侈，还会去外面共进一顿午餐。她最害怕的是他会突然跳将起来，毫无征兆毫无铺垫地跳将起来，说"我走了"，便头也不回地转身离去，把谢桥抛入巨大的虚无里。这样的担心每次都会发生。如果他在这里，这小屋是天堂，他离去后，这里便是地狱。

她晓得他对孩子的期待和渴望。在那三天里，她不止一次听到他对孩子的热望。他说自己特别喜欢孩子，只要有一个孩子在身边，再也不怕任何的孤单寂寞。他说谢桥，给我生个孩子吧，这样我守着孩子，哪怕你不再爱我，我也不再需要其他任何女人……

像他这样一个渴望自由，自我存在感丝丝缕缕分明的人，居然会如此渴望一个孩子，实在令谢桥惊异。或许每个人，越独立越自我的人越有情感的软肋，谢桥的软肋是他，他的软肋是孩子。

如何与一个孩子争宠呢？一个仅是细胞组合，还未成人形的孩子。

如果是和一个女人争宠，那好办了，你可以公平竞争，大不了也可以撤退，不是这么纠结两难。可是一个孩子，你如何去竞争？若仅是孩子也好办了，谢桥可以和他一起照顾它（还未知男女，甚至还未成人形，姑且称为"它"），却又不单是孩子，孩子连着母体，是另一个女人。你却无法吃醋，那个女人，她此际不是一个女体，而仅是一个母体，他去照顾她，给她做饭，都仅是以她为通道，照顾那个孩子。你又无法不吃醋，那毕竟是一个有血有肉有情欲的女人，不是找来代孕的陌生女人，是他名正言顺的妻子。

向它——那个仅有拳头般大小，还未成人形的世上最年幼最伟大的情敌及它的母亲致敬！谢桥满怀歉意。她眼睁睁看着这个生命从拳头大小一点一点长大，长出手脚、脑袋，小腿慵懒地蹬蹬……她每天关注着它成长，比它自己的母亲更加富有感知，比孕育在她自己肚子里更令她悸动。

这一个又一个沸腾的狂欢的摄人魂魄的清晨或午后，都是她向这个孩子借来的，偷来的，因为它还没问世，还无法开口说：爸爸，你不要走！她偷来别人的丈夫和父亲，偷来这一个个的清晨或午后，胆战心惊却又丧心病狂地享用，像亡命徒挥霍着金钱，像垂死之人享用着吗啡，有今天没明天的。来吧来吧，疯狂的，热烈的，悲苦的，绝望的，每一天都是最后一天，每一次都是最后一次……

第七章　放了你吧

1

这世间如果没有意外怀孕，言情小说该如何写，肥皂电视剧该如何编？这人与人之间的爱恨情仇该去往何方？

谢桥正为那个别人腹中的孩子苦恼伤神，端木亭亭的肚子里竟然也住进了一个家伙。如果生下来，还是个黄白混杂的。

田二麦非要癞蛤蟆想吃天鹅肉，追水中月镜中花一般贪恋着谢桥，端木亭亭终于放弃了这个不知天高地厚的家伙，把眼光投向更加广阔的美国大市场。结果真交了桃花运，果真钓到一个不到三十岁的美国小伙子皮特。虽然没有高学历，也没有体面的工作，和端木亭亭一样，属于不稳定的蓝领一族，今天做搬运工，明天做洗碗工，但长得孔武有力，肌肉像广告上的健美教练。

端木亭亭喜滋滋地对谢桥说："老外和中国人真的不一样哦！我生完孩子后，以前的老公老嫌我下面松，没感觉，现在才知道了，不是老娘松，是他自己的家伙太小了！"

谢桥听萧雨山说，中国男人对美女的欣赏标准非常单一，白皮肤大眼睛什么的，而且男大女小的观念深入人心，每个男人都想找个洛丽塔（国内演绎成

"小萝莉"），年龄差距与成就感成正比。而老美不这么看。他们觉得每个年龄段的女人各有不同的美，而且从生理结构看，女大男小更符合生理规律。男人的性欲在 30 岁之前最为旺盛，30 岁之后便逐步走向衰退，而女人恰在 30 岁之后生理才走向成熟，所以美国 40 岁左右的女性找小自己十岁以上的男人的比例已高达 35%，预计几年后将达到 50%。所以美国男人不看女人的年龄，只看你是否性感，是否符合他的审美。至于肤色，中国人包括整个亚洲都偏爱美白，可美国人种混杂，在他们看来，各种肤色都有它美的一面，未见得一定要一张没有皱纹没有斑点白白净净的脸，有的老美女人就是故意要晒一脸雀斑。至于苗条，中国女人再胖，和大多数老美女人比起来都算苗条，在电影里看到的那些身段苗条性感的尤物，基本满大街寻不出半个。所以，普通的中国女人在美国人眼里都是美女，中国的美女就是天仙。搞得中国女人在美国基本上都自我错觉良好，如果一个女人长相十分谦虚，人们就会说：嫁中国人是没戏了，只能去糊弄老外了。

从端木亭亭的成就来看，这论断似乎基本成立。前面说过，端木亭亭年轻时是比谢桥五官更有实力的大美人儿，如今因为一张脸黄中带黑，呈酱油色，还有丝丝缕缕皱纹，你一眼看过去会觉得惨不忍睹，标准阐释什么叫"黄脸婆"。但是，如果抛却这脸色不谈，仔细看来，五官还是在的，也是哦，再黑总比黑人白吧。要说身段，和老美女人比起来也只能算小巫见大巫，如果抛却腰身不看，端木的胸部简直谈得上丰满呢。至于声音，我们端木亭亭甜美如夜莺，如何不算是一个"中国美女"呢？

谢桥第一次见皮特时，是皮特说好请端木亭亭去吃一个特价午餐。谢桥也被端木亭亭邀请去观赏她的甜心。

席间皮特对谢桥大为感兴趣，不断逗引谢桥说话，谢桥刚去语言学校学的那几个英文句子几下子就被他榨干了。皮特却诲人不倦，用各种各样的方法逗引她说话，一个通道堵死又换一条，害得谢桥一中午都翻着眼睛搜肠刮肚想词儿，几乎什么都没吃着。

好容易午餐结束了，皮特甜蜜地对端木亭亭说："亲爱的，今天你带了你的朋友来，你请。"又转向谢桥说："美女，今天见到你好开心。下次有机会我请你吃饭哦！"

谢桥以为是自己的英文太烂，听错了。却见皮特已站起身，连他自己那份钱都没付，便返身飘然远去。

谢桥少见多怪地蒙了。如果在中国，不要说男友，就算是男性粉丝，不要说带一个女友，就算是带七个八个，不要说特价午餐，就算是满汉全席，中国男人也会豪情万丈或是硬着头皮认了！当初谢桥读大学时，一个宿舍六个女的，不管谁有男性粉丝请客，一定是倾巢出动，浩浩荡荡赶过去。那些个男人，谁不把脸乐开个花，哪怕明儿不过了，也得打肿脸充胖子，上酒上菜，大肆挥霍。说是请客又不肯兑现，十几块钱还让女朋友请，谁丢得起那个人呢？

谢桥由于笃定是皮特埋单，连包都扔在车上没带下来，眼睁睁看着端木亭亭付了账，心里那个歉疚那个悔！发誓下次再和女朋友的男友吃饭，一定问清楚是请一个还是两个，好提前做好准备，不至于这么尴尬。

端木亭亭倒不以为意，成天和皮特沐浴爱河，浪漫到家了。皮特很会甜言蜜语，口口声声说："亭，我做什么都是为了你。"喜得端木亭亭总感慨地说："中国男人太乏味了，认识了老美才知道什么叫浪漫！"唯一的不好就是端木亭亭英文不够用，平时拿个字典还能勉强应付，一到吵架时就四处找词，打电话骚扰各路朋友："快！快教我几个骂人的词！我和皮特吵架了。"

浪漫到家的端木亭亭无处抒发她满溢胸间的幸福感觉，溢出来的甜蜜便化作一行一行的诗句，人在极度痛苦极度愤怒或极度幸福时，就自然想到要把话分成一行一行地说，谢桥看出来了，诗人就是这么诞生的。几乎每天，谢桥都会收到端木亭亭发来的电子邮件，附件是一首一首的诗和一张又一张的照片。请她欣赏。照片都是 20 年前拍的，清纯粉嫩，那诗比照片更纯更嫩：

我美了

因为你的爱

我醉了

渴望我是你

这辈子最美的玫瑰

你笑了

因为我的爱

你哭了

希望你是我

这辈子最帅的男人

我足了

谢谢老天啊

给缘分

眼泪有甜味

再苦的日子都值得

你是山

让我靠着吧

我似水

陪着你干杯

追你啊为了和你飞

……

如今，端木亭亭来到谢桥的小屋，一脸沮丧地说她怀孕了！

怀孕了？好啊！谢桥的第一反应就是，这不就可以和皮特结婚了？皮特虽然没钱，但好歹是个美国公民，端木亭亭不就有绿卡了吗？再说，他们爱得那样深，这个爱情的结晶不是来得正是时候吗？

"你真是天真！典型的没被男人骗过！"端木亭亭瞥谢桥一眼，无奈地说，那个天天把爱她挂在嘴边，离了她就不能活的皮特一听说她怀孕，若无其事地说："亲爱的，那是你的问题，你自己解决。"

结婚是没戏了，孩子只能做掉。可皮特推得一干二净，连医院都不肯陪她去。谢桥感觉真是奇闻。在中国发生这种事，男人大多选择奉子成婚；就算不成婚，女人赖着非要把孩子生下来，男人也得想着法子养着这母子，把这责任负到底；退一万步说，就算孩子要做掉，那男人也得陪着上医院，医疗费、营养费统统负责，还得好汤好水伺候着小月子。搞不好还要赔偿青春损失费呢！难道舒服完了就算完了？是男人吗？

"青春损失费？"端木亭亭嗤之以鼻，"美国男人不向你要精子费就不错了。"

俩人翻开大黄页，查找着相关医院的电话，看有没有收费便宜点的。端木亭亭本就经济紧张，做完手术后又得休工一段时间，挣不了钱，真是雪上加霜。查来查去，就没有一家便宜的，端木亭亭没有医疗保险，只能自费，这笔手术费真是天文数字。

想来想去，还是要去找皮特，婚不结，青春损失费不付，手术费总该掏腰包吧？

谢桥约了苏棉，决意再度会一会这个皮特。苏棉本不肯去的，这种场合有辱她的清高。但谢桥好说歹说，非要拉上她壮胆，再说，谢桥自己的英文是个二把刀，万一应付不过来，苏棉还可帮忙啊。

皮特穿着一条长短裤，光着个膀子就出来了。见到谢桥和苏棉，目露惊喜，如钢琴演奏家谢幕般情状，右手按在胸口，非常绅士风度地一弯腰："非常高兴两位东方美女的光临。"然后把手交叉抱在胸前，故意把胳膊上的腱子肉一鼓一鼓地显摆给美女看。

谢桥鼓足勇气说："皮特，你知道端木亭亭怀孕了。"

"知道啊！怎么了？"皮特一耸肩，一脸无辜。好像谢桥说的是汶川地震了——这事是挺严重，可跟我有什么关系？

谢桥见他这一脸无辜，一下子忘了一路和苏棉商量的好言好语，什么词儿都想不起来了。苏棉单刀直入地说："你至少应该为她付做手术的钱。"

"为什么？"皮特十分惊异。

"因为是你让她怀孕的，你不和她结婚，孩子也不肯要，当然要为她付做手术的钱！"苏棉据理力争。

"不不不！"皮特大摇其头，"没有避孕是她自己的事，和我没关系。她是成年人，做爱是双方乐意的事，我只负责她床上的快乐，别的管不着。"

这就是口口声声说端木亭亭是他的生命的男人？谢桥惊呆了。英文不够好的人骂人都欠火候，情急之下，谢桥忍不住选择母语骂道："你这混蛋、无赖，你是个男人吗？"

皮特没听懂，圆睁着眼睛，更加无辜。谢桥情急之下，改用英文口不择言地骂道："Fuck you！"

刚学英文的中国人都是这样，爱你或恨你说出来没分别，就是一组单词，骂人亦如此。并不牵动自己的任何感情。这句完全没过脑子的话皮特却听懂了，他张开双臂做拥抱状："来呀来呀，我知道所有的中国女孩都是随便上床的女孩！"他甜蜜地笑着："我上次到中国去，所有的中国女孩都想和我上床。"

王朔说得好，我是流氓我怕谁？人至贱则无敌啊！

谢桥二人再无话可说，和无耻脏人在一个游泳池游泳，只会把自己弄脏。

回家的路上，谢桥不住地诅咒着皮特，苏棉突然说："其实，端木亭亭这样的人到美国来，就是来给中国丢人的。"

谢桥吃惊地望着苏棉，十分诧异她会这样说。她知道苏棉一直都有些瞧不起端木亭亭，但好歹大家都是朋友，何苦如此势利呢？转念一想，自己又何尝不是，与端木亭亭相识最早，且同住一个屋檐下，但也并没有把她当作知己，而宁可把自己心里的话告诉不冷不热的苏棉。这也是势利吗？

端木亭亭听说了事情的原委后，倒安慰谢桥说："你也别生气了。皮特这样说，是因为上次他去中国时，确实有太多的女孩子都想和他交朋友谈恋爱了。"

"是啊，"苏棉冷冷地说，"在中国，很多女孩儿认为是个金发碧眼的老美就是有钱的，浪漫的，她们哪里知道这些老外在他们自己的国家里一文不值，遇到这种事情都是一毛不拔的。"

谢桥无语。

同样的事件，中国男人和美国男人的做法如此不同。那个中国男人，为了那偶然的一次意外，要离的婚也不离了，每天回去给孩子的准母亲做饭煲汤。谢桥每时每刻都在为这中国男人全面负责的态度心碎神伤！难道她希望他像皮特那样，一推两干吗？"哦！她是成年人了，没有避孕是她自己的事……"

因为做手术需要休养，端木亭亭暂且告别了她的大通铺，住回了谢桥的小屋。

田二麦闻听此事，提了一只甲鱼来看望端木亭亭。真没想到田二麦是这样一个有理想的人，放着端木亭亭这样现成的老婆不要，非要追求高难度。谢桥一出现在他生命里，他就发誓这一生的目标就是一辈子追求她。若当初读书时田二麦有这劲头，恐怕也不至于连个高中都没混毕业。谢桥早就明言告诉他别痴心妄想，绝对不可能，只能做朋友。他仍是一根筋地执着，不管自己有没有金刚钻，都要大包大揽下瓷器活儿，成天琢磨着关心她、帮助她。

有了萧雨山后，谢桥是严令禁止田二麦不打招呼就上门的。但是，有些时候又不得不为田二麦提供为人民服务的机会。在美国的生活比想象中困难多了。除却挣钱嫁人这些大问题不说，生活细节的难就密密麻麻，无处不在。

美国废除了农奴制度后，矫枉过正地崇尚人人平等，尤其在家务劳动上，力争把每个人都变成初级劳动者。

在北京，只要是个好一点的小区，物业服务都相当周到，家里水管堵了，灯泡坏了，送桶水，送个餐，打个电话物业就可搞定。外面的社会化服务程度也相当高，餐馆、干洗店比比皆是。只要付出一点点的代价，你就可以完全从家务劳动中解脱出来，专心干你自己的事。

在美国就不行了，什么都需要自己动手。老美家庭里男人修剪花园修理桌椅板凳，女人做饭洗衣打扫卫生是常态，甚至自己刷墙自己洗地毯……基本需要你是个全能。

谢桥在国内是个严重的生活低能者，她的单身生活非常轻松，每月花700块人民币请一个钟点工做饭打扫卫生，内衣家里洗，外衣送干洗店，想换个口味就出门，有的是情调优雅、口味各异的餐吧，花个几十百把块钱就能享受单身贵族的感觉。除了缺爱情，什么都不缺。

到美国可好，爱情，且不说这见不得阳光，摆不上台面的爱情，光是生活的琐屑，就足以淹没她。请保姆，像谢桥这样来自大陆，没男人养又找不到像样工作的人，若不是手脚这样笨，自己就是一块当保姆的上好材料。谢桥在祖国大地娇生惯养了几十年，母亲教老师批，愣没学会做家务，到了美国几个月，生生学会了做饭洗衣打扫卫生。中国大陆提倡"劳改"，犯了罪行的人就送他去劳动改造，用体力劳动洗刷肮脏思想。谢桥不得不感慨美国可真是个劳动改造人的好地方。

麻烦仍迭出不穷，一会儿下水道堵了，一会儿灯泡不亮了，有一次蚂蚁列队参观客厅厨房，恶心得谢桥全身发麻。

萧雨山是完全指望不上的。他在家里每天给孩子他妈做饭煲汤，一到了谢桥这里，除了在床上他会耐心细致地伺候谢桥的身体到高潮，平素里可是连水都没想到给谢桥倒一杯。有时谢桥感冒了，希望他关心一下，他要么不来，来了就一头扑在沙发上，说自己头痛、腰痛、肩痛……无一处自在。谢桥只得倒过来帮他按摩，柔声安慰。有一次谢桥急了，说你不能安慰安慰我吗？他漠然地瞥她一眼，说我从来就不会安慰人！

他在她面前，尽情释放了潜藏在骨子里的属于男文青的秉性，与这世界人与人交往的规则保持着轻微的偏差，我行我素，一切以自我为中心，完全不顾及对方的感受。谢桥的小家就是他的《瓦尔登湖》，那种"梭罗式的自由"，绝对的自由，对自己本性中的彻底的自我忠实毫不感到羞耻。

这就为田二麦提供了空间。没有一个男丁帮忙，实在难于应付这么多杂事，而且，谢桥对田二麦总是刁蛮任性，随心所欲，口不择言。无意中，她把从萧雨山那里所受的委屈尽数倾倒在田二麦身上。若没有田二麦这出气筒，她和萧雨山那一边倒的爱情还真不知会变成什么样子，能维持多久。感情大约也有一个能量守恒，谢桥在萧雨山面前是女仆，在田二麦面前就是女王。只是谢桥不大明白，为何做女王还不如做女仆开心？

但她又不愿和田二麦单独相对，孤男寡女的难免误会。于是每次都拉了端木亭亭。田二麦是只要见到谢桥就心满意足，他也颇有自知之明地意识到没有端木亭亭谢桥根本不会见他，因而有时自己还主动邀约了端木亭亭。端木亭亭有了老外新欢，早就对毫不性感的田二麦死了心。也乐得有个机会见见老朋友，顺便敲田二麦一顿竹杠。

这种情状的三人行，再加上那虚拟的萧雨山，一个对一个的落花有意，流水无情。当然，萧雨山也不是真无情，否则何以解释那一首又一首热辣的诗句。隔三岔五，萧雨山总会写首诗献给谢桥，这文字织成一张细密的网，谢桥被困其中，在劫难逃。

谢桥去语言学校上课了，她的上课时间都在夜晚，对于她，夜与昼是颠倒的。

田二麦正对着端木亭亭和苏棉吹嘘他在大陆时的风流艳史。

"我在大陆的时候，可是一家工厂供销科的小头目，别看官不大，那可是风光得很，好多单位都求着我们！那时候下班不回家的，天天有人请，大吃大喝，有一家老板娘很漂亮，我们常去，嘿嘿，其实她是个老鸨。"

"真的，那时身边的漂亮姑娘可多了，每糟蹋一个漂亮姑娘，我就在墙上画一道。哎哟，我可风流的，可真不是一个好人。"

"那你一共画了几道啊？"苏棉打趣着这二百五。

"数不清，数不清，半个墙壁呢！真是逍遥快活呀！我欠太多风流债了……"田二麦像个老花花公子似的，大摇其头，不知是炫耀还是忏悔。突然，他又醒悟过来，神色紧张地叮嘱道："哎，这些你们可别告诉谢桥啊！她……她太嫩。"

"算了吧！瞧他对谢桥那诚惶诚恐的样儿！八辈子就没见过女人！"端木亭亭讥讽道。

"哎！田老板，你在大陆那么风光，跑到美国来干吗呀？"苏棉显得饶有兴致，其实心里在把他当猴耍。

"这鬼地方，要不是我们一大家人都过来了，谁愿意来呀！这美国的倒霉日子过的，一来就和餐馆干上了！我在大陆养尊处优惯了，一身细皮嫩肉的，可没累死我！还以为干几天就跳槽吧，嘿，谁晓得这一头扎进来就是大半辈子！"

"还有那么多女人？"

"女人？也就剩想的份儿了！刚来的时候在一个小镇上，比洛杉矶荒凉多了，成天晃来晃去见不到一个中国人！几个月搞一次中国人聚会，有人就会高兴地拍着我的肩膀说，哎，两个星期前看到一个中国人从我家窗前走过，是你吧？我们这些男人，个个被逼成道德高尚、清心寡欲的人，想强奸都找不到一个合适的对象！"

"哈哈……"人同此心，心同此理，大家都心照不宣地笑起来。

"咣当！"谢桥推门进来了，田二麦立即换上一副肃穆的神情。

谢桥买了一只小鸡准备给端木亭亭熬汤。田二麦殷勤地跑过来接住，深情地凝望着谢桥，嘴巴一动一动，仿佛想说点什么。谢桥以为他要夸赞自己呢，只见他鼓了半天勇气，终于开口了，"你今天看起来很憔悴。"

"呸！我一点不憔悴！我神清气爽，神采飞扬！"谢桥不高兴地把食物袋抢过来进了厨房。

"哎呀，我不是这个意思！"田二麦急急地追上去，"我是说你要注意身体哦！你是不是又休息得不好啊？"

"我的身体还没到要人这么关心的地步！我还没到七老八十！"谢桥没好气。谁愿意被人夸成"憔悴"呀！还是个男的！

田二麦永远这样，拍马屁拍到马腿上。不是说你："白头发出来了，该染了……"就是大庭广众之下盯着你的脸看半天，大发现地说："你脸上有块黑的，快擦擦……"谢桥尴尬发飙，他就委屈，"我是想你爱漂亮嘛，提醒你一下……"这个情商为零的草包，不知道对于女人来说，你永远夸赞她年轻漂亮衣服得体就对了，至于那些微瑕，她自己肯定比你清楚，用不着你来揭露。

相形之下，那人多会说话。如果他愿意让你高兴，他说出的话也诗一般富于创意和艺术性，不露巴结讨好的痕迹，每一句话都敲中你的心坎。

苏棉也有情况了。她新交了一个台湾男友,叫艾伦,是一个电脑工程师,这两天准备过来请大家吃饭,给大家过过目。

苏棉打开电脑,端木亭亭惊呼出声:"哎呀!好帅呀!"苏棉微微地翘起嘴角,有些得意,也有些不屑。

谢桥伸过头去,还真是挺帅的呢!年纪也轻,听苏棉说才三十出头。也是在美国读的硕士,在洛杉矶有一套自己的house。

苏棉和田二麦走后,端木亭亭不解地嘀咕:"这个艾伦那么帅,条件那么好,怎么会看上苏棉呢?苏棉长得这么普通,一点儿不漂亮!"

"小姐,爱情里并不只是看漂亮不漂亮,主要是能不能产生化学反应。再说,漂亮不漂亮只是当事人自己的感觉,别人是不知道的。"谢桥想起萧雨山,在外人眼里,他又何尝漂亮?

"哎,你说苏棉是不是床上功夫特别厉害?据说闷的女的都挺色的,床上特别骚……"

"得了得了,别瞎想,睡觉吧!"谢桥知道苏棉传统道德观很重,绝不和男人滥交的。虽没艳若桃李,但却冷若冰霜。再说,闷啊,骚啊,这些词儿让谢桥无端脸红,仿佛有什么秘密被窥破了。

真是哦,端木亭亭借住这几天,萧雨山面都不敢露了,她分分秒秒备受折磨,真是熬不住了。好在端木亭亭也快走了。

她奇怪自己如何也沦落为重色轻友之徒。在男人和女朋友之间,她向来是重视女朋友的,她一向看重女人的友谊,因为男人看重你很大程度上依靠了你先天的资本,不算本事,而女人看重你完全是因为人格魅力。她从来没心没肺,既不懂得男女的区别,也不懂得相聚与分离的区别,所以,她奇怪别的女人为何会重色轻友,为何会为一个男人寻死觅活,绝望心碎,为何会又怨又恨,又死活离不开……奇怪自己怎么那么心硬,对任何形式的分离没有感觉……

现在,她终于明白,男人和女人当然不一样,情人和普通男性当然不一样。从精神到物质,都是不一样的……

2

　　谢桥一干人等在餐馆，苏棉去接艾伦过来。端木亭亭兀自喋喋不休，"这个艾伦只怕是上相吧？有的人拍照好看，真人就是恐龙。"

　　端木亭亭与苏棉总是有点不对付，相互瞧不起。谢桥理解端木亭亭，以她的条件，找到艾伦这样的男朋友是不大可能的。

　　"哎！来了来了！"田二麦欢声叫道。只见苏棉和一个高大挺拔的男人并肩走过来。

　　"哎呀！还真是帅呢！"端木亭亭不得不服气了，手忙脚乱地站起身来，眼睛都直了。谢桥捅捅端木亭亭说："小姐，注意仪态！别让人家以为进了狼窝。"说归说，她也迅速利用窗户当镜子打望一眼，偷偷查看妆容是否得当。

　　一顿饭吃下来，就田二麦和端木亭亭叽叽呱呱的，苏棉破天荒没有冷着脸，虽也不多言语，却一副小女人的幸福甜蜜状，艾伦却一副满不在乎的洒脱劲儿，举手投足都透露出一股子傲气，显见在台湾估计也是望族。

　　结账的时候，艾伦很文雅地用台湾普通话说："我们 AA 好吗？"大家愣了半晌，都以为是艾伦请客的。苏棉倒见怪不惊地掏出钱包。谢桥也赶快说："好好好！"大家都掏出钱包，却唯有艾伦按兵不动，任由苏棉一个人付了两个人的那份钱。

　　苏棉和艾伦飘然远去。端木亭亭嘀咕着："嘿！这个艾伦，以为他请客呢，结果自己的钱都不付，凭什么呀？"

　　"不就是一个台湾人吗？觉得自己特了不起吧！"田二麦不屑地撇撇嘴，"我顶烦台湾人了！女的全部都是掐着嗓子说话装嗲，男的都傲里吧唧又抠抠搜搜的没劲！"

　　"算了，也许是他的钱包归苏棉掌管呢？"谢桥打着圆场。

　　一路上端木亭亭都在闷闷不乐。谢桥晓得艾伦的出现刺激了她。端木亭亭说，所有在美国的中国女孩都是要追求 Money，Sex and Green Card 三位一体的男人，美国有一句谚语说：No money，no honey.（没有钱就没有爱人。）

至于在洛杉矶能不能找到理想的男朋友，女人的外貌只是一个参考值，并不会成为首要条件。在这个鱼龙混杂的国际大都市，最难的是人与人之间的信任。尤其是成年后移民的，各自在祖国都有一大堆历史，漂洋过海后，谁知道在祖国遗留了什么样不堪的过去，以及这些过去在他身上、心上留下了什么样的创伤和后遗症。美国人公德很好，陌生人在厕所碰个面还要说"你好"，但私下交往却都很浅，中国人英文再好，也很难和老美成为真正的朋友。中国人自己之间也很难有交心的交往，往往手机一关，人就可以蒸发了。谁敢把心，把婚姻，把身家性命，交付给一个随时可以蒸发的人？

　　萧雨山说，在美国华人圈的婚姻市场上，从中国出来的未婚女孩分为三大类：第一类是正统到美国来读书的，读完书后都有个体面的工作。由于出来时年龄都较小，在国内的经历单纯，一切又都摆得上台面，所以是最抢手的。这类女孩大多是朴实无华的书呆子，少数几个稍有姿色或较爱打扮的在男生群里基本都享有公主待遇。也是美国这边有头有脸的男人理想的结婚对象。田小麦、苏棉都属于这个族群。

　　第二类是从国内直接出来工作或做生意，拿的是工作签证。一个女孩子能够被派驻到美国多数都是有些背景的，背后大都有位高权重的男人撑腰。这类女孩大都有几分姿色，也很会在男人堆里周旋。她们在国内时一般都依靠男人过滋润安稳的日子，到美国后也走同样的路线，美国有钱男人的小三儿梯队大抵就仰仗了她们。

　　最不济的就是像端木亭亭这样完全靠花钱或者偷渡出来的女孩子。她们文化程度都不太高，在国内不是下岗工人就是婚姻破裂出来另谋生路。她们来美国后大部分是在餐馆打黑工，因为她们都没有合法身份，大多先办理政治庇护。因为政治庇护申请的时间很长，她们就利用这两三年时间的合法停留期，寻找到愿意结婚的男人解决身份，长久留在美国。这类女人是玩不起婚外恋的，时间不允许。像端木亭亭这样一心还想找感觉，玩浪漫的就一直蹉跎至今。

　　大多数女人只要对方是个美国公民，管他秃子瘸子阿猫阿狗也都眼睛一闭，嫁了。等三年之后拿到永久居民身份再把这垫脚石一脚踢开，另觅新欢。也正因如此，美国许多又穷又赖的男人也与她们玩起了心理战术，白白玩弄她们的身体和感情却不结婚，被骗财骗色的不在少数。

可以理解，为何苏棉在端木亭亭们看来并非美色撩人，却能觅得艾伦这样体面完美的男友，对于端木之流，艾伦也就是天边的月亮。那么，自己呢？谢桥想，应该归属于哪一类？读着个不明不白的书，谈着个不清不楚的恋爱，用一比七的汇率花着自己在国内挣的血汗钱。嗯，大约属于不三不四，十三不靠的那一类。

3

日子一天天临近。

谢桥如临刑的犯人，反而有了一种大难来临之前的平静。所有不成形的希望和失望，都将灰飞烟灭。她不再抱怨，也不再以泪洗面，她的心中，早已暗暗拿定了一个主意。这个主意是绝望中最后的绝望。

谢桥时时刻刻等候甚至期待着最后的日子，就像在模糊地期待着2012（玛雅传说中世界末日）的到来。

日子终于到了，谢桥等待着最后的宣判。

没有，风平浪静。谢桥以为他不会再来了，却天天来。来了后是最深的绝望最极致的狂欢。

如此过了十几天，这孩子依然千呼万唤不出来。谢桥产生了一种奇怪的幻觉：怎么，这孩子不准备面世了吗？哦，并不是每一对母子都平安无事的，莫非天意要成全谢桥这苦命的女子……

想到这里，谢桥被自己吓出了一身冷汗！她做梦也没有想到自己竟然会冒出如此罪恶、大逆不道的念头！谢桥一直以为自己是一个有很多缺点的好人，自己身上唯一可取的优点就是良善、厚道，哪怕是敌人，都不忍心踢翻在地，再踏上一只脚。或者说，她从来也没有过真正意义上的敌人，她恨不起来。可是，她怎么会对那个遭受欺骗和背叛的女人，那个无辜的孩子产生了如此恶毒的念头？单单是想，已十恶不赦。别说是她偷了她们的丈夫和父亲，就算是自己丈夫的私生子，你也该祈求他（她）顺利降临。每一个生命来到世上，不管是怎么样的来法，都应该得到祝福，而不是诅咒。

难道一场疯狂的恋爱，就真的毁灭了她本性中最美好的良知，让她变成一个冷酷毒辣的魔鬼了吗？

太可怕了！太可怕了！不不不！谢桥虔诚地对天发誓，真真心心地祈求上苍，让田小麦母子平安！哪怕她将为此遭受再大的苦楚，哪怕让她下地狱！甚至，她愿用自己的命换回孩子的一条命！

为弥补自己的罪过，也为了某种说不清道不明的情愫，谢桥上街去准备给孩子买一件礼物。她去了一家香港人开的金店，要买那种系着红绳子的有生肖属相的金吊坠。导购小姐一边热心推荐一边快活地打听着："你是姑妈还是姨妈？"

"什么？"谢桥直直看了她一眼。莫非自己脑子真坏了，连中文都听不懂了？

"哦，我说你是孩子的姑妈还是姨妈呀？看你选这么贵的坠子，肯定是血亲嘛！不是吗？"

"哦，当然，是血亲，连着血连着肉的……"谢桥喃喃道，"预产期都过了十几天了还没动静……"

手机响了，谢桥直觉到是孩子的消息，飞速掏出手机，导购小姐也关心地问："怎么样？生了吗？"

谢桥高举着手机，一字一字地念道："母——女——平——安！"

"祝贺啊！好消息！"

"是的，是我一直期盼的好消息！太好不过……"最后的时刻终于到来了。谢桥甜美地笑着，那四个字化作一根根利箭，准确地嗖嗖钻进她的胸膛，她的心脏又开始没着没落地紧缩起来。自萧雨山圣地亚哥的倏忽离别后，她的心脏就成了这风中的含羞草，稍一触碰便紧缩成一团，接着，她的手又开始像患了帕金森综合征似的，不受控制地颤抖起来，她用这只颤抖的手捂着胸口，慢慢地顺着柜台滑下去……

"哎，小姐，你怎么了！是不是欢喜过度了，哎……"

亲爱的雨山：

且容我再一次这样叫你吧。

我知道，你已经不再属于我了。也许，从来也没有属于过。

看到短信上"母女平安"四个字，犹如乱箭穿心。其实，这本是一个事实，早就存在，可当它实实在在摆在面前，所受的撞击还是大得出乎我的意料，大到……无法承受。其实，这种焦虑和担忧早在一个月前，就一直存在，不过我受打击之猛烈，还是让自己吃惊。那一刻，我清晰地知道，我已经失去你了。这个孩子，这个生命，已经把你和她紧紧联系在一起，你们，三个人，是一个整体，我是完全多余的。你的世界里不会再有我的位置。我完全知道一个孩子的降临意味着什么，尤其你，对孩子又一向是那么的憧憬和热爱。我承认，我败了，我没有那么大的力量和一个孩子争夺父亲，尤其是小孩子。

我怎么会这样爱你，自己都难以置信。我已经使出了全身的力气来爱你，简直到了丧心病狂的地步。我是否爱你，爱你有多深，也许你明白，也许你不够明白，我都不想再说了。我自己清楚就够了。陷入如此难堪的局面，真是上苍拨弄。我使出了浑身解数，试图抱紧你。我从来，在过去那么长久的生命里，从不曾想要谁这么强烈，这么努力。不，你不明白我想说什么，我自己都乱了。大错已铸成，无法修改。虽然也许不能算错。

你所带给我的甜蜜和欢欣，这样说太浅薄了，可一时找不到什么词汇。我想我以前已经向你表达过了，前所未有的，精彩和迷乱，我永远感激你。可同时，我一直在忍受着忌妒的折磨。生活的重心，一切，似乎只有你，其他的一切，都是在敷衍，从没有走过内心，包括我曾钟爱的一切事情。每次见你，说俗一点，就是天堂吧，但当你离去，我都是在忍受失恋。就算遇见花心的男子，起码也会骗骗我，可我却明确知道，你回到另一个女人身边去了……只有被动等待。想念再苦，也只有等待，实在忍不住，想发个信息，还要挖空心思想出冠冕堂皇的语句，得到的结果，通常是不回。不，我不是想向你抱怨，只是在说事实。

我知道，其实你一直都想离开我，一直在挣扎。也许是我一直在苦苦拖着你。看到你那么左右为难，我也无数次想过，放了你吧！放你回到你自己的生活……可是，我舍不得，舍不得。我拼了命地想留住你……可是，现在我明白了，无论我怎么做，都是没有用的。

我放了你吧，雨山。我说过，自由是天赋予人的最高贵的权利，别的东西对你是捆绑还是幸福，我不知，但我不愿再捆绑你，在我这里，你自由了。你说过，在我这里，你犹如游魂，现在，我让你的身心合一，回到你自己的生活和人身边去吧。去尽你自己该尽的责任和义务。

如果你真爱我，我希望有一天看到你自由，你随时来找我，我无条件接纳你。对此，我仍抱有希望。但是，如果做不到，我也不强求……

对不起，我太爱你了，实在无法忍受和一个女人分享你，现在更多了一个孩子。以前，你们尚且是名义夫妻，往后……我都不敢想了。

关于你的一切，我会打包封存。我会自己疗伤，用自己最大的努力。可能我这一辈子，从来没有受过这么重的感情的伤，以后也不会再受了。我想这世上，只有我是最懂得欣赏你的人，由此，我才受伤如此之重。我不敢再去想你，我用最大的力气不去触碰。我等着有一天，你单身来找我，我再去开启，那时，就是无尽的甜蜜，包括所有的折磨，所有的痛苦，所有的等待……

亲爱的，你保重吧！我如此的爱你，如此的爱过你，就像一把刀，已经狠狠划进皮肉，划进心灵。但愿我的走开，会让你平静些，安稳些，快乐些。记住，我用生命爱过你。一点不游戏，不轻飘。我不后悔认识你，不后悔爱上你，只是，时间错了，上苍开了很大的一个玩笑。很残酷。

谢桥没有署名，她已经没有了力气。她一点击鼠标，这封信便在一秒钟内到达了另一个人的信箱。真是快捷啊。哪里像古人，一封信走几个月，云中谁寄锦书来，雁字回时，月满西楼。晓不晓得这封快捷的电子信，也沾满了发黄的信纸上那点点泪光、斑斑血迹。通讯方式变了，这一腔热血，刻骨相思，古今相同。

第八章　结婚了

1

三个月时间倏忽过去了。日子从盛夏走向秋凉。

语言学校的课程结束了，谢桥的美国之旅也行将结束。她慢吞吞地收拾着行李，很简单，还是国内带来的那些衣物。来美国这些日子，她连商场都没怎么好好逛过，其他的，还有什么可带走的呢？

她走到阳台上，点燃了一支烟。美国矫枉过正地崇尚健康，视抽烟喝酒为洪水猛兽，她却偏偏在这里迷恋上了抽烟喝酒。好在洛杉矶，香烟红酒都是极便宜的东西。

在美国人看来，这个大白天趴在阳台上抽烟的中国女人恐怕是个不顾惜自己又危害环境的不正经女人吧？可谁说又不是呢？想想这一年，都干了些什么荒唐事哦！

一年时间，花光了自己几乎所有的积蓄，语言学校也不过走个过场，桩桩件件没有入过心。这一年，她所有的时间、精力、感情都只是去谈了一场奢靡的，水中月、镜中花的恋爱。美也是有的，繁盛也是有的，如果你愿意相信，它甚至也像真实的，看得见的。

她无数次反省自己，何苦呢？何苦要去搅皱了水面，何苦要去摔碎了圆镜。人间情事，尤其在这美国，有几份感情是清水煮白菜那般，明澈透亮？男女抱着团儿取暖，有几分真，也就够了。可她为什么宁可玉碎？可是，亲爱的，相信我，但凡有一点办法，我绝不愿和你分离。

　　自"母女平安"那四个字嗖嗖钻入心脏，就成了一颗毒瘤。时时刻刻在释放毒素，侵蚀着她的心脏，她的肌体，她的灵魂。她从没有去过萧雨山家，但是，她的魂魄已飘进了那栋屋子。她看着那女人敞开胸喂孩子，乳房结实饱满，是那样令人垂涎的丰硕，乳头挺立着，像情欲涌动时渴望抚弄的坚挺，乳头塞进了婴儿嘴里，那做父亲的充满爱意地紧盯着，是紧盯着婴儿的小嘴，还是那诱人欲狂的"饭碗"？婴儿吃饱喝足了，做父亲的抱着她，在他的掌心里，她那般的娇嫩稚弱，最无辜的绵软。世间任何一丁点儿的风雨都会侵蚀她，伤害她，而她，把自己交到他的掌心里，那般安心。她笑，人之初最恬静本真的笑，做父亲的能不心尖尖儿发颤吗？女儿是父亲前世的情人。世间最为无情坚硬的浪子也会把心里最柔软的部分留给女儿。哦，宝贝儿，我怎不为你发狂？怎不为你筑起一座精巧安全的象牙塔？把一切的风雨和诱惑阻挡。爸爸因为你，修改一切的错误，因为你，这个三口之家，将固若金汤。

　　那初为人母的女人，生育改变了她的荷尔蒙，她的身体丰润饱满，是一枚娇艳欲滴的水果，泛着迷人的色泽。她有要求了，她是情欲正常的女人，她正是如狼似虎的年纪。她要求着她的丈夫，太正当了，为什么不？她的丈夫不垂涎她吗？她正是一个成熟女人最丰润的时候，他们一起走过那样长的岁月，他们并无不可化解的矛盾，如果有，也因为孩子消失了。历经另一个女人后，他或许对她更有新鲜感了。同处一个屋檐下，名正言顺的夫妻，机会太多，白天黑夜，不舍昼夜……

　　每天每天，谢桥的魂魄都飘荡在那屋子里。用那双怨毒的哀怜的眼睛望着她的情人拥着她的一大一小两个情敌。她躺在自己床上，整夜整夜不能眠，想起她与萧雨山的缠绵缱绻，空前绝后的身体的盛宴，想起他莫测高深的神情，令人眩惑的眼睛，倔强的嘴唇……一切的一切，都是因了那个孩子！那个不在预期里的从天而降的孩子。有一幅画面反反复复在她眼前心里上演，不管她是睡着还是睁开眼睛，那就是：抱着那个孩子，从窗口里扔出去……这个欲望如此强烈，强烈到仿佛是真的！天啊天啊！她被自己吓得浑身颤抖，不得不拼命掐痛自己，以遏制这世间最为恶毒的念头的诞生。怎么会这样？她一向怜惜弱小，连街上不相干的婴儿都心存爱怜，反复回头驻足，连流浪的小猫小狗都想收养回家，可对这个她最爱的男人的孩子，这个最无辜弱小的生命，她竟然会产生如此罪恶的念头，且循环往复、无可遏止……

忌妒，刻骨的忌妒真的可以把一个善良理智的女人变成一个恶毒疯狂的怨妇吗？谢桥被自己吓坏了。她看到了一个完全陌生的自己。像《妻妾成群》里那些古中国深宅大院里的小脚女人，为了争一个男人的宠，把情敌做成小人儿天天晚上扎针，告刁状让情敌被投入水井……这个疯狂怨毒的女人，她不认识，她鄙视，她打心眼儿里瞧不起。

所以，她发出那封信，也许是保持尊严的最后一点手段，避免自己真的堕落成那样一个女人。

被放弃是无可避免的。总有一天，他会说，你不要再打扰我们的三口之家了。

凌迟在所难免，不如自行了断。

放手吧，放手吧，从此，尘归尘，土归土，把他和自己都还给自己的生活。

谢桥倒了一杯红酒，看那琥珀色在杯中晃荡，她真的要堕落成一个烟鬼酒徒了。

"叮咚——"门铃响了。是房东来收最后的一笔房租吧。

谢桥慢吞吞地走过去，拉开房门，手里还举着那杯红酒。

那人站在门口，一改往日吊儿郎当、浪荡不羁的形象。西服革履，齐头整脸，一脸的神采飞扬，好似一个喜不自禁的新郎官。

谢桥木然瞪着他，就似不认识似的。三个月了，自她发出分手信，他就没有再踏入过这个门槛。她早晓得他是一个狠心绝情的家伙。

"大白天喝酒，好情调啊！"他伸出手想触碰她的面颊，她脸一偏，躲开了。

他也不以为意，很没把自己当外人儿地大踏步走进来，看着满地的行装，说："怎么，要搬家？"

"不是搬家，是回国，马上滚回中国。"

"哦……"他恍然大悟地点点头，"你的学习结束了。真快啊……"

快？当然，你守着娇妻爱女，时间自然过得飞快，岂知有的人，把每一分钟都过成了熬煎！谢桥默不作声。

"赶快，你赶快去换件衣服，化点妆，我带你去一个地方。要不来不及了。"萧雨山看看腕表，很急促的样子。

"去哪里？"谢桥戒备地说。

"去签个卖身契，把你卖了！害怕吗？"他挑衅地撇着嘴唇，露出他那可恶的冷笑。

怕？时至今日，还有什么可怕的？纵算龙潭虎穴，也陪你走上这最后一遭！

谢桥愤愤地走进卧室，换了一条裙子出来。

萧雨山挑剔地打量着谢桥，抱怨说："裙子太短了点儿，不够隆重。妆也没化，口红都不抹，脸色又憔悴又难看。哦，这姑娘越来越邋遢，越来越不重视我了。嗯，算了，来不及了，就这样吧！走人！"

萧雨山吹着口哨，把车开得飞快，这没良心的！分开几个月，不但没有半分歉意和憔悴，反而像刚中了乐透彩！谢桥说："哎哎！小心！你会超速的！"

萧雨山转脸粲然一笑，像个流连于勾栏瓦舍的浪荡子。他干错行了，他该去出卖色相！

车子到了城中区，萧雨山拽着谢桥下车，拔腿就往一栋气派的建筑物里跑。

"干吗干吗？这是去哪里？"谢桥一头雾水。

"没有钻戒，没有玫瑰花，也没有伴郎伴娘。没办法，来不及了，我必须在第一时间里赶来，否则我的新娘子马上要逃跑了。"

"什么意思？"谢桥停住脚，愕然地瞪着萧雨山。

"这是结婚公证处，"萧雨山慢吞吞地说，"我们去结婚。"

2

起因是萧雨山在整个家族里太有名了。

这几十年，小麦家偌大一个家族老鼠搬家似的你拖我我带你，陆陆续续移民到美国，遍地开花。虽然时间久，人数广，却始终扎在餐馆圈里出不来。整个家族也就出了田小麦这么一只凤凰。而在他们看来，这只凤凰最大的成就，就是嫁了一个又体面又成功又本分的老公。每到家族聚会，对女孩子的教育是：学学你小麦姐，把眼睛瞪大点儿！找个姐夫那样有本事又忠诚的老公！对男孩子的教育是：向你姐夫学着点儿，赤手空拳来美国，创下多大基业！一公司连前台都是老美呢！这才叫融入美国上流社会！

人怕出名猪怕壮啊！萧雨山毁就毁在没意识到自己也算是名人，没想到维护一下名人隐私啥的。带着谢桥出入公共场合，虽不算太招摇，却也没戴墨镜口罩什么的，被小麦家的粉丝眼睛看到，震惊之余，又像专业的狗仔队那样用手机拍下两人牵手、依偎的亲热照片。

月子还没出呢，借着看孩子的时机，便把手机拿出来给小麦看。当然是通风报信啊，亲戚嘛，要为小麦负责。更多也隐含了讥讽和嘲弄，你田小麦不是了不起吗？看看，你还在为他生孩子呢，他就在外拈花惹草。我老公虽然窝囊点儿，可是柳下惠呀，女人躺在跟前都不动心的。

这被小麦称为"四姐"的女人从来没这么爽过，她居然抓到了一向耀武扬威的田小麦的短处！这个榜样明晃晃立在眼前几十年，处处映照着她的失败、失意、失落。如今终于发现，田小麦非但不是完美的，她原来是一个被老公背叛、欺骗的可怜虫！四姐终于平衡了，她的贫困、辛劳、底层无望的挣扎……这些都不打紧了。有一个小女孩为失去一双新鞋而哭泣，当她看到一个失去双腿的人，她不哭了。

人很多时候需要用别人尤其是身边的亲友的不幸反衬出自己的成功和幸福。这是维护心理健康的法宝。一个总是成功的人在亲友心里总是招人厌的。

果然，小麦气疯了！任她发挥多大想象力，也难以想象萧雨山竟会干出此等勾当！怀孕这几个月，可以说是俩人最为平稳安适的时期，他如此体贴周到。也不吵嘴了，聊起宝宝的话题，他从没有那么耐心过，车轱辘话翻来覆去，百谈不厌。

唯一让她有些疑虑的是他对她身体的冷淡。整个怀孕期间到现在，他就没有碰过她。当然，如今还在月子里，带小家伙够累的。但她也在渴望着抚慰。有时她扑进他怀里或抱住他后背，发出种种暗示，他总是抱着女儿旋身走开。都说母亲在有了孩子之后会忽略老公，这么全身心扑在孩子身上的父亲倒是少见。

现在都明白了。他在外面有了女人！田小麦的自尊心自信心遭受严重挫伤。以前的矛盾无外乎事业与家庭的冲突，怎么说都是人民内部矛盾。现在，性质完全变了！田小麦简直蒙了，一时不知该怎么处理这事。

田小麦还没想清楚，四姐的快嘴已昭告天下，所有亲友全都知道了萧雨山在外拈花惹草的事。他们三五成群，走马灯似的造访田小麦家，明问暗访，中心意思就是严惩萧雨山。父母哥姐倾巢出动，呼天抢地地从旧金山奔赴洛杉矶。

母亲不住地拍着大腿，涕泪横流，用广东最恶毒的方言诅咒着这个该去扑街的女婿！

父亲较为镇静，他一直以这个女婿为骄傲的。也不知是安慰自己还是安慰别人，不住念叨着："事情还没搞明白，等雨山回来问问清楚再说嘛。"

姐姐抱着孩子搂着田小麦哭成一团，这孤儿寡母哎，好生可怜哦……

哥哥困兽般走来走去，那双劳动人民的手又发痒了，蠢蠢欲动，直想揍在萧雨山那张知识分子的虚伪肮脏的脸上！妈的！上次的一箭之仇还没报呢！

此等气氛之下，萧雨山一踏进门，便是一屋子的剑拔弩张，批斗会的局面已经形成。

田小麦把照片"啪"地扔在桌上，带着哭音说："你说说看，怎么回事？"

萧雨山斜看了一眼，看见谢桥那张美好的脸，心里一阵刺痛！他朝思暮想，却无脸相见的那张脸！

"说，这个臭婊子是不是趁我怀孕不方便勾引了你？死不要脸的贱女人！"

田小麦口不择言。

萧雨山一股怒气上升，咬牙切齿地说："你嘴巴放干净点儿！"

这下捅了马蜂窝了。妈妈哭，姐姐叫，嘈嘈切切。哥哥一下子蹿到萧雨山面前，点着萧雨山鼻子说："你他妈别太得意了！自己出去乱搞还回来骂老婆！别以为我家没人撑腰！你律师怎么样？博士怎么样？老子照揍不误！"

"你私闯民宅行凶打人，我可以让你蹲监狱！知道吗？这是美国，是法治国家！我是律师！"萧雨山冷笑。

哥哥一拳已挥上来："老子打的就是你这狗仗人势的假洋鬼子律师！"

嘈嘈切切变成铁马金戈。一家人推搡成一团，有人明劝有人暗打，场面混乱不堪，突然，一声娇嫩的婴儿的啼哭声响起，熟睡中的宝宝被吵醒了，正委屈恐惧地大哭呢！

这柔嫩的啼哭声犹如法宝，所有的动作和声音都停止了。田小麦飞奔过去抱起宝宝，一边哄，一边眼泪止不住"啪嗒啪嗒"掉了下来。

"哎，都是有孩子的人了！大家坐下来好好说嘛，不要激动！大麦，你给我边儿上坐好去！"田父呵斥着。

混战中萧雨山显然吃亏不小，眼镜打飞了，衣服扯破了，脸上青着肿着，一缕血迹从口角流下。他愤恨地一擦血迹，盲人一般趴在地上四处摸索着寻回眼镜。

"雨山，你看，孩子那么小，你要以家庭为重嘛！你说，你和这女人到底有没有事？"田父语重心长的。

萧雨山阴着脸，一语不发。

田小麦见状悲愤交加！天啊！他居然连否认一下都不愿意！他居然连在家人面前给她个台阶下都不愿意！只要他说这一切都是误会，田小麦就准备原谅他了，毕竟有了孩子！可他，冷着脸默认了！

田小麦声嘶力竭地说："你居然也这么蠢！这女的大陆刚来的吧？这女的没身份吧？你以为她对你是真心的？你一个二等残废，年纪一大把！她明摆着就是在利用你！在傍着你！真是个婊子！"

"傍我？我又不是大款！"萧雨山冷笑。

"你不是大款，但你开着公司，每个月好几万的收入，也没几个中国人做得到！这婊子会看上你这二等残废？她就是贪着你的钱！"

这句话犹如重锤，狠狠击打在萧雨山心上，又如曙光，在萧雨山暗沉漆黑的心海里透进朦胧的一缕亮光。萧雨山回味着这句话，整个人傻了。

"怎么样？我说中了吧？你到底给了那婊子多少钱？死没良心的！放着自己的老婆孩子不养，去养外面的贱女人……"田小麦得理不饶人的。

萧雨山站起身来，机械地往楼上走去。

"站住！这就想跑？没那么便宜！"大麦、小穗、小麦呼啦啦围过来。

萧雨山淡然说："这是我自己的家，我要去睡了，明天还要开庭！"

在哥姐叽叽喳喳的声讨声中，田小麦声嘶力竭地喊出："萧雨山，你这死没良心的白眼狼！我要和你离婚！"

萧雨山冷漠地横她一眼，牙齿缝里蹦出一句话："爱谁谁！"

他推开众人，大踏步走进书房，"砰"的一下关上房门！

一晚上，萧雨山都在回味田小麦那句话：她就是贪着你的钱！因了这句提醒，他才猛然醒悟：原来，他从不曾在谢桥身上花过一分钱！

这大半年以来，所有的生活费用，包括学习费用，都是谢桥自己掏腰包。萧雨山从不曾过问，谢桥也从来不提。他甚至也没给她买过一件像样的礼物，连这个家，谢桥都不曾踏进来半步。相反，去她家里，他还白吃白喝了她的。

诚然，萧雨山的经济收入相当不错，每个月数万元的收入是轻轻松松。他要去关照一下谢桥的生活，付点房租，买点珠宝衣物，甚至买更大件的礼物，都是九牛一毛，不在话下。他为何一直没这样做呢？萧雨山一向不是个吝啬的人，尤其对自己的女人，他不会舍不得。那是为什么？没想得起来？是的。不过，更准确些说，是有意让自己没想得起来！

这个纷扰的大千世界，繁花渐欲迷人眼。太多的表演，太多的功利，假做真来真亦假。谁能有一双慧眼，能够透过现象看本质？萧雨山这一双律师的眼睛，看了太多的欺骗，太多的炎凉。他的眼眸满含怀疑与悲伤。

他在考验她吗？也许。这一层他并没有细想。他只是"忘了"对她物质上的帮助，她也从来没要求过。他们真的就像一对文艺青年，只陷入了生生死死的纯爱情本身！或许，他和她，多少都有了一层不好说开的情愫，这关系着二人关系的定位。当你不能给她婚姻的时候，如果你出了钱，给她租房或者买房，把她金屋藏娇，你成了什么？她又成了什么呢？

男女关系里，金钱这东西很微妙。从某种意义上说，它已经超越了金钱本身的含义，而对二人关系有了一种质的定性。初次见面的男女有了性关系，如果不涉及金钱，至多是个一夜情；如有了金钱涉入，便是卖淫嫖娼。同理，婚姻之外的男女关系，如不涉及金钱，就是婚外恋，怎么都在情感的范围内；如若涉及金钱，便是傍大款或者包二奶，性质全变了。诚然，在美国，嫖娼卖淫与包二奶都不会受到法律的制裁，但是，每一个有道德底线的华人都逃不脱内心对自己的审判！这有些迂腐，有些多此一举。可是，这人身上最后的一块遮羞布，就如泳衣，哪怕是三点式，谁都知道那遮掩下面是什么，可穿与不穿是完全不同的。是不是因了这关系的定性，他和她都小心翼翼地避开，或者说都无意识地遗忘了有关物质的那一部分。

可如今，他不得不想了。是啊，谢桥到底图了他什么呢？你狗东西的一毛没拔过，她不是图了你这个人，还能图了别的什么？他又是感动又是骄傲又是惶恐自责。

谢桥的分手信让他五雷轰顶，他当即就开车到她楼下，可转来转去没敢敲门。是的，他能说什么？在他潜意识当中，或许存了一种自私的欲念——就让一切照旧吧。他拥有着田小麦和孩子，一个完整的家，他同时也拥有谢桥，拥有完美的爱情。可是，谢桥主动撤退了，他能说什么？

这些天，谢桥无时无刻不晃在心里，不思量自难忘的。在田小麦的提醒下，他猛然顿悟自己的自私。对于自己，表面的生活持续推进，毫无损失。对于谢桥，却虚掷了在美国宝贵的一年光阴。一寸光阴一寸金，这句话对于拿着在大陆挣的钱在美国挥霍的人来说，不是形容。每一寸光阴实实在在都是用血汗钱买来的!

傻呀!没见过这么傻的姑娘了!在这功利至上的金元帝国,这样的女人早就绝迹了,成恐龙了!达尔文说了,物竞天择,适者生存。

她不符合这个社会的生存法则,自然只能被淘汰。就像恐龙,最终的结局只能是灭绝。谢桥这个愚不可及的傻姑娘,看起来挺聪明一个样子,怎么这么蠢呢?

可是,因了这蠢,萧雨山心中暖烘烘的。这不谙世事的蠢是一道微弱却持久的亮光,烛照了萧雨山冰冷黑暗的心扉。那一刻,他心中对这个叫谢桥的女人再无怀疑!

有钱的男人是这样——当你伸手向他讨要的时候,他什么都不想给你。要给,也就是一点残羹剩饭,散碎银子。对他而言,不会比打发一个叫花子更多;但是,当你对他的腰包毫无图谋,你秉存了自己的气节和尊严,他恨不能捧了整个的世界双手奉献给你!

3

局势复杂了。

七大姑八大姨的全上门了。先是看孩子,三句两句总会绕到萧雨山事件上去。关心、同情、数落、幸灾乐祸……一句话,不能便宜了那小子!

田小麦本不想搞得太难看,可这局势,她有些骑虎难下。这么多眼睛盯着呢,她能没个说法就算了吗?可萧雨山这狗东西的,他是个蔫豹子她知道,从来就不肯服软,不肯伏小卖乖,可当着这么多亲友的面,说句软话,堵了大家的嘴还不行吗?他偏生是那桀骜清高的模样,冷着脸走进走出,除了对他女儿,所有亲友包括爹妈他都视而不见。

要不是为了女儿,田小麦真想一气之下和他离了!心高气傲的田小麦何曾受过这个气!可是,毕竟有了这小东西啊!怎么能让她刚生下来就没了爸爸?

田父厚着脸皮劝她说:"小夫妻的,床头打架床尾和。男人嘛,是要哄的……"

性之于田小麦，一直是恩赐，是最锋利的武器。萧雨山是性欲超强，超旺盛的男人。从二十几岁以来，他一直可怜巴巴地跟在田小麦屁股后面求欢。什么叫枕边风？在他情欲涌动时，你所提的一切要求都会得到满足。不管他有多大怒气，只要让他床上尽欢，俱烟消云散。田小麦已经习惯了，她从没想过性也许也是她自己本身的一种需要，她一直把性当作礼物恩赐或赏赐给他，对自己身体的魅力也毫无怀疑。是的，一定是因为怀孕不能交欢，萧雨山临时找了别的女人替代。没关系，如今自己的身体恢复了，只要肯把身体赏赐给他，他自然感激涕零。为了孩子，只好委曲求全了。

入夜，田小麦来到书房。自二人争吵后，萧雨山一直睡在书房。萧雨山半躺在打开的沙发兼床上，见田小麦进来，翻翻眼皮，眼睛又落到书上。田小麦忍住气，袅娜地走过来，香气袭人地坐在萧雨山旁边，劈手夺过书扔在一边，一个温香软玉的身体便送到萧雨山怀里。萧雨山木然端坐着，真似柳下惠再世。田小麦把睡衣往下拉，露出丰硕饱满的胸，哺乳期的田小麦胸部陡然增大了一倍不止！完全可以和A片里老美女人的篮球大胸媲美。萧雨山曾经说过男人都他妈是个动物，看见大胸部本能地就要流口水，就想要去摸，去舔，去蹂躏……田小麦生完孩子失去了苗条的腰身，却如愿以偿收获大胸。现在，她把这萧雨山梦寐以求垂涎欲滴的大胸整个端到萧雨山面前，天啊！多丰硕呀！

萧雨山却仍木呆呆看着，就如看着她给孩子哺乳时一样，这只是一个饭碗，与情色无涉。田小麦有点恼了，伸手探到他内裤里，那东西温顺地趴着，又小又软，倒把田小麦吓了一跳。她已经习惯了这东西昂首挺胸，怒目圆睁的样子，早已忘了它竟然会这样软塌塌像条蚯蚓。田小麦使劲抚弄，把萧雨山弄疼了，萧雨山不耐烦地把她的手拉出甩开，跳起身来，漠然地说："田小麦，你自重。如果你想让这个婚姻维持，大家就守着孩子，相安无事。至于其他的，就不要想了。"

田小麦胸半露着，斜躺在沙发上，就像一个遭人鄙弃的荡妇。她终于明白，对一个女人最大的羞辱并不是失贞，而是——你半裸着身子低三下四去勾引他，这个男人居然不感兴趣！而这个男人，居然是你的丈夫！

天啊！他还是那个巴巴的小狗般觍着脸皮求欢，一旦得到满足便欢天喜地的男人吗？田小麦不可置信地看着这个冷漠绝情的男人，终于弄明白一件事，他真的已经不爱自己了！

田小麦坐直了身体，把衣服拉拢，冷声说："你是和那破鞋搞多了不行了吧？当心！多行不义必自毙！破鞋搞多了，当心得艾滋病！"

"什么破鞋！她比你善良多了！"

"善良？"田小麦一下跳起身来，"你脑子里面进水了吗？你喜欢这破鞋，就说这破鞋善良？她抢别人老公哪一点善良？"

"你一个女人家的，说话也不嫌难听？好歹你也是个博士，搞得像个餐馆里的泼妇似的，俗不可耐！"萧雨山满脸厌弃。

"嫌我俗？好，我知道你的魂儿都被那妖精勾走了，连孩子都挽不回你的心！"田小麦点着萧雨山的鼻子，愤声说："姓萧的，我要和你离婚！"

萧雨山抱臂冷笑。

田小麦伸出手臂，点着他的鼻子骂道："姓萧的，你别以为我放了你，你就可以和那贱女人双宿双飞了！告诉你，当初你开公司那些逃税的银行账单都还在我手里呢！我交上去，让你的公司关门！让你去坐监狱！让你名声扫地，一贫如洗，看那个贱女人还会不会再跟着你！"

"田小麦，你敢！"萧雨山果然急了，"你敢搞垮我的公司，我和你势不两立！我绝对不会再要你这臭婆娘！"

田小麦冷哼道："你等着！"转身决然远去。

几天后，萧雨山收到了法庭的财产冻结禁止令。田小麦起诉离婚，并找到律师上法庭冻结了他的银行账户以及所有房产的买卖。此外，田小麦在财产冻结禁止令之前把他们共同账户上的钱全部提走，萧雨山在不知情的情况下开了一张支票被跳票了（即账户上没钱，是空的），他气急败坏地打电话给田小麦，田小麦冷笑着说："没办法，你有了新欢。万一把钱都给了她，我们母女怎么办？"

萧雨山没想到田小麦竟真会这样狠，气得声音发抖："行，你做得出来！你要离婚我成全你！"

洋嫁
176

田小麦骂道："这倒奇怪了！明明是你有了外遇我们才要离婚，成全我什么？明明是成全你！"

由于财产都被冻结，每动用一笔钱都需要夫妻共同签字，田小麦不肯合作，钱提不出来，萧雨山搞得连给员工发放工资都困难，狼狈不堪。

这让萧雨山对田小麦寒心透了。对于他来说，女人毕竟只是女人，哪怕对谢桥，再爱再疼也不是非此不可，无可替代的，事业才是他最重要的情人。谁要毁了他的事业，他绝对不共戴天。田小麦那些要告他，害他公司关门的威胁虽没有兑现，再说萧雨山是个精明且城府很深的人，真的有重大文件都是自己亲自销毁了的，田小麦的所谓证据都是些鸡毛蒜皮的事，税务局什么也不会查到，但这更让萧雨山坚定了离婚的决心。林冲是怎么上梁山的？被逼的！

快刀斩乱麻。此桩离婚案，前后两个月便鸣金收兵。只还有些零零碎碎的事需善后。对于美国的有钱人来说，可说是极其高效率。没有钱的人离婚很容易，就像国内一样，双方同意，办个手续即可。而有钱人则不一样了，财产的纠葛异常繁复，若一方不同意，还要弄上法庭。

由于田小麦发起攻势，萧雨山积极配合，双方意见高度一致。财产上，萧雨山对离开尚在哺乳期的妻儿有愧于心，做了极大让步，仅留了洛杉矶的一处房产，其余的房产及存款全都归小麦。此外，还需要每个月向小麦支付配偶赡养费、小孩赡养费及小孩的健康保险、上大学的教育基金。孩子的赡养费是付到 18 岁为止，而田小麦的配偶赡养费则没有期限。因为二人的婚姻已超过十年，按照美国法律，只要田小麦没有再婚，萧雨山必须支付田小麦的配偶赡养费直至一方死亡。所以对于美国的有钱男人来说，前妻是压在背上的永远的一座大山。

一切都结束了。

一纸协议书，保障了田小麦的物质生活是没有改变的，变穷的只是萧雨山这一方。田小麦只是从法律意义上损失了一个不忠诚的丈夫。然而，田小麦却感觉无比的空落。直到此刻，她才猛然有了真实感，原来这竟是真的！

在心血来潮之下所做的违背本心的事都代价惨重，就像一个原本美貌的女人受不住怂恿去整了容，眉眼失之毫厘，谬以千里地失去了原有韵味；一个原本道德感很强的男人在突发的引诱下嫖了娼，又染了性病；或者一个原本懦弱胆小的人在血气涌动下失手砍了人，人竟死了……事后你极其诧异自己当时为何会那样做？只要稍稍停顿一下，稍稍有人阻挠，稍稍多一分思考，借你一百个胆子，你都不会干出那种事。然而，晚了，后果无可避免。有的后果还可以弥补纠正，有的后果，就只能是一失足成千古恨。

田小麦的心中便充塞着这沮丧后悔的情绪。离婚只是一个骄傲气盛的小女孩任性地嚷嚷撒娇，让人哄一哄就破涕为笑的。声称状告他财务问题，也无非是给他点颜色看看，岂会真毁了自己的丈夫，岂料萧雨山竟积极配合，把离婚之事引上轨道。若周围有人出来劝阻打圆场，有个台阶下也就算了，偏是萧雨山在众亲友眼里成了过街老鼠，妈妈姐姐哥哥包括七大姑八大姨，全都跳出来义愤填膺地高喊："离了这白眼狼！"只在财产分割上精密盘算，寸土必争。有了钱还怕找不到好男人？田小麦在这种驱动下，就像一个众目睽睽之下的演员，剧本都编好了，只好热血澎湃稀里糊涂地往下演，直到剧终人散，才发现这完全不是自己原初的本意。然而，听者观众都作鸟兽散，只剩你一人去承担所有结果。

罢了，开弓没有回头箭。田小麦抱着孩子，像失去了国土的李后主，一步三回头、心神俱碎地离开了洛杉矶。

故国不堪回首月明中。

而萧雨山，却连滚带爬奔赴了新的生活。他奔得那样急，以至于根本想不起要转头回望一眼。孩子，当然是不舍的，可尚在襁褓中的她还只是个不会动不会笑没有表情的动物，他对她的感情，尚在理论层面。

解放区的天，是明朗朗的天。

4

这是坐落在圣莫瑞诺半山上的一栋 house，独立前后院，两层楼，欧式风格建筑，就算在这个著名的华人聚集的富人区，也算是很亮眼的。价格应在两百万美金以上。

端木亭亭和苏棉等人走进院里，不由连连惊叹。端木亭亭只在做钟点工时进进这种房子，从没想到竟然可以作为贵宾被邀请入内。苏棉则百感交集，这样的豪宅是她缤纷的美国梦中最首要的一个，这么些年，她寻寻觅觅，踏破铁鞋，蓦然回首，这屋却在谢桥处……

这栋房子萧雨山加了谢桥的名字，算是夫妻共同拥有的财产。就算是离婚，谢桥也可以拿走这栋房子价值的一半，另外，如果在婚姻内萧雨山有什么意外，谢桥将是这栋房子的唯一继承人。这样可以保证谢桥不会因为结婚时间短没有继承权而被萧雨山的女儿或女儿的监护人扫地出门。

当然，因有田小麦的前车之鉴，萧雨山要求谢桥放弃了对他账号的签字权，也就是说谢桥无法控制萧雨山用钱也无法提出现金来。他们去银行开了一个共同账户，以后每个月萧雨山往账上划钱以供谢桥的家用及零花钱。

院里的车库除原有的黑色奔驰 600 外，又多了一辆白色的奔驰吉普，这也是萧雨山送给谢桥的新婚礼物。这铁公鸡不拔则已，一拔就几乎把自己拔成秃子。这是萧雨山在田小麦的"提醒下"发现近一年以来谢桥从未花过他一分钱时，对自己咬牙切齿的承诺。前面说过，手心别向上。当你向一个男人讨要时，他给你不会比打发一个叫花子更多。但是，当他发现你对他的财产毫无企图，只真心爱着他的人时，他恨不能把整个世界奉上送给你。

突袭登记那天，她七零八落十分不像样子，萧雨山却笑嘻嘻地紧盯着她看，她懊恼地把衣服抻了又抻，拼命想把嘴唇咬得红润一点。是的，任她想破脑袋，也想不到连吃个消夜都恨不能搞得齐头整脸的自己竟然会在结婚这个重大神圣的日子，把自己搞得像个难民。简直给中国人丢脸呢。别人该不会以为她是萧雨山随便在路边捡的流浪女吧？她心虚地四下环顾，发现排队登记的很多老外拖儿带女，你哭我叫，估计都是孩子生了一大串了才想起两个人原来还缺法律保障呢。不晓得这算过于看重婚姻的神圣性呢，还是把婚姻嘻嘻哈哈等同于儿戏？反正用中国人的观念来看，不着调的不单单是自己。

简单的仪式后走出门来，谢桥站在空地上，脑子一阵一阵地迷糊。著名的加州阳光照在身上，似乎与往日也有了不同的热度。

萧雨山望着手上这一沓登记的文件，嘴唇翕动着，似乎要说点儿什么。

谢桥十分期待地望着他，莫非他诗兴大发，准备吟诗作赋吗？

只见他眉头一皱，哀叹道："哎哟！我真是失败耶！"

"失败？"

"是啊，网上说人生三大失败——炒股炒成股东，炒房炒成房东，泡妞泡成老公。我这可不就是嘛，本来泡妞史上一张白纸，刚沾了一滴墨，一张纸全黑了，哈哈哈哈……"

灰姑娘穿上了水晶鞋。南瓜变成了马车。

几天前，她是这个国家最为落魄倒霉的女人，没有身份，没有房子，没有钱，正被爱情所击退，准备撤回国内。几天后，她有了婚姻，有了爱情，有了高档社区的豪宅，有了奔驰车，有了大多数女人梦寐以求的一切！

当然，没有女孩子梦寐以求的豪华婚礼。萧雨山刚抛妻别女就另娶新欢，无论如何是一件摆不上台面的事，怎么好意思大宴宾朋。再则也怕田小麦抱着孩子大闹现场，那可真是落为笑柄，斯文扫地。对此萧雨山心里觉得很抱歉，分明是明媒正娶，却弄得跟私奔似的。谢桥倒是无所谓的，许多女人梦想着婚礼，无非是想在这一天成为绝对的焦点，而作为主持人，抛头露面出风头的机会岂不太多！她想要的不是形式，而是这个男人，这个身高一米七二，皮肤黛黑，轮廓冷峻，桀骜不驯的男人！她只要他的身和心完全属于自己，别无所求。

二人在洛杉矶共同的朋友总共就这几个，一起请上吃顿饭，也就是了。

田二麦心情最为复杂，从田小麦处闻听萧雨山与谢桥的"奸情"，他又惊又怒却不敢声张，要是田小麦知道了是他无意中牵的线，全家人还不得把他给撕了。他曾想找谢桥理论，又想怒斥萧雨山，想来想去也都未能实施。如今听到二人结婚的消息，他不想来的，却又来了，一路的矛盾纠结，直到看到谢桥的一刹那，他发现心中竟了无怨恨，有的仍是欢喜，欢喜。

进屋是一个玄关，左右是一间卧室和一间小会客厅及通往二层的楼梯，再往里走，是开敞的大客厅、酒吧，开放式厨房和餐厅。屋内装修家具无一不品质高贵，价格……自然也很贵。端木亭亭一路东摸西摸，一路不住口地称赞。楼上是三个大卧房，主卧足有七八十平方米，端木亭亭惊呼，睡在这里，岂不跟睡在天安门广场似的！

苏棉默不作声，仍保持了她一贯的清冷淡然。田二麦是来过这房子的，他不得不替田小麦惋惜，闹什么离婚！平白丢了这么好的房子和老公！

房是好房，菜却无好菜。洛杉矶就是这样，家里环境很好，外部环境很差，中餐馆都狭小逼仄见不得人。谢桥当然是没本事在家里张罗出一桌好酒好菜的，便从湖南餐馆打包一些辣菜，再加上超市买回的三文鱼和北极贝，勉强凑成一桌。

谢桥穿了一袭玫红色小礼服，齐腰的长发仍披散在肩上，但自己用卷发棒做了大卷，显得妩媚可人。萧雨山穿了立领的白色带暗花的衬衫，黑色西裤，也是俊逸洒脱。好一对璧人！

端木亭亭取了谢桥手指上的钻戒下来看，是一枚两克拉的白钻，光芒刺眼。

端木亭亭一边试着把戒指往手指上套，一边一惊一乍地感叹："谢桥，你真是好福气呀！嫁这么好的老公，住这么漂亮的房子，奔驰车大钻戒，妈呀！女人所有的梦想都被你实现了！忌妒死我了！呵呵。"

苏棉晃着杯中的红酒，橘红的灯光下酒色诱人。她幽幽地说："是啊，谢桥好本事啊，刚来一年，什么都搞定了，律师太太，绿卡，豪宅名车，来洛杉矶闯世界的女人那么多，见过有本事的，没见过谢桥这么有本事的！佩服啊佩服！"

田二麦说："萧雨山，你这小子！当初我带谢桥来见你，看你那爱答不理的样子！嘿！你倒好，偷偷摸摸干成了这事！哎哟，我真对不起小麦我那苦命的妹妹耶……"

"行了行了，我'自残'一杯以谢天下。"萧雨山无言以对，斟了大半杯红酒站起身一饮而尽。

谢桥也站起身来，说："我谢桥来洛杉矶这一段时间，仰仗各位的帮助，没齿难忘。没有你们就没有我的今天。以后，你们就是我的娘家人了！我敬各位一杯酒！"谢桥一扬脖，也喝干了杯中酒。

"好！喝酒喝酒！大家今晚一醉方休！反正这里卧房多，醉了就在这儿就地歇了！"田二麦也举起一大杯红酒一气喝尽。

田二麦惺忪着醉眼说："谢桥，要是哪天萧雨山这小子对不起你，你别怕，有我垫底呢。你若需要换人，记得我第一个排队！"

"呸呸呸！晦气！"端木亭亭啐他，转向谢桥说："桥桥，你别自个儿好了就忘了姐妹，以后有萧雨山这样的好老公记得帮我留心着，物色着，让姐姐我也享几天福……"

"你呀！吃了洋人的大块牛排，哪里还看得上中国人的炒牛肉丝啊！"谢桥打趣道。

"完了，冰清玉洁的谢桥也黄了！这世界真要毁了……"端木亭亭哀叹。

"说真的，你的新欢迈克呢？怎么不带来呢？"

"他？吹了！看上我的怎么都是些妖魔鬼怪。这个迈克比皮特还不如，又不怎么样又还爱显摆，为了显示自己功夫好能力强，每次做到一半儿就要停下来干点这个干点那个，非得拖上一两个小时，烦得我不得不冲他喊，快点快点！我要到了……"

"哈哈哈……"端木亭亭的口无遮拦惹得众人一通狂笑。端木亭亭这种语言风格刚开始谢桥感觉很二，不能接受，时间长了倒觉得蛮真实、生动、有趣。

苏棉也一反常态，一杯接一杯地干，眼睛泛着水波，笑容也生动起来，说："女人，说什么才华素质，都是没用的，骗人的，关键是要有一张好脸蛋，当然，还要有心机有手腕儿，就像我们谢桥，嫁个好老公，就时来运转一步登天了！嗯，真是励志！真是榜样！"

"哪里呀，苏棉，你是我们的大才女，才是榜样呢！"谢桥有些微的不安。经苏棉这么一诠释，仿佛这婚姻，包括谢桥其人，似乎都变了味儿。她说："哎，你的美男艾伦呢？怎么也不带来呀？"

苏棉凝涩地望着杯中的红酒，呆立半晌，说："我也要结婚了……"

"是吗！太好了！人家艾伦又年轻又帅气又有才华，才是真正的白马王子呢！"端木亭亭嚷嚷道。众人又把目标转向苏棉，一杯一杯地敬酒，苏棉都毫不推辞地干了。

大家各怀心事，你一杯我一杯喝得东倒西歪。

5

看到这家湖南菜馆，谢桥一阵的局促、不安。一年多前，初抵达洛杉矶的第二天，秦淮带她来的第一家馆子，也是两人去过的唯一一家馆子，就是这家湖南菜馆。

那天的情景依然历历在目，恍如昨日。

当时，餐馆的逼仄、狭小、简陋令谢桥惊异不已。当然，更令人不安的是，秦淮的那份不自在，那份紧张。谢桥熟悉这份神情，那是在北京读大学时，鼓足勇气去餐馆打个牙祭，一面看菜单一面在心里翻来覆去盘算，如何把每一分钱的价值最大化，有一分钱物非所值都像掉了一块肉般的懊恼沮丧。当然，秦淮脸上还有一层不得不打肿脸充胖子的窘迫和尴尬——您随便点，可是，下手别太狠咯！

谢桥感受到秦淮那份紧张，自己更加难堪起来。秦淮坐在北京的高档餐馆里那份淡然优雅似已成前尘往事，当然，一天下来，她大约已隐隐察觉到秦淮真实的经济状况。她开始把菜单从后往前看，据说，越往后的菜越便宜。最后，她把手指放在一盘炒面上，斩钉截铁地说："我就吃这个。"

"啊！你也喜欢吃面吗？我也是！经常连续三天吃方便面！"秦淮有些惊喜。谢桥一笑，心道，鬼晓得！来美第一天吃了三顿面，要不是看在那价格最低最不吓人的份上！喜欢吃面？想着都要恶心了！

"我们再点一个水煮两样好吗？有鱼有牛肉，又有蔬菜，分量又很足，很实惠的。"秦淮有些歉然地补充道。

任凭谢桥诅咒发誓自己如何一点都不饿，如何热爱着面条，秦淮还是坚持点了水煮两样，毕竟，两个人点一盘面，委实说不过去。

一顿饭吃下来，全然不知是何滋味。

一年多过去了。这一年多，发生了多少事情。邂逅萧雨山，遭遇恋爱，石破天惊；田小麦怀孕、生子，萧雨山离婚、再婚……谢桥的世界已经天翻地覆，沧海桑田。如今，她从一个在美国几无立锥之地的凄苦小女子摇身一变，成为律师太太，拥有了大多数女人羡慕的一切。然而，这家餐馆，依然如故，从装修到陈设，连带菜肴品相，都没有一点变化。岂止这家餐馆，就连门外的马路，周边的房子，也都没有一点儿变化。当然，不要说仅仅一年多，据萧雨山说，十几年来，洛杉矶的这些街道，这些房屋，一景一物都维持着他初见时的模样，没有一点儿变化。除了人在变老，完全看不出岁月流转的痕迹。不像在国内，尤其是北京，整个儿是一个大工地，房子长得比竹笋还快，出差几个月，回去连自己的家门口都不认识。真个叫日新月异。可想而知，十几年前，从灰扑扑的贫穷陈腐的中国到达洛杉矶，真像是到了富足繁盛的天堂。而如今，中国处处"后发赶超"，尤其北京上海，繁盛剔透，犹如二八少女般新鲜娇艳，再看这毫无变化的美国洛杉矶，自然是迟暮美女，姿色败了，妆容残了，一切都旧了，颓了，令人不忍目睹了。

是的，餐馆还是那家餐馆，面前那人，也还是那人。只是面色晦暗，头发蓬乱，无端地，竟像是苍老了十岁。就凭眼下这副模样，确实再也没有资本挣女人的钱了。看着秦淮的寥落模样，谢桥心里涌起一阵凄楚。是的，面前这人，虽然谢桥一度曾怨过他，怨他骗自己辞了工作，别了祖国，来到这人地两荒的美国洛杉矶，上不着天下不着地。但是，毕竟，他是自己来到洛杉矶的缘起。没有他，自己何以遭遇萧雨山，遭遇洛杉矶这一段奇缘，何以拥有眼下这一份就快满溢出来的幸福？而且，眼前的这个男人，自己不是也曾对他寄予旖念，也曾把密密的情丝缠绕在他身上吗？

自作别秦淮的小屋，一年多以来，谢桥从未曾与他联系，秦淮也无脸来找她，俩人断了联系，就像从未相识般清白。直到前几日，田二麦找到谢桥，神神秘秘地说："谢桥，你还记得秦淮吗？"

秦淮？谢桥一震。

"哦，他……怎么样？"

"和你分开后，秦淮就没有再靠女人吃饭了。他后来做一片房屋公司的经理，就是替房东看管出租的房子，收收房租，整理整理花园，谁家下水道堵了，灯泡坏了，他去修一修。房东免费提供一套住房，生活费就靠他给人翻译点资料过活。他的失眠症愈发严重了，经常整夜骑了自行车在街上游荡，白天不分时段地睡觉。他基本上废了，一个人躲在屋子里，不能出门也不见人。穿的衣服都不超过十块钱，你再看到他，打死也不相信他就是风流倜傥的大帅哥秦淮。可他自己倒心安理得的，前些日子我去看他，他说，就这样像一棵植物一样地活着，挺好。说到底，秦淮不是个坏人，他是有才的，博士啊，精通中英文，还给大人物做过翻译。就快毁了！"

"这样倒好，总胜于打扮得桃红柳绿地去骗女人害女人。"谢桥咬着咖啡勺，闷闷地说。

"其实，秦淮对你是真心的，他只是没有能力。你……还怨他吗？"

"怨？谈不上吧。他，也是一个被生活摧毁的可怜人儿。"谢桥语气淡然。幸福使她宽容。

"是啊，美国这片土地摧毁了他。"田二麦有点戚戚。他话锋一转，期期艾艾地恳求："谢桥，秦淮……想见你一面……"

"见面？有什么必要？田二麦，你不会是看我和雨山好不容易消停了，要他来添乱吧？"谢桥翻着白眼。

"不是的，谢桥。你不知道，秦淮就要走了，就要离开美国去中国，去北京了。据说，在那边找到了工作。现在，他把房子也卖了，是破釜沉舟，不想再回来了。走之前，只是想再见你一面。他知道你结婚了，只是想和你告个别，想祝福你。"

谢桥一震。自己因为秦淮才从北京来到美国，没想到自己刚刚安稳下来，秦淮自己却要去北京了。他一个台湾人，去到北京，不也等于是去到了另一个陌生的地方吗？

是的，秦淮，毕竟是她来美国的缘起，没有他，便没有谢桥在美国这一番风流跌宕。如今他决绝地离开美国，也是该告别一下了。

如是，便有了今日的三人会面。

田二麦可真是一个奇葩的备胎，见萧雨山他作陪，见端木亭亭他作陪，见秦淮他也作陪，"三人行"里永远有他。各种"三人行"里，他都是配角，都是不重要的那个，但是，缺了他还都不行。对自己的处境，田二麦是认了命，不管"几人行"，只要能陪在谢桥身边，看到她的模样，听到她的声音，他就是欢喜，就是满足。

一改初次来餐馆，仅点了一盘炒面和一个菜那份小气寒酸，秦淮点了满满一大桌菜，就像一个亡命徒，大有"明天不过了"之势，今朝有酒今朝醉。但是，菜堆了满桌，却无人有心动筷。

"秦淮，你一个台湾人，到北京，能习惯吗？"田二麦担忧地说。

秦淮涩然一笑，说："你知不知道，现下最流行一句话，为什么还在美国浪费时间？如果真想开创一番事业，何不妨到全球经济增长最快的地区去试下运气？20世纪是纽约，19世纪是伦敦，现在则是中国，是北京。所以，不要说我是台湾人，和大陆是同族同宗，血脉里流着华人的血，语言沟通也没有障碍。就连白皮肤黄头发的美国人、英国人，澳大利亚人……世界各国的人都在往北京跑，都想去试试运气，做做中国梦。我想，这是我最后的机会，最后一搏。"

"哇，我们来的时候，都是奔着美国梦，现在，又开始流行中国梦了。啧啧，三十年河东，三十年河西啊！世道变得这么快啊！真是，'三天不学习，赶不上刘少奇'，跟不上形势啊！"田二麦用当年的大陆流行语感概道。

谢桥也是一惊。当年追随秦淮来到美国，也是抱了美国梦的幻想。如今，自己的美国梦刚刚落地，秦淮却要去北京做"中国梦"了！

秦淮转着茶杯，说："我一个同学去北京两年了，开了一家网络公司，据说兴盛得他自己都不敢相信。他一直劝我过去加盟。其实，我早就想去了。只是，谢桥一个人在这里，我不放心……"

"谢谢你的关心。我现在过得很好。"谢桥终于开口了。

这些年，秦淮一直通过田二麦在打探谢桥的消息，谢桥的起起落落，也了解了一个大概。谢桥来到美国，无论如何，自己担了一份责任。这之前，看她历经沉浮，自己虽无力相帮，却也不忍心一走了之。如今，看她手上戴着大钻戒，身边放着爱马仕包包，皮肤更是光洁细腻，远胜于刚来美国时。望而知之，她说自己过得好，不是假的。既然如此，自己纯粹是多余了，可以安心离开了。

秦淮轻轻吁出一口气，眼眶浅浅润湿了。他举起手中的茶杯，说："君子之交淡如水。那么，以茶代酒，祝福你……和……你先生，愿你们幸福美满，平安喜乐！"

谢桥也举起茶杯，说："也祝福你，到北京之后，宏图大展，实现你的……中国梦。"

田二麦也举起茶杯，说："别忘了美国，别忘了你的朋友们。发财了，记得回来看看。"

三只茶杯碰在一起。

谢桥看着眼前的这两个男人，都可说是自己来美国的缘起。如今，"媒人"无意间"帮"自己拆散了妹妹的婚姻，搬起石头砸了自己的脚，另一个，却要奔赴回国，以这样的方式诀别。人生的境遇，当真是离奇，翻手为云覆手为雨。可是，无论如何，他们都不是坏人，就祝福大家，一切都如愿吧。

6

几天之后，萧雨山的父母赶到了洛杉矶，本怀了一通荣升爷爷奶奶的幸福兴冲冲万里迢迢赶过来，岂料孙女没见着，媳妇居然也换了人！

从机场回家的路上，萧雨山委婉地向两位老人家通告了这一变故，父母全傻了。

一踏进家门，谢桥赶快递上拖鞋，巴结又忐忑地叫了一声："妈，爸……"

母亲阴着脸不答话，连正眼也没看谢桥一眼，径直往屋里走，萧父也忙不

第八章　结婚了

187

迭亦步亦趋。看得出，这个家是女人说了算。

萧雨山拽拽谢桥，也赶快跟进屋里。母亲突然转身，挥起胳膊，"啪"的一下打在儿子脸上，这一下打得又脆又响，萧雨山的眼镜也应声飞向高空，"砰"，一个抛物线落在地面。

"妈，怎么打人呢！有话好好说嘛。"萧雨山不满地说，低下身摸索着眼镜，这可怜的眼镜最近已被打飞过好几次，眼镜若有知，定会抱怨跟了这么个老惹是生非的主人，本是文明知识的象征，生生被搞成了飞碟。

谢桥赶快捡起眼镜，大气也不敢出地递给萧雨山。

"我打死你这个忤逆不孝的畜生！你以为你出息了，了不得了，老娘我就打不得你了？呸！我还不信了！打死你老娘去给你抵命！"母亲边哭边骂，一头往儿子撞去。父亲赶快拖住母亲，萧雨山也赶快闪身躲开。

母亲兀自哭闹着，"你这畜生！赶走了我的媳妇，我的孙女，这么大事你都没给吱一声，你眼里还有我们这当爹妈的吗？小麦才刚刚给我们家添了孙女，才出月子，你就狠心把她们赶走了。虎毒还不食子啊，你还是个人吗？我怎么就生了你这么个没人性的畜生！你在美国当律师把心都当黑了，不如回老家种田去！我苦命的小麦啊……我苦命的孙女啊……"

"歇会儿，歇会儿，别气坏了身子。"父亲赶快扶着母亲在沙发上坐下，谢桥倒了两杯水，战战兢兢搁在茶几上。她从未见过北方女人撒泼的凶悍刁蛮样，吓得魂都飞了。

萧雨山低头听着母亲数落，自知理亏，也不辩解，一副听任发落的模样。母亲从萧雨山生下来数落到现在，刚生下来就该扔到水里淹死，那次发高烧不该背了几十里山路去医院，十岁时从树下摔下来跌晕过去更不该救他，让他傻，让他憨……中心意思就是不该让这家伙活到现在来耀武扬威丢人现眼。

农村妇女的传统道德观是很强的，虽没有文化，传统戏文背了一肚子。她拍着腿哭诉："我们萧家几辈子没出过你这样没良心的东西！你这叫什么？比陈世美还陈世美呀！陈世美还不会在秦香莲坐月子的时候就休妻呢！要是包公再世，一刀就把你给铡咯！"

"妈，我说过了，是她要离的。"萧雨山有些局促地说。

"她要离？哪个女人会刚生了孩子就要离婚？啊？是怎么回事你自己还不清楚？"她横了谢桥一眼，"只管新人笑哪顾旧人哭啊……"

谢桥窘得头皮都麻了。从小到大还没有这样被人指着鼻子骂过，况且这还是她第一次见面的婆婆。她走也不是留也不是，尴尬万状。

"桥，你把爸妈行李拿到主卧去，把床铺好。"萧雨山善解人意地解围道。

"好的，爸……妈，你们先坐着。"谢桥如获大赦，转身飞跑开了。

"行了，他娘，别说了，说得孩子都脸红了。来，喝口水。"父亲把水递到母亲嘴边，说："我看这女娃子长得挺乖的（陕西话说漂亮叫'乖'），配得起咱山娃。"

"乖？你们男人就晓得好色！"母亲把水杯往桌上重重一搁，"乖有什么用？女色是祸水！从古至今多少男人栽在这里头，你们还不懂吗？连唐明皇好色，杨贵妃不都给吊死了吗？"

"得了，妈，这哪儿跟哪儿了！"萧雨山啼笑皆非。

"你不晓得现在这些年轻漂亮的女人吗？图的是什么？你的房子，车子，还有身份！只有小麦对你是真心的。你穷小子一个的时候跟了你，全心全意对你好，还给咱们家添了孙女。哎哟，我可怜的孙女呢，奶奶对不住你……"母亲又呼天抢地的。

第二天，谢桥真像个受气的小媳妇，说话不敢大声，走路轻手轻脚，一双眼睛惊惶地扫来扫去，唯恐遭到训斥。

萧雨山父亲是个矮小的老头，刚解放时就是个部队里的文职小官，人都说如果他有萧雨山一半精明，今天没准儿就是个大官了。可惜他为人过于老实，不会搞关系，不但没有升官发财，反而全家都给下放到了农村山区里。在家里也属于从属边缘地位。萧雨山的母亲只读过几天书，一直在农村长大，但强悍精明，个性极强。萧雨山的外貌像父亲，性格却大部分随了母亲。

母亲不能接受鹊巢鸠占的事实，谢桥很理解。任是哪一个母亲也会觉得萧雨山此举十分令人不齿。

她尽量穿得朴素简单，素着一张脸，在厨房里跑进跑出，很希望自己能接近公婆心中的好儿媳形象。但她实在不是那块材料。在厨房里不是洒了酱油，就是摔了盘子，切个菜会伤了手，炒个菜会烫了脸，调料除了油就是盐，没色没状，没滋没味儿。

母亲冷眼旁观了半天，终于把她赶出了厨房，"算了算了，你就去客厅里陪山娃待着吧！"

萧雨山习惯性地不断对谢桥裸露的胳膊、脖颈、脸颊发起进攻，一会儿摸一会儿亲，谢桥不断抵挡着他凑过来的手和嘴，就怕母亲看见。正在推推挡挡之际，母亲提着锅铲跑过来，用家乡土话骂道："晚上还没弄够！都快40岁的人了！都有碎娃子了，还不知道节制……"母亲提着锅铲气呼呼地回到厨房。谢桥尴尬万状。萧雨山偷偷对她耳边说："不要和她计较，她老了，这么想正常，反正过几天也就回去了。"

楼上的主卧让给了父母住，萧雨山二人为避个清净，选了楼下一间小客房住。

一关上房门，萧雨山便声势浩大地抱住谢桥上下其手。

"别，爸妈在楼上呢！一会儿又该骂我了……"谢桥不住躲闪。

"没事儿，离那么老远的！听不见。再说，我们是合法夫妻，又不是偷情……"萧雨山被撩拨得愈加欲火中烧，"唰"一下剥掉谢桥的衣服。谢桥半推半就的，也很快进入状态。

正在紧张激烈的行进中呢，突然，门"砰砰"响了，母亲的声音传来："山娃，出来说个话！"

萧雨山正在兴头上，非常不甘愿地又动了几下，才停下来不耐烦地说："妈，有什么话明天说嘛！人家都睡了！"

"不行，我就在这门边等着你。"母亲不依不饶地立在门边。

萧雨山愤怒地狠命动了几下，才万分不舍地穿了裤子出去。谢桥也跳起身来，蹑手蹑脚走到门边，偷听母子俩在说什么。只听得母亲叽里咕噜的一串土话，一点听不懂在说什么，只听得萧雨山不耐烦地说："妈，你别管，你别管……"

　　谢桥继续竖起耳朵，专心致志地想搞懂他们到底在说什么，门突然"砰"一下推开了，萧雨山冷不防地推门进来。见谢桥光溜溜地站在门边，"扑哧"一下笑出声来，一把抱起谢桥横放到床上，"哇，窃听中的裸女，好情色呀。来来来，宝贝儿，我们继续……"

　　"妈到底在说什么？"谢桥捶着他的肩问。

　　萧雨山不答，只顾勤耕细作，谢桥却了无情欲。她在黑暗中睁大了眼睛，想：这个婆婆，看来真是不好对付呢……

第九章　无奈的文化闹剧

1

她看到萧太太，眼睛再也挪不动。

一袭秋香绿的旗袍，遍身飞舞着玫瑰色的蝴蝶，长发编成发辫盘在头上，鬓边一朵玫瑰色的足有碗口大的花朵，皮肤是凝涩的白，不带一丝杂色，睫毛浓郁地卷翘着，嘴唇一抹带紫的玫瑰色。

第一眼，她惊得险些跳起来，就像在商场见到一件颜色过于浓郁，做工过于繁复，款式过于怪异的衣服，每一项指标都太过了，眼睛承受不住，直想赶快避开，却偏偏像被施了魔法似的挪不动。不光是外貌装扮，她的表情、笑容、起身、挪移、举手、投足，都全不似现实生活中的人物。就算在舞台上，也不会是话剧舞台，而是京剧，那种画了脸谱舞着水袖咿咿呀呀的作态，太媚了，太矫情了。你的不安不适感在加剧，这不但挑战了你的眼睛，更挑战了你的心理承受能力，看你到底能在审美或审丑的路上走多远。你知道的，在艺术里，更加高级的审美是审丑，而到达终极境界，美与丑并不是对立，而是融合统一的。最极致的美或丑让你最初的反应都是这样，吓一大跳。此时，你还不能判定这是美还是丑，但你的眼睛被牢牢吸引住，就像第一次喝烈酒，那昏天黑地的晕眩。

十分钟后，你渐渐适应了这强刺激，感觉出某种超常规的经验之外的异样的美，最后，你终于得出结论：这是一个尤物。

年龄不好说，在 60 岁到 70 岁之间，无法准确判断。但毫无疑问，绝不会是年轻人。这也是她在谢桥眼里成为尤物的重要因素。在大陆，40 岁往下的年轻人，如何妖媚如何夸张如何做作都不足为奇，伴随改革开放 30 年一起成长起来的年轻女人爱美的本性大力膨胀，各款各式都齐全，在某些方面走过头的也不在少数。二三十年之后，这当中的某些人会成长为萧太太。但当下是没有的，60 岁往上的大陆中老年人个个面目相似。不但分不出彼此，甚或分不清性别，或者说，性别于她们而言没有意义，她们或他们只有一个共同的名称——老人。

萧太太不是大陆老人，当然的，她也不是欧美人，她来自祖国的宝岛——台湾。

她的丈夫萧柏恒导演是萧雨山的堂叔，新中国成立前随父母去到台湾。纵横影坛几十年，是蜚声港台两地的大导演。1997 年香港回归时携太太儿女定居洛杉矶。

结识萧导演夫妇，是萧雨山带领谢桥迈入洛杉矶华人文化艺术圈的第一步。

语言学校的课程结束了，感情尘埃落定，谢桥陷入了无所事事。当太太非谢桥之擅长，想当也老找不着人伺候。

萧雨山父母到洛杉矶后几天便在儿子陪伴下心急如焚地飞往旧金山看望孙女和被打入冷宫的前儿媳。

田小麦与母亲一番抱头痛哭。农村出身的母亲一直喜欢小餐馆出身的田小麦，觉得她直爽利落不做作，又能在家照顾儿子，出得厅堂下得厨房的，婆媳关系处得相当不错。

萧雨山为掩饰尴尬，直奔躺在婴儿床上睡觉的孩子。刚奔到床边，婴儿醒了，骨碌碌睁开了眼睛。萧雨山做好她瘪嘴大哭的准备，在洛杉矶时她总是以哭声宣告她的醒来，可是，没有。她爽利地瞪着凑过来的萧雨山的脸，似乎在仔细地辨认着。然后，她笑了，天地都开了花那样笑了，那样舒展、安心、坦荡，她对她的父亲伸出了肥嘟嘟的双臂，萧雨山满怀歉意和感激地抱起了她，她不断地侧着头盯着他的脸看，看清了又咧着嘴甜蜜开心地笑。萧雨山的一颗心被这婴儿明媚甜美毫无保留的笑揉得快碎了。他把脸紧紧贴在婴儿脸上，感受她的柔滑娇嫩。是的，这不再是个不会动不会表情的小动物了，她成长了，她有了思想和感情。这是他的公主，这是他的花，可是，他竟然没有亲手呵护着她成长，为了一己情欲狠心地把她和她的母亲驱逐到这遥远的旧金山。她却没有怨他，没有恨他，反而对他张开双臂，在他的怀抱里，那般明净地笑。这笑胜过世间一切的红颜，让人甘心为之付出性命。他把头埋在婴儿的怀里沉痛地辗转，把她的衣襟濡湿一片。

几天后回到洛杉矶，谢桥惊喜地奔上前来，她在期待和煎熬中度日如年。萧雨山却并不像往日那样搂住她便是一通透不过气来的狂吻……他丧魂落魄地推开她，径直走到后院，坐在椅子上发呆。

谢桥忐忑地跟着过来，小心翼翼地问他，"怎么了？是她　　说什么了吗？"

萧雨山失神地望着前方，良久，突然把脸埋在掌心，号啕大哭了起来："我他妈算个什么东西，我对不起我的孩子！我对不起妞妞。我根本不配当父亲！妞妞会恨我吗？一定会的，我对不起我的孩子呀……"

萧雨山是出了名的"挺得平"，历来无论悲喜，脸上看不出表情。这是谢桥第一次看到萧雨山哭。他哭得那样伤心那样沉痛那样绝望，像个闯下弥天大祸不知所措的孩子。

谢桥被吓住了。她早料到会有这一天，只不知会来得这样快。她踉跄地后退几步，感觉整个天空重重压了下来……

自此，萧雨山的心分成了两瓣儿，每到周末便收拾行装匆匆赶赴旧金山。

谢桥没有害怕过寂寞，相反的，她喜欢独处。她早已习惯了一个人的世界，看书、听音乐、看电影，自得其乐。但如今，这份自在再也不复存在。

他不在的日子，时间变成了浓稠的液体，凝固在她四周，流动得如此缓慢，几乎成了固体，一把一把的都能抓在手里。她用了全身力气去推，去加速流动，以为几个世纪过去了，一看表，刚刚过去半小时……

如此，一个长周末过去，她整个人都几乎累虚脱了。见到他回来，不免薄怒轻怨。他不能理解，一个周末不见而已，何至于此？当然当然，分离的日子，她在饱受相思和煎熬，他却在饱享天伦。可以想见，他如何一踏进旧金山的家门，便百米冲刺地冲向婴儿，一张脸充满慈父的自得和幸福。他的时间是孔子在湍急的河流边的慨叹：逝者如斯夫……

　　他奇怪：一个人干点什么不好，为什么非要另一个人陪呢？认识我之前，你又在干什么呢？

　　是啊？都在干什么呢？没有他之前，日子多么的轻松自在，不断有小惊奇小欢喜涌现，一本好书，一件漂亮衣服，一管可心的唇膏，和女朋友喝杯咖啡都让人有幸福感。可如今，独自享有的愉悦不复存在。

　　从睁开眼睛开始，他的名字便交织叠在空气中，萧雨山萧雨山萧雨山……层层叠叠，浓重地朝她压下来，压得喘不过气来。

　　食物没有滋味，衣服不再鲜亮，鲜花不再芬芳。对他的迷恋和依赖织成了一个樊笼，她囚禁了自己，再也看不到风景，逃到哪里都是满目疮痍。她只望太平洋即刻倾覆，把这浓得化不开的迷恋和依赖加水冲淡……

　　得干点正事了。萧雨山终于提议，重操旧业，当主持人吧！谢桥心动了。但凡做过主持人演员这些抛头露面工作的人，总是留恋镁光灯下的生活。洗盘子洗碗估计她洗不过人家，当主持人，还是很有信心。

　　如此，便引见了堂叔萧导演夫妇。

　　萧导演有一种儒雅的中国古代士大夫的风格。虽没有一袭长衫与萧太太永远的一袭旗袍相对，而是惯常的西式服装，但那股古中国的气息是潜藏在骨子里，自然流露的。萧导演不像谢桥在国内所见到的那些文艺界人士般灵俏活泼，口舌轻薄，他面色严峻，寡言少语，有不怒自威之感。

　　萧雨山请大家去了帕萨迪纳转角处的一家西餐馆，牛排和沙拉都做得相当地道。除了萧导演夫妇，还有总领事馆的副总领事夫妇和一个会计师，一个医生。自打嫁给了萧雨山，谢桥结交的层面就大幅度提升，都是些有头有脸，非富即贵的人物。

谢桥拖了苏棉和端木亭亭一起。在洛杉矶,苏棉是她最欣赏最信任的女朋友,谢桥凡是有任何重大活动都得拖着她。苏棉也见证了这灰姑娘是如何时来运转,一步登天。

　　席间众人对谢桥满口赞誉,从五官到身材到穿着打扮。医生太太是个香港人,她拉着谢桥啧啧赞叹:"哎呀,这衣服真漂亮真时尚!一看就不是在美国买的,一看就是从大陆买的!"

　　谢桥有些稀奇。被人夸赞衣服相貌倒是寻常事,不寻常的是这个香港女人口中对于大陆的艳羡和赞誉。她曾听说洛杉矶的台湾人香港人对于大陆人,尤其是大陆女人十分不屑,如果老公不听话,就飞起一个手指,点到老公额头上,娇嗔道:"不乖?不乖今后让你找个大陆妹!"就好比国内某些优越的城市女人对老公说,"不乖?以后回农村找个村姑!"在某些大陆去美国的作家笔下,也对港台人对大陆人的歧视和嫌弃做了苦大仇深的揭露和控诉。

　　鉴于道听途说及小说里得来的常识,谢桥一踏上洛杉矶的土地,就对台湾人香港人存有某种程度的戒心,充分做好了被嫌弃和歧视的思想准备。岂料非但不曾遭遇嫌弃,港台人尤其是女人对她的服饰装扮竟是纷纷景仰,一片颂扬。谢桥从国内带来的衣服,竟无一件不漂亮,无一件不站在洛杉矶时尚的风口浪尖。

　　一众人在席间叽叽喳喳,萧导演只顾对付盘中的牛排,并不答言。

　　当谢桥一腔虔诚向他讨教如何打入洛杉矶文化艺术界,他望着前方,沉吟良久,摇摇头,说:

　　"在这里做中国文化,没路。"

　　很久以后,谢桥才能体会,这句话是什么意思。

　　餐毕,一众人前往萧导演家看电影。

　　萧导演家住在圣盖博市,一栋带花园的两层楼的 house,门口花圃里牡丹玫瑰开得繁茂。

　　萧太太在旗袍外披了一件黑色的皮斗篷,边缘一圈貂毛,既富丽,又飘飘欲仙,真不似这凡尘中人。

谢桥赞美了她非凡的美丽，她也不清高，亲热地牵了谢桥的手，踏上台阶，转头妩媚一笑，嗓音极低极温柔："你也很美丽，我很喜欢你。以后，你就把我当作姐姐好了。"

姐姐？谢桥有些迷糊了……这好像差着辈儿？

屋子很气派，以白色调为主，墙纸是白的，地毯是白的，客厅中央放了一架白色的钢琴。这清雅的格调谢桥很是喜欢。

所有女人中，萧太太独青睐了谢桥，对苏棉和端木亭亭虽也礼貌，却几乎不拿正眼瞧，也不答话。

她娇媚地对萧导演说："先生，谢桥好漂亮，我们是姐妹。"

众人愕然。

萧雨山打趣说："哟，你们还真挺像一对姐妹花！"

70岁的萧太太侧头打量了谢桥一番，郑重其事地点头，用17岁的表情、嗓音和语气说："嗯，我大，我是姐姐！"

咦，还有人会误认为70岁的你是30岁的谢桥的妹妹不成？

萧太太欢喜无限地拉着谢桥左看右看，娇俏地说："等等，我要送你见面礼！"

她转身翩翩飞进卧室，一会儿拎了一个大购物袋出来，竟是DIOR。

这大手笔的见面礼吓了谢桥一跳，赶快摆手不要的。萧太太递到谢桥手里，"拿着！我是姐姐嘛！"

端木亭亭偷偷拆开，哇！竟是一个崭新的黑色DIOR皮包。不由咋舌惊叹！谢桥也十分不安。第一她从未收受过女人送的如此昂贵的礼物，第二，她压根儿就没用过这么贵的皮包，萧雨山送她的LV也不过一千多美金一个，这包包要卖到两千多美金的。

苏棉斜看了一眼，冷哼一声，真俗气！起身去了洗手间。

萧导演放了他30年前拍摄的，获得亚洲影展最佳导演奖的影片。影片里有谢桥这等大陆观众熟悉的台湾明星林青霞、柯俊雄、甄珍、张艾嘉等，这些名角就是从萧导演的手里翻来覆去炒弄成为明星。

尤其林青霞，几乎是通过萧导演的影片步入星途的，萧太太还与她合作过一部影片呢。几个女孩子兴奋不已，这个年纪的大陆女孩子，谁不迷死林青霞呀！琼瑶小说的女主人公完全就是照她度身定做的，冰肌玉骨清无汗，飘飘然如遗世独立，羽化而登仙……

几个女孩子叽叽喳喳向萧导演发问：林青霞真人长得什么样子？也是那么脱俗那么美吗？

萧导演沉默半天，吝啬地吐出两个字："清秀——"

天啊！倾国倾城的林青霞也不过就捞到一个评价：清秀。几个女孩子审度自身，再不敢妄言。

片子是抗日的战争片，属于谢桥最不中意的那种。小时候她见到国内拍摄的战争片就头痛，宏大场面，一味地砍啊杀呀，茄子黄瓜的倒一片，分不清谁是谁，反正谁死谁活也都触动不了感情。

这是她第一次看到台湾人拍摄的战争片，从如此微观和人性的角度来讲述抗日，讲述战争，大家伙儿立即都被带入情境。影片是萧导演做导演兼编剧的，萧导演的讲述手法极其含蓄和隐忍，如同他这人，没有一个废镜头，更无一句废话。

如此留白的讲述竟比毫无节制的煽情更为撼动人心。动情处，除了萧导演自己，所有人都四处寻摸着纸巾，偷偷地继而大张旗鼓地擦着眼泪。

哭得最为投入的是萧太太。她早早备好了纸巾，在每一个惊险处低柔出声惊呼，在该感动的地方举止优雅动心情地擦着眼泪。第一次见此情景谢桥不觉得讶异。毕竟所有人都哭得稀里哗啦。尔后混熟后，所有人到萧导演家都会要求观看影片，谢桥就同一部影片看过不下四五次。每一次萧太太都端坐前排沙发正中央，每一次都犹如第一次观看，慨叹、遗憾、惊悚、感动、流泪，次次分毫不差，激情饱满，毫不打折。

谢桥猛然想到，这30年来，来一次人陪着看一次，少说也看了不下几百遍，台词细节背也早该背得了，再是大师手笔也该审美疲劳了，麻木了，萧太太却一直保持了这样的观赏状态，新鲜感不打折，委实是个奇迹。

崭新的萧导演，崭新的萧太太，崭新的文化艺术，崭新的生活，一切都在谢桥的经验之外，因而一切都是崭新的。

　　谢桥从萧导演的屋子里走出，站在台阶上，凉爽的夜风袭来，浸心入肺。地广人稀，植被丰富的洛杉矶委实比北京的空气好了太多。

　　来了洛杉矶这么久，她才突然感觉找着了北，来对了！是的，她的世界不仅是一个家，一个男人，和一个婴儿争风吃醋。

　　这里有那么多有意思的人和事，尽管萧导演说，在洛杉矶做文化艺术，没路。但是，她不信的。他老了，她还年轻。

　　前程是光明的，道路也不会太曲折。我们的目标一定要达到，一定会达到，也一定能够达到，不是吗？

2

　　已经八点了。

　　谢桥在镜子前做最后一眼打望。

　　一袭银紫色带暗纹的露肩长旗袍，长发高高盘在头顶，一张脸抹得明明暗暗，平白立体鲜亮了许多。

　　谢桥抿着嘴，笑了。作为女主持人，尤其是站在舞台上，外形是成功的一半。她平时对自己相貌也诸多挑剔，但每次粉墨登场前，她以观众的眼光打量自己，总是很满意，自信如魔鬼附身，瞬间充溢全身。天生丽质不存在，"装修"出来是美女就是美女。

　　这会场谢桥第一眼是有些失望的。小，大约只能容纳两三百个观众，舞台是现搭起来的，铺了大红色地毯，背景上的横幅也是大红色的，用黄色颜料写着歪歪扭扭的繁体中文"××名家画展"。谢桥不大明白为何洛杉矶这边无论是中餐馆还是中国人的活动，总是青睐用恶俗的大红色做装置，怎么看怎么像农村迎娶新媳妇，土得掉了渣。

　　和谢桥搭档的男主持是洛杉矶的所谓"名嘴"。当他把谢桥这个"新人"

做了一番推介，谢桥走上台时，掌声堪用"雷动"来形容，惊得谢桥险些在舞台上一趷跌倒——红地毯本就铺得相当不平整，鞋跟又高，最主要的，她万没料到这么少的人竟然迸发出如此大的声响，原本膨胀的自信更加爆棚了。开场白一出口，那叫一个漂亮。台下群情涌动。

谢桥的台词都是在家里精心准备过的，她的文学功底用于对付台词那是绰绰有余，既有水准又显随意，临场应变更是她的长项。"名嘴"显然没大看得起这个小活动，事先没做任何准备，每一句话都是大白话，被谢桥的如珠妙语一对比，更加慌乱，谢桥只顾扬扬自得地发挥，名嘴说得冷汗直冒，相形之下，"新人"颇有大家风范，"名嘴"却像个二把刀。

活动结束后是一个鸡尾酒会，不断有观众围过来，对谢桥给予一通奢侈的赞美。好些民选官员主动上来给谢桥发放名片，欢迎她加盟洛杉矶文化艺术界。

端木亭亭激动得都快哭了。她在国内时也曾在广播学院学过播音主持，也梦想着舞台。田二麦是犹如见到九天仙女下凡尘，只觉鞍前马后给仙女做个跟班也是莫大荣幸。萧太太牵着谢桥的手，好一番欢喜，称赞得天上有地下无的，就连金口玉牙的萧导演都破天荒赞美了一句："我一直在专心听你说话。"

只有苏棉依然保持了端严淡然的姿态，端着一杯鸡尾酒，笑得相当矜持，别有深意。

"名嘴"擦着额上的冷汗，困惑地对萧雨山说："这个是你老婆吗？太厉害了，完全招架不住……"萧雨山转述给谢桥，小夫妻俩好一阵得意！很久以后回想起来，潜台词也许是：她这样会抢风头，以后谁还敢和她搭档啊……

这个头开得实在太好了。这么说吧，相对于这个活动，这个舞台，只需做到八分足矣，九分嫌多，十分顶满了，谢桥却样样做到十二分。

"好的开端是成功的一半。"然而，有时候头开得太好了，其实也就糟了。

3

转瞬间又到新年。

谢桥被萧太太牵着手，走进活动中心。这是台湾人做的一个新年晚会，先是自助餐，然后是联欢会。每个人40元门票。

谢桥自打进了这个圈，就老是和台湾人混在一起。这不奇怪，在洛杉矶的所谓文化艺术界，几乎被台湾人把控，无论是电视、报纸、电台还是文化艺术活动。大陆虽也有电台报纸，却相当边缘。

会场依旧红红绿绿的，所有来宾都盛装出行，尤其女宾，曳地长裙，后空的大V字，整个背露在外面，或是抹胸的超短裙，全长不超过80厘米，丰胸颤巍巍掉一半儿在外面，你的眼睛不住要往那里滑，老担心她一动胳膊那玩意儿就骨碌碌全滚了出来，还有皮质短裤网眼袜，十厘米以上的高跟鞋……应有尽有。脸上也都涂抹得五彩缤纷，卷曲的假睫毛，鲜亮的唇膏，头发要么高耸入云，要么浓密地披在肩上……真个是衣衫鬓影，美女如云。一个盛会，理应如此，不奇怪，谢桥见多了美女如云的繁盛场面。只是，这缤纷香艳中隐隐透着怪异，谢桥眯缝着她的近视眼，左看右看，总觉得哪里有些不对头。

二人在一个圆桌上坐定，一个卷发盗然在肩，一根彩色发带宽宽地绑在脑门上，身着抹胸短裙的女孩翩然飘近，颜色是极其饱和的翠绿，裙摆是娇俏的喇叭式，走起路来裙摆一飘一飘的，腰身紧箍着，不盈一握。活像纳博科夫笔下的"洛丽塔"（国内俗称"小萝莉"）。

"小萝莉"飘过来冲着萧太太喊："萧太太，你来了。萧导演呢？"

"爱丽丝！"萧太太娇媚地回应道，"他呀，拖拖拉拉的，马上就到了。"她又转向谢桥介绍说："这是爱丽丝，我们40年前在台湾就是好朋友了！"

40年前？谢桥愕然。近距离一打量，才发现爱丽丝浓厚的脂粉下，是一张被岁月的年轮打磨过的脸，被紧身胸衣束缚的腰身远看很细，近看箍出了几道肉褶，颇有分量，也是六七十往上的年纪了！

一个身穿浅咖色丝质衬衫，外套一件亮片马甲，头戴一方与衬衫同色系小头巾的颇有明星范儿的男士款款走近，坐在谢桥右手边。萧太太介绍说，"这是新加坡红歌星啊！"

谢桥着意看了一眼，来人面部轮廓清晰，鼻梁挺直，紧抿的嘴唇线条美好，果然是个俊朗人物。

萧太太和爱丽丝拉着手亲热叙旧，谢桥与新加坡歌星有一搭没一搭地攀谈，"你现在还在新加坡唱歌吗？何不去大陆发展？很多港台明星都转战北京了。"

"到美国后，我就改行做生意了。唱歌，年少时的营生！"他用词文雅，脸部表情也淡然，有点冷和清高的样子。

"哦，你条件这么好，改行好可惜的。"谢桥半真半假地恭维道。她真觉得这歌星气质外形不错。

果然，他脸上浮现出隐隐笑意，那笑也是很节制的，说："那倒是，当年在新加坡还是很火了一阵子。60 年代嘛，从台湾过去的艺人还很少。"

"60 年代？"

"四十几年前了。"

"四十几年前？可是我看你还不到 40 岁！"谢桥实心实意地惊呼。他的面部没有一道皱纹！

"呵呵，"他真开心了，"我已经七十了。"这一乐，谢桥方才看出端倪，他没有一道皱纹的脸大约是注射了什么东西，绷是绷紧了，却也没表情了。怪不得看起来那么矜持。使劲乐的时候，皮肤是皮肤，肌肉是肌肉，不往一块儿使劲，和"皮笑肉不笑"相反，肉笑皮不笑。可就这样已经让谢桥惊异万分，别说这张脸，就说这副打扮，在国内，打死你也想象不出一个 70 岁的老人会穿成这个样子！

受了震荡的谢桥赶紧掏出眼镜戴上，欲把眼前的情状看个究竟。却原来，这一屋子数百人，个个都是"萧太太"。原来萧太太还不算最扮嫩的，这些个衣着光鲜的男男女女，颜色款式嫩到极点，露到极致，猛一看都像二三十岁，仔细一看，都在七八十往上。

谢桥恍然明白了刚进屋时为何感觉情状怪异，七八十岁的内瓤子装在二三十岁的外形里，气场无端透着鬼魅。这一屋子，只有谢桥这一个货真价实的年轻人和刚进来的萧导演这一个货真价实的老人。

谢桥生于上世纪 70 年代中期。上世纪 70 年代大陆在物质和精神上的双重贫瘠如寸草不生的荒漠。好在那是童年，孩子不记得物质的窘困，也没有太多精神的需求。在她成长的上世纪80年代，那个著名的老人在中国的大地上画了一个圈，国门打开了，新的信息涌了进来。没有什么可以阻挡清新的文化之风从紧闭的门缝里大举入侵。欧美大片、日本漫画，那都还早，是上世纪90年代之后的事，天外般遥远，上世纪80年代的中国大陆还消受不起那些。邻近的港台，同样肤色血脉的龙的传人，却生活在另一个世界里，过着完全不同的生活。这是新鲜的，却又可亲可感的。

生于上世纪70年代长于上世纪80年代的大陆孩子，是被港台文化浸润的一代。

少年的谢桥艳羡地看着时髦的哥哥姐姐穿着喇叭裤，提着录音机，戴着贴着商标的墨镜（当时叫作蛤蟆镜），喇叭里响着邓丽君，那叫一个美。虽然时有居委会老太太提着剪刀拦在路口，用尺子量着青年们的裤脚，超过八寸就剪破！可没有什么可以阻挡贫瘠数十年的大陆人靠近港台，靠近美与时尚的决心和勇气！

国内的荧屏上只有短发齐耳言语铿锵视死如归的女游击队长，一脚要把山踢倒的铁姑娘，或浓眉大眼、脸膛宽阔的战地英雄，随时准备着英勇就义，港台片里却有林青霞、秦汉、翁美玲、钟楚红，美得妖娆邪气，毫无革命色彩，后来谢桥懂得了一个词，叫"风情"。

上世纪80年代的大陆更是文学的鼎盛年代。没有什么比文学更契合这个时代。大陆在忙着伤痕文学，追思过去的十年，痛说革命家史，一个比一个苦大仇深，港台的文化涌进来，却是甜腻腻、柔美美、男欢女爱、花好月圆的。金庸来了，三毛来了，琼瑶来了。身为文学少年的谢桥常为自己文学品位的低下而羞愧。她也读托尔斯泰，也读陀思妥耶夫斯基，也读萨特、尼采，也读《红楼梦》、《水浒》，也读王蒙、张洁、贾平凹……读一切市面上能找到的去世的活着的，国内的国外的，名家的非名家的高雅或通俗的文学作品。她的阅读车载斗量，不管数量还是质量都大可炫耀一阵子，绝不跌份儿的。可骨子里，她唯迷恋金庸、三毛、琼瑶。她知道于文学界而言，这三人都不登大雅之堂，唯金庸曾一度跻身所谓几大家行列，但也并未得到公认。可这不打紧。别的文学就是文学，哭过笑过感动过震撼过，也就过了。文学素养，不当作家也用不着。这三人的文字所构筑的世界，却浸润到谢桥的骨子里，与她的思想、血液、生活融为一体，可以说，谢桥之所以成为今天的谢桥，这样的面貌、装扮、外貌气质和精神气质，与这三个人是不无关系的。尤其是琼瑶。第一次读琼瑶小说，谢桥被冲荡得七魂少了六魄，原来世间之事，无非男女。

萨特说过，人生就是自我设计与自我实现的过程。谢桥是通过这些作品，渐渐确立了自己的形象。是钟灵的、飘逸的、脱俗的，飘飘然遗世独立，羽化而登仙。当然，有一个年长的，洒脱、挺拔、帅气，既儒雅多才，又温柔体贴的男人要死要活地爱着她，这更必不可少。

可现实太不配合了。

她饿，决心把自己饿得形销骨立。省略每顿的早饭，课间操看着同学们大快朵颐而独个儿咽口水，在自虐中想象自己飘飘欲仙。但她天生是小骨架而多肉型，无论怎么饿，看起来总是圆润多肉。白白饿出个胆结石。

小城市没有飘逸华美的衣服，就算有，也买不起。就算买得起，也买不着。她的衣服蠢笨、粗陋、不合身。她遍街去寻觅柔软的白色紫色面料，跑到裁缝那里按书里的描述自己设计，连比带画，做出来仍是蠢笨粗陋不合身，外加不伦不类。

她15岁开始留齐腰的长发，为追求飘逸的效果，夏天宁可热出痱子也要披在肩上，坚决不肯向马尾或麻花辫低头。没有吹风机，冬天洗了头，总被老爸拉到煤火炉旁烤，她一面闻着满头的煤火味儿，一面幽怨地想，这样的头发如何让男主人公温柔的手指穿越，如何能丝丝挑起，满室幽香……

她穿走起路来能摇曳生姿的廉价高跟鞋，脚后跟被粗粝的皮革磨出血泡，脚趾被又窄又硬的鞋尖夹成三角形，大脚趾的关节被永久地掰弯，像是裹了足又被放掉的那种半畸形。她如同美人鱼，一步步行走在尖刀上，在疼痛和畸形中体会着自己的修长和挺拔。

她坐火车，在盛夏里，把车窗摇起，脸探出窗外，她希望有人看见这样一幅画面：15岁的少女，长发在空中飞舞，满脸清冷与落寞……岂料风刮过来，太猛烈了些，准确地说，不是风，是肮脏浓稠的热浪，扑在脸上，黏糊糊的，带着不明固体，粘在脸上下不来，眼睛也迷了。她只得关了窗，缩回车厢，落寞倒是落寞的，却万不是那种落寞法。

她在雨里漫步，不是细雨，而是倾盆大雨，周围人撒足狂奔，她却迈着悠然自得的步伐，像是享受，又像绝望。其实都不是，她仅是在模仿，模仿通过台湾小说得来的想象。

她只是一个小城市的姑娘。她还没有长大。她的做作和矫情简直吓坏了周遭的人。她长得不丑，可没有男生敢喜欢她。

当然，后来她还是成功了。长时间不懈的坚持和努力，加上有了一定财力和市场，她终于在想象和现实中找到了结合点。她不是很漂亮，但总有点与众不同。

是的，她仅是一个小城市的姑娘，这城市还相当闭塞和落后，但她不管走在任何城市，却不显得土，也不显得俗。甚至说，总是有些出挑。这是因为，她在少年时，受港台作品熏染，为自己制定了一个标准，这个标准在文学形象里是平庸的，在现实生活中却是脱俗的。大多数女人，随波逐流应付着自己，对自己的形象和人生从来没有半点想法，有的有点想法又不肯或者没有条件去实践，形象和人生便面目模糊，混沌一片，有点想法的，尽管不完美，却也就凸显出来。

很多女人过了青春期，便失了梦幻。在现世人生里，上班下班，结婚生子，按部就班过一个庸常女人的日子。通常谈不上幸福，但也有细碎的温暖和快乐，并不想改变，或者害怕改变。谢桥不肯活在这样的人生里，但又不能继续活在小说中。她在现实和小说中左支右绌，跌跌撞撞。她把人生用来折腾，从小城市折腾到了北京，北京当然比故乡好，可是，她仍然感觉到，自己身上的某些东西与周遭的氛围是格格不入的。

是的，谢桥从少年时期便按照港台小说的形象在塑造自己，可是，台湾和香港只存在于她的想象中，白马王子也只存在于她的想象中。她从没有去过台湾或香港，也没有近距离接触过台湾的男人或女人。

如今，她不但跑进了台湾人的世界，更加跑进了琼瑶的世界。看看，这些男女，他们是琼瑶的同龄人。琼瑶书里那些不食人间烟火以恋爱为生的男女，说的就是他们。

他们的好光景在40年前，在台湾，他们青春年少，他们俊美飘逸，他们弹吉他，开舞会，海边漫步，山上踏青，谈生生死死荡气回肠的恋爱。他们是殷采芹、乔书培、秦雨秋……他们是秦汉、林青霞、吕绣菱……

时光错位了，倒流了。谢桥一时间心神恍惚，不知今夕何夕，不知身在何处。他们和她，无论在年龄还是地域上，都分属两个世界。他们存在于文字，存在于想象，犹如盛世大唐存在于中国人的古典记忆，原本没有在现世里交集的可能，可是，他们和她，从台湾和大陆分别迁徙，在洛杉矶这片热土上无意间相遇了！

她是误闯仙境的爱丽丝，跑入了自己的梦境里。

40年光阴的流转，他们她们，才子佳人，都该迟暮了。然而，他们的外形和心态，竟顽强地保存了40年前的形态。鲜花之美，在于娇嫩与易凋，愈美愈如是。昙花、牡丹、情人节的玫瑰，你看它繁丽，看它荼蘼，看它萎谢。总有人不甘不忍，试图凝固、挽留这美，情人节街头，出现一种特殊的玫瑰花，冶艳鬼魅的蓝，花瓣一圈金粉的边，很贵，一朵可以换一束，置换掉上帝造好的颜色还在其次，关键是，几个月不凋不败！名唤"蓝色妖姬"。

眼前，这些个香艳绰约的老人，他们就是绽开在北美大地上一朵朵不凋的"蓝色妖姬"，经过特殊的处理和保养之后，虽然损失了汁液和水分，却顽强地留存着40年前的体态、形貌和风姿。

晚会的模式亦拷贝了40年前，琼瑶小说里描述的，舞台上有人演唱，舞池里翩翩起舞。跳的是三步四步，也有华尔兹探戈，典雅又规范，都像在参加国标大赛。一个身着大红色紧身低胸T恤，曳地大摆长裙，披散一肩浓密卷发的"吉卜赛女郎"，尤其奔放热烈，每三招两式便会被男伴放倒在离地面约两三寸的距离，再原样收回。戴了眼镜的谢桥看清她的面貌，应该也是七十往上，作为老人，身子骨大都疏松易碎，她很担心这一放下去，万一没把握好力度（男伴也八十开外了，力道究竟有限），一下子摔碎在地上，满地的零件如何收拾得回来？

这就是几十年前，琼瑶小说里描述的台湾舞会的盛况。如今大陆的所谓跳舞，几乎全变成了蹦迪，还不是伸胳膊抬腿的蹦，下半身定着，上半身幅度极小，慵懒颓靡地晃动，唯脑袋勤快些，左右频繁地摇，眼神空茫呆滞，游魂一般。他们不，他们也有蹦迪，却也是兴高采烈，情绪昂扬地蹦，幅度极大地扭肩，转胯，胳膊在腰间转啊转，你若是看过邓丽君《十亿个掌声》演唱会，就会理解这种舞。

萧太太一直旋转在舞池里不肯回来，穿着紫色旗袍的她舞姿是优雅的，高贵的，古典的。怯怯地伸出手去，任你盈盈握住，神情是哀婉幽怨，盈盈含泪，我见犹怜的。冰山都要化了。请她跳舞的人排成队，中场休息时都下不来，就靠在舞池边的凳子上喘口气。如此连轴转上数小时。

萧导演一曲舞也不跳，端坐在座位上，默不作声地看着爱妻和一个又一个男人紧拥，旋转，眼神里有纵容和爱怜。

"晓得回去后我将干什么吗？"他突然问谢桥。看着谢桥茫然的眼神，他一笑，"洗脚水一盆一盆端过来给她泡脚，按摩……"

谢桥惊异了。惊异于年近古稀的萧太太竟有如此旺盛的体力和精力，连续跳上一晚上的舞，更惊异于如此威严肃穆的大导演，竟会拖着沉重笨拙的身躯，一盆盆端了热水给跳了一晚上舞的爱妻泡脚，这在当下的中国大陆，几乎不可想象。她看向萧导演，几近落泪。在他的身上，中国古典文人的情怀体现得如此清澈透底。几乎像失传的神话。

一身白衣胜雪的男子翩翩从谢桥身边掠过，腰上松松系了一条银色的腰链，身形修长到飘逸，与萧导演打招呼时，一双桃花眼瞥向谢桥，媚眼如丝，唇角含春，生生是个尤物。当他上台演唱时，双手过肩，身躯扭动，犹如一条灵动冶艳的白蛇，场下群情涌动，尖叫声欢呼声一浪高一浪。

身边的"小萝莉"高声尖叫，兴奋地对谢桥喊："快看快看！他是我们台湾 40 年前最红的明星！"

"你莫非是说，他也有……七十了？"谢桥怯怯地，她的关于年龄的判断已在一瞬间里完全被颠覆。

"怎么可能是七十呢！""小萝莉"不满地嗔怪道。"他当红的时候我还在上高中呢，他可是我的偶像，现在我都七十多了，他肯定超过了八十！"

哦！谢桥几乎呻吟。黑山老妖，艳极无双。

一个大陆来的女歌手走上舞台，用极其规范的调调儿演唱了民族歌曲《我和我的祖国》，你知道的，国内受过专业训练的那种范儿，举手投足，眼神唱腔，全是一个模子铸出来的。场内反应寥寥。

轮到谢桥唱了，她本来万不敢登台演唱的，没受过专业训练，何敢随便往舞台上站！可受不住萧太太和萧雨山竭力怂恿，加之打入洛杉矶文化艺术圈的心太切，纵是只鸭子，也只得往架子上赶。她硬着头皮站上舞台，战战兢兢唱了两首邓丽君的歌。不想应和者众。一干人兴奋地围着她发问，前面那个歌手为什么要捏着嗓子用又尖又细的假嗓发声呢？好难听。

哦，那是我们大陆的民族唱法呀！很专业的。

你也是从大陆来的，怎么你不那样唱呢？

哦，因为，我没有受过专业训练啊……

谢桥从不承想，没有受过专业训练竟也成为优点。若在大陆，那位歌手大抵也能在地州级青歌赛里拿个奖什么的，谢桥只配进卡拉 OK 自娱自乐。而在这台湾人云集的美国洛杉矶，情形正好颠倒，台湾人只懂得美声与通俗，民族唱法是大陆独创，欣赏不来的。

这一水之隔，台湾与大陆，虽是同宗同根，却样样件件透着错位。这微妙的差异令谢桥着迷。少年的她在向往着台湾，在模仿着想象中的台湾，如今，她与台湾在美国洛杉矶邂逅，她的外貌、穿着、精神气质与台湾世界竟果真有着惊人的高度契合，获得高度赞誉和认同，甚至比普通的台湾女孩子更台湾，就像人妖比大多数女人都更像女人。

因了与文化艺术界的亲近，谢桥扎进了台湾堆儿。在不久的将来，她才会明白过来，她在台湾堆里广受欢迎，如鱼得水究竟是因为什么。

4

好莱坞在洛杉矶。

好莱坞对于洛杉矶的中国人是遥远的。

地价当然是一个原因。明星云集的好莱坞和比华利山庄是洛杉矶最昂贵的地段。却也不仅是。中国人不选择在好莱坞居住的更主要的原因是，这是一个纯粹的白人的世界，离中国人的世界太远了。

都知道，中国人是不团结的。在自己的国土上如是，到了别人的国土上，不但不加强团结，同抗风雨，反而把人性中那份忌妒、小心眼、尔虞我诈演绎到极致。一百年前的唐人街，中国人本就少得可怜，被歧视得无处可藏，却自己火并打死几十个，在排华议案里，这是一条重要罪状。如果一个公司里出现两个中国人，你就等着瞧吧，他们俩基本上是仇敌。

与心灵上的水火不容正好相反，形式上，中国人却都喜欢扎堆儿居住。这点上台湾人大陆人毫无二致。别的族裔都分散居住于各地，所谓的韩国城日本城都非常小，基本只具备象征意义，而中国城却完全不仅是国人心目中"唐人街"的概念。它已经侵占了好几个城市，圣莫瑞诺、阿凯迪亚、阿罕布拉、柔似蜜……这几个城市紧紧相连，形成一个中国人的小世界。在这里，你看中国脸、吃中国餐、说中国话、读中国字，偶有几张黑色白色脸掠过，并不会比三里屯看到的老外多，你基本感觉不到这里是美国。你明白了，其实有非常多的中国人到了洛杉矶，过的仍是缩小版的中国人自己的日子，你也明白了，其实非常多的中国人到了美国几年十几年甚至数十年都并不会说英文，不会英文也并不影响在洛杉矶的基本生活。你更明白，再有钱的中国人都不愿意选择离开中国世界太远的城市居住，没有中餐吃，没有中文说，整个世界广漠无边，空荡荡没着没落，再繁华也是荒凉。"中心"这个事，看你怎么理解，以草原为中心，北京真是太偏远了，在夜郎王心里，播州（古遵义）是世界中心，因而问受汉武帝之命前来收复夜郎的使者唐蒙"汉朝与夜郎谁大"？唔，对于以中国城为中心的中国人，好莱坞真的是很偏远。

现在，谢桥、苏棉、田二麦走在这"偏远"的好莱坞大街上。这里的景致与中国城迥然两异。如果你喜欢看美国大片，大抵上，就是这个样子。街两边是世界一线品牌旗舰店，美女也窈窕多姿起来，在美国，生活品质与脂肪成反比。毫无疑问，对于美国人来说，这里才是洛杉矶的中心。

他们来到这里，不是观光客，大可不必如田二麦去圣莫瑞诺富人区那番缩头缩脑，随时担心和准备着被驱逐，他们是堂堂正正的客人，接受邀请来拜访居住在这里的好友。住在这个显赫地区的好友是谁呀——端木亭亭！

端木亭亭嫁到了好莱坞！这消息比谢桥嫁到了中国人的富人区圣莫瑞诺更加具备轰动效应。无论如何，谢桥自身形象气质符合中国人的审美，美女总可借婚姻做通途，这大家是能接受的。不能理解的是端木亭亭的走运，老外的审美和中国人差别真的那么大吗？

穿过著名的好莱坞大道，尽头就到了端木亭亭的新家。这栋宅院有上百年历史了，依然保着百年前的风貌。院子通道狭窄，房子是纯木质结构，百岁高龄的楼梯窄小逼仄，踩上去又是呻吟又是喘息，不免担心一用劲便会让它涣散坍塌。最有趣的是楼梯转角处的洗手间，窗户对着客厅开放，坐在马桶上，上半身完全对外开放，可以一边出恭一边自如地与客厅里的人攀谈。中国人以为出恭、做饭、做爱这样的事都属于隐私，需要在私密空间里进行，这老美却什么都讲究个开放，厨房要开放，便于主妇一边炒菜一边聊天。这洗手间怎么也开放，谢桥第一次蹲上这开放式马桶，望着窗外张张面孔，窘得几乎憋出肾炎。床也是一百多年前的，硬硬的红木，端木亭亭说躺在这床上睡觉直腰疼。

也许是历史太长，新中国成立后的中国人不恋旧的，古城墙说拆就拆了，梁思成趴在城墙上痛哭也无用，生生变成个无形无迹的二环。如今，刚富起来的中国人更喜欢新，喜欢豪华气派，就像谢桥在圣莫瑞诺的房子，十个中国人九个会喜欢，这栋歪歪扭扭叽叽嘎嘎的木头房子，连田二麦都撇嘴，像是贫民窟。但是，这"贫民窟"的价值，每一间都在百万美金以上，也就是说，一小间就能买上谢桥那一栋房子。这一栋小 house，就价值几百万美金。

端木亭亭的夫君，是一个白人老头约翰，70 岁年纪，不是台湾黑山老妖那种妖娆扮嫩，也不是大陆老人那种无性别之分的慈祥稳重，他像一棵树，以纯天然的姿态存在着，生长着，上天让他长成咋样就咋样。绝不人为修正、扭曲。就像他现在这样，赤着一双脚，不要鞋子的束缚，需要与土地亲密接触，就像他这一屋子散乱的报刊、书籍、影碟……完全不待在该待的位置，时而出现在走道上，时而匍匐在楼梯拐角，时时处处挡着道，你要么选择小心翼翼避开，要么不小心一脚踢飞。

他是一个出过书但从没卖出去的作家，一个拍摄过多部电影、纪录片但从未公映过的导演，总之，他是一个没出任何成果的艺术家。也没有因此赚到过一分钱。

墙上挂了许多的黑白老照片，用玻璃面的相框嵌着，就像上世纪 70 年代许多中国人家里那样。现在大家都觉得土，早摘除了。除了有些偏僻的乡村偶有人家还不合时宜地这样干，在这好莱坞的"豪宅"里，又见此景观。

约翰热心地指点着黑白相片里的人物，这是他爷爷，这是他爸爸、妈妈，无论哪一个，都俊美惊人，散发着克拉克·盖博、费雯丽的光彩。明白了，他的祖上都是好莱坞明星，明白了，为何他活得如此舒展，自在，随心所欲，那是有强大的底蕴做支撑——祖辈父辈创下的基业，容许他做一个一辈子备受呵护，免遭风雨侵蚀的大婴儿。

这种传说中的浪荡子，在古中国是存在的，不问世事，不受劳苦，随心所欲，风花雪月。但在新中国的中国大陆，早已被重新洗牌，旧贵新贵都被一次又一次运动翻检出来，从肉体到灵魂都洗得干干净净，个个赤贫，一穷二白。所谓八旗子弟、纨绔子弟，你在字典里可以看到这些词汇，在一些影视作品里可以看到这些形象，但在现实生活中，是不存在的。如今，在洛杉矶，这满身落拓的老约翰告诉了你，什么叫纨绔子弟。

他喜爱艺术而始终没做出个样子，也许是才气不足，也许太没被生活所迫。不为生计的艺术会走向两个极端，要么出大成果，要么一事无成。他无所谓。

爱也就爱了，成不成的无大碍。他这房子之所以是这个面貌，绝不是他没有能力翻新，这是他的独特品位。就像他光着脚，绝不是买不起鞋。其实他还有多处房产，在海边，在山上，在很多个富人区。他只要按照他的方式去生活，按照他的审美去选择，包括选择了端木亭亭。

如果他愿意，别看他70岁了，有的是年轻貌美的中国女人愿意嫁给他，大家都不明白，他何以看上端木亭亭，难道他看不见端木亭亭苗壮的腰身？难道他看不见端木亭亭眼角的皱纹？不，他微笑着告诉你，端木亭亭是他眼中的中国美人儿。这也是他的独特审美。确实，他的眼睛并不瞥向谢桥或苏棉。

约翰不但娶了端木亭亭，这还是他一生中唯一的一次婚姻。对于约翰这样的公子哥儿，婚姻只意味着捆绑和束缚。没有婚姻并不意味着没有女人，恰恰相反，不但美女如云，他还有一个儿子。在美国，没有婚生与私生子这一说。孩子和婚姻并没有必然联系。哪个孩子生下来都是理直气壮的，都是美国公民，都受到全社会的关注和保护。

老约翰本准备把他的浪荡生涯进行到底的。他识得了端木亭亭，他着了迷。端木亭亭没有身份，若不结婚就得遭返回中国。老约翰动了慈悲，未遭贫苦困厄的人容易善良，年老也让人心软，他居然破了永不结婚的誓言，慨然娶了端木亭亭。

唯一的败笔，是俩人婚前到萧雨山的律师事务所做了"婚前财产公证"，确保约翰的一切财产都是他自己的。如果俩人离婚，尘归尘土归土。约翰的财产归约翰，端木亭亭的赤贫归端木亭亭。前面说过，前妻是美国男人背上一座永远推不翻的大山。那是指十年婚姻以上。而且，被公证过的财产永远属于他自己，不可分。

约翰不受穷困，可并非挥金如土。他的挥霍与吝啬在不同层面均达极致。公证费原本3000美金，他要求自己填表格节省费用，愣是给降到了1500美金。

同一个院子里是两栋house，葱郁的树木花草掩映着一条小径，也是木制的，下面是潺潺的流水。这小径连接着另一栋house，那里住着约翰93岁高龄的母亲和她60岁的男朋友。

谢桥、苏棉等人看着约翰的母亲与小她 30 岁的男朋友携了手缓缓从屋子里走出，再看 70 岁的约翰和 40 岁的端木亭亭携手跟在旁边，但觉此情此景既滑稽又令人感动。外人大抵辨别不出这四个人的伦理关系。约翰的母亲自丈夫去世后就退出影坛，一心照料儿子，二十几年前邂逅现在的男朋友，时年四十有余的汤姆，她便与汤姆同居着，继续照料着约翰的饮食起居，直到如今，仍是她主要照料着四个人的饮食。

谢桥看着这昔日的明星，几乎可称为"伟大"的母亲，她生生把 70 岁的儿子照料成世界上最老的婴儿。当然，她也是伟大的情人，她以七十高龄俘获正值壮年的汤姆的欢心，并持续二十几年至今。对于惯于男大女小思维的中国人来说几乎不可思议，当也为传奇了。

一干人等去往餐馆吃饭。约翰的车是一辆鲜橘色的吉普，车头两个大灯活似某种动物滴溜溜的大眼睛。开拉风到此等境界的车谢桥以为只有十几二十岁的叛逆少年才会有此所为，看看 70 岁的约翰神气活现开着这"烧包车"，真是忍俊不禁。这老头处处出人意表。

到了一家意大利餐厅，众人坐在露天的座位上。洛杉矶四季如春，人们也四季热爱着户外。

菜单上的意大利文几个中国人都是看不懂的，西餐又不似中餐，可由人把点菜环节包办。苏棉点了最普通的海鲜面条，这是她唯一看得懂的意大利文。谢桥亦步亦趋，点了与苏棉一模一样的面条。要想融入美国，单说这看菜单，就有好漫长的路要走。

约翰吃惊地问："你们俩是要一份海鲜面条，还是两份？"

"两份！"谢桥很肯定地回答。

约翰瞪着一双无辜的蓝眼睛，滴溜溜看着她，半晌，撇撇嘴，不再说什么。

谢桥暗想约翰肯定嘲笑中国人的饮食品位怎么如此单一雷同。丢人啊，谁叫她看不懂菜单。

餐端上来后，谢桥傻眼了，所有人都是一模一样的面条，只不过，约翰和端木亭亭共享一份。约翰的母亲与她的情人亦如是。谢桥这才醒悟过来，约翰发问的意思，是希望苏棉与谢桥共享一份面条。两个小女人嘛，吃那么多干吗，合吃一份够了！

国人学吃西餐的礼仪，简直是一桩神圣的仪式。有人著书立说，有人上电视亲历示范，就怕你出国去在老外面前丢了国格。排除那些繁文缛节，谢桥理解的西餐礼仪，最起码的应该是分餐，中国人各拿一双筷子在一个盘里搅来搅去，似乎是遭受鄙薄的。岂料这正宗的白人富豪，就在这繁华的好莱坞大街上，俩人各拿一把叉子，公然在一个盘里搅来搅去，不是叉碰叉，就是嘴碰嘴，叮叮当当，委实难说雅观。

谢桥吃得头皮出汗。多点多占已让她不好意思，更主要的是，她确实吃不完一份面条。眼大肚子小是她的一贯作风，她的好身材大半儿靠吃不完剩着。在主人家希望她只吃半份面条的情形下，她毫无眼色地点了一份，却又吃不下，浪费食物和钱财，委实难堪。谢桥吃得艰难万分，面条还剩了三分之二，怎么也塞不下了。

偷眼望去，苏棉的一份面条却已吃得干干净净，她终于舒出一口气，这充分证明，两人仅有一份面条是不够的！

约翰看出几个中国人有些休己话要说，善解人意地带着母亲和汤姆先行告辞。他用刚吃完面条的油乎乎的嘴在同样油乎乎的端木亭亭的嘴上深深一吻，谢桥情不自禁地抓起纸巾擦了擦自己的嘴巴。

"端木啊端木，你还真有本事呢！抓到这么个有钱的老头，住在这么漂亮豪华的地方，啥都解决了！哎哟，你们这些女人真让人忌妒！下辈子我也不要做男人了，我做女人得了！"田二麦呻吟。

"算了！就你这模样！变成女人也是个东施，谁会要你！"谢桥抢白他。打击田二麦几乎成了她的本能和乐趣。她对别人尚属温良，见到田二麦就牙尖嘴利不饶人。

"哼！端木这一款的有白人富豪喜欢，我田二麦这种款式的怎么就不可以？有钱人的口味嘛，很难说的哦！呵呵呵。"

"说是有钱人，一份面条还分着吃……"苏棉撇嘴。

洋嫁
214

"可不是，什么东西都不让我买。前几天我好不容易买了一件50块钱的衣服，约翰说，亲爱的，难道我们真的需要一件50块钱的衣服吗？"端木亭亭手舞足蹈地比画，惹得众人哈哈大笑。

"有钱还这么抠，莫非，他就是传说中的吝啬鬼葛朗台？"谢桥想起萧雨山给自己买的LV包包、FENDI手表，CHANEL项链……真觉不可思议。

"说是抠吧，天天看话剧，看电影，听音乐会……一张门票几十上百块，他倒又不嫌贵了！"端木亭亭长吁短叹。

"那是精神贵族啊！完全脱离了低级趣味！不过，端木亭亭你这英文水准，听得懂吗你……哈哈！"谢桥设想端木亭亭听音乐会的情景，不禁乐出声来。

"说真的，你们怎么交流啊？英文坐着火箭提升了？"苏棉幽幽发问。

"哪有！全靠这个！"端木亭亭掏出一个黑色的金字典，英翻汉汉翻英一瞬即至。"唉，最倒霉的是吵架的时候，那些词儿翻不出来，急死我！"众人想起两口子成天拿本字典翻来翻去，翻不出来急得双脚跳，那情形也真够滑稽的。

几个女人有私密话想说，便打发田二麦去逛大街。

"端木，你们两口子那方面怎么样？约翰都七十了，还行吗？"谢桥诡秘地发问。

"频率多高？一周一次？"苏棉也八卦了。闺蜜在一起，总免不了聊些情情爱爱，少女是聊情，成熟女人不免聊性。

"哪里会！一天起码三四次，未必在晚上，也未必在床上，随心所欲，随时随地！"

"啊！你这花痴！终于得其所归！"谢桥惊叹。作为窥破男女情事的成熟女人，她终于懂得性对于男女的重要。也大致明白约翰何以对端木亭亭如此钟情。作为精神保守，身体禁锢的中国女人，并不是每一个人都有能力承受老外暴风骤雨般的冲击，纵算勉力承受，若不心魂合一，欢娱万不能到达极致，端木亭亭天赋异秉，恰恰能沉湎并享受。

想想看，两人每天身体能够沟通三四次，也许真的不太需要过多的语言交流。

国人眼中年老色衰，无根无基的端木亭亭过着这样的日子：住在比华利山庄，每天看话剧听音乐会，放任不羁地做爱，世界各地旅行……

简直太具励志色彩。传回国内去，够出一本励志书的——《我如何嫁给美国富豪》。

"苏棉，你和艾伦怎么样了？"端木亭亭兴冲冲地问道。

苏棉沉默了。她搅动着那杯快凉透的咖啡，眼睛空茫地望着前方，良久，下决心地说："我们下周就准备公证结婚了！"

好莱坞大道的露天咖啡座上，三个中国女人频频举杯，互道庆贺。为新生活的开始，为彼此洋嫁的成功。

对于这些漂泊异国他乡的女人，婚姻不仅是爱情，甚至不仅是婚姻，它是事业，是土壤，是这些女人身体与心魂的皈依，没有婚姻的女人永远是这洛杉矶上空的一缕游魂，孤苦凄凉，无所皈依。

5

苏棉穿了一条酒红色及膝直身裙，宽宽的腰带系出苗条的腰身，胸罩刻意加了厚，裸色的高跟鞋。这衣裙很适合她，恰到好处地掩饰了三围的模糊，腰是腰胸是胸的，中长的头发别起来，盘在脑后，有小妇人的静美端庄。脸颊和嘴唇都抹了胭脂，站在一众排队登记结婚的人群里，也是一个爽利清秀的东方美女。虽秉持一贯的清冷，仍有喜色涌出来，在面颊上泛晕开去。

艾伦却显得吊儿郎当。他随便套了一件灰色T恤，米白色长裤，头发乱蓬蓬的，洛杉矶白领的男人里，极少见不整理头发的。他把手插在裤兜里，东张西望，既像不小心站错阵营，正自张皇，又似漫不经心，事不关己，醉花打人爱谁谁。

端木亭亭嘀咕："这个艾伦，怎么像没事人似的！"

"人家端得住呗！喜怒不形于色。"谢桥也有些纳闷。这个艾伦，帅是帅了，总觉得有些不对劲。

仪式结束后，艾伦依然魂不守舍的。谢桥和端木亭亭本拟吃顿饭庆贺一番，看二人都无意挽留，只得讪讪告辞离去。

苏棉坐上艾伦的车，一路无话，回到艾伦家中。

这是一栋两层楼的"康斗"，面积不算小，但处处透出颓败。一进屋，苏棉便腻缠到艾伦身上，艾伦却推开她，径自走进厨房倒水喝。苏棉尴尬地立在屋子当中，面色由红转青。

艾伦倒了水出来，坐在沙发另一侧，闷了一会儿，说，"这个月的房贷……准备好了吗？"

苏棉起身从包里掏出一个信封，闷声不响地递给艾伦，里面是2500元美金。

艾伦拉开封口估摸了一下数字，揣进兜里，说："明天我就要回台湾了，工作已经找好了，这房子，你一个人住着……也挺宽敞的，也不用交房租。以后每个月的房贷就打在我的卡上，我直接从台湾转。半年之后我回美国来陪你去参加办绿卡的面试。"

苏棉吃惊地瞪着艾伦，原本说好一周后他才启程的。可他这么迫不及待地就想逃开。这可是新婚的第一天！

艾伦站起身，十分疲乏地说："我出去转转，你自己吃饭吧，别等我，晚上累了就早些休息。"

门"砰"的一下关上了。苏棉听着艾伦走出门外，开车库，发动汽车，绝尘而去……

世界安静下来。

苏棉一动不动。

暮色从窗外涌进。

苏棉仍一动不动。

几个世纪过去了。

苏棉突然跳起来，蹬掉了脚上的高跟鞋，发髻粗暴地抓散，长发丝丝缕缕披散下来，像黑色的血丝，腰带解除了，远远扔到墙角，裙子被"唰"的一下拉开，丝质的裂帛声似从她身体深处裂开，带来疼痛的震颤和毁灭的快感。

她跳起来，跑到穿衣镜前看自己，赤裸的身体，有拉链划伤的红痕，凌乱的长发，直勾勾的眼神，犹如刚被狂暴地爱过。

她把手举起来，恍惚中，这是艾伦的手，修长、苍白、略带神经质。这手探上了她小巧的胸，轻抚着已然挺立的蓓蕾，她听见艾伦混乱地呢喃："苏棉，你好美……"

强烈的快感袭来，她几乎痉挛起来。另一只手探向她的隐秘处，是艾伦强健有力的进入和碰撞，她无法自持地呻吟："艾伦，来，来爱我，来呀！来糟蹋我，你这流氓、混蛋、淫贼、强奸犯……该死的，我要杀了你……"

她的声音沙哑、狂野、粗粝，像垂死的野兽，挣扎在情欲与绝望之间，随着深渊的逼近，她狂喊一声，瘫软下来，眼泪大滴大滴从眼角涌出，滚落在长发里，身体上……

这是苏棉，洛杉矶的新婚之夜。

苏棉与艾伦是在网上认识的。在洛杉矶，这是男女相识的主要渠道。在国内的小城市，走错道碰见一个人，都能点出你的前世今生。熟得你直想逃。城市大了，满街满巷都是人，却没有一个与你有关。到了这天遥地远的美国，地域无边无际的大，生活圈子却愈加狭窄。所谓"隐居"，在这里不需要，不存在，只要你不主动出门结交人，你根本就是在隐居。隐的意思，是你对于这个城市和这个城市的人而言，等于空气，等于不存在。张爱玲在一个有月亮的晚上，沉默地死在洛杉矶的公寓里，无人知晓，赚得国人多少同情感慨泪，以为她多凄凉落寞的。其实，在洛杉矶的中国人，尤其是大陆来的第一代移民，十个有九个是这下场，你真的突然暴死，无人会知晓，也就只能等着无关的人意外地发现。你想与这世界有一线联系，有一缕相通的讯息，有一丝人世的温暖，就只有借助网络。这网络成就了洛杉矶多少男女的婚姻、爱情、一夜情……

网络上，苏棉与艾伦聊得相见恨晚。电话里，绵绵絮语催得春情勃发。

终至花开蒂落。

苏棉开了一个小时车，赶到艾伦所在的城市，这里远离中国人聚集区，俨然另一个世界。

见到艾伦的第一眼，苏棉几乎停止了心跳。这般俊雅人物，端的只在梦中见过。

艾伦看苏棉的眼光，却冷得如一泓秋水。他从上到下打量了苏棉一番，毫不掩饰的厌弃与不屑，此后瞥向苏棉的便只有眼角的余光。苏棉被这冰冷的目光冻僵。

她知道自己不是美艳性感的，她也知道网络上经过 PS 处理过的照片与自己本人有较大距离，但她一直觉得自己高雅脱俗有气质，如今，她幡然醒悟，男人只是动物，没有那般高雅的趣味，只在乎你是否能撩拨起他生理上的冲动和欲望。

俩人去了一家街边小店吃晚餐，是那种两菜一汤的廉价晚餐。所有的语言都隐遁，只剩下这一对男女，老夫老妻般冷着脸，夹菜、咀嚼、吞咽……

艰难地吞咽完这一顿无色无味的晚餐，苏棉正想说："我回去了。"对方先开了口："你介意 AA 吗？"

苏棉愣了，没想到开了一个小时车赶来，这区区十元钱对方居然要和自己分账，她替对方害羞，发烫的红晕从脖子根晕染开，连声答道"好好好"，忙不迭打开钱夹掏出五元钱放在桌上。艾伦淡淡地说："连小费是十二元。"

"哦，好好好。"苏棉赶紧又掏出一元钱。这次连脸红都不必了。

走出空气浑浊的小店，苏棉在清新如墨的夜色里长叹一口气，这荒唐的网友相见活该结束了。

艾伦却提议："去我家里坐坐。"他用的不是征询意见的疑问句，而是毋庸置疑的肯定句，不待人选择的。

事后苏棉想想，当时若自己坚持回家，这一段孽缘也便了了。可她终究不甘心，怎么能甘心呢？她别无选择地上了他的车。

艾伦的家是一栋两层楼的"康斗"，虽没有院子，但房子面积够大。苏棉走进客厅，四处打量着，心情好了一些。这艾伦的经济状况果然是不错的，他肯带自己回家，证明也非完全无意。

艾伦一屁股坐到沙发上，自顾自打开电视，眼睛就落在了屏幕上，似乎身旁的苏棉是一团空气。苏棉坐在另一侧的沙发上，真像他结婚30年，左手摸右手的妻。

艾伦到底有没有看上自己呢？她反复问着自己。从见到艾伦的第一眼起，她就晕了，她完全失去了判断力。

电视一看两个小时，苏棉在沙发上坐成了一棵植物。一颗心终于冷却下去。再不知趣的人也该懂得这意味着什么。

苏棉挣扎半天，终于艰难地开了口："我要回去了。"

艾伦的眼睛终于从电视上收回，转头直愣愣地盯着苏棉。既像专注，又似空茫。苏棉被盯得浑身燥热，这空茫的眼神是一根根利箭，一接触便为其所伤。岂是身，更是心。

艾伦迅捷地扑过来，一把掀开苏棉的短裙，丝质的小内裤应声撕落，苏棉还未反应过来发生了什么，艾伦已坚硬地顶了进来……

迅雷不及掩耳，说的就是这个意思。苏棉几乎什么都还未来得及体会，暴风骤雨便结束了。

她从昏茫里睁开眼睛，发现自己的衣服散落在沙发上，墙角边，没胸没腰没臀部没任何曲线的身躯直统统暴露在灯光下，一览无遗，而艾伦自己却连上衣都没脱，裤子也只下了一条腿。他站起身来，若无其事地把裤腿一套，又是那个完好清洁的俊雅人物。

艾伦冷着脸，拾起地上的小胸罩小内裤扔给苏棉，苏棉手忙脚乱地套上衣服，羞愤和耻辱让她手不断地颤抖。这算什么？就算是一个应召的妓女，大概也不会贱到这个地步，也会聊几句谈个价钱，也会多少有个铺垫，也不会这么不尊重人。她一直以为自己冰清玉洁，高雅脱俗，怎么会贱到这个地步，白白送上门来让人家发泄！

苏棉捂着脸，眼泪无声无息地涌出来。

"哭什么？你不喜欢？"艾伦坐到苏棉身边。

"你这是什么意思？你既然不喜欢我，为什么要这样做？把我当了什么？"苏棉的声音哑了，像个失去了青春、姿色和希望的老妪。

"我们都是成年人了，你何必这么计较呢？我好久没做了，想做。"艾伦的声音依然平静温文，有一种受了委屈的无辜。

我就是你的发泄管道吗？就算是性伴侣，大概也不会这么不平等。连衣服都不肯脱……苏棉什么话都说不出来，只是沉痛地啜泣。

"好了好了，你不喜欢，我不会勉强你的。"

苏棉想逃离这个冰冷的魔窟，可夜色茫茫，她逃向哪里？她的车停在了餐馆。她无路可走，只得住进了艾伦家的客房。

午夜时分，苏棉在床上辗转，冰冷的月色透过百叶窗射进来，依然是一个好月亮的晚上。她像发了高烧的病人，身体和脑子重重叠叠的，交织着纷乱的感觉、印象和记忆，模糊遥远得如同太古洪荒的记忆。她的私密处火辣辣的，残留着艾伦进入过的痕迹，是被强行进入的撕裂痛楚，却又有陌生的新鲜的无可名状的刺激。

台灯无声无息拧亮了，只身着一条白色三角裤的裸身美男立在床前。灯光和月色交织的光影，斑驳地映照在他的脸上、裸身上，绵延起伏，美如希腊的雕塑。无辜的美少年。

"愿意吗？"他柔声发问。这平常的一句话被他演绎得柔情万种。

当然不！苏棉内心坚定地回答。可是，她的身体不争气地柔软了，她开始湿润，像春天草地上沾满露珠的花蕊。狠狠地拒绝他！这不懂得尊重女人的流氓！她伸出手去，紧紧把那黑色的头颅揽进怀里，让那曲线优美的嘴唇去吸吮她处女般小巧纯洁的胸脯。

她的身和心分成了两瓣儿。如不共戴天的敌人，各行其是。

她恨他，他带给她一生未有的羞耻和屈辱，玷污了她的清高与清白，她应该狠狠给他一记耳光，远远躲开他，像躲开瘟疫与魔鬼。可是，她的身体在开放，在迎合，可耻地湿润着，身体战栗着，分不清是因为羞耻还是兴奋。她牙关紧咬，希图控制住身体的快感，她为这快感羞耻得要流泪，可是，快感一阵紧似一阵，她在云端上升，又往深渊坠落，天堂地狱，迂回盘旋，终于，她被引领冲上顶峰，她无可遏制地呻吟出声，眼泪涌出来，濡湿了枕巾……

完事后，艾伦像一个混账的嫖客，拍拍屁股就回了自己的卧房。苏棉奄奄一息地趴在床上，因自己身体的背叛惊得头脑一片混乱。她从来不知道身体竟然是这样的，可以不受大脑和意志的支配，自作主张，自行其是。

若说第一次是猝不及防，甚至说是被强奸，她对自己尚存宽宥，可这第二次，分明的，她在顺忍，甚至说，她在主动顺迎。至少从身体的反应看来是这样。

苏棉自诩道德高尚。她瞧不起周遭的男女，因生理的不可控，动物般苟合。她嘲笑端木亭亭流着口水的花痴样，也不解谢桥对萧雨山那一腔痴情，她清冷如处子。若有男人敢对她说，我们做性伴侣，她一个大耳光毫不迟疑扇在他脸上。可如今，这耳光似乎扇向了她自己，她脸上发着烧，羞耻到已不知疼痛。

莫非在她身体里，潜藏了另一个她陌生的自己，邪恶又淫荡的？她吓坏了！她完全不识！

艾伦侵犯与摧毁的，不只是她的身体。在这个晚上，这个有月亮的晚上，清媚的月光洒下来，空气里，床单上仍余有身体交合的气息，微醺，微腥。苏棉走在这迷乱里，她走丢了自己。她把自己丢弃在这黑暗里，这月光清浅，暗兽出没的夜里。她遭遇了人所能遭遇的最严重，最不可弃的背叛——自己身体的背叛，她的身体与灵魂被活生生劈成了两半。她眼睁睁看着，灵魂的苏棉愈行愈远，从此，她不再是她。

这样的关系开始了。

算是什么呢？

苏棉无法给这样的关系一个清晰的定位。

隔三岔五，他会打电话给她，更多的，她打给他。一起吃饭，做爱。他心脏不好，做爱激烈时每每嘴唇青紫，有垂死的狂乱，她害怕更迷恋这份紧张，一触即溃的毁灭。或许性爱的本质，本就接近毁灭与死亡。她不饶过他，母兽般侵占他，摧毁他，很多次她都想他快完了，可是不，他大病初愈般，从迷醉里醒来，蒙眬中睁开眼，像出生的婴儿般，她又爱死这茫然无辜。

她晓得了艾伦的窘境。2008年之后的经济危机严重威胁到电脑行业。艾伦表面是一家电脑公司主管，号称年薪十万，可如今只有半天班可上，薪水只勉强够维持房屋贷款和日常开销。No money, no honey.他的美丽女友在他失去了大半收入后毅然离开了他的怀抱。他在怨愤消沉后，积极上网寻找新的女友。苏棉应时出现。

对苏棉的外貌，他当然是失望的。看惯了精致玲珑的一张脸和凹凸有致的身材，苏棉就像未完成加工的一截木段，太潦草太节省了，五官三围皆含混模糊，几可忽略不计。

这么交往着，又聊胜于无。吃饭、游玩都是苏棉付账，从不要他花一分钱。他也从未曾送过苏棉任何礼物，衣服鞋袜倒被苏棉伺候得好好的。这荒芜漠然的洛杉矶，有个肯倒贴的女友，并不是一件容易的事。他不是没感觉过温暖，只是那温暖，如同在草原上扣动打火机，一缕火苗刚探头，立即熄灭了。

如此的暧昧、含混，直到有一天，他对苏棉说，搬过来住吧。苏棉惊喜。性伴侣到同居，这意味着男女关系的某种确认。

也就大大方方，把艾伦亮相给谢桥诸友。果然体面，果然引得艳羡。她骄傲着，尽管这骄傲里有说不出的涩苦，可哪一份骄傲里不饱藏不为人知的涩苦。就像小人鱼袅娜地行走，却忍受脚底刀伤的割裂。剥开幸福那柔美的外衣，那血肉翻涌的内里，才接近真相。你不必让人看到这些。你让他看到层层包裹后洁白的幸福，就好。

才知艾伦已完全丢了工作。要她过来住，无非把她当成了摇钱树，从树上摇下叮当的血汗钱，去偿还房屋贷款，支应日常开销。苏棉不傻，也不是情痴，只赔不赚的买卖，当然不会干。承诺半年后娶她，可办绿卡常留于美国，这才有了平衡点。

半年过去，谢桥成功嫁掉，端木亭亭也轰轰烈烈恋爱着，承诺中的婚姻却兑不了现。艾伦又找到一份干半天的工作，有了基本收入，又有了底气。讥讽苏棉的相貌，想结婚，无异于癞蛤蟆想吃天鹅肉。翻了脸，艾伦赶她走，她已是被榨干了汁液的烂黄瓜，再无利用价值。当然不肯的，除了那成筐往情海里倾倒的心血，她付出的，更有一张张绿色的美钞，她的血汗钱。接近两万美元。她要求艾伦偿还这笔巨款，从此两清。艾伦却不肯，老虎吞下去的食物，焉有吐出之理。真绝啊！打电话招来警察强行赶她走。苏棉对着警察声泪俱下，要求艾伦偿还她付出的两万美金，警察耸耸肩，"你可以去法院告他，但不能赖在他家里骚扰他。"

如此，落花流水，苏棉只剩得身心俱伤。她看谢桥春风得意马蹄疾，看端木亭亭傻人傻相坐拥幸福。论才，她强于谢桥，论色，她强于端木，她是正牌美国留学生，学识渊博，英文流利，却败给那不学无术无才无色的谢桥和端木亭亭！

她走马灯一般相亲，约会，见各式各样男人。却更是心灰意冷遭挫败。还不如艾伦，艾伦还有一副好皮囊。这洛杉矶如何荟萃了如此多糟粕的男人，无色无才无德，单只想占女人便宜。分明只具备嫖客资本却妄图当鸭子，不但不肯付出，更望女人倒贴。当然，说不出口的原因，她并不像自己预期的那样有市场。

艾伦却再度找上门来。

这一身颓败的公子哥儿，他又丢了工作。苏棉仍是他最后的一根救命稻草。爱，是没有的。那些个不多的迷恋、纷乱、依赖，一层层微弱的希望被一层层刺心的耻辱和绝望所覆盖，苏棉想起他，恨不能寝其皮，食其肉。但是，他开出的条件打动了她——毫不拖延，立时结婚。她不再奢望爱情，只想要一张绿卡。况且，艾伦并未去做婚前财产公证，这栋价值五十万美金的房屋属于夫妻共同财产，纵算离婚，这房屋有一半儿属于她。这意味着，她放进去的两万元贷款不但未付诸东流，相反，她赚取的是这价值五十万美金的房屋的一半儿。艾伦聪明一世糊涂一时。

女人所梦想的盛大婚礼，婚纱、钻戒、玫瑰花……苏棉都不敢奢望。尽管在她的美国梦里，这是最瑰丽的一个。也没有亲友的祝福。艾伦那方，未来一个人，苏棉与他远在台湾的父母从未通过音讯。也不曾进入过他的任何朋友圈子，能通知的，也不过谢桥数人，这洛杉矶的荒寥，实令人掩面。

他如此急于要走，有鬼在撵着脚后跟，一个美国的失败者，一个逃兵。他所拥有和留下的，是这栋房子，和一个替他养房子的女人，套了一个婚姻的壳。她所拥有的，是一个婚姻的壳，壳里没有爱情，甚至没有男人，但是，有绿卡，有这栋房子。

她的目光呆滞地扫过这屋子，这凋败的墙壁，生锈的水管，凌乱的沙发……眼光渐渐柔和。一抹浅淡的笑意浮上嘴角。是的，在这美国，她终于拥有了自己的房子，是谁说过，房子，比男人更可靠，更能带来安全感、幸福感。爱是虚无的，男人更是，当他在你的身体里，他是属于你的，当他抽身，也就两干。你对男人所期许的，依赖、信任、爱恋……莫若投向房子，房子不是虚无，房子不会辜负你。一股爱怜涌上心头。这美国数年的漂泊，谁说没有结果，这份婚姻，谁说没有内容。

月光洒进来，沙发上，赤裸的女人，被强暴一般凌乱。她紧紧拥住自己，拥着这切实可感的房子，歪在沙发上，沉沉睡去。

这是苏棉，洛杉矶的新婚之夜。

6

演出现场全乱了。

谢桥从幕布后轻轻扒开一条缝儿，过道上，通道上，密密匝匝都是人，然而还有人在不断涌入。这份乱，谢桥是有预感的，却没想到真能乱成这样！

报了警，几个荷枪实弹的老美警察冲进剧场，准备依照法律把闲杂人等驱逐。可眼前的"闲杂人员"竟多达数百上千人！更好笑的是，这些站着的"闲杂人员"很多是花了钱买了票握票在手的，而那些堂而皇之坐着的，很多只有一张手写的白条。这番壮观混乱景象，饶是你经验丰富，骁勇善战也是无用。纵算你有开枪的权力，总不成把这数百上千人都打死？No,no，如果这些中国人暴动起来，压也得把这几个老美警察压成肉饼。几个警察紧张地握着枪，几乎要瑟瑟发抖，这帮中国人终于让他们深刻领会了一个中国成语：法不责众。

开演时间已过去一个小时，场内的纷乱毫无缓解，几番威胁恐吓兼之晓之以理动之以情的劝退均无效，悲愤迷惘之下，警察们索性破罐子破摔，踱开了事不关己的步子：哥们儿，你们爱咋地咋地，我们管不了了，大不了等着回去挨处罚就是！

按照美国的法律，场内有一个观众站着就不能开演。舞台监督在广播里铿锵地宣称：请站着的观众尽快离场，否则演出将在五分钟之后取消！几分钟后，舞台监督再次重复相同话语，如此一遍一遍，循环反复。如传说中的"狼来了"，威慑力一遍遍递减，一遍比一遍有气无力，说到后面，已近似于怨妇对不听话的丈夫的无谓唠叨，明知唠叨了没用，却又不能不说——那叫一个无奈苦！

终究是不敢随意取消的，责任之重大，谁担负得起。

笑星苦着脸坐在后台一侧，是全国人民所熟悉的招牌式苦瓜脸，却不是作秀。他在国内叱咤风云十几年，万没料到第一次踏上美国的土地，便遭遇此等惊恐。说是冷，还不是，恰相反，洛杉矶的中国人太热爱他了！热到场内几近暴动。若演出当真取消，当该如何收场？且不说一大笔演出费用，且说这国际影响，如何面对媒体，面对江东父老……

台下的端木亭亭等人倒是早早到达，坐到了前几排的位置。约翰瞪着一双茫然的蓝眼睛，饶是他这般从小混迹于好莱坞、百老汇、拉斯维加斯各剧场的"戏油子"，也难得见到此等舞台下的"好戏"。在美国人心中温良恭俭让的中国人骨子里竟如此疯狂，让他大感意外。这就是"东方神女"端木亭亭带给他的不一样的"中国风情"。端木亭亭够疯的，她的同胞比她更疯。

端木亭亭激愤地站起身来，作势要冲上舞台，"干吗干吗？"田二麦慌忙拉住她。

"我要上台去给大家唱歌！我的声音有磁性，有魔力，可以治病，我一唱大家就安静了，就乖乖听我的了……"

"哎哟！我的姑奶奶！你快别去添乱，别去丢人现眼了！"田二麦死命拉住她，"你声音能治病？你以为个个都像约翰那么傻呢！"

约翰听到自己名字，警惕地看了田二麦一眼，悄悄问苏棉："他们说我什么？"这干人里，只有苏棉能与他自如交流。

"说你们美国人素质好高！说中国人素质好低！"

约翰惊恐地打量了四周一眼。关乎种族的问题，公众场合最好闭嘴。况且周遭如此多的中国人哪！

苏棉冷冷斜乜了众人一眼，她打心眼儿里觉得端木亭亭、田二麦众人都层次太低，素质太差，来到美国真就是来给中国人丢脸的。奈何这洛杉矶，你看眼前这一堆一堆的人，能和你私下里见上三次面的绝不超过十个。而像这样有事无事能凑一块儿吃个饭，参加个活动的，左右也不过这几个。你看不起他们，却不得不混迹于他们当中。唯望自己出淤泥而不染。苏棉喟叹。

一个半小时过去了。舞台监督不断敦促谢桥在广播里用中文重复他的话语，也并未奏效。他急了，说："你赶快上舞台，直接告诉他们，请站着的观众离开！"

"我上去？不行，会出危险的！"此刻站到群情激奋的观众面前，无异于站在枪林弹雨前。哦，不！谢桥惊恐。

"不会，你这么美，仙女一样，你的同胞不舍得伤害你！"舞台监督一把将谢桥推上舞台！

就这样站到了舞台上，站到了这几千个不管站着坐着忍耐力都到了极限的中国同胞面前！火药味儿布满了这剧场的每一个角落，真正是一触即发啊！

谢桥笑了，巴结又讨好地笑了，谄媚又娇柔地笑了，声音空前甜美，又糯又软，若是用这种声音对某一个男人说话，那要使人筋酥骨软的。此等情形下，任何的刚均已无用，只有这女性原始的绕指柔，有望将干戈化为玉帛。

谢桥软声细语，恳请站着的几百个观众顾全大局，离开剧场，千般委屈过后再弥补赔偿……大家会听她的吗？若是不听该当如何？臭鸡蛋啤酒罐砸上来，她逃是不逃？完全没谱。她心里已然虚得一团空，但多年职业生涯的训练，让她身姿依然挺拔，笑容依然甜美，语言亦清晰准确。这无关乎勇气，完全是职业训练使然。就如同中世纪的士兵，一排排子弹扫来，仍只能挺着胸往前冲。几已成为本能。

剧场静默下来。十几分钟后，一群群的人转身慢慢离开，离开……走道上终至空空荡荡。

谢桥退回后台，只觉双腿发软，内心一片虚空。

"你真的好勇敢哦！"一众大陆来的小演员惊喜地夸奖她。

勇敢？天晓得谢桥从来不是一个勇敢的人！

段子里，国王想为公主选到最勇敢的猛士为婿，在水池里放了一只狮子，谁要敢跳入水池在狮子的追赶下游到对岸，便将赢得公主。无人敢应。良久，一个人"扑通"跳入池中，在狮子的追赶下骁勇地游到对岸，欢呼四起！记者激动地访问道："什么原因促使你做出如此大胆的决定？公主的美貌？王位？荣誉？……"勇士抹一把水珠，回过头去，带着哭腔喊道："他妈的哪个王八蛋推我下来！"

哦，谢桥也就是那个稀里糊涂的"勇士"，蓦地被推入池中，潜能也被迫激发到极致。

无论如何，演出在推迟了整整一个小时四十五分钟后，终于清了场，拉开了帷幕。所有演职人员都松了一口气，尽管，麻烦都还在后面。

所谓的主持，不过开场白与结束语，大陆来的演出团本就是一场完整的演出。说白了，洛杉矶的主持人根本就是牛排边上的土豆，有你五八，没你四十，都一样。若说有什么作用，就是正式开演前，谢桥被推到枪林弹雨前，婉言劝退的那几分钟。正式演出与她基本无关。

谢桥在化妆间里，和搭档蓝小云聊着天。

蓝小云在上世纪 90 年代是国内著名的电影明星。具有四分之一欧美血统的蓝小云轮廓清晰的五官和奔放的异国风情在当时的一片中国红里颇为亮眼，红极一时。当时还在读高中的谢桥便曾是她的粉丝，剪了许多大头贴粘在笔记本上。时隔多年，不想与偶像邂逅在这洛杉矶。

上世纪 90 年代中，蓝小云在明星出国热的大潮下移民洛杉矶，如今已嫁做人妇，退隐江湖。

"过得好吗？"谢桥问她。

"买菜做饭打扫房间，接送两个孩子上下学，辅导作业，伺候老公。家庭主妇生活，无所谓好不好，更无所谓事业或成就。"蓝小云黯然，唇边是自讽的笑。

"你这么好的条件，当家庭主妇好可惜，好埋没啊！"谢桥望着她白腻的肌肤，五官精巧得如同精工所雕，只是面色憔悴困倦，眼角细纹丛生，明显可看出岁月流转的痕迹。当年与她在国内同出道的女明星可正在好时候，一个个保养得油光水滑，拍一部电视剧或一个形象代言便可拿几百上千万片酬。

"又能怎样？国内每一个来洛杉矶的女明星都想闯入好莱坞，最后发现好莱坞和中国演员基本没什么关系。若说有机会，也和中大奖差不多，理论上有，但需要多少人垫底铺路，才出一个幸运儿。在这里，女演员出路左右不过两条，一是自己做工。做演员的，你知道，文化不是很高，英语不是很好，也没有其他专业技能，能找到的都是些摆不上台面、见不得人，又挣不到钱的糙活儿，名气，早就随着国际航班扔进了太平洋，从中国到洛杉矶，每个人都像刚从娘肚子里爬出来，赤条条好干净。美貌，哦，美貌是不值钱的，能凭美貌找到的工作更难堪。所以，第二条路就如我，嫁人做主妇。嫁有钱人的概率同样和中大奖无异，大多数像我这样，中产生活，请不起人做家务，自己当了保姆，伺候老公孩子，每天累半死，晚上连做爱的时间精力都没有，只想一觉睡死……"

"那……至少可以出来，比如说，到电视台做做主持人什么的……"

"做主持人……看看今天这样的场面，你以后还有兴趣做？我是不怎么出来，出来一次伤一次。说到底，都等同于开玩笑。"蓝小云失神的眼睛直看到谢桥眼睛深处去："这里是洛杉矶，是番邦。久了你就会明白，做中国文化艺术的，到了洛杉矶，就像一尾鱼晾晒在沙滩上，唯死路一条。"

谢桥默然。

此次混乱，早在头天的欢迎晚宴上便见端倪。

原定于七点三十分开始的欢迎晚宴，六点三十分便匆匆开席。笑星被一群谢桥不认识的人提前从机场接到，挟持般绑架到了会场。话筒被一个号称是同乡会会长的男人把持着，句句话都像是喝高了，全不似正常人。刚下飞机还没来得及倒时差的笑星更蒙了，一脸得罪不起海外侨胞的苦笑。谢桥和蓝小云作为主持人始终抢不到话筒，干着急。

一小时后，谢桥这伙的组织者才赶到，见此情形，急了，呵斥俩人说："这么笨，把话筒赶紧抢回来呀！"

谢桥当主持人以来，只遭遇过"抢话"，从没有遇到过"抢话筒"。俩人充分发挥女英雄作风，左突右拼，奋力从会长手中抢过话筒来，那真是，虎口夺食啊！

主持人抢到了话筒，无异于士兵从敌人手中夺过了枪！一股自豪感油然而生。谢桥二人清清嗓，终于开启了今晚的主持，刚说了两句，只闻得话筒哑然，失了声！

两方终于弃话筒而展开肉搏。一方拽着笑星的左胳膊，一方拖着笑星的右胳膊，争抢着笑星的所属权，"我的我的他是我的……"，俨然如传说中的"五马分尸"。

笑星被拖得七荤八素，完全找不着北。所幸大陆手下人多，见势不妙，再顾不得维护海外华人形象，用身体护着他们的祖师爷，奋力杀出一条血路，落荒逃窜。

双方一番对骂，也各自散去。只苦了餐馆老板，好容易摆了十几桌，算是一桩大买卖。却找不到人付钱。找到会长那伙，说，不是我们订的酒席，凭什么付钱？找到订酒席那伙也就是谢桥们那伙，说："我们连话筒都没抢到，话都没说上一句，根本和我们无关，凭什么付钱？"

餐馆老板气炸了肺！有冤无处申啊！只得自认了倒霉。美国做餐馆每一分都赚的是血汗钱。说是老板，总是厨房里兼任了大厨，前厅里充当了跑堂，一天到晚连轴转，骨头都要散了的。几个月利润便莫名其妙做了这场所谓"慰问海外侨胞文化演出"的牺牲品。

说起来，这场演出的组织者本就没一个圈内人，个个都是二把刀。有做小生意发了几个小财想扬名立万的，有没正事干想跟着混几个小钱的，撺掇着，这事居然就摆上了议事日程。

主持人的选择上，还煞有介事，把洛杉矶为数不多的几个女主持人都翻来覆去扒拉个遍。谢桥坐在做小生意的公司里，望着矮小陈旧的办公室，杂货堆般的物件摆放，员工打扮气质不是保姆就是民工，一阵一阵的疑惑。可闯入洛杉矶文化艺术圈的心太切，她仍以竞争央视春晚主持人的劲头，尽心竭力展现自己，甚至由于要讨好"领导方"里的一个基督徒，还即兴背了一段《圣经》：爱是恒久忍耐，又有恩慈；爱是不忌妒，爱是不自夸，不张狂，不做害羞的事……凡事包容，凡事相信，凡事盼望，凡事忍耐……哦哦哦……

如此，才竞争到主持人的岗位。

却不算完。

主持人被分配了任务，必须得拉赞助！

谢桥愁得，在国内当主持人，大小算个腕儿了，只管做好节目就是，岂料到了美国，当主持人不但没有出场费，竟还要当街拉赞助。她和蓝小云一个组，跑了好些家公司，跟要饭的似的，巴巴赔着笑脸，要不被人轰苍蝇般轰走，要不被人以苦情戏婉拒之：我们公司经营也很困难啊……

腿跑断，好话说尽，终于有一家律师楼答应赞助了，谢桥好一阵兴奋！开口，出资300美元。300美元！换成人民币也就两千块，这也能算赞助吗？谢桥蒙了。纵算当年在家乡，一家市级小台，也没听说过有赞助2000元的！对方却有要求，除了赞助名单上需有大名外，必须让笑星亲自写个感谢信。

赞助300元还需写感谢信？谢桥算一算，一个电视台晚会几十、几百万办下来，岂不得写个几万封，手都得写肿了！

只得作罢。

蓝小云见怪不惊，洛杉矶就这行情，什么文化艺术活动，要参与就出个三五十，论赞助就是千儿八百的。你以为是大陆，动辄就赞助成百上千万？

连跑数天，两手空空。一个叫高英的女人拉了共计1800元赞助，成为筹委会红人，做小生意的在会上声嘶力竭号召大家向高英学习。高英也一脸知性女强人的清高傲慢，拿出一本影集，全是与各大小名人的合影。她不是穿着演出服就是戴着墨镜，也俨然一明星。那帮保姆民工气质的员工百般崇敬恭维着她。

最后，赞助只好拉到了萧雨山头上。萧雨山失笑，我赞助你百分之百，你拿百分之三十提成，还要分一半儿给蓝小云，这算个什么账嘛！

谢桥不干，拉不到赞助，主持人地位岌岌可危，筹委会已在商量是否换高英上场，虽然她气质打扮介于老鸨和老保姆之间，一口东北话"罢罢的"。看到谢桥跳到沙发上又着腰又撒娇又撒泼，萧雨山气得笑了：哟！我什么眼神儿啊！分明是只母老虎，却愣是当只小猫养在家里。

到底是萧雨山赞助了2000元了事。谢桥总算保住了主持人地位。筹委会自身内部又起纷争，狗见羊地打成一团，彻底分成两拨，谢桥跟着的做小生意的这一伙算是正主儿，另分出去的一派拉了同乡会作后盾。于是上演了欢迎晚宴上那一幕荒诞滑稽戏。

做小生意的掌握了赞助现款，分出去那一拨席卷了演出票根。于是做小生意的手写白条当作正式票根发放。如此，票便凭空多出一倍来。

演出当天，只有一个小姑娘把门，有票的放进来了，拿白条的也放进来了，人越涌越多，门都快挤破了，小姑娘吓坏了，索性擅离岗位落荒而逃。反正是个义工，既领不到工资自也不用担责任。如此，拿票的，拿白条的，甚至什么也不用拿的，如八国联军攻陷北京，长驱直入，毫无滞碍。

剧场里便多出那几百上千人，演出便推迟一个小时四十五分钟。此风波还迁延到纽约，笑星美国此行演出整个儿的滑铁卢。闻名遐迩的笑星在美国演出险些被取消，在国内各大媒体炒得沸沸扬扬。这群狗咬羊羊咬狗的纷争持续蔓延诸长时间，闹出诸多笑话，暂不表。笑星竟也被列举了上百条罪名告上法庭，罪名千奇百怪，由于他没有应诉，被美国列入黑名单，终其一生都不能再来美国，到海关就会被铐上镣铐带上法庭……

曲终人散。谢桥独自走在清凉的夜风里，路灯把她的影子拉得老长，一股子落寞凄凉意。她裹紧了风衣，茫然在花园里走着。筹备了一个多月，投注了诸多心血的演出如此闹哄哄收场了。她精心准备的台词全没派上用场，前前后后说了不到十句话。此番闹剧，让她觉得可笑，复心寒。

所谓洛杉矶文化艺术界，专业的人士也有，但是，不专业的人也多。什么人都想插上一脚，什么人都可以插上一脚。经常搞得不伦不类，贻笑大方。

就说那高英，欢迎晚宴上就吓了谢桥一跳。但见她身着大低胸曳地晚礼服裙，整块后背裸露在空气里，裙身用大裙撑撑得鼓鼓圆圆的，颜色是饱和度极高的玫红色，脸上亦是浓墨重彩，眼睑上是闪闪发光的金粉，粗黑的假眼睫毛如两排小扇子，扑哧扑哧直闪。这身装扮降落于一个餐馆的欢迎晚宴，就像是县城里借了相馆服装拍婚纱照的新娘——当然，这身衣服本也是向照相馆借的。

一晚上但见那个玫红色身影不断朝笑星身边猛扑，却又被更为勇猛的人群挡了回来。

第二天中午总领事在官邸宴请笑星众人，但见她一模一样的装束再次现身于总领事官邸。连脸上的妆都一模一样，谢桥疑心她昨晚简直就没洗脸。昨晚虽有些吓人，还不至于到此等地步，毕竟夜色可消融掉许多的夸张、俗艳、粗陋，而如今在赤裸裸的阳光之下，在蓝天草地之间，这大露背曳地长裙，浓厚的假睫毛，直如妖怪白日现身，太惊悚了！一众大陆来的演员均瞠目结舌盯着她看，嘀咕洛杉矶的华人莫不是有病？高英感受到众人的眼光，以为是对她美丽的折服，简直骄傲坏了，道都走不直了，一步三晃的，逢人便掏出名片自称为"晚会筹委会副主任"。

今晚的正式演出，谢桥在后台听人唤她，一转头，竟又见她笑嘻嘻站在眼前，神色美滋滋的。而且，还是那身装束，那副妆容！一连三天穿同一件衣服，不会馊吗？谢桥几可闻到那股子酸腐味儿。谢桥奇怪她如何能混进后台？因剧场虽然混乱，但后台是被剧场工作人员严格把控的，一众老美严阵以待，为确保演员安全，除了当晚演员，任何人严禁入内。却原来，因了她这身隆重装束，老美工作人员打死也想不到她只是一个普通观众，把她当成演员而放进后台。

一晚上她可有事干了。不断拉着笑星及众演员合影，笑星一张苦瓜脸都快憋烂了，还不得不摆出姿态配合，到了洛杉矶，一众大陆来的演员全吓晕了，在大陆的土地上建立起的原则是非全给颠覆了，哦，拍吧拍吧，逆来顺受……

谢桥终于明白了她那一大本影集照片的来历。第二天她又将有了炫耀的证据和资本：我和笑星同台演出那天……"虚荣"一词用在此处恰当不过，若这也是"荣"，果真是太虚了！

谢桥走在夜色里，想起萧导演凝重的叹息：在这里，做中国文化，没路！想起蓝小云哀婉的眼睛：这里是洛杉矶，是番邦。久了你就会明白，做中国文化艺术的，到了洛杉矶，就像一尾鱼晾晒在沙滩上，唯死路一条。

暮色浓重了，凉如水。谢桥裹紧了风衣，仍感觉寒风呼呼地往身体里灌。昏暗的灯光前方，是无穷延伸的黑暗⋯⋯

在这里做中国文化，真的没路吗？

7

又一个春天降临了。

所谓四季如春的洛杉矶，季节的交替并不明显，更多的是心理的春天。

谢桥是生在春天的孩子，她严重惧怕黑暗和寒冷，漫长的冬季总令她不耐烦，她渴盼着春天，虽一岁老似一岁，她仍热烈渴盼着生日的降临，渴盼着春天带来的新的希望。

今年的生日尤为不同凡响。在888海鲜酒楼隔了一个小包间，顶上拉了大红色的横幅，上书"才女主持谢桥生日快乐"。

来宾除端木亭亭、苏棉、田二麦一众死党外，还有萧导演夫妇、蓝小云及谢桥新近结识的洛杉矶文化艺术界新友，坐了三四桌，这在洛杉矶已属"盛况"了。在这个地方，就算要请客，能聚齐这么多人也是不易的。

临时搭建的舞台上，一帮洛杉矶的华人演员在唱歌跳舞，许多在国内曾是专业演员。你大体上明白洛杉矶演员的命运，没有大舞台给你，只有这餐馆里的堂会，蹦跶一晚上能挣个五十、一百。这种机会也并不是很多。有人为这菲薄报酬，有人只为表演本身。螺蛳壳里做道场，也比完全没得做要好。演员是为别人目光的注视而活的。

萧雨山苦心孤诣创造各种机会让爱妻成为主角也为此，总不愿曾被众星捧月的谢桥在洛杉矶被忽视，被冷落，虽然在这里人人都想成为主角，人人都难成为主角。人人都想被人关注而不想关注别人。

虽然谢桥觉得这敲锣打鼓的生日晚宴有些像《红楼梦》里老祖宗的寿宴，对于一个三十几岁的年轻人，隆重得近乎滑稽。但念及萧雨山一片苦心，也憋足了劲又唱又说地配合，好端端一个生日，倒弄得像工作。依她的想法，不如两个人找个西餐厅吃个烛光晚宴，再找个依山傍水的酒店享受二人世界。仅属于自己的甜蜜温馨，胜于劳心费力作一场自己花钱的秀。

谢桥自己感觉不值，看在别人眼里，却是风光无限。这么体面光彩，殷勤周到的老公，这般隆重的生日晚宴，这个刚来洛杉矶两年的新移民，怎不让人羡慕忌妒恨。末了，主持人得萧雨山授意，春风满面地在台上高调宣称，洛杉矶最著名的××电台已正式录取谢桥为主持人，节目已安排妥当，下周便将走马上任!

这一消息，把晚会的气氛推向高潮。××电台可是洛杉矶家喻户晓的强势媒体，向来被台湾人把控，大陆人极难插进一脚。谢桥居然能被××电台吸纳，真是惊天新闻。

谢桥心里惊恐，经验告诉她，未能板上钉钉的好消息一经说出口，便会在空气里化掉。可她脸上仍流露出扬扬自得的神色。起码在别人眼中是这样。她长了一张完全不低调的脸。无论她在多么倒霉，多么背运，多么悲观绝望的时候，她的脸看起来总是神采飞扬的。连生病时都不遭人同情。这帮了她也毁了她。实力足够强大的高调轻狂，确能让人心生仰慕崇拜，偶像就是这样被塑造的。可根基并不够牢靠时，这番热烈张扬的高姿态只让人捏一把汗：哎哟! 姑娘! 看你这副模样，只让人恨不能扇你一个耳光，再把你踩在地上，踏上一万只脚啊!

谢桥挺直脊背，好让自己站得更稳些。想起在洛杉矶文化艺术圈这数月的漂泊闯荡，真是百感交集啊!

这几个月，她是一只没头的苍蝇，嗡嗡乱闯。嗅到一丝气味，便倾力而动。很多名头大得吓死人的机构，什么"世界×××救世大同盟"，什么"国际×××艺术联合总会"，要么完全是个空头，要么在贫民窟里有个极简陋的办公室，还兼做旅行社之类实用业务。她终于明白过来，在国内，市比县大，省比市大，国家更大。凡是"全国×××"或"中国×××"的活动，都不得了，实力很强，世界当然比中国大，可你若以为所谓"世界×××"的活动比"中国×××"的活动规模更大，那就完全错了。凡是沾着"世界×××"的活动比国内××县的活动还要小得太多。就好像马很大，河马更大，海比河大，可你若以为海马就定比河马大，那完全错了。海马巴掌大小，顶着个"海"，枉自担了个虚名。所谓的"世界×××艺术联合会"便是这担了虚名的"海马"，大多是一些七老八十的老人，无聊至极，拿些闲钱出来搞点活动，有点人气，逗个乐子。钱也出不多，无非一万两万的做个基金，就够热热闹闹打发掉所剩不多的余生。在美国，中文不具备法律效应，因而随便你怎么取名，取成"银河系×××大同盟"都没关系，美国不会承认你也不会否决你。就好像你在中国给孩子取名叫"王子"，"宫主"，"黄帝"，那是你自己的事。

　　每次活动也无须太多花费，无非搭个台，租点音响。主持人、演员都是白请的，自带行头化妆兼节目。谢桥唯一一次收到一个红包，激动万分，这毕竟是她在洛杉矶主持节目以来第一次获取薪资，她捏着艳艳的红包猜测，一百？两百？拆开一看，二十！她眼望着这二十的钞票真有些无法置信，二十！过年打发孩子也不好意思拿出手的吧？

　　谢桥穿梭于各个"世界×××联盟"，主持了多至数百人，少则十几人的活动，愈加心灰意冷。前面说过，她在台湾人圈子里广受欢迎，每一个角落都有人盛赞她"年轻貌美"，初时她自我错觉良好地认为自己颇具"台湾范儿"，因而与台湾人不具隔膜。又甚或，她到洛杉矶后容颜返老还童，因为在大陆，年过三十的她在电视圈主持界已属"高龄"、前辈，随时面临被年轻人取代的危险。长江后浪推前浪，前浪死在沙滩上。不想到了洛杉矶竟屡被誉为"新人"，台上台下都被人惊呼："好年轻啊！"甚至有的场合，她被人称为baby。时日久了她终于发现，她之所以广受欢迎和称赞，不是因为她年轻，而是周遭的人都实在太老了！每一个人拎出来都年长她二十以上，高不封顶。她周遭簇拥着老人，尽管他们妖孽地保持着不衰的容颜，露胳膊露腿露胸……露出他们还有资格或没资格展露的任何肌肤，面上注射了东西以至于没了皱纹也没了表情，可他们的内瓤子毕竟是老人。他们的手背、鬓角，每一个不引人注目的地方长着褐色的老年斑，稍稍凑近，可从香水的余韵里，嗅到老人独有的气息，俗称为"老人味儿"。

她被一众七八十岁的老太太称作"小妹妹"，和九十几岁高龄的男性坐在咖啡馆吃冰淇淋。有很多活动，索性就办在老年公寓。不知不觉，她似乎成了这当中的一员。有一次演出她掏出近视眼镜，萧太太立即惊呼："哎呀！你也老花了是吗？"她哑然！见她不答言，萧太太更加欢欣鼓舞地说："你真的老花了！"她终于火了，"我还这么年轻，老什么花！"我可以称长我三十几岁的你为"姐姐"，可你真把我当作了同龄人？萧太太怯了，不老花就不老花，值得发什么火呢？谢桥终于明白，被这帮人赞为"年轻貌美"真没有什么好骄傲的，因为人家都把她当了同龄人来比较赞美的。你以30岁的年龄坐火箭进入七八十岁的圈子，能不"年轻"吗？

为何洛杉矶的文化艺术圈皆是老人云集呢？年轻人都去了哪里？无数个黄昏和夜晚，她苦苦思索这个问题。看到那20块钱的"出场费"，她终于恍然，在这洛杉矶，人工贵得吓人，雇一个钟点工打扫一天卫生，在国内可以雇半个月。所以不是真正的大富大贵，没有人请得起保姆，人人沦为初级劳动者。但有一项人工价廉惊人，那就是，做文化艺术。主持一个晚会挣了20元，这已经是主办方仁慈，更多的，分文没有，为了出这个风头，你还得去拉个赞助甚或自己出点资。因此，做文化艺术，那实在太奢侈了。年轻人谁能有这份奢侈！只好去餐馆洗碗，去富人家做工，去医院看护病人……去做一切摆不上台面，苦哈哈累巴巴但起码能维持生计的营生，能有钱有闲出来"玩艺术"的就只能是那些年轻时挣足了养老费，赋闲在家的老人，还大多是台湾老人。大陆老人还玩不起，他们大多须得窝在家里替第一代移民的儿女做饭打扫卫生看管孙子。是的，所谓的文化艺术圈真的是叫"玩"——等同于大陆公园里老人们遛狗做操打太极拳，强身健体，或只为打发寂寞，和功利无关，和艺术更无关。

一些真正的演员、艺术家，像萧导演、蓝小云，为秉持艺术尊严，只好远离这喧嚣的是非地，极个别真正走入世界艺术行列的翘楚人物，更不会混迹于这等圈子。张爱玲隐居于洛杉矶，她是高洁或许也属无奈。只要她一踏进这所谓的文化艺术圈，混迹于这一帮业余文化艺术爱好者当中，她的神秘高贵立即会坍塌，一文不值。不如固守一份寂寞尊严。

谢桥渐渐明白了萧导演为何说，在洛杉矶，做中国文化艺术，没路。文化艺术是需要受众的，许多成功的艺术家总是在粉丝面前高高在上，被粉丝簇拥时一脸漠然或无奈甚或厌恶。甚至有明星高调宣称：最大理想就是走在街上没有一个人能认出自己来。可真到了那一天，没一个人把你认出来，或认出来了更不把你当回事，你就晓得，没有众多貌似地位卑微的粉丝支撑，哪有你艺术的价值和舞台。

洛杉矶这里，号称60万华人，相当于一个小城市人口规模，但来历背景纷繁，除大陆人外，台湾的、香港的、越南的、马来西亚的……看似同一肤色，内瓤子千差万别。有的长了一张中国脸，一句中文不会说，有的只会说广东话，听不懂普通话，有的会说中文也会看中文，但不愿说也不愿看，不愿接受任何中文信息，有的会说会看也愿意接受中文，但每天为生计奔波得四脚朝天，哪有闲情闲时欣赏艺术……如此分解下来，能欣赏中文艺术的还剩下几人？

没有受众，艺术就变成自娱自乐。

谁若说做艺术只为稻粱谋，定遭人鄙薄，自己都瞧不起自己。可若做艺术却谋不来稻粱，你不知房租在哪里，一日三餐在哪里，你如何还做得下去？尤其在这天遥地远的美国，没有亲人可投靠，没有朋友可接济，更没有"单位""组织"来管你，一切靠你这一双手土里刨食。你只好去洗盘子、做保姆、开卡车、赌场发牌……

谢桥在这圈中混得越久，愈发迷茫。混在老人堆里，兴陶陶赶赴一场又一场堂会，十八般武艺使尽，获得一些肤浅的赞美和掌声，两手空空回家，她不晓得这么做价值和意义何在？

此情此际，终于有伯乐推荐她到×××电台试镜，电台收购了一家电视台，正在招主持人，这好歹算是一个正途。

试镜当天，谢桥中规中矩念了一段新闻，这对播音专业出身的她而言，只是小儿科。末了，要求她看镜头随便说点什么，主要为看看她的眼睛。这完全在准备之外，也就说了，一气说下来，十分钟的妙语如珠，惊呆了现场众人！

台长看了录像，兴奋异常：这样的人才哪里去找！赶快聘上！

于是便去了台里安排节目签合约。管事的，大约算个总监，说："你刚来，暂且算个兼职，不发基本薪水，只按节目计酬。"

"哦，好。"

"报酬嘛，按有效工作时间算，一小时十美元。"

做一档一个小时的节目，从出门、开车、进直播间，再到离开，少说得五六个小时。再不说在家准备资料，以及此前为有资格做这份工作而所需的各种训练……哦，十美元，在洛杉矶再没有比这更廉价的劳动了。谢桥家里的钟点工，干一下午是一百五十美元。以一周两档节目计算，谢桥在电台工作两个月只够付钟点工一个下午的薪水。

这就是真相。谢桥被著名的 ××× 电台录用的真相。寒碜得近于丢人。

可是，她站在这生日晚宴的舞台上，衣履光鲜，春风满面。主持人这份职业，是怎样的折磨和改造了她。她的羞怯、畏惧、紧张、与人群的疏离、与这世界格格不入的隔膜……这些性格对于其他职业也不算优点，对主持人而言几乎致命。她不是这块材料，可因了她这张脸，这副身材，她阴差阳错成了主持人。凭借相貌总是一条捷径，她不舍得放弃，她也没有别的事好做。可谁晓得她做得多么辛苦而吃力。

她与自己作战，吃不下饭，整夜失眠，生病，输液打针，咽喉片成包吃，望着台下黑压压的观众双腿发颤，直想晕厥过去……如此，她一次次在炼狱间来回，历经了怎样的嬗变，终于成了现在的模样。她仍羞怯、紧张、不自信，可是，她已学会巧妙地掩饰。一个天赋不够的主持人，矫枉过正地呈现了自信，展示出高姿态。

这份呈现，在她是涅槃般痛楚、艰难，别人看来，未免神气活现讨人厌。

这成就了她也毁了她。

8

一股暗潮悄然涌动。

流言，张爱玲说，写在水上的字，关于谢桥的，静静在她周围散播。

网上开始出现谩骂谢桥的流言，在美国和大陆的各类门户网站，在关于谢桥的新闻下，恶言攻击，怨毒深刻。

一贯温婉如水，待谢桥如"小妹妹"的萧太太态度骤变，神情漠然，眼神陌生，甚或有隐隐恐惧。

萧雨山回家，眼神古怪地盯看了谢桥半晌，大笑："最近很多人提醒我，当心被谢桥骗了、甩了！"

"什么？"谢桥莫名其妙。

"说谢桥这小女子不简单呢，心机重，手腕儿多，当年凭借色相一路从电视台爬上来，不晓得踩了多少男人肩膀。如今拆散了萧雨山家庭，无非是借萧雨山做了跳板，待在美国站稳脚跟，准保一脚踢掉，另攀高枝。纷纷好心提醒我，别被你骗了！呵呵。"

骗？谁骗谁呢？

谢桥无语。

自己这样一个小女人，在美国既无亲人又无朋友，对这个国家两眼一抹黑。有点接触了解，都是盲人摸象式的。甚至连最基本的生存技能都不具备。才华，你连这个国家的语言都不熟稔，只能划归文盲行列，如不想被饿死，就只能做最低级最没有技术含量的弱智的工作，姿色，若没有相应的平台，她这几分姿色毫无用处，论五官和身材，"黄玫瑰"那个小姐并不比她差多少。

唯一有的，就是这个老公，这个多金多情的老公。可真是属于她的吗？充其量，是一半老公，或者说，三分之一老公，还有一个大女人和一个小不点儿的"小女人"在分享着他。

没人担忧她被骗，担忧失去这个依附之后，她将陷入情感和生活的双重赤贫，人们反而去担忧萧雨山，美国法学博士，在最繁华地段开着律师楼，英语说得比80%的美国人更地道，两个女人眼巴巴期待他"宠幸"，还有更多的女人在圈外垂涎着……人们反而去担忧他会被骗……

谢桥几乎想失笑。这里的人们同情心未免太泛滥也太吝啬。不去同情柔弱卑微的小草，却去担忧那根深叶茂的参天大树！什么样颠倒的世道和人心。

"你信？"谢桥闷闷发问。

萧雨山哈哈笑，伸手揽过谢桥："我不信的！"

电话响起，是电台总监打来。谢桥欣喜接通，这是她一直期待的电话，聘任书已填好，节目也去台里实习过好几回，就等着正式上工了。

"谢小姐，最近台里很忙，暂时没有时间接洽聘任事务，过段时间再说吧。"

收了线，谢桥愕然盯着电话，傻傻问萧雨山："这是什么意思？"

萧雨山也沉默了，半晌，说："大概是，你不会被聘任了。"

"不会吧？聘任书都填好了，节目都安排好，我都去实习过好几次了，他们对我很满意，怎么会突然就不聘任了呢？"谢桥嚷嚷。

萧雨山也不答话，闷闷点燃了一根烟。

"要不……是台里真的有事，我过些天再打电话去问问？"谢桥迟疑地，小声说道，近乎自言自语。

萧雨山无言地揽过谢桥，揉揉她的长发，长叹一口气，"傻丫头，已经不必了……"

此时距谢桥的生日晚宴刚刚三天。

希望的肥皂泡这样升腾又瞬间破灭。对这份工作，谢桥寄予了如此大的希望，因为，这是她的理想，也是她唯一的专长，虽不挣钱，也是价值的一种体现。她有完全的自信，可以比这电台所有人都做得更棒。除此，她不知自己还有其他什么能耐，能够以职业女性的面貌立足社会。

可命运之手，翻云覆雨。

真的是命运的拨弄吗？

几天后，萧雨山终于找联系此事的中间人打探到实情。生日过后，有人到电台进谗言，谢桥高调宣称已聘任于电台云云，其张狂得意状自是无限夸大，近于得志小人行径。总监大怒：此等把管不住自己言行，更把管不住秘密之人，再有才华，谁人敢用？

如是，鸡飞蛋打。不是命运，乃人为。

谁人所为呢？中间人自不肯说，只晦密，好事成型之前，别信任任何人，别向任何人透露。须知人性之晦暗，忌妒、阴毒共存，害你的，往往是你最亲密的朋友。

明白了，又没明白。此公是谁？必是出席生日晚宴的人。此消息仅"发布"过那一次。谢桥来洛杉矶不长时间，不招谁不惹谁，从未与谁结怨，唯一得罪的，就是田小麦了，可她远在旧金山。谢桥想破脑袋也想不明白谁会这样干。唯可明白的是，自己本是一棵稚嫩清浅的小草，没有根基没有底蕴，却偏以大树面目猎猎招展，一阵微风吹来便轻易折断。

丢的不仅是这一次机会，洛杉矶的华人圈子就那么小，坏了名声就全坏了。洛杉矶的文化艺术之路本就狭窄封闭，她的"朋友"亲手帮她把路堵死，不留余地。

还有那微波泛陈的流言，萧太太的冷漠，众人的侧目与闲言，这一切，都是同一个，或同一拨人所操作。

谁那么恨她？以至于如此怨毒，杀人不见血。她到底做错了什么？招致如此报复？萧雨山慨叹：你不需要做错什么，有时候，你的存在本身就是错误，你的光芒刺痛了别人的眼睛，映照出别人的不美丽不幸福不完美，别人成不了你，只好毁了你。尽管，你的光芒后面，是并不那么光鲜的真实。

他很是懊恼沮丧。在谢桥的发展上，他犯了用力过猛的过失。他太想让谢桥重返舞台，太想让她有自己的一方天地，眼看已接近目标，他急于表功，自作聪明导演了生日晚宴的高调发布，古人说"得意忘形"便是如此。忘形自然摔跟斗。世事人情上，他自以为圆通老辣，其实有时也很幼稚，搬起石头砸自己的脚。

这桩事件的毁坏力，并不仅在事件本身。事情就是从这儿开始坏的。就像百里长堤，白蚁所蛀出的第一个洞。

如果谢桥顺利进入电台当上主持人，也许，一切自都不同了。他们的感情、生活目标和轨迹，都将会是另一种面貌，不会演变成后面的那个样子。

洋嫁

第十章　与一个孩子争宠

1

谢桥委顿了。

她不再打扮得桃红柳绿去参加那些等同于开玩笑的作秀，也不再去学英语，去试图与这陌生世界融合、交流和沟通，她放弃了自我发展，放弃了作为一个社会人的一切尝试和努力。

女人的优势，在于永远有退路。只要还有男人愿意要你，事业败了，尚有家的巢穴。家庭妇女是世上最简单、最不动脑筋、最省事的职业。谢桥这样以为。她不要事业，不要梦想，不要社会，不要公众，她退回家中，爱情的枝蔓构筑了她整个的世界，这两层楼的洋房，是她的天地、乐园和监狱。

当你为梦想而奋斗时，生活仅是背景和底色，那些琐屑、瑕疵、粗陋都可忽略不计。当生活本身变成了唯一目的，柴米油盐，庸俗琐屑，都会变形夸大，蚂蚁长成大象。

谢桥这个不擅家务的家庭妇女终于开始挽袖大干，每天折腾于厨房和洗衣房之间，终于也能把两三个菜端上餐桌，把一件衬衫熨得多少有个样子，甚至也能接受萧雨山一月两次的北上探亲。作为一个乐天知命的家庭妇女，她在接受这样的生活格局，并努力适应，从中体会出安宁与温馨。

这时，风暴再次袭来——萧雨山前妻卷土重来！

随着孩子的一天天长大，她愈发可爱，愈发迷人，萧雨山的心不知不觉被这甜蜜的小东西俘虏过去。两周一次的北上探访已远远不能满足，甚或一周一次他也嫌不够，只恨不能天天搂在怀里，看在眼中。他哀求过田小麦数次，带孩子到洛杉矶居住，都被断然拒绝：早知今日何必当初！

田小麦离婚后，也想过独立开始新的生活，有钱有孩子，不就是缺个男人吗？可离婚后，单身自由的她晃了大半年，也没见到哪个多情的男人来勾引她。参加了一个单身俱乐部，稍看得上眼的几个男人眼睛都盯着三十以下的女人，对年过四十的田小麦眼角也不瞟一下。前来搭讪的男人，都是经济状况极差，没身份没房子，等着女人救济。田小麦再饥渴也不敢往这火坑里扑。好容易交往了一个叫李爱国的中年男人，有个小房子也有份固定工作，算是靠点谱，但寒酸困顿不说，更木讷无情趣。几个月后始终无心进入情况，也就无疾而终。她终于看清楚自己，确实已经不像自己所想的那样有市场。她已经没有可能再找到萧雨山这样的老公。如何把这样一个多金多情，又一起奋斗过来的五好老公拱手相让？她悔极了！女人到了40岁，已经没有了任性和赌气的权利。

她想明白了，与其到外面和那些不靠谱的男人周旋，不如重新夺回萧雨山！好歹他是孩子的爸爸，他们俩是结发夫妻。

田小麦决定搬过来，萧雨山大喜。他实在不愿让田小麦另起炉灶。情感的妒意，也是有的。他对田小麦虽没有对谢桥那般炽烈的感情，但在他最困难最饥渴的时候，田小麦把少女的身体奉献出来，多少缠绻，多少缠绵。他不愿意让另一个男人侵占田小麦的身体和心灵。更主要的原因，姐姐在一天天长大，若是男孩也便罢了，她是个花朵般鲜嫩娇美的女孩儿，他如何放心让女儿和继父生活在一起？美国男人变态的很多，看看《洛丽塔》，谁知道会不会碰到第二个亨伯特？当然，田小麦离婚所分得的一大笔财产也让萧雨山惦记。那都是他一分一元赚来的血汗钱。他希望100%属于女儿，而不是被哪个无良男人白白占了便宜，骗个精光。

田小麦离婚后一直在积极找男朋友，萧雨山一直提心吊胆。有一段时间田小麦和一个叫李爱国的男人纠缠得很紧，他好意提醒田小麦说：听说那男人经济状况很差，你小心点别被骗财骗色。

田小麦火了，"我还有什么色？你就直接说他看上我的钱了！在你眼里我早就是一文不值的老女人了，是吧？你萧雨山多牛啊，老得都一脸褶子了还被人肉麻地恭维为成熟稳重，还有个小妖精崇拜着，你就很得意是吧？凭什么她就不是看上你的钱了呢？你以为你的褶子里还有多大吸引力？你的万有引力都在你的钱包里！我是半老徐娘，你也就是一个半老头儿！离开钱你他妈的也一文不值！"

萧雨山被她的暴风骤雨扑打得哑口无言。半晌，才诚恳地说："小麦，你是老女人也好小女人也罢都不重要，我今天对你好也好，不好也罢，都不是因为你漂亮了或是丑了，老了还是年轻了。我们虽然离婚了，但你永远都是我女儿的妈妈，我们永远都是一家人。我绝对不希望你过得不好，不希望任何人来欺负你。如果你真的遇到如意郎君，我祝福你。"

没多久，这份恋爱风消云散。萧雨山吁出一口气，但又担起另一份心，总是一个挂牵。

如今，田小麦突然回心转意，主动提出带孩子南下，怎不令他狂喜。慢着！田小麦有条件，必须把那女人从洛杉矶圣莫瑞诺的房子里赶出去，田小麦和女儿将以女主人的身份重新入住。第二条，为了让妞妞不觉得自己是一个单亲的可怜孩子，萧雨山必须每周在田小麦这里住四天。

萧雨山愣了，"住你那里……不太合适吧？我住得离你近一点儿，每天都过来看你们行吗？"

"不行！"田小麦很坚决，毫无回旋余地，"你不答应我们就不下去了。这没商量。口口声声多爱孩子，却不愿给孩子一个完整的家庭氛围，难道你就一个晚上都离不开那个女人？"

"这不是离不离得开的问题，你这不是……故意在为难她吗？"萧雨山很无奈。

"我为难她？我老公都让给她了还为难她？我以前没和你离婚的时候不也一个月才见你一次吗？她每周见你三天还嫌少？"

萧雨山想想，换了一条轨道劝说："我住你那里不是影响你吗？你还怎么交男朋友？"

田小麦冷了冷，满面凄然，说："什么男朋友，我再也不找了。我早就对你们男人失望透顶了。男人都一样是他妈的混蛋。既然都是混蛋，我就跟着你一个混蛋混好了，好歹你是姐姐的爸爸！"

萧雨山表面无奈，心中暗喜。中国男人三妻四妾的思想根深蒂固，尤其是古文人士大夫，谁人没有几个如花美眷？人不风流只为贫，只要有能力，宁可当牛作马也要多养几个女人。他爱谢桥，是的，谢桥的容颜、痴心、才情满足了他对于女人的梦想幻想，但田小麦的优点也是谢桥所不具备的。单说田小麦烧那一手好菜，谢桥穷极一生也难匹敌。红烧蹄髈、清炖牛肉……过一段时间萧雨山就会想念，馋得流口水。这是胃的肉欲。孔子说得好：食色，性也。不管男人女人，一生都在忙碌着填饱这双重的肉欲。

"你想好了？真的愿意跟着我这个混蛋过吗？你现在四十出头，再过几年可就真没有什么机会再婚了，到时可不要埋怨我耽误你。"

"想好了。毕竟我们结婚那么多年，又有孩子，你再坏也不会坏到哪儿去，胜于被外面那些不相干的男人玩弄。将来孩子大了，我再回到北加和姐姐一起生活。现在，为了孩子，我愿意做你的外室。"田小麦的声音清晰而坚定。

萧雨山一下子站起来，走到田小麦身边搂着她的肩膀，感动地说："你放心，只要你一心一意跟着我，我绝不会亏待你的！"

田小麦的身体在萧雨山的搂抱下微微发颤，不由让萧雨山心生怜惜。他轻轻拍着她，抚着她，试图控制这颤抖，这身子却愈发抖得厉害，梨花带雨似的，一声低低的呻吟从田小麦的喉咙里发出，这压抑的呻吟刺激了萧雨山，他蓦地强硬起来，不可控的欲望席卷而来，他的抚摸变了位置与方向，田小麦返身抱住了他，蛇一样纠缠到他身上……

前妻的身体是久违的故乡，一草一木都是你熟稔的模样，温暖的、亲切的、安全的，满载你幼时的记忆，留存了你的童年与少年。但因隔了时与空的距离，这份熟稔又透出一种新鲜的陌生，有依稀恍惚感，仿佛是这样子，仿佛又不是，你一点点去贴近，去感知，去辨认……你在故乡里迷失，你发觉自己如此热爱故乡，眷恋故乡，尽管你当初最大的心愿就是离开。你曾经嫌弃和抱怨的，那多雨的阴沉，低矮的楼房，坑洼的路面，那残败、破损，如今都让你心疼、怜惜，这才是原汁原味的故乡。你不会用外面那光怪陆离的花花世界的标准去要求它，你万不愿它变得高楼林立、面目全非。你只愿它以原初的面貌存在，它是你的来处与归途。如果你真的留在故乡再也不走了，你又会再度挑剔、抱怨、嫌弃、厌倦，妙的是你在故乡的时光是短暂的，你很快就会再度离开，回到那繁盛多姿的花花世界。因为难得，所以宽容，所以珍惜。你要把故乡每一寸土地踏遍，把每一份芬芳留存……

如此这一番缱绻，直做得荡气回肠。几年了，俩人再没有这样痛快淋漓过，竟比初识时更为狂热、炽烈。故乡，是你已离开的地方。如果你从不曾离开，便永不会识得这份好。

一切的激荡都结束了。俩人仍紧紧拥在一起，泪水濡湿了眼眸。都诧异自己从前怎从未识得这份好，又怎的随手丢弃了这份好。总有一种办法，可以把故乡与现实连通，在这信息化的时空，自由穿梭来去。

2

谢桥在网上无聊地浏览着新闻，搜寻着国内的信息。亏得这一台电脑连通了她与大陆，否则这一腔乡愁何以排解？

在北京的时候，总以为朋友甚多，常嫌喧闹。有时周末把自己一个人锁在屋里，关掉手机，玩点失踪，玩点隐居。到美国之后，谢桥才晓得，北京的所谓"隐居"多么作态，多么矫情，多么假惺惺。在这里，关上房门，你就"隐居"了。没有人会联系你，没有人会关心你的存在。你就安安心心，自生自灭吧。

一般说来，大陆的朋友不会打电话到美国，没这个习惯。你想打过去，电话号码簿翻来翻去竟找不出几个人值得你打这个越洋长途。不是因为钱，越洋电话费便宜极了，而是，越洋电话本身的隆重。绝大部分人都担不起这份形式上的隆重。你巴巴算准了时差，漂洋过海打过去，如不是特贴心的人，有时会被吓一跳的。拨通了电话，双方却都找不到恰当的话说，那情状实在滑稽。慢慢的，她可电话保持联系的，左右不超过三两个。

剩下也就是网络了。她有时会看看同事朋友们的博客、新闻，看是否有蛛丝马迹会与自己关联。不，她太多情了。朋友们都兴头头地活在自己的现实俗世里，关心着眼睛所能抵达的地方。美国太遥远了，实在关心不着。

一条太平洋，竟真的隔成了前世今生。谢桥在国内的 30 年，所有存在过的痕迹，都风消云散。耐心搜索，会看到出国前自己的一些新闻，那些记忆的残片，都恍如隔世了。

"电台事件"之后，谢桥还曾有过一次做专业主持人的机会。而且，不是电台，是电视台，不是收视范围极其有限的闭路中文台，而是覆盖整个美国西部的综合电视台，每天有两个小时的中文节目。其中有一档半小时的访谈节目，基本算是洛杉矶的王牌中文节目。该节目主持人夏以卿也算是洛杉矶主持界一姐。

那天的晚会，邀请了谢桥主持，同台的恰是夏以卿。谢桥对自己的主持表现历来十分挑剔，别人认为还不错的主持，她自己总能挑出无数个毛病，把自己批得体无完肤。在她十数年的主持生涯中，主持过大大小小不下于几百场的各类晚会，能够让她自己感觉满意的，加起来不超过一个巴掌。那天的表现便是其中之一。整场晚会，谢桥都处于极度的兴奋状态，头脑特别灵活，口齿特别伶俐，虽没有现成的台本，事前也没有一点准备，全凭临场发挥，谢桥却妙语如珠，挥洒自如，整场晚会主持下来，真个是行云流水，毫无瑕疵。

事后，每每谢桥自己回忆起来，也不免隐隐自得。想，作为一个受过职业训练，领了电视台十几年工资的专业节目主持人，自己谈不上优秀，谈不上出色，更不曾大红大紫，但是，主持生涯中有过这么一次酣畅淋漓的表现，也可聊以自慰了。

这不是谢桥的自我感觉良好。现场的掌声、欢呼声已经呼应了谢桥的表现。夏以卿亲切地对谢桥说：亲爱的，你表现得好棒！以后我要是不在洛杉矶，就请你给我代节目。谢桥惊喜莫名。对于贫瘠的洛杉矶中文土壤而言，这个节目可算是首屈一指了。而且，夏以卿的态度也令她感动。没想到她如此宽厚，和善，没有忌妒心。

很快，谢桥就知道，夏以卿的"宽厚"是为什么。晚会结束，一个中年美国男人来后台找到谢桥。原来他就是夏以卿的老板——该电视台台长。台长是地道老美，普通话却说得比80%的中国人还要标准。他说，很欣赏谢桥的主持风格，希望邀请谢桥去电视台与夏以卿共同主持那档谈话节目。台长留下一张名片走了。谢桥想留下自己电话，夏以卿制止了。她亲切地对谢桥说，亲爱的，你不要直接找老板，那没用。你必须通过我，我来帮你联系。

回家后，谢桥雀跃地把消息告诉萧雨山。萧雨山说，通过夏以卿联系？那完了！她这样说，不过是为了阻止你和台长的直接联络。以我对夏以卿的了解，她只会是你的拦路虎，绝不会是桥梁。

夏以卿比谢桥大五六岁，谢桥刚入行，还在小地方做节目主持人时，她就已是Y视知名的节目主持人，频频出现在当时炙手可热的综艺节目中。她那么甜美，那么娇俏，招牌式微笑，时尚的手势，大有明星风范，几乎可以算是谢桥的偶像。有一天，她突然从屏幕上消失了踪迹，让谢桥好一阵遗憾。不想移居洛杉矶，才发现夏以卿做了洛杉矶主持界"一姐"。

萧雨山经常上夏以卿的节目，虽然按国内的理解，至多只能算是"熟人"，可以洛杉矶的标准，也算是"朋友"，听萧雨山说，夏以卿的境遇并不怎么样，号称是"洛杉矶一姐"，每月收入不过两三千美金，等同于一个小餐馆服务生。工作量却相当大，每天一档半小时的谈话节目，从联系嘉宾到准备话题到现场录制到后期制作，全部由夏以卿一人完成，更别提服装化妆，也都是自己搞定。在北京做过电视的人都知道，一档成功的谈话节目需要多少人配合完成，主持人完全是众星捧月。而在洛杉矶的电视台，夏以卿等被迫长出了三头六臂，几十个人的活儿一个人就全部完成了。当然,完成是完成了,完成与完成之间,差距却很大。差距有多大?基本等同于西施和东施的差距。谢桥看着曾经的 Y 视当红主持人如今降格到一个地市级电视台的节目水准,心里五味杂陈,如此作坊式操作,自然难免粗制滥造,情知这不能怪她,也还是遗憾。纵是如此,这依然是洛杉矶最好的一档中文节目,依然是谢桥进军洛杉矶文化艺术圈最好的一次机会。谢桥体会了,什么叫"别无选择"。

于是,在萧雨山的安排下,请夏以卿吃了一次饭。那餐饭,夏以卿带了父亲母亲和儿子,老老小小齐上阵。席间,夏以卿热情又淡漠,热情是指她主播的招牌式笑容和甜腻嗓音,这已经像一层皮,牢牢地长在了她的脸上,永远微笑,永远亲和,永远正确,但这分热情只对了她的亲人及萧雨山;淡漠是她始终不肯把脸正对了谢桥,连眼角的余光也不肯瞟到谢桥脸上来。席间话题云山雾罩,也始终不肯归拢到主题上来。谢桥感觉尴尬,想问的问题一句也说不出口。萧雨山却不屈不挠,单刀直入:"据说,台长有意让谢桥去做节目,还请夏以卿夏姐多帮忙多指点。"

夏以卿终于停止了对父母儿子声势浩大的布菜张罗,脸沉了沉,说:"有绿卡吗?有社会安全号码吗?没有可不能合法打工。"

"有的有的。"谢桥慌忙作答。

"会开车吗?电视台在海边,每天单程要开一个多小时车。"

"会,会。"谢桥硬着头皮应承,虽然对自己的车技一点儿没把握。

"会英文吗?节目组除了我,架机器的,录节目的可全是老美!只有会英文,鬼子才不敢欺负咱们!"

"正在学。"

夏以卿愤愤地用叉子敲打着盘子里的牛排,似乎为问题难不倒谢桥而懊丧。末了,说:"这几天台长不在洛杉矶,回头再说吧。"

萧雨山不失时机地递上一大堆巴结恭维,听得谢桥浑身不自在。谢桥想,其实,台长留了名片要自己给他打电话,并没有说一定要通过夏以卿。之所以说请夏以卿代为联系,不过是出于尊重和礼貌。于是,谢桥愚蠢地问了一句:"那么，我可以直接打电话给台长吗？"

饶是夏以卿的脸再是职业化的甜美亲和，也忍不住变了颜色，牙齿缝里倒吸着冷气，阴森森地说："没用！你打了也没用！这个节目是我负责，最后依然是要落到我手里来。我说不行，还是不行！"

场面僵了。萧雨山力不从心地打着圆场，末了，夏以卿意兴阑珊地说："该联系时我会联系的。等着吧！记住，千万别直接给台长打电话！"

谢桥明白了，她其实是在说，她永远不会帮自己联系。而自己那句问话，实在是傻到了家。不问，你自有给台长打电话的权利，夏以卿管不着。可是，你这样问了，她这样警告过了，你还打，等于是明明白白在向夏以卿示威和宣战。

果然，夏以卿的"该联系的时候"终是没有到来。而谢桥，捏着台长的名片看了又看，想了又想，终也是没打。一来，她不敢。她早已知道，夏以卿是个厉害角色，表面看来是一只甜美的小猫，开口闭口亲爱的，但如果谢桥一定要与她争锋，她的毛会竖起来，背会拱起来，锋利的爪子会亮出来，会变成一只小老虎，张牙舞爪，誓死捍卫自己的利益，毫不客气。以谢桥不喜与人争抢的个性，肯定不是对手，就算进了台，日子肯定也不好过。

第二，谢桥不忍。早就听说，夏以卿的日子过得并不怎么好，传说中，带着在国内与前夫生的儿子到洛杉矶后，她也在一个又一个男人身边流连，大都是些不怎么上台面的小商人，却也都未修成正果。如今一个人带着儿子，拿着电视台那份薪水，也就刚刚够过一份极寻常的日子，萧太太就曾讥讽地说，夏以卿的房子很小，车也很破旧。请夏以卿吃饭，夏以卿带了老老小小前来赴宴，是一种示威，更是一种示弱。上有老下有小，这个女人肩上的负担真是很重。面对面近距离观望，谢桥心悸地发现，夏以卿的容颜在衰败。尽管抹了浓重的脂粉，灯光下，依然可见她眼角的细纹和下垂的法令纹。美人临近迟暮。是的，夏以卿已经40岁了，她的姿色在颓败。主持人这碗青春饭吃起来已经相当吃力。而谢桥比她年轻五六岁，最重要的，对洛杉矶的电视观众而言，她是一张陌生的新面孔。小地方的观众对待主持人的态度就像一个风流自许的男人对待自己的女人，不管多么美，时间长了总是腻烦，总是图个新鲜。所以，谢桥一旦参与竞争，夏以卿的位子岌岌可危。可是，如果失掉这个饭碗，夏以卿将如何养活自己和儿子？就连萧雨山都同情地说，家里又不缺你去挣这一个月两三千的微薄薪水，可对于夏以卿，这就是她全部的生活来源。是的，看到夏以卿表现出来的色厉内荏，谢桥心中涌起的，更多的是不忍，是怜惜。她怎么忍心去挤掉这个女人的位子，让她走投无路呢？

第三，谢桥不屑。这个主持人的位子，谢桥还真没怎么看在眼里。就算进了台，如愿以偿做了主持人，甚至取代夏以卿做了所谓"洛杉矶一姐"，又如何？未来清晰可见，夏以卿的今天就是她的明天。谢桥嫌弃的并不只是薪水，而是节目的粗制滥造，了无新意。如果是要做这样水准的电视节目，谢桥都大可不必从家乡出来。不要说北京，就连在家乡的地市级小台，节目水准也比夏以卿的节目高很多。看看夏以卿的现状，再想想当年与夏以卿同时出道，天赋与知名度都还不如夏以卿的主持人们，现在在国内都是什么样的状况？一个个风生水起，早已被人民大众捧为偶像、巨星，周身光芒璀璨，除了一个比一个更炫的主持舞台，还拍广告，演电影，出书，做导演……十八般武艺尽展。更不用说，个个赚得都是盆满钵满。而夏以卿，流落到这中文的文化沙漠，守着这样一只泥饭碗，还担心被人抢走。其状堪怜。是的。北京的文化艺术舞台，是一片广袤的天空，任你是只多大的鸟儿，都有足够的空间任你翱翔。而洛杉矶的文化艺术舞台，是一间窄小的屋子，不要说去跑去跳去飞，恐怕刚直起身，就碰到了天花板。要想将就这个舞台，只好永远佝偻着身子，在稀薄的空气里艰难地喘息、苟活。谢桥想，在北京，也许自己也做不到优秀，做不到出色，但那是你自己的能力问题，机会问题，不是舞台本身的问题。那么多成功的榜样屹立在前，只要自己还在努力，就总有一份希望。她宁可在广袤的天地里做一个小角色，默默奋斗，默默努力，也不愿佝偻在一间窄小的屋子里，一挺直背就碰到了天花板，还自欺欺人地以为自己是巨人。

思前想后，谢桥终于把名片扔进了垃圾箱，再不去想。如果说电台事件是受人"陷害"，被拒之门外。而这一次，完完全全是谢桥自己的主动放弃。这一次放弃，意味着，谢桥彻底放弃了在洛杉矶文化艺术圈的发展。前有蓝小云，后有夏以卿，再加上萧导演，谢桥想，自己已经看明白了。诚如萧导演所言，在洛杉矶做中国文化，没路！

不管是不敢、不忍还是不屑，总之，谢桥自己断掉了在洛杉矶做主持人的最好也是最后的一条路。主持人不做，其他的行业，就更加不上台面了。来拉她一起推销保健品，上线下线，把亲戚朋友骚扰个遍的，让她去教太太们化妆打扮，教怎么拴住老公的心的……五花八门，让谢桥啼笑皆非。她唯一的选择，只能是躲在家里，彻底当太太。是的，当初洋嫁来到洛杉矶，万没料到洋嫁的结果是彻底断送了自己的职业妇女生涯，真正沦为家庭主妇……

车库响了，萧雨山回来了。谢桥非常高兴自己从这自伤自怜的情绪里被解放出来。她飞奔下楼，勾住了萧雨山的脖子。

萧雨山尽力回应着谢桥的热情，却总显得有些走神，力不从心。凭借女人天然的敏锐，谢桥直觉他身上残留了另一个女人的气息。她颓然了，默不作声地走向沙发。

萧雨山走过来，揽住谢桥的肩，环顾左右，说："这房子太小了，我们应该换一所更大更气派的房子。"

"小？这都已经像宾馆了！你老不在家，这房子空得让我害怕。"楼上那么多房间都空着，谢桥只选了楼下最小的一个房间住，一般说来，那是保姆住的房间。

"你不懂，做生意需要排场，房子不仅仅是自己住的，更是给客户看的，是实力的一种展现。再说，这房子田小麦以前住过，你不希望有一栋完全属于自己的房子吗？"

谢桥瞪着他，莫名其妙。萧雨山说来说去，终于说到了俩人的计划。谢桥终于明白，前妻携子袭来收复故土，自己将被扫地出门了。

"哪里是扫地出门，是把这栋旧房子留给她们，买一栋更漂亮的房子我们住。好吗？"萧雨山字斟句酌，再次谈到核心，田小麦要求谢桥签字放弃这栋房子的产权。

身在美国，便是水里的浮萍。谢桥所有的依傍，便是这个小家，这个男人和他的感情。这个男人，有时觉得真是亲中亲，骨中骨，有时，又感觉飘忽而遥远，仿佛一阵风过，便无影踪了。根据加州的法律，如果结婚时间没超过十年，若有任何变故，比如离婚或者男方有意外伤亡，谢桥只能得到从结婚到分居这段时间收入的一半，根本没资格分萧雨山的任何财产。对谢桥后半生的生活，他也可以口头承诺，但如今的年月，夫妻好的时候又是烛光晚餐又是情侣衬衫，不好的时候为一分钱都要闹上法庭，宁可把钱都给了律师也不留给对方。萧雨山结婚时把谢桥的名字加在房子上，就是为了给她一份安全感，保证不管任何变故，谢桥至少可以有这栋房子，哭泣也有个地方，而不至于流落街头。变卖后也能保障后半生的基本生活。

如今，田小麦逼她放弃这份房产，就是要夺走她这份安全感。"房子是她的名字，我们住着不踏实。我们娘俩可怜巴巴地来投奔你，还要冒着被轰走的危险，你自己的女儿，你也忍心？如果她真爱的是你的人，为什么不可以放弃房产？除非她惦记的就是这份分手费！"

看到谢桥单薄的身躯、木然的神情，萧雨山也心有不忍。作为律师他明白这意味着什么，放弃了这份房产，万一有任何变故发生，谢桥就将拎着行李一无所有地灰溜溜离开。

"桥桥，一切都是为了孩子。现在这么两边跑对我的生意影响很大。等她们过来了，生活安定下来我才能安心干事业。我爱你，我们永远都不会分开，将来我的财产都是你的，所以你不会损失什么。相信我，好吗？"

"别说了，我签字放弃。"谢桥说完，极疲惫地站起身来朝楼上走去。她太累了，她只想睡在床上永不再醒来。

3

是时候考虑要个孩子了。

怀孕，是谢桥从 11 岁初潮伊始，缠绕至今最大的噩梦。

她游泳时看见底裤上点点血迹，不是殷红，而是暧昧不明的暗红，甚至都不像红，而是紫黑。她不惊慌，她已从邻居姐姐那里获知了女人的秘密，这是一件早晚要来的事。她甚至有点骄傲，一件大事终于在自己身上发生了。

她老练地对母亲说："我流了一点血。"是怎么一回事，其实她懂的，她还是给了机会让母亲教她，就像你听了一个早已听过的笑话，还是要像第一次听那样哈哈大笑，这是礼貌，是厚道。

母亲却惊恐了，"不可能不可能，你胡说吧？你才 11 岁呢！"

女儿的青春期过早到来，完全在母亲预估之外。她换了一种眼光打量女儿，才发现 11 岁的女儿怎么已宛然有了小女人的模样！

一个孩子的灵魂，装在一个成熟女人的躯壳里，她的身体已经具备了足使男人犯罪的诱惑，眼睛水汪汪的，自知的天真，不自知的妩媚，天生一个纳博科夫笔下的"小妖精"洛丽塔，有多少变态男人流着口水窥视着，处心积虑接近着。可她还不懂得保护自己，她会把男人不怀好意的接近当作大人对孩子的宠爱，这太危险了。

有一个早熟又颇有姿色的女儿，就像捧了一件精美易碎的瓷器，一刻不敢大意，做母亲的得提前操多少心哦！母亲常如是抱怨道。

母亲没有对女儿的成长表示祝贺，而是用最惊悚的语言夸张地吓唬女儿，谢桥惊慌失措地听懂了三点：你的身体已具备怀孕的功能；少女怀孕是世上最大的耻辱，比死更可怕；要想不怀孕，除自己的父亲外，绝不和任何一个男人单独相处，不许任何男人触碰到自己的身体！

邻居姐姐出事了。正在读高中的她身躯日益沉重，待得家人发现，已然晚了。谁造的孽，打死她也不说，有种种猜测，邻居、同学，甚至有说是上公厕时被强奸……到底也没得到印证。

她被锁在家里待产。此后，她全家人出门全都一个神态，低着头，贴着墙根，看到每一个熟人都像犯人看到"政府"，畏怯、瑟缩，形象地诠释着什么叫"抬不起头来"。尤其她那原本高音大嗓、强悍泼辣的母亲，再也昂扬不起来，见谁都一脸巴结小心、比哭还难看的笑，让你看到也直想哭。

第十章　与一个孩子争宠

几个月后，她出门了，身体飘忽像个影子。她也像家人一样，贴着墙根，走得悄无声息，只是她的脖子奇怪地偏着，就像挨了一个耳光，再也转不回来。和她说话时，她答非所问，眼神空茫呆滞，她傻了。

"你如果像 ×× 那样出了事，直接死在外面不用回来了。我们谢家世代清白，丢不起这个人。就算死，也难清除家族为此的蒙羞。"母亲冷漠地说道。她不觉得自己残忍，她必须矫枉过正，用尽一切手段捍卫长着女人身体的孩子的童贞。

谢桥孩子的世界碎了。

流着血的身子，她以为仅仅是麻烦，要用很多手段去处理它。却万没料到，这流着血的身体，是如此耻辱而恐怖。美是它的原罪，谢桥憎恶它，它粉碎了她作为孩子的纯净与天真，对这世界原本所抱的温暖与信任，它让她看到成人世界的丑陋与危险，所有的男人，都变了一副狰狞的面孔，要欺负她、毁了她。

对于怀孕的恐怖缠绕了谢桥整个的少年。她没有谈过恋爱，如果恋爱指的是身体的接触，没有。她警惕着所有的男人，连男老师、邻居的叔叔、父母的朋友，都一概敌视。她并不懂怎样的接触才会怀孕，她月月担心，如果月经不幸晚了几天，她就会神经质地一遍复一遍跑厕所查看底裤，半夜都无法停歇，恨不能自己用手抠出血来。

生命是值得期待和欣喜的吗？谢桥怀疑。

童年，和青春期相较，姑且算是幸福的吧。虽这幸福也不可细究，否则，怕也有点点瘀伤。

人们对于青春的赞美、讴歌、艳羡、追忆……谢桥只觉不解。她宁可直接进入自己的暮年，也不要再回到青春期。不仅仅因为对怀孕的惧怕，而是生命本身的艰涩、迷惘、困顿。

青春是什么？一锅黏稠的、滞涩的、黑乎乎的浓粥。沉溺其间，只觉呼吸短促，游走艰难，每一天都过成煎熬。她敏感、脆弱、尖锐、神经质。她厌恶自己，她宁可成为世上任何一个人，不要成为自己。

15 岁，她策划过自己的死亡。

这事已在脑中盘旋过数月，本拟于中考结束后实施。

一定是遭受了母亲的辱骂，羞愤之下，她写了"遗书"，尖锐地质问："不是我自己要求来到这个世界上的，你们为什么要生我？"她说要"自己亲手收回自己的生命"。她把"遗书"从门缝里塞进了父母的卧室。

是夜半时分，本以为熟睡的父母要第二天才会发现，那时一切都已结束，可灯光大作，父母几乎是第一时间披衣坐在她的面前。

父亲沉痛又诚恳地问她："我们已在尽力按照好父母的标准在要求自己，你可不可以教教我们，我们该怎么做？"

她呆了。

她自顾自顺着自己的思路哀伤，却并没有想过，她若是为人父母，该怎么办？

不管从哪个角度衡量，父母都算得上模范，知识分子，品格高洁，相敬如宾。父亲不抽烟不喝酒不打牌，无任何恶习。母亲脾气暴躁了些，可一个体弱多病的女人，从早到晚操持着一家老小的衣食，缺钱缺食物缺时间什么都缺，又赶上了更年期，她无法不暴躁。

凭良心说，在那样的年代，父母做到这个份上，已经差不多了。她仍然不满意，不快乐。

她的寻死是诚心实意的。那个夜晚之后，她仍在盘算着每一个实施的细节。

作为孩子，她可以不满意父母，甚至怨恨父母，可作为父母，没有比生一个孩子风险更大的了！每一个生命都不是自己要求来到世上的。若说当父母的有什么错，就是没有经过商量，便把孩子带到这个世界上，这是他们的原罪。

他们给孩子的天赋已足够好。她不残疾，不蠢笨，不丑陋。甚至说，比父母更漂亮和聪颖一些。他们的家庭气氛已足够好，生活节律井然有序，他们创造一切的条件让孩子安心学习，每晚在灯光下，孩子做作业，父亲看书，母亲手里不是忙着鞋袜，就是织着毛衣。这情景，任谁看了都感动。

什么环节都没有出错，他们够对得起这个孩子。可是，她长成了什么样子？她的青春期苍白、颓丧、叛逆，紧绷着脸，敌意的眼睛，和这世界，和所有人仿佛都有深仇大恨，满脑子盘算着死。

她的成长，多么艰险啊！她很有可能死，很有可能精神崩溃，很有可能堕落，很有可能跌入社会底层……

她七歪八扭，终于长成了现今的模样。可她的成长历程，那份挣扎、苦楚、险象环生，谢桥自己回想起来，都会吓出一身冷汗。就像她驾了车歪歪扭扭在大街上行驶，到了目的地，才惊出一身冷汗：妈呀！我都是怎么开过来的？

谢天谢地，她基本正常，基本健康，基本合乎社会规范。可她实现了父母的心愿了吗？他们成功了吗？

不。她只是巧妙地把身上的伤疤遮掩起来。她让人们看到她的眼形的美丽，看不到她的近视；看到她整齐的门牙，看不到她大牙的残损；看到她腰身的纤细，看不到动手术留下的疤痕……

她身上所有的毛病和缺点，她从未试图改正，她也无力改正，她只是竭力把它们隐藏起来，像猫拉了屎再把它掩盖。她仍然活得歪扭、吃力、辛苦。可她让别人看到了挺拔、舒展，她身上熠熠的，都是光芒，不断刺伤别人的眼睛，最后伤及自己。

谢桥想的是，如果自己做了母亲，她是否会比自己的母亲做得更好？她是否可以培养出一个称心如意的孩子？

不，如果她有谢桥这样一个孩子，她完全不晓得该拿她怎么办，她不会比父母做得更好。她不会是文学作品里作家们热烈讴歌的母亲形象，人们愿意接受母亲衰老、土、憔悴，不愿接受一个穿吊带裙、高跟鞋，描眉画眼年轻得像姐姐的母亲，她还有着知识女性特有的清冷含蓄，不会像一个没有文化的母亲那样一把把孩子搂在怀里，用粗糙的大手摩挲他的脸蛋，唤着心肝宝贝儿，用体温、声音、触摸直观表达着慈爱，她会隔着距离抱着双臂看孩子，这看上去有些冷漠，她的孩子感觉不到自己被爱……她就等着孩子到了青春期来质问她，不是我自己要求来到这个世界上的，你们为什么要生我？

她还没有资格像父母那样反问回去："我已经在按一个好母亲的标准在要求自己，你可不可以教我，我该怎么办？"

何况，她不见得能生下谢桥这样一个资质天赋都还算不错的孩子。万一孩子是残疾呢？有先天的不可逆的疾病呢？万一他蠢笨呢？丑陋呢？愚钝呢？都很有可能。那你不再可能要求他优秀、卓越，从他出生伊始，你便在竭力希望他达到正常，你和他共同忍受歧视、轻蔑、不公……你为此耗掉了你的青春、美丽、才情……你们的一生都在为人生考到60分而奋斗。他也许不会提出"不是我自己要求来到这个世界上的，你们为什么要生我？"这样的问题，对于他愚钝的脑子，还想不到这样高难的哲学问题，可你不得不想，我为什么要生他？

你犯了错。人一生都可能犯各种各样的错，但都有机会纠正。择错业，可以改行，嫁错人，也可以离婚，唯有这个错误，永远无法纠正。他的存在，时时提醒着你的失败，你还不能放弃，永远不能……

作为孩子，谢桥时时感受生命的苦楚、无奈、绝望，她不愿再创造一个生命让他到人间受苦；作为母亲，谢桥没有能力相信自己会生下一个天分奇高又幸福快乐的孩子。所以，她想的是，生命从自己这里终结，不要让这血脉再延续。

一个发誓要做"绝代佳人"的女人，竟开始考虑，或许是该要个孩子了。

一大早，萧雨山说要带妞妞过来玩。这让谢桥十分惶恐。

新房子也买在圣莫瑞诺，离旧房子不过几分钟车程。田小麦的离婚，是冲动和赌气，被谢桥捡了便宜，如何不恨之入骨？谢桥担忧自己是否该去练武功，否则与田小麦狭路相逢时，如何自保？萧雨山倒乐得其所，前宫后院往返穿梭。

老公不再是谢桥的。萧雨山实践诺言，一周在谢桥这里待三天，田小麦那里住四天，这多出的一天，便是妻妾地位之差别。田小麦失了婚姻，却仍是正宫娘娘，谢桥转正了，却仍是一个小三儿。

在谢桥这里，田小麦的电话随时追踪而至，孩子发烧了，孩子手被烫伤了，孩子胃口不好……

不管什么时间，黄昏、深夜、凌晨……不管两人在干什么，吃饭、聊天，甚至在床上，这电话如同催命鬼符，萧雨山应声而动，如离弦之箭，倏忽消失于黑暗之中。

每次关于孩子的话题，都是不愉快的。

第一次，萧雨山神秘兮兮地拿了手机里的照片给谢桥看。萧雨山抱着一个胖嘟嘟的小女孩出现在屏幕上。

"怎么样？妞妞是不是很漂亮？"萧雨山献宝似的问。

小女孩长得好不好看谢桥看不出来，在她眼里，一岁多的小孩都长得一个样子。她看到的是萧雨山的表情，那种她从未见过的全然陌生的表情，甜蜜的，庸常的，一往情深的表情，那不是属于她的又酷又帅又桀骜的情人的表情，而是埋首于奶瓶尿片中世俗而温暖的慈父的表情。那种与尘世、与人群稍稍疏离的漠然清高消失了，她不认得这表情，这个抱着孩子的人间烟火味儿十足的男人，他与她没关系。

"嗯，眼睛有一点点像你，别的都不像，鼻子塌，脸圆，我想大概是像她母亲。"一股酸涩充溢心间，谢桥知道自己该说两句好听的，可这股酸涩冒出口来，就成了这个样子。

"怎么会！她长得完全都像我！"萧雨山一把夺回手机，不满地塞回兜里，赌气地说："以后再也不和你说孩子的事了！"

过了些天，萧雨山忘了自己的起誓，忍不住又谈起了孩子。让一个初为人父的男人不去谈及那软糯的婴儿，比阻止一个初恋的少女谈论她完美无缺的情人更为困难，满脑子晃来晃去都是那个人，一开口他自己就跑了出来，这是没有办法的事。

"妞妞在我们那个小区里，在所有孩子当中，已经被评为最漂亮、最干净、最聪明的婴儿！"

评？恐怕是你们自己评的吧！谢桥冷笑。她脑子里闪现的是一家三口的画面，萧雨山抱着孩子，身边紧挽着那骄傲的孩子的母亲，漫步在小区的街道上，和每一个走过来逗弄孩子的人微笑着打着招呼，好一幅完整和谐的家庭画面！

她在心里不断告诫自己，冷静冷静！千万不要再去得罪他，开口却又变了味儿："每一个父母都认为自己的孩子是最聪明最漂亮的，我邻居的二胖他妈也说她儿子又聪明又漂亮，虽然他是个弱智！"

"不是的！连其他的母亲也都说妞妞比他们的孩子漂亮聪明可爱！"萧雨

山辩驳，确实像一个护犊子的没有原则的父亲。

"如果一个母亲真的这样说，不是她脑子进水了，就是在随口恭维你！这也能当真？"

"妞妞是与众不同的。她从小到现在没用过一张尿片，全是等着大人把尿，不把就憋着，特懂事！妞妞从来不哭，哪怕是生病，总是自己忍着……妞妞从不吐奶不流口水，浑身散发幽香……"萧雨山像发了高烧的病人兀自喃喃，谢桥却去无情地揭露真相：

"有婴儿这样的吗？你说的不是一个婴儿，而是一个幼神！"

萧雨山瞠目结舌，瞪了她半晌，终于从齿缝里蹦出丝丝冷气："你——真——恶——毒！"

谢桥被击倒了。她不是有意想激怒萧雨山，她也知道话越说得难听只会让萧雨山越讨厌她，可她无法控制自己，无法去迎合他，甚至沉默，也做不到。

妞妞，她不仅是一个孩子，在她的身后，站着一个有女人身体的大女人，通过妞妞，谢桥看到了当初在制造妞妞时二人的交合，如今因为妞妞，她的老公萧雨山名正言顺地和那个女人以一家三口的名义在一口锅里吃饭，在一个屋檐下睡觉，抱着妞妞同进同出，一个是爸爸，一个是妈妈。她谢桥是完全被隔绝的外人。

她如何能不嫉恨妞妞？她可以去爱世间任何一个孩子，哪怕他是弱智是残疾是一个在大街上流浪的野孩子，她却无法爱妞妞，这个天然的情敌，毁了她一生幸福的小女人！

今天，妞妞却要过来，萧雨山说，要带妞妞来看看爸爸的新家。谢桥明白，作为小主人，他的世界必须完全对她开放，她有权入侵和父亲有关的每一寸空间，获知父亲生活的每一种面貌。当然，她也知萧雨山的良苦用心，他希望孩子和她的后妈能够建立感情、和平共处。

一大早，谢桥就在惶恐中徘徊。

这个孩子，从她还是一个胚胎开始，就已入住谢桥心里。如今，她已从母体里分离，成为一个独立的个体，但是，她依然长在谢桥心里，已长进了谢桥的骨，谢桥的肉，两年多时间从未稍离。谢桥日日想着她，惦着她，恨着她，如今，终于要短兵相接了！这比情敌间的见面更加火光四溅。

谢桥什么事也干不了，只觉心浮气躁，转来转去，既焦躁不安，却又有难耐的期盼。

"叮咚——"门铃响了。谢桥奔赴门边，也不知为何奔得那样急。然后，她看到了萧雨山手中那粉嫩的婴儿。

一岁多，正是婴儿从一个肉团团开始抽条儿的时候，身姿挺拔了，面目也清朗了。谢桥带着妒意挑剔她，却也不得不承认，这孩子长得实在太好看了些。只是她的神情有些过于严肃，眼睛从谢桥脸上一掠而过，蹙着眉打量起这个陌生的领地。

谢桥伸出手去，却又犹疑地停在半空，这孩子的表情让她不敢造次。

萧雨山善解人意地把孩子递过来："谢妈妈抱抱！"

谢桥手忙脚乱地接了过来。触碰到妞妞软热的小身子，谢桥感觉一阵震颤。这个小生命，已在她的心里长了两年多，是的。谢桥曾诅咒过她，曾无数次幻想抱着她从窗口扔下去……如今，她终于把她抱在了手里，她不知自己怀了怎样的感情，矫情的爱？漫无边际的恨？……

谢桥还来不及辨别出自己对她该有的态度，妞妞已率先做出了反应，她身子一扭，带着哭音挥舞着小胳膊拼命奔向父亲。

谢桥怀里空了。

她尴尬而歉意地望向妞妞，妞妞也回过头，看了她一眼，那眼神竟然是哀怨而冷漠的，是属于另一个女人的眼神。谢桥突然感觉，妞妞什么都是懂的。她感觉到了自己身上那种本能的排斥，因而她以排斥相回应。谢桥手足无措起来。

"我们坐，看看爸爸的新家。"萧雨山自顾自抱了孩子进来，坐到沙发上。

谢桥为弥补自己的犯罪感，也为掩饰自己的尴尬，跑前跑后拿出许多吃的，点心糖果水果，甜的咸的，干的湿的……摆了一茶几，萧雨山嗔怪道："一个小孩子而已，你摆那么多，够十个大人吃了。"

妞妞对食物倒不拒绝，拿来便吃。但她对谢桥始终不理不睬。谢桥想亲近她，却又不知该从何下手。她自知这情状在萧雨山心里定为不快。是的，她完全算不得是一个贤惠温婉的女人，她的爱与柔情只刚刚够给情人，对老人和小孩，她都是没有亲和力的。她讨不了婆婆的好，也得不到孩子的欢心。

　　谢桥没辙了，只好去厨房展露她并不高明的厨艺。饭菜端上桌，她自惭形秽地想，这和那个女人的厨艺自不可同日而语，又是自曝其丑了。谁想妞妞对饭菜却颇给面子，小孩的"隔锅香"。这让谢桥又惊又喜，主动请缨为妞妞喂饭。

　　一顿饭喂下来，俩人混熟了许多。妞妞终于对谢桥展开了一个笑靥，虽然这笑一闪而过。这孩子实在太难有个笑意了，是破碎的家庭所致？还是骨子里就是个传说中的"冰美人儿"？无论如何，这笑让谢桥感动了。她恨不起这孩子，是的，她几乎要喜欢她。

　　萧雨山欣慰地凑过来，揽住谢桥的肩，谢桥也习惯性地顺势倒在他怀里，正在笑着的妞妞突然止住了笑声，她惊恐地看着俩人，继而愤怒地冲过来拼命把俩人撕扯开，把自己的小身子紧紧贴住萧雨山，谢桥一愣，蓄意往萧雨山身上靠了靠，妞妞尖利地哭喊起来，高声的，愤怒的！她用一个婴儿最大的力气死命把谢桥推开，小脑袋委屈地在父亲身上蹭来蹭去。

　　萧雨山赶快推开谢桥，把妞妞紧紧搂在怀里，心疼地亲吻着，宝贝儿心肝儿地哄着。谢桥孤立一旁，呆呆地看着这一幕，就是这样，这就是他们的关系，谢桥插足了萧雨山和妞妞，萧雨山夹在谢桥和妞妞之间，两个女人水火不容，一旦二人有争抢，萧雨山毫不迟疑，如离弦之箭，甩开谢桥奔向妞妞……

　　妞妞在父亲的百般抚慰下抽抽噎噎止住了哭声。她看向谢桥的眼光又是戒备的、敌意的。是谁说过，婴儿在通晓世事之前，可通神灵，这是人与生俱来的自保的能力。她能直觉到危险。她与其说被父亲抱住，莫若说在张开小胳膊紧紧地护住爸爸，警惕着别被面前的这个女人抢走。

　　谢桥颓然坐在另一侧的沙发上，看着眼前这幅美满的父女图，自己都感觉自己多余。

　　手机响了，谢桥无意识地抓起来接通，"Hello……"

一个愤怒的女声传过来："王八蛋！让我老公接电话！"

　　"……你……老公？"脑子尚处于迟钝状态的谢桥一时转不过弯儿来，打错了？

　　"就是我的老公，我女儿的爸爸萧雨山！我是萧太太！王八蛋，你凭什么接我老公的手机？"

　　谢桥一震，手机"啪嗒"掉在沙发上。

　　田小麦的声音高亢激烈，从听筒里传过来，尤其尖利刺耳，萧雨山赶忙放下妞妞捡起电话，"萧雨山！你把我的女儿偷到哪里去了？去见那个贱女人了？你赶快给我回来！以后再敢带妞妞去见那贱女人，我立即带着孩子回旧金山……"

　　"别别别，好好好……"萧雨山满脸赔着笑，赔着小心，一迭声附和着。谢桥从未见过他这副低声下气的模样，他在谢桥面前总是又冷又酷的大男人做派。

　　关上手机，他怔怔地瞪了谢桥半晌，颓然说："田小麦生气了，以后……不能再带妞妞来见你了……我们走了……"他像一只被猎人追赶的兔子，抱起妞妞慌慌张张地走了。

　　屋子一下子冷寂下来。

　　寂寞是什么？寂寞不仅是独处，而是，你爱的人不在身边。更深刻的寂寞是，你爱的人在另一个女人身边，当你在承受思念的痛苦和煎熬时，他正在满面陶醉享受天伦……

　　一纸婚约能证明什么？那个女人，她依然理直气壮地把他唤为"老公"，她依然可以对他有效捆绑，电话里一声召唤，他魂也没了，魄也散了，言听计从，就怕触犯龙威……

　　在田小麦怀孕时，谢桥也时时遭受忌妒的折磨，但毕竟是她侵占了田小麦，她亏心，可如今，她是萧雨山明媒正娶的妻子，分明是田小麦侵占了她谢桥的权利！自己为何要这般软弱退让？

　　是否该给萧雨山——自己名正言顺的老公拨个电话？确立一下自己妻子的

地位？谢桥犹豫着。

一直以来，萧雨山在田小麦那边时，谢桥都尽量控制着自己不去给他拨电话，萧雨山说过，田小麦只要听见他们通话就大吵大闹，没必要惹这个麻烦。谢桥分分秒秒忍受着相思的苦楚和可怕的幻想，但只能克制着，克制着，把手指头掰青了，也不敢拨那个电话。

此时，谢桥顾不得了。是的，何必那么怕那个女人？她谢桥是太太，不是小三儿！严格说来，她田小麦才是小三儿！她既然可以公然在电话里称萧雨山是"老公"，骂自己"王八蛋"，自己为何要顾及她的情绪，连个电话都不敢给萧雨山打？

谢桥满腔委屈，拨通了萧雨山的号码。电话响了，萧雨山的声音传过来，冷峻官方，俨然公事公办的姿态，而且，用的是不带感情色彩的英语："你好，今天我休假，案子的事明天到公司再说吧！"

电话"啪嗒"挂断了。

谢桥愕然瞪着电话看了半天，才反应过来，萧雨山为怕引起田小麦怀疑，故意用英语，显得是和客户在谈案子。他害怕或者说体谅田小麦竟到如斯地步！

谢桥难以置信。嫉恨的热血冲上头脑，她再次拨了萧雨山的手机号码，一个冷冰冰的女声传来：对不起，你所拨打的用户已关机……

真是决绝啊……

谢桥瘫倒在沙发上，身子一阵一阵战栗，像发了疟疾的病人。

若说萧雨山爱田小麦胜过爱谢桥，谢桥自己也不信的。一切的一切，都是因为妞妞，因为孩子！爱情是单薄的、脆弱的，孩子才是血中血，肉中肉。你去和一个孩子争宠，不必争，你已经败了。再不要去问"你爱我还是爱孩子"，这完全是自取其辱。田小麦之所以如此嚣张，萧雨山之所以如此忍让，都因为孩子。

谢桥无法阻止妞妞的诞生，这是上苍对她的嘲弄，但是，她可以创造另一个新的生命，使他与妞妞抗衡！

想起著名的"张胡之恋"，胡兰成不断对张爱玲讲述新欢小周的好，连衣服都浆洗得特别干净。张爱玲撇起嘴，心酸又自负地想：洗衣服谁不会呀！

张爱玲洗衣服会不会，谢桥不知。但她至少知道，自己也是一个女人！

是的！只要是女人，生孩子谁不会呀？

4

真是一个衣香鬟影，流光溢彩的世界。

旗袍、复古的卷发，男士的长衫、短裤，时光真真回到了上个世纪40年代，上海滩十里洋场的繁华丽景，在21世纪的美国洛杉矶的剧场得以重现。

不需要看舞台，观众已足够冶艳，足够养眼。

票根上写着"请观众按20世纪40年代风格着装，台上台下时空穿梭，共同回到那个年代"。

谢桥还从未见过对观众着装有如此具体要求的。最多要求观众"着正装"而已。

在国内，再正规的演出也有观众穿牛仔裤入场的，女性穿条裙子已足够对得起舞台。所以她并未把这要求当回事。到了现场真是惊艳了，也傻眼了，没想到所有观众竟都纷纷按要求装扮了自己，满场的阮玲玉、周璇、上官云珠……也有着西式礼服的，也极尽隆重，露背曳地的鱼尾裙，男士的燕尾服、黑领结……相形之下，着一条紫色带蓝花连衣裙的谢桥就显得太随便太粗简甚至太寒酸。萧雨山就更不像样了，一套T恤休闲裤，完全像送餐的小弟跑错了场。

萧太太一见到萧雨山便嗔怪："哎呀！你怎么穿成了这个样子！不是要求你穿40年代的衣服吗？"

萧雨山故做恍然状："哎呀！我搞错了，以为让我穿四年前的旧衣服。"

谢桥暗自掩嘴。

萧太太自己穿了一条深紫色刺绣的长旗袍，配了白色的珍珠长项链，长发梳成辫子状在头上盘一圈，鬟边一朵紫色的玫瑰花。萧导演竟也穿了一袭灰色的长衫，真是儒雅风流。

此等盛况在大陆绝不可能出现。你要求他穿 40 年代的衣服？他多半会像萧雨山这样，穿了四年前的旧衣服。谢桥出席过一些国内尖端的时尚 Party，着装也是七零八落，完全没有礼服的概念。间或有一两个穿露背长礼服的，此等气氛下，竟自窘得拿披肩把上身裹得严严实实。莫非此间男女为了看一场演出竟都纷纷添置了新装？还是穿着率极低的怀旧礼服，不嫌成本太高，过分隆重？你可以理解为到美国后人人都听话了，把个演出的着装要求也当了真，也可以理解为，这里的人都表现欲极强，又有些闲钱，只苦于没有展示的平台，好容易有个名号可作秀一番，自是可劲儿折腾，与其说是来看演出，莫若说是来展示自己的。这满场盛装游走的男女，个个都是演员。

自打谢桥退隐江湖，不再兴风作浪，关于她的流言也渐自消散。且见她确无休夫另嫁之趋势，萧太太与她又恢复邦交。前一阵子萧导演夫妇去了一趟大陆，此刻正眉飞色舞地讲述着大陆见闻。

"在台湾的时候，总是宣传大陆如何的水深火热，真是没有想到啊，其实大陆太繁华太奢靡了。尤其是北京上海，真是纸醉金迷，什么餐馆、洗脚城，完全像宫殿。看看我们洛杉矶，真像一个大农村啊！"萧太太又是困惑又是叹息。

大陆在强大。身处大陆时谢桥并不觉得。到了洛杉矶后方才感觉，大陆确实已翻天覆地了。尤其是萧太太这种一辈子接受台湾对大陆的妖魔化宣传，对大陆的偏见根深蒂固的台湾人，一踏上大陆的土地，简直震撼得七魂少六魄。就像上世纪 80 年代初的大陆人，以为当真全世界 2/3 的人类都在受苦，真心实意地准备解救这些同类于水深火热当中，岂知走出国门一看，怎么水深火热当中的其实是我们自己呀？如今的台湾人亦如是，以为大陆人又穷又土的，怀揣优越感走进大陆，发现自己才像是乡巴佬。

"大陆人好有钱哦！去了香港的劳力士表店，我算是老主顾了，一向是享受 VIP 待遇的。结果一个大陆人一来，那才叫财大气粗呢，一拍柜台，最贵的表给我来十块！'呼啦啦'的，所有的店员都簇拥到他那边去了，我这种准备买一块表还要精挑细选的人，谁理呀！"萧太太又是艳羡又是撇嘴。

一向惜言如金的萧导演也受震荡，感慨地说："大陆的文化环境实在太好，十几亿的受众啊，全世界哪里去找？台湾那弹丸之地，受众不及大陆一个省份多，美国，自不必说了。我很多台湾香港做影视的朋友都去了北京上海，事业获得了质的飞跃。我这是第一次回大陆，从前，对大陆一直有偏见，这次实实在在眼见了。确确实实，对于一个做中华文化的人，最佳的归宿是大陆。只可惜我错过了好年华，唉……"

萧导演的眼睛里闪过了希冀、迷茫、憾恨……谢桥心中一震。做中华文化在美国无路可走，前些时日她已领教。全世界做中华文化的都心向往着大陆，向往着北京，连从未涉足过大陆土地，对大陆人情世故一概不通的台湾香港的文化人尚且向往着奔赴大陆，她为何要放弃北京来到美国？

不待谢桥细想，端木亭亭夫妇和田二麦也相继落座。

票是送的。美国的华人演出是这样，不管是谁演，卖票基本是没门的，观众可以一掷千金为自己置办行头，花十块钱买张票则不舍得。你如果不想让整个剧场空空荡荡，唯一的办法只有：送票。谁人来送？演出的主办方，演员自己……你明白了，参加这样的演出，不但不会获得一分钱酬劳，还得自己找赞助，搞不好还得自己掏腰包买票请人来看，如果人能到现场，就算是给了你极大的面子。演出号召力如不够，送票也不见得有人愿来。前阵子某笑星在洛杉矶演出造成多出几百号观众的盛况，不是票房爆满，其实只是票送多了！不花钱白看明星，大多数中国人觉得是不错的。在美国这个极讲究劳动法，人工极贵的地方，费力不但不赚钱还倒贴钱的事儿，怕也只有干文化事业了。

谢桥自己就看过相当多白送的演出，包括许多国内声名赫赫的明星，到了洛杉矶演出，也只落得个送票的境地。尤其是一些大陆新崛起的靠人气而不是靠实力的小明星，到了美国这土地，移民们不认得你，人气无处落地，实力不足以服人，现场往往寥落，倒彩声四起。有一场演出，超女们刚一出场，蓦地冒出几个膀大腰圆的棕色黑色女人，一身行头就像在地摊上席地而坐的小贩，或是奶孩子的家庭妇女，这帮所谓的"伴舞"，无论形象、穿着、技艺连街头艺人都算不上，却堂而皇之跳上中国明星的舞台，围着超女一通群魔乱舞，可怜的女孩子有的吓得词都忘了，本就不在调儿上的音更加跑得漫无边际，还不敢停，战战兢兢地继续唱，其状甚为不堪。一个香港的大牌明星上场后也被吓得忘词，连连笑场，终于发了飙，那群妖魔才自散去。

简而言之，无论是谁，华人在洛杉矶的演出基本都等同于开玩笑。后来谢桥在网上看到国内新闻称"×× 洛杉矶演出倾倒老外"，不由好笑。这 ××，便是那有人气无实力的女孩子中的一员，观众里非但没有老外，连送票白看的华人见之出场也诧异莫名：这不就是我们台湾街上的二流子吗？除了从国内狂热追随过来的一众粉丝拼命摇旗呐喊，观众抱怨、嗤笑，甚而索性"噼里啪啦"离席而去。这便是"倾倒老外"的真相。

来美国演出的华人演员，总以为是走出国门，站到了世界的舞台上，到了美国才知道其实仅是站到了海外华人的舞台上。承办的人都非常不专业，专业干这个的在美国没法活。演出总是弄得不着调。但这也不打紧，好在隔了太平洋，只要新闻传回国内，国内的观众知道你"站到了世界的舞台上"，并且"倾倒老外"，也就够了。你遭的那份冷遇，受的那点委屈就打落牙齿往肚里咽吧。就像众多海外华人，很多在美国活得猪狗不如的，回国后，既然大家都觉得你在国外风光，都恭维着你，艳羡着你，你也就撑着吧，报喜不报忧，谁没有点虚荣心呢。大家齐心协力织就一件皇帝的新衣，所以国内的人看美国的华人生活，永看不到真相。

今天的票自然也是送的。谁送的？今晚话剧的女一号。谁——苏棉。

苏棉居然登上舞台出演女一号？说实话，谢桥也是不信的。姑且不论前30年苏棉从未接受过任何相关训练，更从未登上过任何舞台，也不说她自身的天赋，那五官、那身材，只说她讲话时那"猫猫"声音，稍微声高便脸红脖子粗的羞涩样，如何登上这么大的舞台面对数千观众说话？谢桥自己做过主持人，深知这其中的不易。除却天赋的形象和嗓音条件，不经过严苛的专业训练，话剧舞台岂是随便可以登上去的？

在众友的好奇和期待中，好戏开演了。和场下观众的隆重着装相较，台上的演员委实难恭维。当然，苏棉既然都可演女一号，演员水准想而知之。这么说吧，观众很专业，演员很业余。很多连普通话尚且讲不清楚，连表演的边儿都没摸着，放在国内，连县级的舞台都不见得有资格登上。洛杉矶的舞台就像一个人尽可夫的老妓女，谁想上都可上。用国内一句励志广告语来说：心有多大，舞台就有多大。

但是，苏棉依然让谢桥惊异了。她出演了一个从不得丈夫欢心，新婚之夜便独守空房，独力帮助小丈夫与他的情人抚育孩子的贤淑伟大的怨妇。苏棉的身姿从模糊暧昧中挺拔出来，声音也不再羞怯绵软，清晰了，坚毅了，尤其是她情感上的投入，讲起丈夫对自己的冷淡和嫌弃时，数度声音哽咽，泪流满面，比起台上那些自己恨不能都要笑场的完全找不着北的演员，这个女一号还真不是号称的。固然，与北京那些话剧演员相比，苏棉仍然很业余，她无法不业余。她的外形条件也不是上舞台的料。但是，与平素里的苏棉相比，她已完全脱胎换骨，谢桥不知是什么样的力量能让她在数月时间里摆脱了那个女知识分子的清冷刻板的形象，勇敢地站在舞台上，成为另外一个人。她只是惊异了，感动了。

洛杉矶就是如此，一个人的生活面貌会在倏忽间巨变。再看旁边的端木亭亭，去年还是一个钟点工，现在便住到了好莱坞的繁华大道上，此刻正捧着个相机跳上跳下为演员拍照，她如今的生活是穿梭于各个文化艺术场所拍照，写些16岁少女浪漫清纯的情诗，还由此加入了洛杉矶的写作协会。

而谢桥自己这个正经八百的专业出身，并且做了多年电视台的专业节目的主持人，却退隐江湖，整个天地便是那一栋小楼，和有时在这屋里，有时在另一个女人屋里的那个男人。哦，不，还有一个更重要的。她悄悄按住了自己的腹部，在那里，有一个秘密，一个新的生命已入住。谢桥的心踏实了下来。

演出结束后，一众人去往 Face Coffee 吃夜宵，为苏棉庆功。端木亭亭说："人家苏棉这几个月为了演出，业余时间全耗进去了，还专门花钱去上了台湾人开的形体班、台词班，最是刻苦认真了！"

谢桥端起水杯，真心实意地说："苏棉，演得真是很棒！祝贺你！"

苏棉骄矜地一笑，慢悠悠地说："你谢桥上得了舞台，我苏棉就上不得？"

谢桥一惊。苏棉真是变了。她上了形体班，果然挺拔了，连坐也不是从前那样软塌塌瘫作一团，而是坐在椅子前段，挺直脊背，一招一式都有模有样了。

一袭藕荷色的直身裙，扎了一条宽宽的黑色皮质腰带，突出了纤细的腰身，有效地掩盖了三围的不足；她的表情也变了，声线也变了，不是女文青那种畏怯生涩清水挂面的调调儿，增添了铿锵与自信，有些美女的范儿了。她的语言，不知怎么的，听起来也有些不对味儿。

萧太太的眼光迅速瞟过来，扫了谢桥一眼，又落在苏棉脸上，微微一笑。

田二麦说："苏棉，你演得真投入哎！真像个怨妇！眼泪都流下来了。"

"这叫入戏！"端木亭亭嚷嚷，又转向苏棉，"苏棉，你的艾伦什么时候回美国呀？"

"他？很快。下周我就要绿卡面试了，他会回来陪我参加面试。"苏棉眼睛里闪过一道阴霾。

"你老公一结婚就回台湾了，这都大半年了，你不想你老公？哈哈哈……"田二麦坏笑。

"现在，我心里只有艺术，没有男人！"苏棉望向空茫的远方，幽幽地说。

"苏棉，你一个人真不容易，要注意身体啊，别太累着自己了。"谢桥说。

"得了，我很好，你操心操心自己吧！哎！谢桥！你今天看起来真的很憔悴哟！"苏棉突然兴奋起来，转向众人说，"你们看你们看，谢桥是不是胖了？腰身都没了。脸上也长斑了，你们看你们看……"

众人的眼光在谢桥脸上身上扫荡。确实，她没化妆，胖了，姿色减损许多。

"看来当家庭妇女确实毁人啊！头脑简单，不学无术，和社会脱节，人都会变笨变丑哦！哈哈，你们看，现在谢桥再上台，恐怕还不及我苏棉了吧？"苏棉眼睛闪亮闪亮的。

"真的咧，谢桥，你怎么变成了这个样子？"端木亭亭也肯定着苏棉的看法。

"萧雨山那小子对你不好吧？我早就告诉过你，萧雨山和小麦是结发夫妻，又有了孩子，你争不过的。何苦往这火坑里跳呢？谢桥，尽早脱身，还有人等着呢……"田二麦又是关切又是抱怨地说。

众人七嘴八舌，都在担忧着谢桥的变化，谢桥受不住这担忧，只得坦白："我怀孕了……"

"原来是这样啊！那太好了！"端木亭亭高兴得叫起来。

田二麦也叫起来："你可真行啊！你要是生个儿子，小麦这下就算全完了！萧雨山那北方人的脑袋，成天就惦记着儿子。哟，我苦命的妹妹哎……"

众人的关注点又全都跑到了谢桥身上。苏棉冷冷瞅了半天，终于发作了："你们到底是来庆贺我演出的，还是庆贺谢桥怀孕的？"

众人愕然。谢桥很是歉意。她无意于抢苏棉的风头。事实上，她早已从舞台上退下来，早已无意当主角了，不是吗？

今天是萧雨山"法定"去田小麦那里的日子。谢桥怀孕了，开车恐不安全，便提前约定住在苏棉那里，第二天萧雨山再来接她回家。

到了苏棉家，外观看起来是一座蛮漂亮的房子，进去后却四处残败。一共三个房间加两个卫生间的小房子，因为租了一间给别人住，谢桥只能用苏棉的卫生间。

谢桥走进洗手间一看，几乎处处都需要维修。洗手水池是漏的，水池下面的柜子一打开全是霉点。水池面上满布形迹可疑的黑黑的污渍。谢桥一照镜子，一个花脸猫，吓了一大跳，怎么妊娠斑长得如此厉害？仔细看来，才发现是镜子在捣鬼，不知是残损还是污渍，斑斑点点的。

谢桥踟蹰了半天，小心翼翼用毛巾垫了，把衣服放在水池台上，光溜溜进了浴盆。沐浴龙头紧得令人发指，谢桥用尽全身力气也拧不开。她又急又气，苏棉在门外指导，用毛巾包住龙头防滑，再双手使劲一拧就开了。谢桥依言照办，"哗"一头凉水从天而降，把谢桥浇得惨叫起来。谢桥慌慌张张站到浴盆外，冻得直打哆嗦。几分钟后热水才缓缓到来。总算把已冻成冰棍儿的谢桥浇热过来。

谢桥走出浴室后，连打了几个喷嚏。她暗自心疼着肚里的孩子，乖乖，感冒了可怎么办？吃药不是不吃药也不是。苏棉平素里总给人自我要求很高，生活品质也很高的印象，如今对待生活怎么已如此的漫不经心？

连喝了两大杯热水——这热水也是谢桥自己跑去厨房烧的，方才缓过劲来。

望着眼前的处处颓败，谢桥搭讪着："艾伦走了这么久就没回来过？"

苏棉木然地摇摇头。

"他这人怎么这样？新婚就让你独守空房？就算为了工作，也不至于这样过分吧！"谢桥愤愤不平。

"怕什么？只要面试绿卡的时候他回来陪我办就行了！"苏棉喝了一口红酒，满不在乎地说。

"可是……婚姻又不只是为了一张绿卡！有绿卡没老公，有什么意思？"

"怎么没意思？有绿卡就有身份，就不再怕被移民局那帮狗日的驱来赶去，就不会出来十年都回不了国，只怕回去了就不能再来美国，就能名正言顺打工而不是随时怕被清查！那种提心吊胆有今天没明天的日子我算是受够了！再说，还有这房子！他以为让我出钱养着这房子，是他赚了，没有想到这房子属于夫妻共同财产，离婚也一人一半儿！不回来，不回来就算！死在外面更好，这房子就完全归我了！我不亏，我赚大发了！"苏棉一边大口喝酒一边得意冷笑。

谢桥有些吃惊地瞪着面前这个女人，这不是她所认识的苏棉。她用词粗鄙，声线粗壮，鼻翼夸张地翕动，发肿发红，脖子上青筋直冒，与平素里温文尔雅清冷孤傲的形象大相径庭。更可怕的是她的话语，她一直以为苏棉是爱艾伦的，没想到是这番赤裸裸的交易和算计。

"那……那……你们这不是假结婚吗？"谢桥结结巴巴地问。

"什么叫假结婚！"苏棉激愤地一拍桌子，手指点到了谢桥鼻子上："艾伦是爱我的！他这样做是不得已！每天家里的电话都会响起，我知道一定是他打来的！虽然他不说话，他一定有他的苦衷。你凭什么说我们是假结婚？你以为只有你才配有人爱吗？你别太得意了吧？你是个什么东西？你哪里比我强？你谢桥能得到爱，我苏棉就不配得到？"

"不……我不是这意思，我是为你好……"谢桥张皇起来。她不明白苏棉如何会暴怒，她下意识地护住肚子，似乎怕她打将上来。

"得了，收起你的伪善吧！你让我恶心！你不就是个小三儿吗？和别的女人分享一个老公，你以为你是贵妇，你很光荣？你就有资格来对我说三道四？"

苏棉瞥向谢桥微微隆起的肚子，"哦，你怀孕了，你又有了撒手锏，又怎么样？萧雨山还会有老四老五，源源不断的年轻女人和你争抢！你一个新移民，要文化没文化，要根基没根基，也想来洛杉矶兴风作浪，又是抢人老公又是四处出风头的，还没进电台呢，敲锣打鼓宣扬，张狂得你！怎么样？还是不要你吧？你还是只配滚回家做家庭妇女吧？哈哈哈……"

苏棉语气里那刻骨的仇恨惊呆了谢桥。脑子里电光火石般一闪，一个旷日持久的悬念突然冲破障碍，她冲口而出："是你！是你去电台告的密！"

苏棉哑口了。世界冷寂下来。

良久，苏棉才冷冷接口："是的，是我，怎么样？"

"真的是你！"谢桥倒抽着冷气，近乎自言自语的呻吟，"那些流言，那些网上的谩骂，堵死了我在洛杉矶的发展之路，害得我无路可走，原来是你，都是你干的……"

"是我，但不仅仅是我！我只是洛杉矶恨你讨厌你的女人中的一个。"

"恨我？我从没害过人，也没整过人，我做错了什么？"谢桥迷茫。

"错？你不需要做错什么，你的存在本身就是错误！你知道我们来到洛杉矶打拼有多苦吗？住最差的房子，吃过期的食物，在餐馆打工洗碗，手都被泡囊了，还要被客人老板吃豆腐。熬通宵写论文，头发都熬白了，好不容易毕业了，还是没身份，找不到好工作，处处受气，十年都拿不到绿卡，连国都不敢回，一回去就再来不了美国了，连我妈去世时都回不去……洛杉矶有多少这样的女人，你知道吗？"苏棉的声音哽咽了。

"可是……这跟我有什么关系呢？又不是我造成的。"

"是，我们在深渊里，我们也习惯了。可是，你的到来提醒了我们的不幸，刺痛了我们的眼睛。你一到洛杉矶就风生水起，没吃过一点儿苦，又是住豪宅又是开名车又是享受爱情，你多浪漫多潇洒多有能耐呀！你要是乖乖躲起来自己偷着乐也还罢了，偏偏还要高调宣扬你的幸福，看看网上、杂志上，你多光鲜啊！女性楷模啊！还不够，还要出头露面四处招摇，主持节目，唱歌，十处打锣九处在，就没有你不能的。新闻界还称你是'洛杉矶第一美女'。谢桥，不要太得意了！要遭天谴的！"

一切都明白了。谢桥苦笑，"可是，我把你当作最好的朋友，最知心的朋友，所以什么都不瞒你，希望你分享我的喜悦……"

"算了，其实，我从来没有把你当作朋友，我一直都讨厌你。我讨厌你长着一张自以为是的脸，讨厌你不学无术，连英语都说不利索，讨厌你整天迷迷糊糊，不知是真傻还是装傻，讨厌你招蜂惹蝶以为世界都该围着你转……我苏棉不比你差，你能上舞台，我也能！我演得比你还好！要不是你一直巴结我、讨好我，我才不要和你做朋友！"

"我……巴结你？为什么？"

"和我做朋友对你有好处啊！"

"有什么好处？"谢桥真蒙了。

"和我这种高素质的人交朋友，可以提升你的档次和品位啊！你自己素质差，你身边也尽是些低素质的人，不仅是你，我讨厌端木亭亭，讨厌田二麦，讨厌你们所有人！"

"很好，那我也不必再继续巴结你了。苏棉，像你这样的人，是不会有真正的朋友的。"谢桥缓缓站起身来。

"我不需要任何朋友！我一个人活得很好！你现在就可以和我断交。不送了。"苏棉自顾自喝起了红酒。

谢桥拿起手袋，离开了苏棉——这个一直以来她最欣赏最信任的朋友。

她站在午夜的冷风里，不知该往何处去。她被友情驱逐了，在这萧瑟的夜里，被毫不客气地扫地出门。

谢桥心里满涨了酸涩。她一直看重和依赖同性的友谊，也舍得在女朋友身上投放心血和情感。对异性，她一向吝于付出，这可理解为，对异性的付出不好掌握尺度，容易惹火烧身，也可理解为，异性一贯对她付出，犹如一杯水，对方倒满了，她已无付出的空间，她的一腔热情和慷慨只好倾注给了同性。在与同性的交往中，施予者和接受者的位置换了个个儿，女朋友是她没有性关系的情人。而且多元，不限一人。

她爱苏棉，不是吗？爱她的干净与含蓄，爱她轻柔绵软的嗓音，爱她不问俗务的清冷和高贵，包括她不甚成功的现状，她也认为是她的清高脱俗处，不肯同流合污，因而高处不胜寒。和苏棉一起，谢桥每每自惭形秽，觉出自己的浅薄，在现实俗世里沾染的一身艳俗气。她心疼苏棉的不幸，除了爱情，她愿意把自己的一切拿出来与苏棉共享。苏棉的手机、电脑、梳妆台上的香水、手上拎的 LV 包包以及衣橱里的大衣、裙子……谢桥像燕子衔泥一样，一点一点把这些奢侈物件往苏棉这里送，她想说，没有男人爱你，我来爱，没有男人对你好，我对你好！有一次苏棉打趣说，你对我这样好，真像我的情人一样。谢桥立马豪情万丈地说：没问题，你就拿我当你的情人好了！苏棉盯了她半晌，幽幽地说：可是，你可以陪我上床吗？谢桥傻了。她才意识到自己也是个女的，她没有男人的物件，陪她上了床也干不了什么。事实上，她对女性一向囿于情感，身体上却一直冷静节制，闺蜜间通常惯有的勾肩搭背拉手，这些亲热的小举动，对她来说都不存在。

　　但是，她爱苏棉，这不是爱情，爱情包含了性，无论对男人女人，如果身体没有欲望，就不叫爱情，她已经明白。她的心上仍生发缕缕柔情。她吃每一道美味的菜都会想到苏棉，看见每一道别致的风景也会想到苏棉，惦记着让她共享，她每穿一件新衣，每换一个发型，第一个想到给苏棉而不是给萧雨山看，必得苏棉首肯才放下心来。苏棉的任何要求，她从不忍拒绝，苏棉是爱撒娇的小女孩，她是有求必应的情人。有时一个电话，她会甩下萧雨山急吼吼奔赴苏棉，萧雨山半真半假地喊：哎哎哎，怎么回事，你们不会是同性恋吧？她抿着嘴乐，如果真是同性恋，她首选苏棉。

　　可是，今天她终于明白，她与苏棉的感情不过是自己的一厢情愿。苏棉从没有喜欢过她，更没有珍惜过她，甚至，一直都讨厌她。是她生拉活扯非要和人家做朋友，人家也只得应付，况且还有那么多实际的利益，也无不可。每送苏棉一件自己都不舍得消费的奢侈品时，她难道没有想过，或许这样苏棉会感动，会对她更好一点？就像一个自身魅力欠缺的男人为女朋友一掷千金，只盼着她感动，收获点真情。岂知物质换不来爱情，物质也换不来友情。

洋嫁

谢桥以为，爱情是短暂的，不可控的，友情是真挚的，恒久的。她以得到女朋友的赞许与肯定为荣。得到异性的赞美往往是靠你天赋的资本，赢得同性的认可则完全靠人格魅力了。她的身边，纷纷扰扰，一直有不同的女朋友簇拥，她仿佛左右逢源，仿佛风光无限。可是，在这萧瑟的风中，她数来数去，并数不出自己有什么恒久真挚的女朋友。

在家乡，她有两个女友，那都是年少时结下的情谊。当她离开家乡时，女友也曾不舍，当众号啕大哭，她依然走了，友谊并不曾对她毅然离去的脚步有任何牵绊。

北京是一个大驿站，人倏忽来，倏忽去，手机一关，一个人就消失了，蒸发了，每天变换无所踪。她身边总是聚集起一堆女朋友，很快又消散，然后新的又来，无论如何，总有新的面孔，新的热闹，直到她到了美国，北京认识的这些女朋友一个一个如气泡般消散，一个也留存不下来。她翻遍了电话本，能联系的仍只有年少时结下的那三两个女友，情谊当然是在的，可是，她们各自奔波在自己的生活轨道上，耕耘着自己的一亩三分地，老公孩子，房子车子，这已让人足够困顿，足够劳心，谢桥与她们的生活愈行愈远，彼此都不了解，也关心不了进入不了对方的生活与话题，为了不冷场而费心搜寻的话题，惨淡得令人掩面。国际长途之难，不在于话费，而在于距离。空间距离造成的心灵的距离。你想保持住那份感情的浓度，只好不去拨电话，不让那不咸不淡的话题稀释掉心中最美好的情谊。

人生越往后活，越在渐渐失去自己所珍爱的、宝贵的。就像老人口里的牙齿，抑或一把梳齿不结实的梳子，一颗一颗脱落，越来越所剩无几。

谢桥满含热泪，望向苏棉的窗口，那温暖的橘红色灯光犹存。她失去了苏棉，或者说，她根本从未得到过苏棉的情谊，她们从未曾有过与少年时女友那般的心心相印。谢桥的心仍像被挖了一块，那样血淋淋空洞洞的痛。她失去的不仅是苏棉这一个具体的人，而是对女人，对女人间友谊的失望和否定。为了不再经历友谊的欺骗和背叛，为了让这心不再这么疼，她或许不会再对一个女人像对苏棉那样好，她还会有女朋友，一起逛街吃饭喝咖啡，但不会再走心了，对，走心，从心上穿过，不会了，这些女人的交往就像酒肉，穿肠而过，不留痕迹。她会承认，这世上，还是男人对她好些，她长成了这个样子，又这么个不知低调的个性，不会有女人真正爱她，喜欢她，或者说，女人间本就不存在友谊，只有忌妒和竞争。然后，她会像世上所有重色轻友的女人一样，和所有的女人为敌，只看重男人，取悦于男人……是这样吗？这才是苏棉对她最严重的摧毁吗？摧毁了她对友谊的依赖和信任，摧毁了她对女性的温暖和善意？这世间，如果你的面前竖起了一道一道墙，你不再会爱，不再付出真心，你的人生还有什么意思？还能留下什么？

年少的时候，以为人生很长，以为会有无穷无尽的邂逅，走到人生的中段，你细数数，这满世界的男女，有几个男人或女人与你建立过亲密的情谊？在余下的人生里，还会有几个男人或女人会与你建立起亲密的情谊？恐怕你一只手摊开，都嫌太多。

他走进你的生命，你的心允许他走进，与你亲昵、欢笑、同喜同悲，你该珍惜彼此的付出与得到，珍惜那颗心的葱茏与真切，而不是转化为仇恨、冷漠、伤害，哪怕他从你的生命里走出，你也不该恨，不该怨，你就记住自己真心的付出和付出时那由衷的喜悦和快乐吧，因为你的生命里，不会再有几个人像他走得那般近，让你一往无前地交付真心……

谢桥怆恻地凝望着苏棉的窗口，脚步踉跄了。

她的情人也关机了，此刻他正在温暖的被窝里，陪着孩子，或者孩子的妈？

谢桥茫然四顾。她的爱情和友情，都像这苍茫的夜色，黑漆漆一团，不见来路也不知去向。

5

手机铃长一声短一声，惊扰清梦。

不接不接！谢桥最不喜欢的就是清早有人来电话，怀孕让她慵懒了，习惯自然醒。她不耐烦地用被子蒙住头，终于等到铃声过去，谢桥舒出一口气，翻个身，企望接踵而至新一轮好梦。

"叮……"电话又响起来了。要命！谢桥终于把话筒抓到手里，迷迷糊糊地问："哪位呀？"

"谢桥，你知道吗？艾伦死了！"听筒里传出端木亭亭急促的声音。

"什么？谁死了？"一个"死"字刺激得谢桥一激灵，她慌忙翻身坐起，瞌睡被驱赶得无影无踪。

"艾伦呀！就在苏棉面试绿卡的前一天晚上，艾伦突然心脏病发作猝死在家里。现在艾伦的父母姐姐全都来美国了，先是告苏棉杀死艾伦的，现在又告他们的婚姻是假结婚，苏棉要我出庭给她作证她不是假结婚，你说我该怎么办？"

庞杂的信息如同体积过大的垃圾，拥堵在谢桥尚未清醒的大脑里，她半天回不过神来，"啊啊啊"大张着嘴巴。

"算了，电话里说不清楚，我马上到你家来！"端木亭亭风风火火挂了电话。

一个小时后，端木亭亭已端坐在谢桥家的客厅里。她连喝了两大杯凉水，一副惊魂甫定的模样。

自那晚割袍断义后，谢桥与苏棉就断了联系。对苏棉的讯息一无所知。但苏棉一直和端木亭亭有联系，她瞧不起端木亭亭，但毕竟不可能孤立于世，危难之际，还只有求助于端木亭亭了。

从端木亭亭口里，谢桥终于知道了这段时间以来在苏棉身上所发生的堪称惊悚的大事。

就在绿卡面试的前几天，苏棉还兴致勃勃地告诉端木亭亭，一旦绿卡下来就带着艾伦一起回国，在亲友面前好好炫耀炫耀。她在美国窝囊了这么些年，终于可以扬眉吐气一番了。岂知艾伦又生变卦，一定要苏棉再打两万美元到账上才肯来美国陪她面试。苏棉气疯了，她已经投进好几万美金，那基本是她这十年来所有的心血。她没有钱买衣服没有钱吃像样的饭没有钱维修快成危房的浴室，她的每一分钱都在月底贡献给艾伦那个吃人不吐骨头的账户，他非得榨干她每一滴油水，连骨子里的一点油水也要挤出来吗？真是十足的恶棍。可是，此时的苏棉，好比一个输得太多的赌徒，纵算倾家荡产，也要孤注一掷，否则，前面所投的本钱便真的付诸东流，再也转不回来。

艾伦到底是来了。就在绿卡面试的前一夜，已是晚上十点，艾伦突发心脏病。谁也不知真实的情形是怎么样的。待得苏棉开车将艾伦送往医院，艾伦已停止呼吸。医生曾质问苏棉为何不打911，苏棉说她当时吓坏了，忘了。确实，艾伦那么高大一个男人，如真死了会很沉重，苏棉不大可能有那么大力气把他拖上车。

医生开具了死亡证书，苏棉想把艾伦的死讯通知他家里的人，可她与他的婚姻仅是一张口头支票，对于他的家人来说，苏棉是隐形的，苏棉也从未曾与他的家人有过任何联系。艾伦的尸身冻在冰柜里，每一天都费用惊人，苏棉的口袋早已干瘪。万般无奈之下，只得自作主张把艾伦火化了，买了一个最便宜的骨灰盒。那般俊逸潇洒的人物屈就在这么一个廉价难看的小盒子里，苏棉喃喃：谁让你把我的钱全都骗光了，现在只能委屈你住便宜点儿了……

苏棉在百般忙乱中也没忘了去参加绿卡面试，她是以寡妇的名义申请移民局批准她的绿卡。对此她自信满满，她认识的一个女人就是通过这种方式获得绿卡的。现实却给了她沉重一击，移民局告诉她，只有和公民结婚两年以上才有资格以寡妇名义申请绿卡，现在他们的婚姻还不满一年，她的公民丈夫已死，她的申请已失效，必须在三个月之内离境，否则便是黑户了。

苏棉险些崩溃了。这些年来她的辛苦、屈辱、忍辱负重，全是为了一张绿卡，万没料到竟是这样的结果！太残忍了。

古话说"祸不单行"。确实，因为这世间的祸事往往有因果或逻辑关系，坏了一环，便环环出错。因为绿卡申请失效，苏棉的工卡也失效了，原来的通讯公司无法再留用她，苏棉失业了。

没有身份，没有工作，没有爱人，此时的苏棉还剩下什么？走投无路的苏棉把惨淡绝望的目光投向了房子。是的。此时此刻，只有这房子是实在的、温暖的，可信任的。这栋价值50万美元的房子，是艾伦留给苏棉的最后一点念想。艾伦死了，苏棉便是这房子的唯一继承人。是的，他还没有坏到头，纵算他有千般不是，总算把这房子留给了苏棉，让这孤苦无助的女人不至于立即流落街头，这庞大的房屋，比男人的怀抱更温暖、更可靠。苏棉看着这栋房子，冻僵的心稍稍舒缓，呆滞的目光渐有暖意。

当然，苏棉再也住不起这房子了，她交不起每月的房贷，连吃饭的钱都没有了。她唯一的一条路是，把房子变卖，把这一大笔财产捏在手中，陪伴她抵御这无情世界的凄风苦雨。

天无绝人之路吗？你真的很幼稚。老天在对待一个走投无路之人时，面目就是狰狞决绝、毫不留情面的。直到此时，苏棉才知晓了艾伦之坏，是坏到头坏到家坏到骨子里的，早死是他对这世界唯一的贡献。在房屋上，他是怎样欺骗和算计了苏棉，这栋房子，留给苏棉的不是财产，而是债务。

美国的房子一般需要付 20% 以上的首款，比如说这栋 50 万的房子首款是 10 万块，可申请 40 万贷款。但美国人一向吃光用光不存钱，很多人连 10 万块首款也拿不出来。贷款经纪人为了追求效益，便帮客户申请两份贷款，一份是银行的 40 万贷款，一份是首款那 10 万的小额贷款。小额贷款的利息要高很多，但对于没有存款的美国人来说，一分钱本金没放进去便买到一栋房子还是很划算的。所以，如果一个美籍华人告诉国内的女孩他在美国有一栋 50 万的房子，一定要小心，很有可能这财产是空的。这房子表面是属于他的，是他的名字，但真变卖时，一分钱都落不到他手里。

美国的房价在上世纪 90 年代进入低谷，从 1998 年开始房价上升，一路狂飙好几倍，一栋 20 万的房子轻易便会涨到五六十万。到 2006 年达到顶峰，从 2007 年开始下跌。

艾伦在 2000 年做了两个贷款，一分钱本金没花便买下了这栋价值 50 万的房子。后来他的房子涨到了 100 万，按照美国的贷款制度，他可以把多出来的这 50 万的一半 25 万美元取出来用。这个叫资产贷款，英文叫 equity loan 或者 line of credit. 在美国做房屋贷款银行的要求是月付的金额不能超过收入的三分之一，而资产贷款就不管这些。英文 equity 就是你房子价值超过贷款的额度。有了 equity 你就相当于在银行有了一个随时可取钱的账号，数额最大不超过 equity 的一半就好。2004 年艾伦失业之后，就不断把 equity 拿出来用，后来房价回落，和苏棉结婚时，这个号称50万的房子不仅已经只剩个空壳而且还有负值，就是说他房子的贷款已超过了他房屋的价值。艾伦还不起这笔贷款，索性赖着不还了，美国的银行一般在半年后没有收到贷款的月付便会收回房子，轰走屋主并要追讨所欠资金。他让苏棉每月付给他的所谓房屋贷款并没有用于还贷，而是全部转入了台湾的账户。

他们结婚时艾伦没有去做婚前财产公证，苏棉自以为占了便宜，拥有了这房子的产权，她道高一尺，没想到艾伦魔高一丈，不做财产公证不是让她分享财产，而是共担债务。这个房子就算卖了他们还欠银行一屁股的债，艾伦躲到台湾就是为了躲开这笔债务，苏棉成为唯一债务人，所有债务皆让苏棉去承担。

苏棉的血液一下子凝固了，冻僵了，冷得牙齿"咯咯"打战。这个狼心狗肺的男人，他不但榨取了苏棉的青春、爱情、金钱，还留给她一辈子都无法还清的债务！她更看清了这几年二人关系的实质，她一腔真情赋予这个男人，一厢情愿地以为自己的真诚和付出终有一天会令他感动，能回转到这婚姻里和她共度余生，她以为自己是为爱而奉献，岂知人家从头到尾就没爱过她，就是在欺骗她、榨取她、玩弄她，仅是骗色也就罢了，他是在往死里逼她，让她失去绿卡、工作、金钱，单单只背上债务！

她来了美国十年，苦苦打拼，心血枯焦，如今没有身份没有工作没有钱没有亲人没有朋友，有的，只是一个寡妇的身份和一身一辈子也还不清的债务！她失魂落魄地回到家中，再看这房子，不再有温暖踏实之感，只觉狰狞可怕，就像一头猛兽张开了血盆大口，要侵吞她，把她咬碎咽进肚里，片甲不留。

苏棉打着寒战，目光呆滞地环顾四周，眼光扫到客厅门廊一个长方形的黑盒子上。

苏棉像一个年迈的老人，拖着迟疑的步伐，缓缓挪过身去，把这个黑盒子抱在手里，这里面装着艾伦。

她是那样的爱他，爱过他。从见面的第一瞬，便心醉神驰，她的尊严、清高、骄傲、理智从第一面开始，便像她那身小衣服，被艾伦猝不及防地扒个精光。她没能控制住身体的背叛，从那一刻起，她变成了另外的一个女人。一个她自己所不认识的，没有廉耻，没有自尊，任人摆布玩弄的弱智女人。她不是没有男人追，没有男人可嫁的，可艾伦的出现，让这些男人统统贬为粪土。他是顶级的冰毒，一俟沾上，再难摆脱。她在情欲苦海里沉沦、挣扎、扑腾、煎熬……她怀念从前无情无欲、清白无辜的自己，她用尽一切的办法想摆脱心魔的控制，重获自由。可只要一见到那张脸，心里便掀起风暴，只要他的手指搭上她的肌肤，每一个毛孔都张开来，唱着淫荡的饥渴难耐的歌，只要他进入，灭顶般的幸福便铺天盖地而来，她在赴死赴仙的路途中对自己喊：啊——我要这样，我要！值得的，一切都是值得的，为了这一刻，舍了命也是值得的……

苏棉把脸贴在骨灰盒上，冰凉的泪水顺着冰凉的盒子流下。她紧紧抱住他——她的魔，她的神。他从来没有这样乖过，从来没有这样任她搂在怀中，不挣脱不逃离。他终于属于她了！名分上，他们是夫妻，不会再离婚了，现实里，他被她带在身边，天天陪着她……

苏棉又感觉到湿润，每当她想他时，便会这样，汪洋浩荡。尽管艾伦远在台湾，她却是最忠贞的妻子，为他守身如玉，她接受不了任何一个别的男人。她的手指，总是在幻化中变为他的，轻车熟路找到她的幽秘处，让她一次次冲上顶峰。苏棉呻吟起来……

一阵彻骨的冰凉袭来，是骨灰盒的凉，苏棉醒了，她瞪着这冷冰冰的黑盒子，是的，艾伦死了！艾伦已变成了一把灰，装在这廉价的盒子里。他是仙是魔，都已被收服，装在这盒子里，再不能去迷人了，再不能去害人了，为民除害，死有余辜啊，哈哈，哈哈……

苏棉的笑声在屋里响起，疯狂、凄凉、绝望，再没有比她更可怜更穷途末路的女人了！除了一身债务，她什么都没有了，在这荒芜的美国，她比一条丧家之犬尤为不如。丧家之犬还有自由，她呢，将被银行追账，东躲西藏……这一切，都是拜艾伦所赐！他活着欺辱她、盘剥她，死了还害得她身背债务，四处逃窜，这个流氓、畜生、魔鬼！变成灰还在害人啊！

苏棉牙齿咬得"咯咯"响，眼睛红了，血液冲上头顶。她跳起身来，抱起骨灰盒快速跑进洗手间，揭开盖子，"哗哗哗"把骨灰倒进马桶里，一拧开关，艾伦和着水流，被卷进马桶里，和下水道那些污秽泥泞做伴去了。

"艾伦，你不配！你连这个最廉价的盒子都不配住！你骨子里没有一点儿人性！你是最肮脏的畜生！你只配在这下水里，和最肮脏的污秽搅在一起！"

苏棉冲着马桶狂喊着，喊得声嘶力竭，热泪奔涌……两清了，她和艾伦之间纠缠的爱和恨，痴情与薄幸，情欲与伤害，幻想和欺骗，终于结束了，两清了……

喊完、哭完，苏棉疲惫急极了。她迟缓地走到洗手池边，用凉水浇在脸上，试图让自己清醒一些。苏棉抬起头来，镜中映出一张黯淡、憔悴的中年人的脸，苏棉吃了一惊！这个半痴半傻的落魄女人是谁呀？啊，这竟是莲花般出淤泥而不染的苏棉吗？她的纤尘不染的胜雪肌肤已起皱了，打褶了，两颊泛起黑褐色斑点，层层叠叠，像是墨水滴落在白绢上，只恨不能把它抠下来。更让她惊异的是她的头发，丝丝缕缕，竟泛着晶莹的白，她吃惊地撩起头顶的一缕长发，葱郁的黑与早衰的白交织，白的竟似还多些！天啊！短短几天工夫，她已经像伍子胥一般，白了头！是谁说过，头发与心脏一样，都不是一个医学问题。是的，它与情绪有关，与心魂有关。

苏棉盯着镜中这一张陌生的她不认识的脸，凄绝而哀伤。她微微闭上了眼睛。她累了，乏了，她不忍再看这一张早衰的穷途末路的女人的脸。少顷，她睁开眼睛，突然，她在镜子下端一角看到了那张熟悉的俊逸帅气的脸——艾伦的脸！正带着那迷死人的坏笑戏谑地望着她。艾伦怎么复活了？是不甘被冲进下水道，前来找她算账的吗？

"啊，啊——"苏棉魂飞魄散，失控地惨叫起来！她无助地掩住脸面，像一只待宰的羔羊，只等着艾伦扑上来扼住她的脖子，把她一同带往阴曹地府……

良久，没有任何动静。

苏棉惶惑地睁开眼，镜中艾伦的脸还在，还是那一模一样的坏笑……苏棉回过头去，这才发现对面墙上还挂着艾伦的大照片。

苏棉飞速跑过去，把照片摘下来反扣在桌上。然而，艾伦的身影、气息仍无处不在，在这房间的每一个角落游荡，阴恻恻地呻吟：还我命来，还我命来……

洋嫁

苏棉怕极了，她飞速逃离了有艾伦照片的房间，没命地往楼上跑，然而，艾伦的身影寸步不离，撵着她的脚后跟，还我命来，还我命来……

午夜三点，端木亭亭被手机铃声从熟睡中吵醒，她迷迷糊糊地接通电话，听到苏棉惊恐崩溃的哭声：端木，我怕，我怕死了……

整整一个晚上，端木亭亭就听着苏棉歇斯底里，又哭又说。就像谢桥被苏棉驱逐的那个夜晚，百般无奈请求端木亭亭来接她。对于端木亭亭，苏棉包括谢桥都打心眼里瞧不起，可当她们危难之时，能求助的，竟只有这一个朋友！

听到苏棉把艾伦的骨灰冲进了下水道，端木亭亭不由惊呼出声："哎呀！你怎么能这样做！艾伦死得这样突然，你让他家人活不见人死不见尸的，连骨灰都见不到一捧，怎么向他们交代啊？"

端木亭亭一直陪着苏棉聊到天亮。曙光渐起，苏棉终于从崩溃里恢复过来。她立即收拾行装，决意第一时间离开这见鬼的屋子，永不再回来！

收拾的过程中，苏棉发现了一个艾伦台湾的手机，一查号码，尽是些莺莺燕燕的名字，想来在台湾也一点没闲着。她看了半天，终于看到一个号码写着"姐姐"，便抄录了下来。或许可以通过这号码与艾伦家人联系上。毕竟目前她和艾伦是法律上的夫妻，不能不将艾伦的死讯通报他家人。

望着空空如也的骨灰盒，苏棉犯了愁，是啊，这可如何向艾伦的家人交代？苏棉的眼光无意识地在屋里搜寻，突然，她的眼睛定格在书柜里那个深灰色的盒子上，那是艾伦的爱犬"欢欢"的栖身之地。艾伦对女人如此绝情，对那条大狗偏是情深意笃，爱若性命。苏棉见之心生感慨，真不如变成那条狗。或许人的情感总归是要有一个去处，与其把一腔痴情赋予某个水性杨花的女人，不如倾注给忠实可靠的狗狗。偏生欢欢承受不起这浪子的一腔厚爱，竟一病不起，艾伦在医院里衣不解带伺候多日，还是一命呜呼了。医院按照艾伦要求将欢欢火化后装在一个带动物图案的盒子里，艾伦无比伤心地抱回欢欢的骨灰盒，发誓从此再不养狗狗，要让欢欢成为他的唯一。

苏棉望着这精美的狗狗骨灰盒，是的，这比苏棉为艾伦选的骨灰盒精致高档多了。由此或许证明艾伦是对的，女人之善变与绝情——对待死去的男人还不如男人对待一条狗。灵光一闪，苏棉揭下盖子，把欢欢的骨灰尽数倒进艾伦的骨灰盒，人和狗死后竟都是差不多成色，并看不出任何分别。狸猫换太子，料想艾伦的家人不去做 DNA 鉴定恐怕难戳穿这其中的鬼把戏。

苏棉把骨灰盒用万能胶带封好口，径直送到了一家中国寺庙当中。加州的中国寺庙很多，专有骨灰纪念堂收留刚去世的人的骨灰。是的，艾伦的骨灰已经冲进下水道与污秽泥泞做伴去了，就让他的爱犬替他享受人上人的待遇。这对男女彼此间谋划来，算计去，有意无意间，竟让这条狗狗备享宠爱与尊崇。

苏棉把一切都安排停当，望着这残破的屋子轻轻叹出一口气。从几年前第一次走进这屋子，便遭遇了凌辱，丧落了心魂，如今，她终于要离开这儿了！离开！再也不回来。

苏棉按照艾伦手机上"姐姐"的号码拨了过去。电话通了，听到那个伶俐的女声，苏棉有些心慌，她定定神，自报家门："你是艾伦的姐姐吗？我叫苏棉，是艾伦的太太，我在美国。"

"艾伦的太太？他在美国结婚了吗？我们怎么从来都没听说过？"姐姐很疑惑。她一直以为弟弟还是单身。

你不知道的你宝贝弟弟的事还多着呢！苏棉暗想。她简单通告了艾伦的死讯，姐姐一听就炸了！莫名其妙冒出一个女人号称是艾伦的太太，开口就报告艾伦的死讯！怎么可能？几天前艾伦离开台湾时还好好的，这么年轻的一个大活人，怎么可能说死就死了？

苏棉不理会姐姐的歇斯底里，只冷静地告知几件需善后之事，一是去寺庙领回艾伦的骨灰盒，二是来处理艾伦的房子，钥匙就放在大门口的垫子下。

苏棉的冷漠和不近人情引起了姐姐的疑心，是的，凭空冒出一个太太也便罢了，可天下有这样冷静淡漠的新寡妇吗？这绝不是正常的婚姻，艾伦也绝不是正常的死亡！姐姐像一头疯狂的母豹，阴恻恻咬着血咬着恨说："我们明天就来美国。事情不调查清楚绝不善罢甘休！如果艾伦的死和你有关，我们决饶不了你！"

端木亭亭说得绘声绘色，谢桥听得心惊肉跳。二人相对唏嘘。怎么也没想到，这短短数日，苏棉身上竟发生了如此惨烈奇谲的故事。

　　端木亭亭喝了一大口咖啡，喘着粗气说："现在苏棉天天给我打电话，但我只敢通电话，不敢见她。谁知道艾伦到底是怎么死的？艾伦死的时候只有苏棉在，到底他们发生了什么苏棉一个字都没提。艾伦的家人来了，一口咬定是苏棉杀死了艾伦。你说，艾伦真的会是苏棉杀死的吗？"

　　杀人？谢桥打了个寒战。她无论如何不能把淡漠清雅的苏棉和杀人犯联系在一起。虽然她也目睹了苏棉心狠手辣的另一面，但因忌妒而告点小密，散播点流言，与杀人还有很长的距离。

　　"端木，你怎么也这样怀疑？不要说苏棉是我们的朋友，我也不想说苏棉是多么仁善的好人，你只想想，就算苏棉真的是杀人狂魔，也得想想她的动机。她盼这绿卡盼了好几年了，一切的忍辱负重都为了这张绿卡，眼看马上就要到手了，怎么会在绿卡面试前一天晚上把艾伦杀死，让自己几年的心血付诸东流呢？就算她再恨艾伦，多么希望他去死，至少也得绿卡到手了再让他去死吧？"谢桥闷闷地也喝开了咖啡。虽然咖啡对孕妇不好，她一腔酸楚无以排解。

　　"这段时间我一直琢磨这事。表面看来苏棉确实没有杀艾伦的理由，但你要知道，苏棉起初并不知道婚姻不到两年不能以寡妇名义申请绿卡，更不知道房子已经资不抵债。那时候她以为艾伦的死对她的绿卡和工作都是没有影响的。当然了，真要说苏棉有意杀死艾伦，我也不大信，你说会不会是发生了意外，哎……"端木亭亭凑过来，神秘地说："会不会是在床上啊……听说心脏不好的人做这事是会发作的……"

　　谢桥一推端木亭亭，啼笑皆非地说："都什么时候了，你还这么黄啊！苏棉说过，艾伦心脏不好，他们很久都不亲热了。"

　　"对呀，艾伦的家人说，艾伦的心脏不好，身边一直常备有药，发作时只要一吃药就会缓解，根本不会死的。苏棉明知艾伦有药，就算艾伦发病了，她为什么不给艾伦吃药呢？或者说，她可能干脆把药拿走，眼睁睁看着艾伦死，妈呀！这不也算是间接杀人吗？现在我天天走路都提心吊胆的，就怕艾伦的冤魂攥着我的脚后跟，要讨个公道。"

"端木，这种猜测不要随便乱说，这不是儿戏！关系到一个人的性命啊！"

"知道！就是给你说说而已！不过说实话吧，苏棉这人虽然看起来温文尔雅，我总觉她很阴，很虚假，心机也很重，不像你这么真实透明。我不了解她，有些怕她。"

"算了，苏棉已经够倒霉了，死了丈夫，一无所有，背一身债务，还被人从台湾追杀到美国。现在怎么样？艾伦的家人告她了吗？"

"艾伦家人恨死苏棉，认定是她杀的艾伦，但找不到有力证据，没有办法立案，医院有艾伦猝死的证明。结果现在呀，他们告苏棉和艾伦是假结婚！苏棉打电话求我，要我出庭作证他们不是假结婚，我可不知道怎么办。你说，他们这婚姻到底算真的还是假的？"

按照美国移民法的规定，利用假婚姻骗取美国绿卡属于联邦重罪，可以判刑入狱的。如果苏棉被判假结婚，她将会被抓进监狱继而遭返回中国海关。这几年由于美国经济不景气，失业率上升，美国人把怨气都发泄在发动中东战争的总统布什和抢了美国人饭碗的新移民身上，移民局比以往都更严厉地打击非法移民。

在美国待久的人都知道，假婚姻遍地都是。因为这是唯一最有效且快速获取绿卡的办法。利用学历或工作办绿卡需要六年的时间，而且还不能换工作，一旦换工作则全部重来。而和公民结婚半年就可拿临时绿卡，两年后便可转为永久正式绿卡。所以无论如何打击，假结婚仍屡禁不止，如何发现假婚姻则是移民局孜孜不倦研究的高难课题。

苏棉和艾伦的婚姻算是真的还是假的呢？从现实角度看，苏棉和艾伦自结婚后便没有住在一起，而且确有苏棉出钱替艾伦养房子，艾伦用婚姻为苏棉换绿卡之嫌。这么看，这婚姻是假的。但是，苏棉对艾伦的一腔痴情，没有一分是掺了假的。苏棉的电脑、手机屏保全是艾伦的照片，谢桥还记得苏棉第一次带艾伦和大家见面时那一份骄傲与自得，看艾伦的眼神里那一份倾慕与痴迷，和大家聊起艾伦时语气里掩饰不住的心疼与怜爱，包括后来大家都谴责艾伦薄情寡义，她还为艾伦辩解，说他一切的举动都是不得已，说他骨子里是爱她的，他只是一个怀才不遇的可怜人……她总在期待着奇迹，期待着艾伦经济好转，心态扭正便可回到她身边，和她共赴爱河……从这个角度看，这婚姻百分百是真的。若搁在中国，至多是个"痴情女子负心汉"的当代版本，属于感情范畴，大家还会为苏棉的不幸一掬同情之泪。然而，到了美国，被负心汉凌辱抛弃竟然会触犯法律，竟然还有被判入狱的危险！

"那你准备怎么办？要出庭为苏棉作证吗？"

"我很犹豫。要我证明这婚姻百分百是真的，我也不敢这样说，毕竟这婚姻很不正常。我也是一个新移民，不想冒什么风险。我这辈子还没上过法庭呢！再说，艾伦的家人恨死苏棉了，我去作证，还指不定把我怎么样呢！帮朋友是可以，但也不能把自己搭进去吧？再说，苏棉那人的德性……也算不上是什么好朋友……"

谢桥又去泡了一杯黑咖啡，闷闷地喝了一大口，叹息着说："难道就这样看着苏棉入狱？"

端木亭亭盯着谢桥看了半晌，说："其实，苏棉找我，除了想让我作证外，还有一个更主要的目的……其实，她最怕的是你……"

"怕我？"谢桥莫名其妙。

"其实，艾伦的家人告苏棉假结婚，并没有有力证据。理由无非两条：一是他们从不知道艾伦结婚的事。但美国崇尚独立，子女成人之后，结婚是自己的事，没必要非得告诉父母家人；二是自结婚后他们一直分居。但美国结婚后分居的人多得是，这也说明不了什么。所以，就算我不出庭作证，他们也告不着苏棉什么。但是，苏棉最担心的是……你会出庭给艾伦的家人作证。只要你说出一句，他们是假结婚，苏棉就全完了……"

谢桥望着窗外，天空有一抹纯色的橘红，在蓝天白云间显得诡异。她卷起嘴角，苦涩地笑了。中国有句话叫作什么？现世报，来得快。苏棉才刚刚坦诚了当初对她的忌妒与坑害，并在狂风之夜把怀孕的她赶出家门，决然与她断交，这么快，谢桥就有了报复的机会，轻轻一句话，便几乎可置她于死地。这就是谢桥到美国后倾心而交的好友！

谢桥望着窗外，幽幽地说："苏棉……我们不会再是朋友了。但是，凭着良心说，冲着苏棉对艾伦的一腔痴情，我认为这婚姻不是假的——如果婚姻重的是感情而不是形式。我不把苏棉当朋友，就当是她是一个普通的中国女人，也不愿她在异国他乡因为爱一个男人，因为不得这个男人的欢心和宠爱，因为为他付出所有的积蓄反而被送进监狱。"

"苏棉当初那样对你，又让你丢了工作，又四处散播流言……我们都知道……你不恨她？"

"恨？"谢桥站起身来，缓缓踱到窗边，眼泪从心里涌出，盈满眼眶，"到了这个年纪，应该知道，我们的心中已盛不下那么多恨了。让人丢一份工作，和让人进监狱，这是性质完全不同的事。苏棉，不管她做了什么，她已经受到了极其严厉的处罚，我们没必要再落井下石。每个人对自己的行为负责吧。"

谢桥把手按在腹部，宽松的衣裙下，已有微微的隆起。那里，正孕育着一个新的生命，新的希望。怀孕使一个女人变得平和，也变得短视，她只关心与这个新的生命有关的一切，不再有怨，也不再有恨。

新生命的到来，一切都将不同了，不是吗？

第十一章　让思念枯萎，让快乐断裂

1

转眼又是冬天。

这已是两年之后的冬天。

谢桥游荡在 Vally 上的全统广场里，中国餐馆、中国书店、中国服装……这里，是一个缩小版的中国世界，不过，是 20 年前的中国世界。

满目琳琅，在谢桥眼里都一掠而过。她眼睛里什么都装不下。她只是在打发时间而已。她举起手腕，才刚刚四点，该死，时间是不是停滞了！一股躁郁之气涌上心头。她抬脚走进一家台湾人开的冰店。

红豆冰上来了，她丧魂落魄地搅着冰沙，却一口也吃不下。拿起手机，欲拨打那个烂熟的号码，却不敢，终至颓然。

她是被驱逐的，从自己家里。因为，妞妞要来和狗狗玩儿，因为，妞妞的妈妈决不允许妞妞见到她，所以，每当萧雨山带妞妞过来时，她必须把空间让给那个孩子，自己游魂一般在外面闲逛，直到妞妞走了，才能鬼鬼祟祟潜回自己家中。

"小姐，你的蛋糕和面包。"服务生把食物送过来，桌上已杂七杂八摆了五六样，简直堆不下。别说一个人，三个人也吃不了。况且她基本都一口未动。她点这么多，不过是为了能够理直气壮地坐在这里耗上五六个小时，不至于遭白眼，被嫌弃。

服务生奇怪地看她一眼，她讪讪一笑。是啊，谁叫她是个有家难归的女人呢！谁叫她肚子不争气，就是生不出一个孩子呢！

期待中的那个孩子，并未如期而至。怀孕三个月时，她被告知胎儿已在腹中停止发育，必须做引产。她被震傻了。怎么会呢？这三个月她为了孩子的发育，吃药一样把补品往肚里灌，走路都小心翼翼，唯恐惊动了胎气，电脑电视一概不看，连气都不敢多生，也从未遭遇过任何意外，怎么会停止发育呢？医生也难以有一个全面的解释，只是说，这可能与受精卵的质量有关，精子或卵子质量不够好，发育到一定时候就会停止。这叫自然淘汰。

自此，谢桥便开始为生孩子而进行着不屈不挠的奋斗。她看遍中医西医，锻炼身体，把苦涩的中药当饭吃，保护卵巢的，提高卵子质量的……连做爱都失去了原有的激情，只奔着功利目的，一到排卵期便揪住萧雨山不放，过程中只幻想着精子堕落花盘，结出个晶莹剔透的孩子……

功夫不负有心人。几个月后，谢桥再度怀孕。从获知怀孕的那一刻起，她便牢牢守身，无论萧雨山如何哀求，也不允许他近身。她苦读一切怀孕手记，严格按照书上的要求进食、锻炼，这一次她决心好好更改第一次怀孕时所犯的一切错误，保证整个怀孕过程妥善完美，不留一点瑕疵。

三个月时，历史再一次重演，胎儿再次停止发育！

谢桥的前 30 年一直对生命持怀疑和否定的态度，视怀孕为洪水猛兽，唯恐避之不及。如今，她全身心敞开怀抱期待孩子的到来，他却总是在三个月时便停止发育，难道这是对她的嘲讽和惩罚吗？妈妈既然认为生命是苦难是负担是累赘，我就停止发育，省得给你添乱，让你烦！

哦！不！孩子！妈妈错了！每一个生命都是值得赞美的，况且我这样爱你爸爸，你是爱的结晶！不，你不会有苦难！你的到来将终结妈妈的苦难，我们才会有平安幸福！还有一点，谢桥苦涩地想，只有你的到来，才会和妞妞姐姐抗衡，才会重新赢得你爸爸对我们的爱。

　　谢桥长在共产党的干部家庭，是坚定的无神论者。可是，她竟也偷偷跑到西来寺，潜心求神拜佛。史铁生说过：绝症之人，难不信神明。不是吗？绝路之人亦如是。

　　数月之后，喜讯再度降临。谢桥又喜又忧。她不再有安宁的梦境，一会儿梦见孩子玲珑出世，挥舞着小胳膊，叫着爸爸妈妈，一会儿梦见孩子再度夭折，她在梦中绝望哭泣，直至萧雨山把她推醒……如此小心翼翼神神叨叨过了三个月，她战战兢兢去了医院，几乎不敢问结果。萧雨山安慰她，事不过三！这次一定会没事的！她一定能如愿以偿当上妈妈！

　　当萧雨山阴沉着脸拿回化验单，谢桥腿一软，晕厥过去，神志清明的最后一瞬，她悄声呼喊：神啊！你把我也收走吧……

　　三次失败的怀孕，让谢桥的身体发胖了几乎二十磅，她失去了孩子，也失去了轻盈苗条，失去了信心和勇气。

　　自此，孩子悄无声息，再也不来，连三个月的希望和期待都不再给她。谢桥轰轰烈烈的"造子运动"引起众人关注、讪笑、嘲讽、幸灾乐祸。几乎变成了一项公开的秘密，连她的生理周期都不再是秘密。刚一见红，便会接到"关心"的电话：又来了？哎哟！真糟糕啊！

　　每次和萧雨山那些朋友见面，朋友的太太们便会故作神秘地问："有消息没？哎呀！你已经三十好几了，要抓紧时间！"然后你一言我一语，阐述孩子的必要性和重要性，言辞围追堵截，步步紧逼，把个谢桥封锁在词语的包围圈里，罪人般低首敛息，是是是，对对对。

　　其实，这帮太太打心眼里不接受谢桥，在她们心中，田小麦才是萧雨山的正牌夫人，谢桥虽然在法律上转正了，可依然是个小三。连孩子都生不出来，永远只配是小三。小三凭借年轻貌美，暂得一时宠爱，可到底遭报应，得不着什么好。她们捍卫田小麦，是捍卫所有和男人辛苦打拼过来的劳苦功高的大奶的权益，打击谢桥，是打击全天下坐享其成的小三。

　　谢桥不大敢跟着萧雨山出门了。百无聊赖之际，养了一条纯白的马尔济斯犬。她自作多情地自封为"妈妈"，虽然狗狗苦于不会说话，她却妈妈长妈妈短地称呼自己：儿子，妈妈给你做饭了；儿子，到妈妈这儿来，妈妈抱……

三十大几养不出孩子，倒是给一条狗当了妈。结果她的狗儿子不幸又被妞妞看上了，妞妞三天两头吵着要来看狗狗。借着狗狗的东风，谢桥倒见了妞妞好几回。每见孩子一次，谢桥的心便柔软一回。尽管理智上不该接受这孩子，如不是因为她，事情不会如此复杂。可是，你无法拒绝孩子眯着眼睛的坏笑，无法拒绝她嗷嗷待哺的小嘴，无法拒绝她伸着粉嫩的胳膊，对你娇柔地命令：要抱！无法拒绝她把小手抚在腮边，弯着腰甜蜜地大叫：谢妈妈，快来……

你拒绝不了这么个甜蜜爱娇的小人儿，完全没有办法。谢桥发现自己掉进了妞妞的迷魂阵，两天不见心里便牵出念想。她为此沮丧、不甘。可当见到妞妞时，她什么都忘了，她傻乎乎地围着妞妞转，一双眼睛长在了她身上，一颦一笑，一举手一投足……她几乎是眼馋地盯着她，恨不能掉进眼里，埋在心中。

好景不长。田小麦听到妞妞嘴里念叨着"谢妈妈"，几乎气疯了！谢桥不但抢了她老公，还要来抢女儿！是可忍孰不可忍！田小麦冲妞妞破天荒大发脾气，叫嚷着：你若再见那个坏女人，我永远都不要你了！

妞妞吓哭了！三岁多的孩子，虽不明白这其中的原委，但在母亲的反复唠叨和哭诉里，听明白了一件事：谢妈妈是坏人，不能再见她了，否则妈妈就不要自己了！

妞妞在田小麦的授意下向萧雨山表达了自己的意愿：我就要这一个爸爸（萧雨山）和这一个妈妈（田小麦）。爸爸和妈妈都得陪着她。所以不但萧雨山一周有四天需要以陪妞妞的名义住在田小麦那里，在属于谢桥的三天时间里，妞妞也随时有权利过来看狗狗，谢桥便随时得准备滚出家门。游荡到妞妞尽兴离去，才能灰溜溜潜伏回家。

谢桥挑起芝士蛋糕有一搭没一搭地往嘴里送，一片红色的阴影覆盖在蛋糕上，不用抬眼便知，端木亭亭来了。

"谢桥，你再这么吃，体重会赶上我了！"端木亭亭嗔怪道。她倒减轻了些，但望而知之也不是减肥减出来的，丝丝缕缕，可见生活重压下的憔悴。

谢桥涩然一笑。想曾经胖上两斤便如临大敌，饿上三天也得迅速减回去，如今，她的胖与瘦，或许已没人关心了。她自己也懒得关心了。说到底，谁减肥是为了自己？

　　"谢桥，苏棉昨天给我来电话了。"端木亭亭搅着咖啡，轻轻出口一个重大讯息。

　　"哦？她……怎么样了？"谢桥不自禁地往前倾身。两年前苏棉与艾伦家人在法庭上的一番恶战之后，假结婚终因证据不足而流产。苏棉离开洛杉矶，自此杳无踪影。两年了，这是第一次有了音讯。

　　"她现在住在美国中部一个偏僻的小镇上，在一家餐馆里当服务生。具体是什么地方我也不知道。艾伦的家人告她假结婚不成，便扬言要找黑道灭了她，她不敢轻易暴露藏身之所。再说，银行也还在追讨债务，她本来又是黑身份，基本是不敢乱说乱动的。生活非常苦。"

　　哦，清高孤傲的苏棉，才华横溢的苏棉，怎么就沦落到此等地步！想起初见面时，她肤色胜雪，纤尘不染，如今竟成了见不得光的老鼠，在阴暗的角落里干着繁重肮脏的体力活儿，惶惶不可终日。谢桥心酸地微微闭起了眼睛。良久，她睁开眼睛，眼眶有隐隐的湿润。

　　"在美国生活这么苦，她为什么不回国呢？"

　　"我也这样问过她。她说自己这个样子没脸回去，你知道，在她家那个小城市，她一直是神话，是楷模。她又好面子，现在她的家乡人都以为她在美国多么风光得意，她也就靠这么点虚荣心支撑度日了。她怎么敢回去自毁形象！那还不如杀了她！"

　　是啊，不独苏棉，在美国的大多数华人都是这样，只要家乡人还在崇敬他、仰慕他，也就有了活下去的理由。宁可留有一份幻想，这幻想是双向的，家乡对游子，游子对家乡，由于时空距离而产生的期待和向往，是最后的一片净土了，不到万不得已，绝不可接近它，谁都承受不起那份幻灭。

　　"可是，苏棉这样，希望在哪里？未来又怎么办呢？混一天是一天吗？"

　　"不这样又如何？不是每一个人都有希望，有未来的。在美国绝大多数的

第十一章　让思念枯萎，让快乐断裂

295

华人都像我和苏棉，混一天是一天，在美国，只要还有一把力气，总还有一碗饭吃。未来，最好不要去想。哪像你啊，谢桥，豪宅名车，婚姻稳定，唯一就缺一个孩子。可生活哪能没有缺憾呢？像我们这样被生活的本身压迫得喘不过气来，每天奔波得脚不沾地，累得走路都恨不能睡过去，满脑子想着房租、汽油费，每个月的账单雪片一样一张张飞过来，就像催命鬼，哪还有工夫想意义、价值这些奢侈的问题。"

谢桥本想告诉端木亭亭，医生告诉她，她子宫尺寸太大而弹性太差，不但受孕不易，而且三个月后子宫便停止生长，胎儿自然也会停止发育，这意味着，她将终生不会有孩子。她还想诉苦说，由于没孩子，她虽转正了，却越来越像个不得宠的小三儿，那个法律上的老公，已经离她越来越远，越来越不是她的……

可是，她如何说得出口？她的痛苦，终归是形而上的，就像感冒，流鼻涕、打喷嚏、头痛、脑热，虽然也难受，也不舒服，可毕竟不威胁生命，你要是愿意忽略，那病也几乎等于不存在，可人家都患的是癌症，时时刻刻面临死亡的威胁。你去对一个癌症病人大谈感冒的苦楚，不是太奢侈，就是太矫情。

看看端木亭亭，本已坐上了好运的直升机，正准备说服约翰把儿子接到美国来，可去年的一场车祸，又把她打回原形。那场车祸端木亭亭虽只受轻伤，却夺去了老花花公子约翰的性命。更要命的是，约翰的生前遗嘱里，所有的财产都留给了他的儿子。约翰的儿子才不管中国人仁义道德那一套，对这个几乎没见过面的中国后妈，那黄脸小鼻子，他几乎认为是另一种动物。这不奇怪，中国人大多数也认为白皮肤黑皮肤都是另一种动物。非我族类其心必异。所以他很客气但绝不留余地地请端木亭亭走人，端木亭亭就这样被扫地出门了。她几乎一无所有，老约翰从不给她什么零花钱，连衣服都没有多增添几件，唯一庆幸的是她总算拿到了美国公民的身份，而且，没有债务。

端木亭亭从终点回到起点，又回到租人后院，替人做钟点工的日子。谢桥为了帮衬她，也请她给自己家里打扫卫生。但每次端木亭亭来打扫卫生时谢桥都无法安坐，必得停下手里所有的活儿，跟前跟后地陪她聊天，总像怀了多大的歉疚。临走时给工钱也不好意思大张旗鼓地给，而是做贼一般偷偷摸摸塞进端木亭亭的口袋里，若不慎被端木亭亭看见，自己倒先难堪得红了脸。她和端木亭亭都不愿意承认这一种雇佣关系，尽量想把这种形式消弭于无形。

有时候，萧雨山不在家的日子，端木亭亭也曾留下来陪她熬过漫漫长夜。这么大一栋屋子，空洞得像一座鬼屋，洛杉矶的房子又基本不防盗，谢桥经常被各种动静和自己的想象吓得半死。也曾想过是否就留端木亭亭长住，省了端木亭亭的房租费，俩人也好做个伴儿。但一来萧雨山不发话，谢桥也不敢随便把人往家里领，这房子虽写了谢桥的名字，可到底还是萧雨山的，谢桥是丫鬟带钥匙，做不了主的。二来，在洛杉矶久了就会明白，同性间的友谊是微妙而脆弱的，过近往往导致过远，为了保住这唯一的朋友，一定要保持住足够的距离。切忌交浅言深。

田二麦迈着他惯有的斜字步一摇一摆地进来了。在谢桥孤苦无依的日子里，也只有这两个朋友陪她打发无聊时光。不寂寞在洛杉矶是很奢侈的事。

田二麦依旧孑然一身。他不再提追求谢桥之事，也没有成家之打算，只要谢桥一声招呼，他总是第一时间赶到。他仿佛已经习惯了这种填空的角色，也不感觉委屈或不平。

听到苏棉的讯息，田二麦也好一阵唏嘘。到美国的华人就像随风飘荡的蒲公英，没有根基没有土壤，命运全在风向里，风吹到哪里就落到哪里。

"谢桥，你还记得秦淮吗？"田二麦用勺子敲打着咖啡杯。

秦淮？谢桥一震。自从湖南餐馆一别，秦淮去了北京追逐他的"中国梦"，几年过去了，再无音讯。想他一个台湾人，又在美国浪荡这么多年，在北京那片于他而言，陌生度也等同于"外国"的城市，能存活下来吗？

"哦，他……现在怎么样？"

"这小子，你绝对想不到他现在是个什么屌样！"田二麦舔着咖啡勺，露出神秘莫测的微笑。

"穷困潦倒？走投无路？还是……不会又穿得桃红柳绿地骗女人钱吧？"谢桥闷闷地问。

"切！骗女人钱？现在是女人围着他团团转，成天变着法儿地想骗他的钱！当然了，也想骗他的人，人财两得。"

"骗他钱？他买彩票中大奖了？"谢桥嗤之以鼻。

"他是中大奖了，不过，不是买彩票，而是，赶上了好的机遇，靠了他自己的本事！用他自己的话说，实现了……中国梦！"

"中国梦"这种带有政治色彩的字眼儿居然从田二麦这种从来没个正形儿的瘪三儿嘴里蹦出来，端木亭亭一口咖啡卡在嗓子眼，又一口喷出来，又咳又喘。

"吹吧你就！还中国梦呢！怎么着，被洗脑了？"谢桥也不无讥讽。

"你们这些女人哪！天天关在家里，眼睛就盯着巴掌大个天，完全不知道外面的世界都新鲜成啥样了！唉！真是头发长见识短。"田二麦一边摇头，一边拉拉杂杂地把秦淮的境遇一一道来。

前阵子，田二麦回了一趟国，去了一趟北京，见到了秦淮。着实被惊着了！秦淮加盟的网络公司已是做得风生水起，业务遍地开花，在东二环的寸土寸金之地买了整整一层办公楼，秦淮是股东之一。如今，秦淮在东直门附近的当代MOMA买了一套公寓房，恒温恒湿恒氧，每平米售价9万元人民币，一套三百多平米的公寓房就值两千多万人民币，座驾也是一辆价值几百万的宾利，看得田二麦直咋舌。秦淮说，知道北京机会好，没想到会这么好！放弃美国到北京来寻求发展，是他所做的最正确的决定。

"哦，是吗？他还真的咸鱼翻身了？那，祝贺他。"谢桥又是惊异又是感慨，内心五味杂陈。这个男人，自己追随他来到美国，寻找美国梦，他却跑回北京去做中国梦！看起来，他的中国梦已然实现。那么，自己的美国梦呢？

"我早说过，秦淮这小子是有才华的，只是美国这片土壤没有给他机会！而北京，恰恰需要他这种人才。不像我这种人，到哪里都是个干苦力的，没文化，苦啊！"田二麦撇着嘴自嘲。他俯过身，压低音量说："哎！谢桥！你知不知道，这么些年，秦淮还一直单身呢！他自己说，这几年他天天加班，玩命干，根本顾不了找老婆的事。而且，我猜……他心里……一直只有一个人。"

谢桥低下头，涩然一笑。秦淮心里只有一个人，自己心里也只有一个人。

可那个人心里呢？究竟有几个人？

　　"谢桥，你知道吗，这几天秦淮回来了！他说，北京的业务太多，忙不过来，要回美国再找几个人加盟。当年我们都是拼了命地奔向美国，不惜黑身份，打苦工，就为了赖在这块黄金宝地不走。谁想到现在，一大堆老外在北京给中国人打工。真是像大唐盛世，万国来朝啊！人生，真他妈的讽刺。"田二麦无限感慨。在美国的人大都有个特点，不管自身境遇如何，哪怕处于最底层，也总是胸怀远大，具有"国际视野"，喜欢对东西方各种形势纵横比较，政治的、经济的、文化的……都要评述半天。真是"位卑不敢忘忧国"。田二麦感慨了一阵子国际国内形势，话锋一转，说："谢桥，秦淮说，他，很想见你。你，愿意见他吗？"

　　"见他？不，不见。没必要。"谢桥慌忙拒绝。是的，当年她确实曾为秦淮动心，也是追随他来到美国。然而，这么多年过去了，她的身和心都已另有所属，她的世界，满满的都是那人，属于秦淮的一页早已翻篇了！再见有何意义？她也不想把本就不清爽的局面搞得更加复杂。

　　"不见……也好。不过，谢桥，秦淮对你确实是真心的。当年，他只是没有能力。现在，他曾经允诺你的，都实现了，可是，你的一切也都变了。他只是希望你不要恨他。"田二麦这人，谁的忙都帮，连"情敌"也不诋毁，也说好话，倒还真是个厚道人。

　　"恨，当然是不必的。早就过去了。希望他好就行。"谢桥用勺子反复玩弄着盘里的一块蛋糕，压得又扁又碎。她的心里满是那一个人，满涨着苦涩，恨，那么强烈的情感，怎么可能去给了秦淮这样无关紧要的人。

　　"谢桥啊谢桥，你真是够幸运了，总是有男人无怨无悔爱你。秦淮到底也没骗你什么，萧雨山为你停妻再娶，还有替补队员，忠心耿耿候着。"端木亭亭瞟了田二麦一眼，"看看我和苏棉！都遇到些什么男人啊！"

　　谢桥苦笑。她能说什么？别人都认为你很幸运的时候，你再说自己的苦楚，实在太矫情。端木亭亭会说，你还能找到比萧雨山更好的男人吗？是啊是啊。他让你在家当少奶奶，经济上从没有限制过你，一周回来三天，倒几乎次次都是做了爱的，他是一个性欲旺盛，能力超强的男人。况且，他极富魅力，你爱他。还有什么不满足呢？没有孩子，可端木亭亭的孩子也好些年没见着面了，她都快记不得孩子长什么样了。

"端木，你最近怎么样？"谢桥顾左右而言他。端木亭亭在网上开了一个博客，把20年前的美女照放上去，竟吸引了不少大陆网友，最近除了做钟点工便是在网上轰轰烈烈谈恋爱。约翰除了给端木亭亭留下一张绿卡之外，既没留下遗产，也没留下伤痛，这段短暂的异国婚姻竟真的风过无痕。

"正有大新闻要告诉你们呢，最近和中国××台的台长谈得很不错，准备回中国内地去结婚。"

中国××台？这名头吓了谢桥一跳！虽也搞不清是个什么台，但顶着"中国"俩字，总归来头不小吧？

端木亭亭拿出笔记本电脑一搜索，果真有这么个台，那个叫王强的男人看上去40多岁，相貌虽谈不上个所以然，却也像个商务款的中年男士。

田二麦眼睛都直了。"吹牛吧你！这人条件那么好，能看上你？花痴吧你！"田二麦撇嘴，极度不信。

"哼，你以为谁都像你，狗眼看人低的？等着瞧吧！你们没发现我减肥了吗？等我再减十斤，我就回大陆去结婚！"端木亭亭合上笔记本，站起身来扭了扭腰肢。

谢桥这才发现端木亭亭破天荒穿了一条红色连衣裙，爱情的力量果真强大，端木亭亭果真瘦了很多，不过腰身依然是最粗的部分，仍属于大号鸭梨与中号鸭梨的区别，终归形状是变不了的。谢桥也不大相信这个"王台"真的会倾心于端木亭亭，她想提醒端木亭亭当心别上当受骗，可看来看去，端木亭亭似乎实在没有什么值得骗的，骗财，端木亭亭账户上从来没有超过2000元，骗色，如狼似虎又饥渴难耐的端木亭亭恐怕会热情洋溢地伸出双臂呼唤："Come on！"又疑惑地把话咽了回去。

"端木，这么好的机会一定要好好抓住，改天我陪你去买几件漂亮衣服，教你化化妆。男人是靠眼睛来恋爱的。"谢桥诚心地说。

"不用！我对男人有气场！我看上的男人跑不掉！"端木亭亭又恢复了她对于男人的自信。对于端木亭亭的女性魅力这一点，谢桥始终有些搞不懂，不过，当下的社会，审美早已多元了。也许真是她自己眼光有问题呢！

暮色浓重，大家四下散去。谢桥开着车独自回家。

推开门，萧雨山独自坐在客厅里，一副魂不守舍的模样。谢桥奇怪地看他一眼，问："妞妞回去了？"

萧雨山仍枯坐着，眼神是呆滞的、憨傻的，仿佛真的灵魂出窍。谢桥忘了自己的怨，快步走到萧雨山面前，摇晃着他的胳膊，着急地问："你怎么了？你快说话呀！"

"谢桥！谢桥！"萧雨山一把搂住谢桥，把头埋在她的肩上，沉痛地啜泣了。

"怎么回事，你说嘛，不要紧的，说嘛……"

谢桥一边哄孩子般拍着他的头，脑子里一边急速地转着念头，是什么能让一向宠辱不惊的萧雨山张皇成这个样子？妞妞病了？伤了？生意出了状况……

"谢桥，我刚打电话回家，妈妈，妈妈病了，癌症……晚期，没有多少日子了……"萧雨山终于号啕起来。在他心中，父亲没有什么地位，母亲的分量一直是最重的。

谢桥也惊了。老人家前俩月来美国时还好好的，怎么说病就病了？

萧雨山尽情发泄了心中的悲痛，几分钟后才收住眼泪。整个人像被掏空的沙袋，虚脱得快坐不住了。他疲惫地说："明天我去公司把事情安排一下，尽快回老家，陪妈……度过最后的日子……"

"好，我明天就去订票！我们尽快赶回照顾妈！"谢桥坚定地说。母亲每次来洛杉矶总是以照顾孙女的名义住在田小麦那里，谢桥一直很内疚。正好这次回去可一尽儿媳妇的孝心。

"谢桥，有一件事……要和你商量一下……"萧雨山看着谢桥，迟疑地说。

"怎么了？"谢桥心里"咯噔"一下。

"妈希望妞妞回去，你知道，她一向最宠爱妞妞。"

"这没问题啊！你放心，我会把妞妞照顾得很好的……"谢桥急切地说。

"但是，妈希望，田小麦能带妞妞一起回去，妞妞还小，不习惯离开她妈妈……"

　　这是什么意思？从结婚到现在，谢桥还从没有和萧雨山一起回过老家，从未在亲戚朋友面前露过相，现在，把谢桥一个人留在洛杉矶，他们一家三口赶回大陆去奔丧，在亲朋好友面前，是亲亲热热的完满的一家人，她谢桥呢？就是一个见不得光的小三儿？

　　"为什么？我才是你的太太！你们三个回大陆，我算什么？你把我摆在什么位置？"谢桥悲愤地大叫。

　　"现在不是争位置的时候！和一个临终之人，你还争什么争？妈都已经这样了，她的任何要求都是合理的，都是圣旨，都必须百分百地满足！我一意孤行地离婚、再婚，已经忤逆不孝了，妈拉扯我们几兄弟长大，苦了一辈子，现在就这么点要求，想最后看一眼她的孙女、媳妇，这点心愿还不能满足她吗？我还是人吗？"

　　望着萧雨山严厉又冷漠的脸，谢桥被击垮了。是的是的，他的离婚再婚都是忤逆不孝，都是错误，在他的母亲那里，从来没有承认过谢桥，只有田小麦才是她永远的儿媳妇……

　　"好，我走，我走，我让位，这行了吧！"谢桥热血上涌，转身拉开门，冲进了萧萧寒风里。她以为萧雨山会追上来，解释或抚慰。然而，没有。屋里静悄悄的。

　　细雨飘下来，冰凉细滑。谢桥冲进雨雾里，奔跑，她身上的每一个毛孔像一个个血肉裸露的创口，对着这酸蚀的细雨呼喊：我受伤了，我受伤了……

　　谢桥永远记得那个夜晚，她奔跑在细雨里，浑身的伤口对着酸雨朵朵开放，披挂了一身的雨雾，一身的疼痛。

　　不知跑了多久，谢桥伏在栏杆上，睁开眼睛，发现自己竟又跑回了自家门口！

　　娘家是出嫁的女儿最后一个保护伞。和老公吵嘴了，回娘家是最有效的一招。保住了尊严和面子，又有了足够的空间和时间缓冲矛盾，最后丈夫来娘家低声下气说几句好话，也就化解了矛盾。

是的，这就是洋嫁女子的命运。在这异国他乡，是没有娘家可回的。所有亲人都在国内，天遥地远，你无从依附，无从撒娇，无从倾诉，无从哭泣。

不管你对这两个人的家满意还是不满意，不管你有多大的委屈和怨懑，这是你唯一的避风港，唯一的栖身之所。所以当你赌着气冲出家门时，那个男人一点也不急，根本不屑于去追，他料定你没有第二个地方好去，没有地方会收留你，你使小性子，流着泪跑出去，最后一定也只有流着泪回来，你别无选择。

谢桥呆立在细雨里，望着窗户里橘红色的温暖，热泪奔涌。

2

谢桥咳嗽一声，不安地扭动一下身体。

两把小沙发临窗相对而放，一个透明的小茶几放在俩人中间，茶几上摆有一只小花瓶，瓶中拙劣地插着一朵绢制的玫瑰花。这不像是谢桥想象中心理诊所的氛围，她以为该是幽暗的、隐秘的，庭院深深深几许，只有在那幽秘晦暗的氛围里，你才有可能把自己幽秘晦暗的心事和盘托出，哦，不，这里阳光充足，正大光明，蛮像是在一家品质不高的咖啡馆，谢桥在采访谁。

这让谢桥一时找不准自己的定位。她几乎就要露出职业的标准化笑容，对面前的胖子说些空洞华丽的亲切的废话做开场白。哦，不对不对，她不是记者，她是……患者。心理疾病患者，抑郁症患者。

她从未想过自己会沦落到看心理医生的地步，她自诩神经坚强、坚不可摧。再者，作为媒体人，她深知许多所谓的心理咨询师不过是骗弱智的玩意儿，挂块牌子就能开业，她自己就曾在电视上扮演过知心大姐姐的角色，空洞的理论也随口能说出一套又一套。

可她还是来了。

绝症之人难不信神明，绝路之人亦如是。

这就像无神论者的你平日里对求神拜佛那一套嗤之以鼻，可真患了绝症时，保不齐要去庙里走几遭，磕头时还相当虔诚。谢桥亦如是。自萧雨山携前妻幼女回国探母之后，谢桥自觉陷入了重度的抑郁中。每天的日子过成一锅黏稠的粥，每过一分钟都感觉呼吸困难。

她丧失了幸福感，对周遭的一切都不再有兴趣，也不再有感觉。唯一的感觉是她想起那一家三口的甜蜜完美时，心脏那收缩的痉挛，那生理的疼痛是真实的。后来，连这疼痛的感觉也模糊了，变成一种飘忽的抽象的颤动，你心浮气喘，想捂住胸口停止这颤抖，却搞不清该捂住哪里……

她不再有安稳的睡眠。每晚睡在床上，就如一叶孤舟漂浮在大海上，她紧紧抓住床框，试图阻止这晃动，然而，床依旧晃动不已，无法安稳。她只有借助大剂量的安定，在昏迷里走向睡眠……

谢桥自我对照抑郁症患者的症状，十条倒有八九条符合，吓了一大跳。她清楚抑郁症的结局是什么，她不愿像她大学的室友一般，从20层高楼上踊身跳下。

她想自救。

她无力自拔。

她来了。

果然，那个强装严肃的胖子故作一脸的同情和理解，要求你说出自己的故事。谢桥越说越觉得荒诞，一份重如磐石、心血熬煎的感情经这么一出口，就变得现实俗世，轻描淡写，她为何要把自己最隐秘的心路历程讲给一个不相干的陌生人听？

胖子开始讲大道理了，从弗洛伊德讲到尼采，谢桥不住地看手表，不明白自己为何要以每小时150元美金的代价来听他讲这些通俗的陈词滥调，让他把你舍命的珍藏"呼啦"一下点金成石、化血为水……

胖子看出谢桥的焦躁，也讲得力不从心。遇到这样高智商的患者，完全是对他职业素质的考验，心理咨询师需要占据一个制高点，居高临下地做出分析判断，什么道理她都懂，怎么开导啊？

胖子抹一把汗，说：你需要自身的完满。

洋嫁

"什么？"正欲起身离开的谢桥停住了。

"你需要自身的完满，不需要依赖和借助任何人的帮助和情感，你自己就是一个完整的小世界，这才是幸福的归途。"

"你是说，这份情感，我可以不要？"谢桥又把自己归于愚蠢的发问者的位置。

"你自身完满了，任何人，任何感情，你都可以要，也可以不要。"

这是一句放之四海而皆准，说了等于没说的正确的废话。整个下午，胖子都在说着这样的话。

"好的，谢谢！"谢桥为听了这一下午正确的废话埋了450块的单，驱车前往全统广场，又开始了她漫无边际的游荡。

她走进一家茶餐厅，照例坐在最靠里的幽暗的角落，面前摆了一大桌，不为了吃，只为了能名正言顺打发时间。

萧雨山母亲去世了。对这位老人，谢桥既害怕又心存愧疚。从见面的第一刻起，她就未讨得过老人欢心。这印象自始至终从未改变过。如此矍铄的老人，说患绝症就患了绝症，难保不是因为忤逆儿子的停妻再娶？

关于母亲的葬礼，萧雨山只字未提，谢桥也不问一言。问什么都是自讨没趣。也是那天整理电脑，在回收站里看见几张葬礼的照片，估计是萧雨山删掉在回收站里但忘了全删完的照片。谢桥忍不住偷看了，还好，没有那个女人。她实在承受不住那三个人亲亲热热的甜蜜照片。谢桥松了一口气。正要关电脑时，她又多看了一眼，也就是这一眼，她看到了一张墓碑的特写，"母亲路丽荣之墓"，旁边孝子贤孙名字一大串，在"儿子萧雨山"旁边赫然列着"儿媳田小麦"！

儿媳田小麦！是的！在母亲心里，在高家的亲朋好友当中，这个同萧雨山一同返家省亲的田小麦才是唯一的正宗的儿媳妇！和她谢桥——这个被孤零零甩在洛杉矶的野女人有什么关系！一纸婚约能代表什么？田小麦的名字被刻在墓碑上，这是不可撼动的。在高家儿媳的位置上，她永恒了，不朽了。或者说，这一场停妻另娶根本只是一场游戏、一个错误，萧雨山承认了自己所犯的错误，他在萧家的墓碑上，把历史重新改写过来。他轻描淡写抹杀了谢桥，抹杀了那一段不光彩的过去，谢桥和这段婚姻就像小学生写错的作业本，被他用橡皮擦轻轻擦掉、纠正。

"你自身完满了，任何人，任何感情，你都可以要，也可以不要。"

什么狗屁心理咨询师！她要问的是如何处理这一夫两妻的关系，如何挽回萧雨山的欢心，而不是这一句女权主义的废话！不要？说得多么轻巧！她有什么资格不要？

这些年，她全心全意跟随萧雨山，全部的世界只有这一个男人！离开萧雨山，美国的世界于她而言仍是一片荒漠，这些年，她非但没有走近美国，反而越离越远了。

他们的婚姻不满十年，并没有法律保障，萧雨山的财产严格说来与她基本没有关系的。她又没孩子，绝不会如田小麦般分得大笔财产。诚然，萧雨山也许会给她一些补偿，他是一个有良心的男人，但结婚是因为感情，离婚则不然，依赖一个男人的良心而不是法律终归是靠不住，没保障的。这些年的生活固然优越，萧雨山从不短了她的生活费，但她所拥有和可调配的，也仅是几个生活费而已，萧雨山若翻了脸，她一个月后就得断炊，三个月后就得去讨饭。

她有谋生的本事吗？她唯一的专长是做主持人，可做文艺，你知道的，在洛杉矶无路可走。其他，她还能做什么？在这个国家，她仍是盲人、聋子、哑巴，她所学的那点英文早已在这几年的养尊处优和情感熬煎中忘得一干二净，除非像端木亭亭那样做些粗浅的体力劳动，可端木亭亭好歹还有一把力气，而她呢？弱质纤纤，手脚笨拙，不管是做餐馆还是当保姆，恐怕试工一个小时就得被炒鱿鱼。

女人经济的独立才能带来人格的独立。没有养活自己的本事，是否就只有忍辱负重、苟且偷生？

谢桥把黑咖啡猛往肚里灌。心里塞满屈辱与愤懑。她没有想到感情婚姻的问题竟让她联想到生存、财产这些现实俗世的问题，这让她自己都瞧不起自己。不，她不想觊觎萧雨山的财产，她要的不是这个，她爱的是萧雨山这个人，她要的是他的感情，他的身体，他的心。

端木亭亭一直搞不懂她究竟在"作"些什么！从现实俗世的角度，谢桥依然有豪宅名车，依然有婚姻，最重要的是，萧雨山并不是约翰那样的糟老头儿，他依旧年轻俊美，依旧有强健的体魄和能力，谢桥并非委屈下嫁，谢桥爱着他。

问题就在这里了，在于，谢桥真心爱着他。

如果把爱分解成婚姻、性、物质种种有形的东西，萧雨山全给了谢桥，应有尽有。谢桥该当满足。偏是爱包含了婚姻、性、物质，却又不仅如此。它超越了这些有形物质甚而肉身的束缚，是心魂的开敞与融和，在这片天地里，是容不得分享，容不得忌妒，容不得第三者的。

如果谢桥可以往后退一步，如果她可以把婚姻看作职业，看作长期饭票，看作遮风挡雨的屏障，看作身体的满足，那么，一切都比较简单了，容易了。偏生是不能。她爱他。她容不得分享，她要他感情和身体的全部。所以，她只有两种选择，要么要全部，要么全部不要。

全部不要？谢桥吓了一大跳！难道潜意识里真是中了咨询师的毒吗？

刚结婚时，她也是这样，走在洛杉矶的大街上，被自己满溢的幸福吓了一大跳。她对自己说，如果我要的仅是一碗水，萧雨山已经给了我整片的海洋。我的幸福是百分百的纯度和浓度。她被自己奢侈的幸福惊得要流泪，尽管她以为这幸福会长长远远，无尽延续，她仍在害怕它消逝，就像雨后的虹霓，最极致的美，最极致的幸福总是易逝的，总是让人哀伤，

她对自己喊，不管世事如何变迁，请记住这一刻，记住这一刻百分百的幸福和百分百的满足。把这一刻烙进记忆里，就像刀深深刻进肉里。永不忘怀！

泪水模糊了谢桥的眼睛。是的。让她记得吧！记得那满溢的幸福，记得剧院清浅的摩挲，记得圣地亚哥的情爱之旅，丧心病狂去逃亡，记得他痴狂的呢喃，甜蜜的缱绻，那雕塑般俊美的轮廓与死亡般幽暗的眼睛，记得公证结婚时他孩子气的狡黠与顽皮，记得他紧紧拥着自己，说，你的苦难，已经永远地结束了。从此迎接你的，只有平安、快乐和幸福……

记得吧，记得一切的美，一切的好，一切的真。它存在过，她拥有过。这一切都真实地、恒久地留存在她的生命里、记忆里。永不消逝，永不褪色。

谢桥拿过纸巾，静静按在眼睛上，泪水迅速把纸巾濡湿。

几分钟后，谢桥把纸巾拿开，深呼吸一口气，强迫自己镇静下来。她大大喝了一口咖啡，眼光散漫地扫向四周，洛杉矶大街上清冷寥落，这茶餐厅倒是人来人往，拥拥搡搡。

一对年轻夫妇领了孩子进来，丈夫抱着孩子，妻子骄傲地挽着丈夫的胳膊，步履有些微蹒跚。

谢桥的心脏莫名地牵动一下。虽然她的近视眼只能看见恍惚的人影，其实什么也看不清，可也许是第六感官的影响，她的心脏开始不受控制地紧缩、悸动。

谢桥下意识地伸出手去包里取眼镜，她的手不受控制地颤抖，打开眼镜盒的刹那，深刻的恐惧感袭来，自救的本能告诉她：放弃，放弃求真的探寻。很多时候，人的幸福来源于懵懂和遮蔽，毁于清醒和真实。

究竟还是遏制不住寻求了真实。

清晰的视野里，出现了那一张脸，那一张亲爱的脸，朝思暮想的脸，还在她的怀抱里她就已在怀念的脸，幽深的眼眸，挺直的鼻梁，清秀倔强的嘴唇，正深情地微笑着，殷勤地拉开椅背，小心翼翼伺候一大一小两个女人坐下。

把眼光挪移到那女人身上，谢桥的头顶轰一下炸开！那一刻，她宁可自己是瞎子。她看到了什么？

她看到那个女人，她的脸是一片模糊的空白，谢桥只看到她的腹部，已有微微的隆起，虽还不甚壮观，但很明显，这是一个孕妇！

萧雨山对她说，一切都是为了妞妞。让她们南下是为了妞妞，把谢桥从旧房子驱逐，鸠占鹊巢是为了妞妞，一周过去住四天还是为了妞妞。

可是如今，那个女人又怀孕了！精子是如何穿越她的身体，到达子宫孕育成形的？

一直以来，谢桥虽有疑虑，总在安慰自己，萧雨山是爱自己的，他所做的一切都是不得已，都是为了孩子，仅是为了孩子，他和那个女人除了是孩子的父母，没有其他任何关系。

如今，幻梦终于破灭，在她陡然清晰的世界面前，眼睁睁地，破灭。

她希望自己是瞎子，什么都没有看到，这样她可以自欺欺人地继续活下去。

可是，她看到了，她大睁着双眼，以自虐的清晰，看着她的情人小心翼翼地把餐巾铺开，把饮料给大女人斟上，把冰淇淋喂到小女人嘴里。在谢桥这里，他永远头痛腰痛肩膀痛，他是一个任性倔强的孩子，是一个桀骜落拓的浪子，可是，他的殷勤体贴给了另外的女人，他生命中更重要，与他更密不可分的两个女人，还有那腹中的孩子，会是一个儿子吗？

可是，眼前这幅图画，多么美满和谐呀！他们原本就是一家人，亲密圆满的一家人，他们本可以和和美美地生活下去，妞妞可以出生在一个完整的家庭里，左手父亲右手母亲。也许他们像大多数青年时期共同走过来的中年夫妻一样，会有审美疲劳，会有争吵和矛盾，他们会产生中年危机，会为自己一生只拥有过一个异性感到有点冤。他们对彼此的身体失去了激情，因为太熟悉。他们会有一点小小的艳遇的妄想，可能会出轨，想去体会别的异性的身体是什么样子？他们不甘心，想有那一点点坏，那一点点离经叛道，他们的好日子不是很多了，这也许是他们这一生唯一也是最后一次出轨的机会，之后他们将进入清心寡欲的晚年，纵算有欲，心和身也都折腾不起了。就像去迪厅，20岁时蹦得热火朝天，40岁你还有兴趣进去吗？进去了你的心脏受得了吗？当然，所谓的出轨更多的可能是出现在想象里，是一次精神的自慰，因为他们都是负责任的人，他们的身体也并不缺。无论如何，他们的出轨就像听话的好学生偶尔逃了一次学，可第二天他还会规规矩矩地坐在课堂里，真做野孩子，他没那胆子，也犯不着。

总之，不管是哪一种性质的出轨，他们都不会让对方知晓，不会影响家庭，不会离婚。对方不知情的出轨是一种仁慈，一种忠贞。他们还会亲亲热热或吵吵闹闹地走下去，只有他们，从青年走到现在，又有了孩子，他们会建立起亲人的关系和感情，只有这种感情可以陪伴他们走到苍茫的老年。

拔剑四顾心茫然。唯亲人在侧。

分明是谢桥入侵了他们，离间了他们，不是吗？是谢桥用她的狂热与痴情，生生把萧雨山拖入了爱情，摧毁了他们亲人般的情感，损害了他们的家庭。

让田小麦刚做母亲就失去了丈夫，让妞妞刚出生就失去了父亲。田小麦不可怜吗？她得到的也只有半个丈夫，法律上还没有名分。萧雨山在谢桥那里的三天里，她不会忌妒吗？她不会心痛吗？她不会也要靠大剂量的安定才能入睡吗？现在，她又有了宝宝，虽然美国没有婚生和非婚生子女这一说，也不会被罚款、开除公职、孩子上不了户口……在美国，孩子只要生下来，都是美国公民，都是社会的财富。但是，她的孩子的父亲不是她法律上的丈夫，这不会让她对孩子满怀歉疚吗？况且，这个丈夫是她从一无所有的大陆穷留学生一步步扶持走过来的，她不冤吗？

萧雨山呢？从陷入爱河的那一刻起，他不也就陷入了彷徨与困顿。在爱情和做一个负责的好男人之间，他只能择其一。是谁把他逼到了这两难的境地上？是谢桥。谢桥的爱情陷他于不仁不义，不负责任里。他险些众叛亲离，母亲的愤懑，田家人的唾骂。他的生意也受到影响，至今不敢告诉他的美国合伙人离婚之事，因为那老美是虔诚的天主教徒，视离婚为大逆不道。萧雨山的离婚可能会断送他们的合作。只好东躲西瞒。谢桥至今在萧雨山的合伙人和同事那里还是隐形的，那栋位于帕萨迪纳的豪华大楼，谢桥自结婚后就再没敢在大白天去过，只有在晚上或者周末，鬼鬼祟祟去转一趟，如不幸碰上个同事，萧雨山得故作镇静，跳离谢桥三步远，表示与她并无特殊关系。好在他公司除萧雨山自己外全是老外，美国说是大熔炉，不过是各个族裔各自生活，并不会真正融到一起。上班时是个联合国，下班后各自回到自己的族群，吃自己族裔的饭，看自己族裔的脸，说自己族裔的语言，过自己族裔的日子，井水不犯河水。如是，竟相安无事过了几年，萧雨山公司的合伙人和员工竟都不知他离婚再娶，还当田小麦是他的正牌太太，反正家地址也没换。公司有集体活动，田小麦也给他面子，陪他参加。老板离婚再娶这么大的事公司竟给瞒得密不透风，这就是种族隔膜，美国特色。这放在中国是不可能的，尤其在小地方，随便碰到个人三句话就扯出关连，几天就搞清楚你的前世今生。

萧雨山终究也是委屈的。他本是一个坦荡透明之人。谢桥把他逼成了欺哄瞒骗之人。还总担心会穿帮影响事业。他一肩挑两家，给谢桥买了奔驰就得给小麦换一辆凌志，给小麦买了香奈儿包包就得给谢桥买个LV，他都不愿辜负，都想尽到责任，可到底还是两头落埋怨。

哦，可怜的萧雨山，可怜的田小麦，可怜的妞妞，可怜的我自己！谢桥望着这一家三口，不，四口，柔肠寸断。

她早知是这样，当妞妞孕育腹中时，她就想到了今天。她也想尽早撤退，不去打扰这一家人，可是，谁让她一往无前地投入，一步跨进爱情，再也无法抽身。天知道，她用尽了全身的力气，还是无力自拔。

谢桥谢桥，一切都是你自作孽呀！

放了他吧！把他还给田小麦，还给妞妞，还给他自己的生活。谢桥无数次这样想过。可她舍不得，舍不得。每当这样想，那张清俊的脸从心头滑过，她都会心痛得难以自已。她离不开他的拥抱，他的情话，他的气息，他强健的身体，疯狂的缱绻，交织的缠绵……

她在他身上，交织了亲人和情人的情感。只要看到他，摸到他，便只有欢喜、欢喜。他把每一寸有他的地方变成天堂，相反，他不在的每一寸空间都沦为地狱。

看，他在那里，对着爱妻娇女欣慰地笑着。一纸婚约不代表什么，事实上他是别人的老公和父亲。你放或者不放，都没有意义。他不属于你，现在不属于，将来更不属于。你必将眼睁睁看着他一步步走远，你必须习惯身边的日子一天一天没有他。长痛不如短痛。你不如把这份念想留在心里，省得它在现实的磨砺下消失殆尽……

不不不，你爱他，爱得这样完全这样彻底，完全没有余地回头。你是他法律上名正言顺的妻子，你为何要放弃？就算是情感的残羹剩饭，也好过没有，至少在拥有他的那一刹那，你还是如至天堂般狂喜，而这样的喜悦，每周至少有三次，已经够奢侈。至于情感的折磨，哪一份感情又不是千疮百孔的呢？年少时总以为能邂逅的人将是无穷尽的，精彩浪漫也是无穷尽的。活到现在你已经明白，这世上能与你有交集的，能在你的精神世界里走近的，能在你生命里留下痕迹的，无论男女，不过寥寥。就像口腔里的牙齿，它不会再生，只会脱落，掉一颗便少一颗。你多情，舍不得任何一份情感的丢失，所以你不敢随便与人建立情感。关于爱情与性的多元，谢桥很质疑。所有的专家都说，性是多元的，理论上说，可以与多人发生性关系。所以，爱情与性并不是非此不可的。可谢桥不能。这无关乎道德，是生理属性。谢桥异类，她没有这个能力。离开萧雨山，她只有封闭一切情感和感官的享乐，直至凋零、萎谢。

那就让思念枯萎，让快乐断裂吧！让那如潮的快感如潮退去。萧雨山，就算你是毒品，我也把你戒了。否则我永远只能过乞讨来的没有尊严的生活。我的欢乐也不过是借来的偷来的不完整的欢乐。我的幸福也不过是自欺欺人的幸福。好吧好吧，我今生不会再爱上别人，我不再做此幻想，我不会再有爱情，我选择孤独。孤独的人是最强大的，不依赖任何人的情感，不是吗？我用生命爱着你，所以我不得不放弃你。我知道自己爱过，如今依然爱着，我知道自己的心怎样真实地为你跳动，为你心痛，这就够了！我不用反复向你，向世人证明我究竟有多爱你！无论讲到如何口舌焦干你也是不信。我把你放在心里，情感只有放在自己心里才是最牢靠的，谁也夺不走抢不去，永不消失永不褪色的，不是吗？

……

"谢妈妈！"妞妞发出愣愣的一声喊，胖胖的小手臂指向幽暗角落的方向。

一个紫色的身影迅捷地夺门而出。

萧雨山和田小麦循声望去，只见妞妞所指的方向，座位上空空如也。

尾声

北京东三环。

50集电视连续剧《XX》开机仪式新闻发布会在这家五星级酒店举行。主持人在台上提到刚刚辞别人世的该剧编剧萧柏恒，是他用生命凝聚成了这个剧本，并念了萧太太从台湾发来的信函，现场一片唏嘘。

谢桥眼睛湿润了。她受委托代表萧太太前来参加新闻发布会，也是表达对萧导演的惋惜崇敬之意。

自那次回大陆受震荡后不久，在Vally的希尔顿酒店里，萧导演一反常态，神采飞扬地讲述他将回国发展的决定，他说，谢桥！中国发展了，壮大了！中国文化人的希望在大陆！中国文化人的土壤在大陆！

之后，萧导演卖掉了他在洛杉矶的豪宅，迅速班师回国。一个年届古稀的老人，一个从未在大陆的土地上生活过，对大陆的人情世故一窍不通的台湾人，因为对中华文化的热爱、情结和梦想，放弃了在美国的安稳生活，来到北京这片于他而言也相当于是另一个外国的土地。他们所遭遇的种种尴尬、困窘、艰难，也是林林总总，点点滴滴，萧太太屡次给谢桥打电话回来，总是满腹感慨。然而，萧导演的心是饱满的、飞扬的，他在美国压抑了十几年的才华终于得以施展，世俗的蝇营狗苟已经不重要了，他活在奋斗里，活在希望里。

50集电视连续剧在这位古稀老人手中得以完成，获得极高赞誉。他本拟出任总导演，然天妒英才，他被查出肝癌晚期。萧导演是憾恨的，憾恨的是自己在美国荒废了太多的时日，回来得太晚，想做和可做的事太多，可没时间了……

萧导演的回国对谢桥是有触动的，尽管当时她还沉溺在与萧雨山的情爱里。

自身的完满？是啊，她猛然醒悟到，这些年来，她还有自身吗？

多年以前，她还在北京的时候，她是一个电视台的节目主持人，她的世界里有观众、有同事、有朋友，她自给自足，充实饱满，自信阳光，除了爱情，几乎什么都有。

到了美国之后，她就残疾了。先后耕耘于情海，所遇男人的素质决定了她的命运。文化的形同儿戏令她远离社会，苏棉的离间是形式，不是根本，根本是中国文化在洛杉矶的无路可走。她的天地只有这一个男人，一个除工作事业之外，还有一妻一女的男人。她只是他的几分之一，而他是她的全部。她全部的心力，除了对付油盐柴米，便是和一个几岁的幼儿争宠，这是她吗？是一贯理想主义，崇尚自我奋斗的谢桥吗？是被誉为聪明伶俐，并以才女自诩的谢桥吗？离开一个男人，除却情感的失落，更有对生活的恐惧。迈出房门，你无处可去。你没有社会，没有圈子，没有事业，你甚至养不活自己。

你本是一个自尊自强的当代女性，到了美国，你就退回到封建社会里去了，回到一座阴森封闭的大宅院里，妻妾成群，争风吃醋，就差缠小脚了……

离开萧雨山？这想法太可怕了。想起刚结婚时，她那份快溢出来的幸福和满足，她深信自己已寻觅到世间最适合自己的那个男子，一只小小鸟已飞到她渴求的温暖幸福的怀抱。

回到中国，回到北京去！

谢桥躺在深夜的黑暗里，突然做出一个大胆的决定。这决定一经形成，便无可遏制。

是的。若不想依赖于一份残缺的情感，不想变成软骨和弱智，便得离开家庭的庇护，走向社会，自立自强。可在洛杉矶，囿于语言的局限，谢桥的前途只能是从事低级的体力劳动，像端木亭亭那样，洗盘子或做钟点工。回到北京，回到自己的国土，熟谙的环境，熟谙的规则，熟谙的人群，总是会有一份希望！

就这样回来了！

中国发展了，尤其是奥运会之后，中国的崛起令世界瞩目。这，谢桥是知道的。然而，北京这几年发展得如此之迅猛，变化如此之大，仍令谢桥咋舌。这几乎是另一座城市，另一个世界。从美国回到自己的国土上，谢桥每每被繁华奢靡所震慑，感觉自己像一个乡巴佬。

就像这宴会大厅，布置得金碧辉煌。洛杉矶国会议员的晚宴也摆不出这个谱。

席间男女衣着光鲜，前卫时尚。谢桥虽也穿着礼服裙，可仍感觉到微妙的差异，她与北京的时尚间那份微妙的差异。包括她过于鲜艳的口红，包括她一丝不苟而略显呆板的发型，包括她及膝长度不会出错因而中庸的衣裙，包括她亲和甜美的新闻主播的正确表情，这些都是前几年的时尚，和周遭这些超短裙，亮色唇彩，凌乱长发一脸颓然的北京时尚美女相较，已经错位。在美国这些年的边缘生活，被两边的时尚所抛弃，在洛杉矶，她自以为仍走在时尚的前沿，可到了北京才知道，她已非北京的时尚达人。

席间人们介绍她是洛杉矶回来的"美国小姐"，谢桥暗自惭愧，心道：我是洛杉矶回来的乡巴佬小姐。

人们恍然大悟，哦哦，也就理解了她装束表情的不和谐。人们对来自大洋彼岸的同胞抱有极大宽容。你的被动落伍可以理解为刻意追求。

美国二字触动了人们的神经。便有人恭维："洛杉矶特别美吧？花园城市，四季如春！"

"气候倒是好的。就是太空旷太安静了，满大街上见不到一个人……"

"那多好啊！看这北京！到处塞满了人！一天到晚堵车，呼吸的全是汽车尾气！空气质量之差，哎哟！恨不能来一场瘟疫死掉三分之二的人！那就清净了！"一个胖子不耐地扯着颈间的领带，仿佛已被空气污染搞得呼吸不畅。

"小心别连你自己也死掉！"一个女人讥讽了这不讲人权的胖子，继而向谢桥发问："洛杉矶的房子特别大，特别便宜吧？"

"这两年房价是跌了，一栋 house 也就四五十万美金……"谢桥正想说不过失业的人更多，像艾伦这样缴不出房贷不得不让银行把房子收回的人不在少数，还没来得及出口，旁边人已惊呼出声："天啊！四五十万美金！在北京就够买一间豪华厕所！这北京的房价贵得还有天理吗？这美国人的日子过得多么舒服啊！"

大家你一言我一语，谈起了大陆的地沟油、毒大米、苏丹红、三聚氰胺奶粉，每样食品几乎都有毒，都吃不得；贵死人的房价，大学生就业难，还有腐败、贪污、贫富悬殊，民愤大如火药库，简言之，大陆就犹如垃圾库，火药堆，又脏又危险，一点即爆……

继而向往和赞美美国，房价低、物价低、收入高，和谐安宁富足……谢桥晕了，这不是她想要说的真实的美国。这也不是她所看到和感受到的真实的美国。她想了半天，结结巴巴地说："那边生活很不方便，到哪里都要开车……"

"开车多好啊！人人都有车，太富足了！"

"人工很贵，请保姆很不方便……"

"人人平等，尊重体力劳动者！这是社会文明进步的标志！多高尚啊！哪像国内，都不把服务员、保姆当人！素质低！"

"洛杉矶就像个大农村，几乎没有都市生活。在国内，下班之后，精彩的一天才刚刚开始，酒吧餐馆 KTV 洗脚城，繁华盛景，应有尽有，都跟皇宫似的，洛杉矶呢，一下班一天便结束了，回家做饭，洗洗睡吧……"

"那多好啊！我们要是在洛杉矶，我就不用担心我老公成天出入那些场所染上脏病……"

"那边触目所及尽是些中老年人，年轻人尤其是年轻美女极其匮乏，很单调……"

"太好了！这边竞争压力那么大，年轻美女那么多，25 岁就嫌自己老了，我要去洛杉矶，看来还大有市场，哈哈哈……"

谢桥不吭声了，她无法再说什么，她真心实意坦诚的洛杉矶的每一样不好都被否决，反而都变成了炫耀。连她的落伍衣着都变成刻意追求，独特品位。她有些理解为何很多美籍华人忍受着在美的一切苦楚，只为回国时那一份风光与荣耀，真的，人们对美国那份不由分说的赞美和向往，对你的艳羡和仰慕让你很难拒绝。如你还要捡几样风光的事来说，美国就快成天堂了……

　　"我也是美籍华人，我太太就在洛杉矶！"一个样貌平庸的中年男人开了口。

　　谢桥看向他，分明从未见过，却又觉十分面熟，但以他那扔在人群里找不到的大众长相，分明又不属于让人过目不忘的类型。更不会像贾宝玉对林妹妹般，这个妹妹我见过。呵，荒唐。谢桥暗自摇头，讥讽自己。

　　此人见众人的注意力转向他，得意扬扬地炫耀道："我现在是美籍华人，在国内事业太忙走不开，一年回去两趟度假。我太太在洛杉矶可有名了，又是摄影家，又是作家协会的作家，还是电台的节目主持人呢……"

　　"哦！真的！那太优秀了！王台，你怎么这么有本事啊……"众人惊呼。

　　王台？慢着！谢桥想起来了，这张脸在什么地方见过！就在端木亭亭的手提电脑里！谢桥问道："你太太叫什么名字啊？"

　　"端木亭亭！"

　　"哦！一听就是绝世美女的名字啊……"众人喝着彩。

　　谢桥颓了。

　　上次端木亭亭回国相亲，据说王台在机场接到她后，对她的样貌大失所望，没想到美国小姐不但不时尚漂亮，简直不如国内的一个农村保姆。端木亭亭心冷了，谢桥也劝她放弃算了，谁想王台竟还是与她领了结婚证。原来，所谓××台只是个空架子，搞个网站骗些散碎银子，王台自己说他为创这网站还借了不少债，如今穷得叮当响，在北京连吃饭都是端木亭亭埋单。王台希望端木亭亭能把他办到美国，岂料也失了算。端木亭亭这么一个穷人，历史上银行的存款就没有超过2000美金，为这一趟浪漫的北京之行又耗掉了所有积蓄，美国移民局根本不会批准这样的穷人的配偶来到美国增添美国负担。美国讲究人权没假，但也顾不到最底层的穷人。所以这桩婚姻，仅具一个空壳，端木亭亭回美后俩人再没见过面，王台也根本没有美国身份，从未踏足美国的土地……

王台继续用从书本和影视中得来的讯息，虚拟着他的梦中之城："洛杉矶美啊！花园城市，四季如春，好莱坞大街上全是美女，明星……"

"工作好找吗？"

"好找！连洗个盘子一个月还挣 3000 多美金呢！当保姆一个月包吃包住 2000 美金。开卡车一个月挣五六千，连乞丐都要度假……"

"哦，哦！老公，我们也多挣点钱，争取早点投资移民去美国！"一个娇美的女人用胳膊碰着身边穿西服的男人。

"王台，给我介绍一个美籍华人吧！让我也去美国开开眼界，享享福啊！年龄相貌都不限，男的就行……"一个青春秀美的小女孩娇嗔地对王台撒着娇。

谢桥悄悄起身，离座。没有人注意到她的离席。大家的注意力都被美国的话题所吸引。

谢桥走到门边，静静地回过身望着这群衣履光鲜、热情饱满的年轻人，大家正讨论得热火朝天："洋嫁，洋嫁……"

"移民，移民……"

群情高涨。

眼泪静静地涌入谢桥的眼眶。

她轻轻地带上门，关上那一室的喧闹，走了。

2011 年 1 月 28 日，写作伊始。洛杉矶。

2011 年 9 月 1 日，修改，北京。

2011 年 12 月 8 日，初稿完成，北京幸福村。

2015 年 9 月 23 日，修改定稿于北京幸福村。